Tineke Faber

Butjenter Erben

Tineke Faber

Butjenter Erben

Ein Nordseekrimi aus Butjadingen

Bibliografische Information der Deutschen Nationalbibliothek: Die Deutsche Nationalbibliothek verzeichnet diese Publikation in der Deutschen Nationalbibliografie; detaillierte bibliografische Daten sind im Internet über http://dnb.dnb.de abrufbar.

www.tineke-faber.de
Coverdesign: Tineke Faber
Illustration: Robert Gurthat
Verlag: BoD · Books on Demand GmbH, Überseering 33, 22297 Hamburg, bod@bod.de
Druck: Libri Plureos GmbH, Friedensallee 273, 22763 Hamburg
ISBN: 978-3-7597-7468-2

Inhaltsverzeichnis

I

BUTENLAND

„Nur ein einziger falscher Buchstabe! Verdammt! Verdammt!
Verdammt!" Fee hämmert mit beiden Fäusten auf das Lenkrad
ihres Kleinwagens ein. In ihrem Bauch brodelt immer noch ein
Wirrwarr an fiesen Gefühlen, angeführt von einem Gefühl tiefs-
ter Beschämung. Von der Polizei festgenommen und stundenlang verhört! Als Einbrecherin verhaftet! Fee kann es immer noch
nicht fassen. „Verdammt! Verdammt! Verdammt!" Und das alles
nur wegen eines *einzigen* falschen Buchstabens! Wie hat *ihr* das
bloß passieren können, wo Akribie doch quasi ihr zweiter Vorname ist? In Fees Kopf explodieren die Gedanken. Die fiesen
Gefühle kriechen ihren Bauch rauf und runter und lassen sie
immer wieder fluchen und auf das Lenkrad einhämmern.
Mittlerweile ist es drei Uhr morgens. Seit Fee das Polizeikom-
missariat Wittmund endlich verlassen durfte, ist schon mehr als
eine Stunde vergangen. Hinter Varel war ihr zum letzten Mal ein
anderes Auto begegnet. Hier auf der Bäderstraße, auf die sie
ihrem Navi folgend von der Bundesstraße 437 aus abgebogen ist,
sieht sie weit und breit kein anderes Fahrzeug mehr. Auch keine
Lichter von Häusern oder Straßenlaternen. Alles ist einfach nur
stockfinster. Zu der Dunkelheit gesellt sich nun auch noch starker Nebel hinzu, sodass die Scheinwerfer nur noch einen sehr
kurzen, diffusen Lichtkegel erzeugen. Links von der Straße, die
stramm nach Norden führt, soll die Nordsee sein. Aber davon
sieht Fee rein gar nichts. Sie sieht nicht einmal etwas von einem
Deich, der laut der Geländekarte auf dem Navi direkt neben der
Straße verlaufen soll. Irgendwie wirkt die ganze Atmosphäre wie
in einem alten Edgar-Wallace-Film, und zu all den fiesen Gefüh-

len in Fees Bauch gesellt sich nun auch noch ein Gefühl von Grusel hinzu.

Knapp 15 Kilometer sollen es nun noch sein, meint das Navi. Bis zum *richtigen* Burhave. „Das mit Vogel-V", wie der hünenhafte, blonde Polizeibeamte in Wittmund ihr laut und gedehnt erklärt hatte, als spräche er zu einer schwerhörigen Person. „Unseres wird mit F geschrieben", hatte er weiter doziert. Als er dann noch etwas von „Rechts vom Busen" nachgeschoben hatte, war Fees müder Körper ob der sexistischen Bemerkung von dem harten Holzstuhl, auf dem sie das stundenlange Verhör hatte über sich ergehen lassen müssen, hochgeschossen. Mehr als ein „Wie bitte?" war ihr zunächst allerdings nicht eingefallen. „Das Burhave mit V liegt auf der rechten Seite des Jadebusens", hatte der blonde Hüne nun noch langsamer und gedehnter ausgeführt, als habe sich bei Fee zu einer Schwerhörigkeit auch noch eine gewisse geistige Einschränkung eingestellt. „Burhave, Butjadingen. Das ist in der Wesermarsch. Hier sind sie in Burhafe, Ostfriesland, ganz weit links vom Jadebusen", hatte der Polizist immer noch viel zu laut und lang gezogen erläutert, während Fee, ganz allmählich begreifend, was überhaupt geschehen war, auf den Stuhl zurückgesunken war.

Erneut zieht sich in Fees Bauch alles zusammen, ihre Hände krallen sich um das Lenkrad. Dabei hatte doch alles so gut angefangen …

꙳

Fees Gedanken fliegen zurück zu dem Tag im Mai, als sie zwischen ihren beiden Jobs kurz nach Hause gehetzt war und im Postkasten das amtliche Schreiben gefunden hatte. Eine Alkea Sybille de Buur habe sie als Erbin eingesetzt, war da zu lesen gewesen, und habe ihr die Liegenschaft Heringsweg 6 in Burhave „mit allem, was sich darin befindet" vermacht. Fee hatte als Erstes an einen Irrtum gedacht. Von einer Alkea Sybille de Buur hatte sie nämlich noch nie gehört. Aber in dem Schreiben hatte ihr eigener, vollständiger Name gestanden: Fee Madeleine Schnabelkuss. Und auch ihr Geburtsdatum war richtig angegeben. Eine Namensvetternin, die am selben Tag geboren war wie sie selbst, war ihr dann doch höchst unwahrscheinlich erschienen.

Erst ein Telefonat mit ihrer Mutter Anne hatte Licht ins Dunkel gebracht. „Da war doch diese Verwandte deines Vaters. Aus Ostfriesland, meine ich. Tante Kea hat dein Vater sie genannt", hatte sich Fees Mutter nach einigem Überlegen erinnert.

Fees Eltern waren nie verheiratet und ihr Vater Harald nur bis zum Jahr ihrer Einschulung ein Teil der Familie gewesen. Seitdem hatte Fee ihn immer seltener gesehen und seit ein paar Jahren überhaupt keinen Kontakt mehr zu ihm. Mittlerweile kennt sie nicht einmal seine aktuelle Adresse.

„Tante Kea war zu deiner Taufe da", war Anne nach einigem Grübeln eingefallen. „Das war eine Frau von Mitte 50. Eigentlich ganz schick, groß und schlank, mit rötlich gefärbten Haaren … Also gar nicht so, wie man sich eine Frau aus dem platten Ostfriesland vorgestellt hatte. War da nicht auch noch ein älterer Herr dabei? Das ist ja schon so lange her, immerhin schon über 30 Jahre."

Fees Mutter hatte lange weiterüberlegen müssen, ehe ihr ein paar weitere Brocken eingefallen waren. „Also, wie genau Harald mit Tante Kea verwandt war, weiß ich gar nicht. Ich meine, seine Großmutter kam von der Küste. Er selbst ist ja in Hannover aufgewachsen und zum Studium hierher nach Berlin gekommen."

Anne hatte so geredet, als ob sie selbst noch in Berlin leben würde. Dabei war sie schon vor über acht Jahren nach München gezogen, wo ihr langjähriger Lebensgefährte gebürtig herkam.

„Haralds Eltern sind ja viel zu früh gestorben. Eigentlich schade, dass du so wenig von deinen Großeltern hattest. Und mit seiner Schwester Ulrike hatte ich mich ja auch ganz gut verstanden. Ich weiß gar nicht, wo die geblieben ist …" Ungeduldig hatte Fee ihre Mutter aus der Versonnenheit, in die sie abgedriftet war, zurückholen müssen. „Also, auf jeden Fall hat es da eine Tante Kea aus Ostfriesland gegeben. Im Sommer nach unserer Trennung war Harald mit dir ja auch noch ein paar Tage an der Nordsee. Ich meine, da hat er die Tante Kea besucht. Aber daran erinnerst du dich wohl nicht mehr, oder? Das war im Sommer vor deiner Einschulung." Nein, daran konnte Fee bis heute keinen einzigen Erinnerungsfetzen abrufen. „Wie die darauf gekommen ist, dich als Erbin einzusetzen?" Diese entscheidende Frage hatte Anne am Ende auch nicht beantworten können. Umso besser hatte sie realisieren können, was ihrer Tochter da zugefallen war. „Ein Haus, Fee, ein Eigenheim!", hatte Fees Mutter plötzlich begeistert in den Hörer gerufen. „Hast du schon im Internet nachgesehen? Wie sieht es aus?"

Augenblicklich hatte Fee sich von der Hochstimmung ihrer Mutter anstecken lassen, das Telefonat beendet und in der Suchmaschine die Schlagwörter eingegeben: Heringssweg 6, Burhave, Ostfriesland. Dass die Suchmaschine das V in Burhave in ein F korrigiert hatte, hatte Fee gar nicht mitbekommen. Sie hatte auf der Onlinelandkarte auf „Satellitenbild" geklickt und mit wachsender Begeisterung das angezeigte Grundstück herangezoomt. Vor ihren Augen war das Luftbild eines großen Anwesens am Ende einer Sackgasse erschienen, die an einen Wald grenzte. Auf dem Grundstück war ein großes, winkeliges Wohnhaus zu sehen und mehrere kleinere Nebengebäude und … Fee hatte fast der Atem gestockt … ein Swimmingpool! Sie hatte ein paar Sekunden gebraucht, um zu begreifen, was da nun alles ihr gehören sollte. Dann hatte sie gejubelt und war vor Freude durch ihre kleine Wohnung gehüpft.

Sofort am nächsten Tag hatte Fee alles in die Wege geleitet, um das Erbe antreten zu können. Das Gericht hatte ihr den Antrag auf Ausstellung des Erbscheins und einen Haustürschlüssel geschickt. Alles andere fände sie im Haus, hatte man ihr weiter erläutert und sie noch über die Grundbuchumschreibung und die Erbschaftssteuern aufgeklärt. Wovon sie die Steuern bezahlen sollte, hatte sie noch nicht gewusst. Aber das würde sich finden. Vermutlich würde sie das Haus ja verkaufen, und dann wäre das kein Problem mehr. Voller Ungeduld hatte sie auf ihren Jahresurlaub gewartet, den sie schon am Jahresanfang mit beiden Arbeitgebern abgestimmt hatte. Damals hatte sie sich geärgert, dass sie als Kinderlose ihren Urlaub schon im Juni vor den Ferien nehmen musste, aber nun war sie froh darüber gewesen. Als es endlich so weit war, hatte sie ihr Auto schon am Vorabend beladen, um gleich nach Feierabend des letzten Arbeitstages zu der 500 Kilometer langen Fahrt zu ihrem neuen Haus aufbrechen zu können.

❧

Um kurz vor Mitternacht hatte sie das Ortsschild Burhafe passiert und war wenige Minuten später in den Heringsweg eingebogen. Obwohl es Mitte Juni war, war die bewölkte Nacht stockdunkel. Da das Haus Nummer 6 von einem hohen Zaun umgeben war, hatte Fee ihren Wagen einfach am Straßenrand geparkt. Voller Ehrfurcht hatte sie zunächst vor dem Anwesen innegehalten und ein „Danke, Tante Kea" in die Nacht gehaucht, ehe sie durch die Pforte geschritten war und sich in der Dunkelheit von dem hell gepflasterten Weg zur Haustür hatte leiten lassen. Den Schlüssel, den sie mit einem Anhänger mit der Aufschrift „Home, Sweet Home" versehen hatte, hielt sie dabei fest in der Hand. Bei der Haustür angekommen, hatte sie nach dem Zylinderschloss getastet und ihren Schlüssel einzustecken versucht. Aber das hatte nicht funktioniert. Fee hatte die Lampe ihres Handys eingeschaltet und es im Schein des kleinen Lichtes noch einmal versucht. Und dann war alles ganz schnell gegangen: Von allen Seiten war plötzlich ein ohrenbetäubend schriller Ton losgeheult. Zeitgleich waren jede Menge Lampen am Haus und auf dem ganzen Grundstück angesprungen. Das Bellen großer Hunde hatte sich eingestellt, das allerdings so blechern geklungen hatte, dass es wohl vom Band gekommen war. Fee hatte vernommen, wie über ihr ein Fenster geöffnet worden war. Im gleichen Moment waren auch beim gegenüberliegenden Haus jede Menge Leuchten angesprungen. Im Schein einer Lampe hatte sie erkannt, dass dort ebenfalls ein Fenster geöffnet wurde und jemand ein Rohr durch die Gardinen schob. War das ein Gewehrlauf? Fee war vor Schreck erstarrt.

„Alles in Ordnung bei dir, Geert?", hatte eine Stimme hinter dem Gewehrlauf gerufen.

„Ja!", hatte eine sonore Männerstimme über Fee geantwortet, „ich habe Casjen schon angerufen, der hat ja Nachdienst. Ist gleich da. Ich habe nur meinen Püster nicht so schnell gegriffen gekriegt."

Fee hatte überhaupt nichts verstanden, sich angesichts des immer noch auf sie gerichteten Gewehrlaufs aber nicht getraut, den kleinsten Mucks von sich zu geben.

„Ich habe dir doch gesagt: Der Waffenschrank gehört ins Schlafzimmer, und der Schlüssel immer am Mann", hatte es weiter von gegenüber geschallt.

„Hast ja recht, Friedhelm", hatte darauf die Stimme über Fees Kopf geantwortet.

Im nächsten Moment hatte Fee ein Tatüü-Tatütatütatüü gehört und das blaue Licht eines heraneilenden Polizeiwagens vernommen. Erleichtert, dass man sie gleich aus dieser bedrohlichen Situation retten würde, war ihr wieder ein richtiger Atemzug gelungen. Und da war der Streifenwagen auch schon in die Siedlung eingebogen und hatte scharf gebremst. Zwei uniformierte Beamte waren auf Fee zugerannt, deren Muskeln sich nun endlich ein wenig zu entspannen begannen. Ihre Retter waren da!

Doch statt Fee in Sicherheit zu bringen und den Gewehrmann zu stellen, hatte der eine Polizist Fee hart herumgerissen und ihr den Arm auf den Rücken gedreht. Waren das etwa Handschellen, die Fee bei dem anderen Polizisten aufblitzen gesehen hatte? Tatsächlich! Man hatte ihr mit einem deutlich vernehmlichen „Klick" Metallfesseln angelegt! Fee hatte nicht begreifen können, wie ihr da geschah.

„Ich habe ihn für euch in Schach gehalten", hatte die Stimme aus dem Dachgeschoss von gegenüber getönt, „so was können die vielleicht drüben in Emden und in Leer machen, aber nicht hier im Heringsweg in Burhafe. Hier wohnen Jäger, die mit Einbrechern umzugehen wissen", hatte die Stimme nachgeschoben.

„Ja danke, Friedhelm", hatte einer der beiden Polizisten geantwortet und dann zu dem Fenster über Fee hochgeschaut. „Ist sonst alles in Ordnung, Geert?"

„Ja, alles klar. Gut, dass ihr so schnell gekommen seid, Casjen", war von oben bestätigt worden.

„Dann können wir die Person ja abführen", hatte der Polizist geantwortet und sich in Bewegung gesetzt. Der andere Polizist, ein sehr großer, breiter Mann, wie Fee inzwischen gewahr geworden war, hatte sie daraufhin in Richtung Streifenwagen gezerrt.

„Aber ich habe doch gar nichts gemacht", hatte Fee zumindest sagen wollen, aber ihre Stimmbänder hatten kaum etwas Vernehmbares hervorgebracht.

Im Polizeirevier hatte man sie dann gar nicht zu Wort kommen lassen. Nachdem der blonde Hüne Fee in einen kleinen Raum mit nichts als einem Tisch und ein paar Stühlen gebracht hatte, hatte man ihr zumindest die Handschellen abgenommen. Gleich darauf hatte der kleinere Polizist sich nur knapp und streng mit „Polizeihauptmeister Casjen" vorgestellt und Fee eine Salve von Fragen entgegengeschleudert:

„Wer sind Ihre Hintermänner? Wohin wollten sie das Diebesgut verbringen? Wartet irgendwo ein Komplize auf Sie? Gehören Sie zu der Bande, die jüngst in Emden und Leer die Einbruchserien verübt hat? Wo kommen Sie her? Das Auto ist doch gestohlen? Sprechen Sie überhaupt Deutsch?"

Nur auf die letzte Frage hatte Fee ein „Ja" einschieben können. Denn nicht einmal, wenn sie hätte antworten wollen und können, hatte der Polizist ihr auch nur irgendeine Chance dazu gegeben. In rasanter Abfolge hatte er weitere Fragen abgefeuert:

„Noch mal: Wer sind Ihre Hintermänner? Hatten Sie für diese Nacht noch mehr Ziele? Oder waren Sie vor dem Einbruchsversuch im Heringsweg schon woanders? Auf was hatten Sie es hauptsächlich abgesehen?"

Erst als die Tür zum Verhörzimmer geöffnet worden war und der Hüne den Raum betreten hatte, hatte Fee eine Chance gesehen, überhaupt etwas sagen zu können.

„Sie verstehen nicht, es ist mein Haus. Ich habe es geerbt."

Beide Polizisten hatten nur kurz verdutzt geschaut und dann hämisch aufgelacht.

„Geerbt …", hatte Casjen mit sarkastischem Tonfall wiederholt. Warum sollte Geert Manninga Ihnen sein Haus vererben? Er ist quicklebendig, wie wir alle vorhin feststellen konnten. Und er kennt Sie ja nicht einmal."

„Von Tante Kea", hatte Fee daraufhin nur hervorbringen können. Ihr total gestresstes Gehirn hatte im Moment nicht einmal den Nachnamen von Tante Kea abrufen können.

„Ich schau mal, was der Computer sagt", hatte dann der Hüne verkündet und war für eine lange Weile aus dem Verhörzimmer verschwunden. Erneut hatte Fee sich mit ständig wiederholenden Fragen von Casjen konfrontiert gesehen, ohne dass dieser ihr überhaupt eine Möglichkeit gegeben hatte, mit mehr als einem einzelnen Wort zu antworten.

Erst nach einer gefühlten Ewigkeit war der Hüne zurückgekommen und hatte vermeldet, dass das Fahrzeug nicht als gestohlen gemeldet sei und in dieser Nacht auch keine weiteren Einbrüche angezeigt worden waren. Diese Unterbrechung hatte es Fee möglich gemacht, sich wieder so weit zu sammeln, dass ihr der Erbschein eingefallen war, den sie zusammen mit den anderen Dokumenten sorgfältig im Deckel ihres Koffers untergebracht hatte.

„Sehen Sie in meinem Kofferraum nach, im großen roten Koffer, im Innenfach des Deckels. Da finden Sie die Beweise, dass ich das Haus geerbt habe."

Fee hatte ihre eigene Stimme nicht mehr erkannt, die viel zu leise aus ihr herauskam und sich dabei auch noch überschlagen hatte. Aber immerhin hatte sie es herausgebracht.

Nur widerwillig hatte Casjen den Hünen losgeschickt, um im Koffer nachzusehen. Als dieser nach einer langen Weile zurückgekommen war, hatte er seinen Chef aus dem Verhörzimmer geholt. Fee hatte nicht hören können, was vor der Tür geredet worden war, hatte dann aber lautes Lachen der Männer vernommen. Die hatten sich gar nicht wieder eingekriegt. Was war da bloß los? Lachten die über sie? Doch ehe sie sich weitere Fragen hatte stellen können, waren die beiden Polizisten in das Zimmer zurückgekehrt. Ihre Köpfe waren von den Lachsalven noch ganz rot angelaufen. Während Casjen an der Tür stehen geblieben war, hatte sich der Hüne auf den Tisch aufgestützt und sich zu Fee heruntergebeugt. Zum ersten Mal in dieser Nacht war sie mit ihrem Namen angesprochen worden: „Frau Schnabelkuss!"

Fee hatte gesehen, wie seine Mundwinkel gezuckt hatten und er sich angestrengt ein erneutes Lachen hatte verkneifen müssen. Sie hatte zu Casjen hinübergesehen, der sich verstohlen über seinen Schnäuzer gestrichen hatte, um zu verbergen, dass auch seine Lippen ein breites Grinsen geformt hatten.

„Frau Schnabelkuss", hatte der Hüne dann erneut angesetzt und dann laut und gedehnt fortgefahren: „Sie haben sich vertan. Im Ort, meine ich."

Und dann hatte sich Wort für Wort die ganze Peinlichkeit der verwechselten Buchstaben über Fee ergossen. Sie war im falschen Ort und somit auch im falschen Haus gelandet!

❧

Die Rückschau verursacht erneut übelste Gefühlswallungen in Fees Bauch. Das Navi hat sie inzwischen von der Bäderstraße aus nach Stollhamm gelenkt. Nun fordert es Fee auf, links in die Hauptstraße zu biegen, die sie direkt nach Burhave führen soll. Bei einem Blick auf das Geländebild erkennt Fee, dass dieses Burhave direkt an der Nordsee liegt. Ein Haus an der Nordsee muss nicht unbedingt schlechter sein als eines in Ostfriesland, denkt Fee, auch wenn sie meint, bei dem Hünen-Polizisten eine klitzekleine Verächtlichkeit im Ton vernommen zu haben, als er „Burhave, Butjadingen – das liegt in der Wesermarsch" postuliert hatte.

Vielleicht wird doch noch alles gut, denkt Fee und atmet tief ein und aus. Ein ganz klein wenig Entspannung zieht in ihren Bauch ein. Doch damit merkt Fee nun auch, wie hundemüde sie ist. Es ist immer noch stockdunkel und nebelig, aber schließlich sieht sie das Ortseingangsschild „Burhave", und zwar das mit einem Vogel-V, wie sie sich ganz genau vergewissert.

Das Navi dirigiert sie zur Butjadinger Straße, von wo aus sie in die Strandallee abbiegen soll. Na, *Strandallee* klingt ja verheißungsvoll, denkt Fee noch, als ihr Wagen plötzlich zu stottern anfängt. „Oh nein!" Fee besinnt sich darauf, dass die Tankleuchte schon im anderen Burhafe angegangen war. Aber in der ganzen Aufregung hat sie das blöde Warnlicht überhaupt nicht mehr wahrgenommen. Ein Wunder, dass sie überhaupt noch bis hierhin gekommen ist. In Fees Gehirn beginnt es fieberhaft zu arbeiten. Dann erkennt sie einen Parkstreifen neben der Fahrbahn und lenkt den Polo darauf. Gerade noch rechtzeitig, ehe der Wagen ganz zum Erliegen kommt. „Scheiße!", murrt Fee, „nicht das auch noch." Sie blickt auf ihr Navi. Zum Glück sind es keine zwei Kilometer mehr bis zum Heringsweg. Aber es ist immer noch dunkel und nebelig. Daran können auch die Straßenlaternen und die nahen Verkehrsleuchten nichts ändern. Es ist, als ob das Licht von dem dicken Nebel regelrecht aufgesogen würde. Kein anderes Auto weit und breit, kein erleuchtetes Fenster. Alles scheint in einem tiefen Schlaf zu liegen. Fee schaut auf die Uhr. Es wird bald hell werden. Soll sie so lange warten? Im Dunkeln zu laufen, macht ihr schon etwas Unbehagen. Andererseits ist Fee todmüde und will endlich irgendwo ankommen. Und in diesem kleinen Ort wird ja wohl nicht irgendwo ein Sittenstrolch lauern und darauf hoffen, dass ihm um diese Zeit eine junge Frau ins Netz geht. Also greift sich Fee die kleine Reisetasche auf dem Rücksitz, in die sie neben ihrer Kulturtasche Wäsche für die erste Übernachtung eingepackt hat. Sie ruft die Navi-App auf ihrem Smartphone erneut auf, vergewissert sich, dass sie den Haustürschlüssel in der Jackentasche hat, und macht sich auf den Weg. Von der Strandallee aus muss sie abbiegen und einige Nebenstraßen passieren. Von den Häusern erkennt sie kaum etwas. Nur hie und da sind an den Gartenzäunen Schilder mit dem Namen eines Ferienhauses angebracht. Fee liest

„Strandmöwchen", „Deich-Marie" und „Weißer Seestern". Meistens steht eine Webadresse oder eine Telefonnummer darunter. Während sie geht, zieht ein leichter Wind auf. Fee hört Blätter von Bäumen rascheln und meint sogar, Seeluft zu riechen. Der Nebel scheint sich ein bisschen zu lichten. Schließlich erblickt Fee das Straßenschild „Heringsweg". Auf der Ecke steht ein großes, zweistöckiges Backsteinhaus, an dessen Frontseite eine große, goldene Brezel an der Wand prangt. Ein Bäcker in der Nachbarschaft, denkt Fee, da werde ich mir nach dem Aufstehen belegte Brötchen und Kaffee besorgen. Unterhalb der Brezel erkennt sie eine Hausnummer: 2. Also muss die Nummer 6 auf dieser Straßenseite liegen. Fee geht weiter und passiert ein langes Grundstück mit einem niedrigen Zaun davor. Das Haus selbst scheint etwas zurückzuliegen, Fee kann es in der trüben Dunkelheit nicht erkennen. Das muss Nummer 4 sein. Und dann kommt ein anderer Vorgartenzaun mit einem doppelflügeligen, verschlossenen Tor. Das muss Nummer 6 sein! Ein Stück weiter wird der Zaun von einer kleinen Pforte durchbrochen, die nur angelehnt ist. Als Fee das Türchen vorsichtig öffnet, gehen dicht über dem Boden kleine, kugelförmige Lampen an. Noch den Schrecken der Erlebnisse in Ostfriesland in den Gliedern, bleibt Fee wie angewurzelt stehen und schaut sich um. Aber hier scheint sich niemand zu rühren. Also nur ein Bewegungsmelder, stellt sie erleichtert fest. An der Ecke der Hauswand erkennt Fee dann eine große, weiße 6. Das ganze Haus kann sie nicht erkennen, aber die unteren Enden eines hellen Reetdaches. Ein Bauernhaus, denkt Fee. Hoffentlich ist es innen nicht allzu altmodisch eingerichtet. Obwohl, die Kugellampen, die einen leicht geschlängelten Weg zur Haustür erleuchten, sehen eigentlich ganz neu aus. Die hölzerne Haustür empfängt Fee in einem so strahlenden Weiß, als sei sie gerade frisch gestrichen worden. Ihr Blick fällt auf das beleuchtete Klingelschild. „de Buur" steht darauf. Augenblicklich fällt etwas Bleiernes von Fee ab. Endlich, hier muss sie richtig sein! Trotzdem ist sie ganz vorsichtig und schaut sich noch einmal nach allen Seiten um, ehe sie den Schlüssel in das Zylinderschloss steckt. Der Schlüssel passt! Noch mehr Gewicht fällt von Fee ab. Mit einer Umdrehung hat sie die Tür aufgeschlossen. Fee tastet nach einem Schalter, den sie auch gleich rechts an der Wand findet. Die Deckenlampe erleuchtet einen kleinen Vorflur. Rechts ist eine schmale Tür mit der Aufschrift WC, geradeaus zwei massive Türen mit Milchglasausschnitten. Hinter der linken führt eine Treppe hoch. Fee öffnet die rechte und gelangt in einen langen Flur, der hinter der ummauerten Treppe breiter wird. Links und rechts liegen sich zwei Zimmertüren gegenüber, am Ende des Flurs sind Schränke und Regale eingebaut. Ganz am anderen Ende ist wieder eine Außentür. Die Wände sind weiß gestrichen und mit großen Bildern behängt. Fee öffnet als Erstes die Tür auf der rechten Seite. Das eingeschaltete Licht erhellt eine sehr große Küche, die so breit ist wie das Haus selbst. Fee staunt nicht schlecht. Von wegen altbacken! Auf der einen Seite steht eine moderne Einbauküche mit einem Tresen davor. Auf der anderen Seite steht ein riesiger Holztisch mit Eckbank und breiten, gepolsterten Stühlen drumherum. Die Möbel sind alle aus hellem Holz und durch Interieur in sanften Meerestönen ergänzt. Eine alte Frau mit so einem aktuellen Geschmack! Trotz ihrer überwältigenden Müdigkeit ist Fees Neugierde geweckt. Sie stellt ihre Tasche auf den Küchentresen und geht zurück in den Flur. Dort öffnet sie gespannt die gegenüberliegende Zimmertür. Der Lichtschalter, den Fee ertastet, schaltet gleich mehrere Lampen an Decke und Wänden ein. Fee staunt ein weiteres Mal: Das vor ihr liegende Wohnzimmer ist wahrscheinlich so groß wie ihre ganze Wohnung in Treptow! Eine riesige Wohnlandschaft, bestehend aus zwei Sofas und mehreren Sesseln, steht locker auf der einen Seite, ein langer Esstisch mit vielen Stühlen auf der anderen Seite. An der Wand neben der Tür ist ein großer Kaminofen installiert, ein Korb mit Holzscheiten steht davor. Neben all den Sitzmöbeln finden auch noch mehrere Schränke und Vitrinen Platz. Auch hier ist alles in Naturtönen gehalten, diesmal um braune und kupferfarbene Ausstaffierungen ergänzt. Das eine Sofa sieht so aus, als könne man es ausklappen. Und selbst wenn nicht, ist es groß genug, um darauf zu schlafen, befindet Fee. Eine Wolldecke hängt ja auch über der Seitenlehne. In Tante Keas Bett, wo immer es auch sein mag, will Fee sich ja nun nicht gerade legen. Wo ist Tante Kea eigentlich gestorben? Hier im Haus? Das hätte sie den Menschen vom Gericht fragen sollen. Hier im Wohnzimmer sieht jedenfalls nichts danach aus, als habe hier eine Tote gelegen. Also beschließt Fee, endlich schlafen zu gehen. Sosehr sie gerne noch das ganze Haus mitsamt dem Obergeschoss inspizieren würde: Sie kann ihre Augen kaum noch offen halten. Also geht sie in die Küche, um ihre Tasche zu holen. Erst jetzt nimmt sie wahr, dass zwischen Küchentresen und Tischgruppe noch eine weitere Zimmertür ist. Fee greift zur Klinke, um noch schnell zu ergründen, was sich dahinter verbirgt. Plötzlich hört sie ein lautes Poltern! Erschrocken fährt Fee herum, ihr Blick ist auf die offene Tür zum Flur gerichtet. Gestalten stürmen herein! Angeführt von einer älteren, hochgewachsenen Frau, deren Gesicht eiserne Entschlossenheit ausdrückt. Die Frau trägt eine lange Forke vor sich her. Dahinter folgen etwas stolpernd zwei jüngere Männer. Ein kräftiger Blonder hält ein langes Ding in den Händen, das aussieht wie ein Brotschieber, ein Dunkelhaariger mit Bart trägt einen langen Besenstiel vor sich her, an dessen Ende ein weiterer, kurzer Stiel herabbaumelt. Was ist das? fragt sich Fee, während ihr Blick an dem seltsamen Ding haften bleibt. Sie steht so unter Schock, dass sie die Situation gar nicht mehr begreifen kann und ihr langsam aussetzendes Gehirn sich nun mit der Frage nach der Bedeutung des baumelnden Etwas zu retten sucht. Die drei Eindringlinge gehen mit grimmigen Gesichtern auf Fee zu. Schließlich stolpert eine weitere Frau in die Küche herein. Sie ist klein und pummelig und vielleicht um die fünfzig, erfassen Fees fortreisende Gehirnzellen noch. „Ich hab's gefunden, Muddi!", stößt die kleine Frau atemlos hervor und hält etwas Langes, Metallenes in die Höhe. Schon wieder ein Gewehr!, fährt es durch Fees Kopf, und sie fühlt einen letzten Schrecken durch ihre Glieder fahren. Dann wird alles nur noch schwarz.

19

Als Fee erwacht, nimmt sie als Erstes einen angenehm dezenten Geruch von Weichspüler wahr. Auf ihr liegt eine leichte Sommerdecke, ihr Kopf ruht auf einem Federkissen. Nur zögernd beginnt Fee zu blinzeln – zu angenehm ist dieser tief entspannte Zustand zwischen Traum und Wirklichkeit. Um sie herum ist es dämmerig. Fee schaut direkt auf vier schmale, hohe Fenster, deren Vorhänge zugezogen sind. Durch einen Spalt fällt helles Licht. Es muss Tag sein, die Sonne scheint. Fee wendet ihren Kopf nach links. Auf dem Couchtisch neben ihr stehen Unmengen an Essen und Getränken: Platten, auf denen belegte Brötchenhälften gestapelt sind, auf einer Warmhalteplatte steht ein Topf und gleich daneben ein Stövchen mit einer Teekanne darauf. Fee macht verschiedene Saftflaschen, zwei Thermoskannen und sogar einen hohen Becher mit einem grünen Smoothie darin aus. Teller, verschiedene Tassen, Gläser und Besteck nehmen den restlichen Platz auf dem Tisch ein. Wo bin ich?, fragt sich Fee noch immer nicht ganz wach geworden. Dann erkennt sie hinter dem Couchtisch über den Berg von Brötchen hinweg auf einmal einen weißen Haarschopf. Fee richtet sich auf. Ist das nicht die Frau, die in der Nacht mit einer Forke auf sie losgegangen ist? Das Gesicht kann sie noch nicht richtig sehen, denn die Frau sitzt in einem Sessel und hat ihren Kopf über ein Notebook gebeugt. Nun ist Fee hellwach. Was geschieht hier mit ihr? Hat man sie gekidnappt? Wird sie als Geisel gehalten? Ist die Frau ihre Aufseherin?

Die Frau blickt hoch.
„Ah, Sie sind wach!"
In ihrer festen Stimme klingt durchaus etwas Freundliches mit, wie Fee wahrnimmt. Augenblicklich stellt die Frau das Notebook beiseite, erhebt sich aus dem Sessel und öffnet die Vorhänge. Sie hat eine sehr schlanke Gestalt und bewegt sich kerzengerade. Fast strahlt sie etwas Aristokratisches aus. Sie trägt eine gerade geschnittene Baumwollhose und eine langärmelige, weiße Tunikabluse.

Durch die geöffneten Vorhänge scheint die Sonne voll herein. Jetzt erkennt Fee, dass sie auf einem der Sofas in dem großen Wohnzimmer liegt, das sie in der vergangenen Nacht noch so staunend betrachtet hat. Auf ihrer Bettdecke ranken blaue Kornblumen.

„Wie spät ist es?", fragt Fee vorsichtig.

„Gleich Schlag Zwölf", antwortet die Frau, während sie sich nun in den Sessel am Ende des Tisches sinken lässt, sodass sie Fee gegenübersitzt. Trotz des Gegenlichtes nimmt Fee ein schmales Gesicht wahr. Die hohen Wangenknochen lassen die hellblauen Augen etwas tiefer liegend erscheinen. Die dichten weißen Haare hat die Frau zurückgebunden. Fee schätzt, dass die Dame über siebzig ist. Noch ehe Fee eine weitere Frage stellen kann, beugt sich die Frau vor und beginnt zu reden:

„Sie müssen entschuldigen, aber wir konnten ja nicht wissen, wer sie sind. Kea hat immer davon gesprochen, dass sie das Haus einer Verwandten vererben würde, die ihr sehr ähnlich ist. Aber Sie haben ja so gar keine Ähnlichkeit mit Kea. Und wir haben Sie ja auch erst gesehen, als wir in der Küche angekommen waren. Als plötzlich Licht im ganzen Haus an und aus ging, musste ich doch denken, dass jemand eingebrochen ist. Schließlich war es noch dunkel, und die Einbrüche in der Ferienhaussiedlung sind ja auch erst ein paar Wochen her. Da passen wir Nachbarn eben aufeinander auf. Also habe ich gleich meine Tochter wach gemacht und Heiko und Lasse alarmiert. Jeder hat sich gegriffen, was am schnellsten zur Hand war, und meine Tochter hatte ich angewiesen, Vadders altes Jagdgewehr mitzubringen … Sie verstehen, nur für den Fall …"
Die feste Stimme der Frau wird nun etwas kleinlauter.
„Erst als Sie uns da zusammengesackt sind, hat Heiko den Schlüssel auf dem Küchentresen entdeckt und festgestellt, dass er in die Haustür passt. Also haben wir gefolgert, dass Sie wohl rechtmäßig im Haus sind."
Fee weiß nicht, was sie dazu sagen soll. Immerhin versteht sie, dass sie nicht mehr bedroht wird.

„Ich bin übrigens Siefke Steding, die Nachbarin aus der Pension von gegenüber. Meine Tochter Marie haben Sie heute Nacht auch schon gesehen … Also, falls Sie sie noch gesehen haben, ehe Sie Ihre Augen verdreht haben … Wir waren ja ganz erschrocken, wie Sie da einfach so zusammengeklappt sind."

Vor Fees innerem Auge leuchtet das letzte Bild auf, das sie gesehen hat, bevor alles schwarz wurde. Sie nickt.

„Marie versteht ja was von Erster Hilfe und hat sie auch einen kurzen Moment wieder wach gekriegt. Aber dann sind Sie einfach fest eingeschlafen. Also haben die Jungs Sie hier auf das Sofa gelegt, und Marie hat frisches Bettzeug von oben geholt. Wir haben die ganze Zeit Wache bei Ihnen gehalten. Erst Marie, bis sie zur Arbeit musste. Ich habe das Frühstück für unsere Pensionsgäste schon ein bisschen früher fertig gemacht, sodass ich Marie dann ablösen konnte. Ich habe dann auch gleich Tee und Kaffee mitgebracht und einen frischen Smoothie mit Kräutern aus unserem Garten bereitet. Alles Bio!", betont Siefke Steding, als käme es in dieser Situation genau darauf an.

„Heiko hat belegte Brötchen gebracht. Von allem etwas, man weiß ja nicht, was Sie mögen. Oder ob Sie vegetarisch essen. Glutenfreie Maisbrötchen sind auch dabei, man weiß ja nie, hat Heiko gemeint. Und wir hätten ja was gutzumachen bei Ihnen."

Siefke Steding sagt den letzten Satz allerdings so, als ob sie selbst nicht daran glaubt, dass sie *so viel* an Fee gutzumachen habe.

„Wie heißen Sie eigentlich?", fragt Siefke Steding schließlich.

Fee räuspert sich, ihr Mund ist ganz trocken.

„Fee, also Fee Madeleine Schnabelkuss."

„Fee, wie die Elfe?", fragt Siefke mit Befremdung in der Stimme und fährt etwas zurück.

„Ja, genau", antwortet Fee etwas spitz, weil sie befindet, dass es der Dame überhaupt nicht zusteht, irgendetwas an ihr zu kritisieren.

Plötzlich schlägt eine Uhr. Es ist zwölf.

„Oh, jetzt muss ich aber los", sagt Siefke und erhebt sich vom Sessel. „Meine Tochter kommt in der Mittagspause, und ich muss die Suppe noch aufwärmen." Schon auf dem Weg zur Tür, dreht sie sich noch einmal um und fragt: „Sie kommen doch zurecht? Es geht Ihnen doch gut? Lasse will ja auch gleich vorbeikommen. Wenn Sie noch etwas brauchen, lassen Sie es ihn wissen. Tschüss, bis später!"

Bis später?, denkt Fee, der gerade erneut bewusst wird, dass dies ja nun ihr Haus ist. Wie kommen die Leute darauf, ihr Kommen anzukündigen, wie es Ihnen passt?

Fee kann ihren großen Durst kaum noch aushalten. Zum Klo muss sie aber auch dringend. Sie setzt sich auf und schnappt sich eine Flasche Mineralwasser vom Tisch, die sie in sich hineinschüttet, während sie sich auf den Weg zur Toilette neben dem Eingang macht. Im Gehen bemerkt sie erst, dass ihr die Hüfte und das Knie schmerzen. Da muss sie wohl draufgefallen sein, als sie umgekippt ist. Und tatsächlich entdeckt sie kurze Zeit später dicke Blutergüsse an den Stellen. Als sie in den Spiegel sieht, erschrickt sie: Ihre dunklen Haare sind total zerzaust, das Mascara verlaufen, ihr Teint ganz blass. Auf der Ablage liegt ein Kamm, mit dem sie ihre halblangen Wellen entwirrt. Mit Klopapier wäscht sie sich die verlaufene Schminke ab und rubbelt schließlich ihr ganzes Gesicht mit lauwarmem Wasser ab. Wenigstens kehrt dadurch etwas Farbe auf ihre Wangen und damit auch ihre Lebensgeister zurück.

Jetzt erst mal einen Kaffee, denkt Fee. Und Hunger hat sie auch, schließlich hat sie seit gestern Abend nichts mehr gegessen. Zurück im Wohnzimmer schenkt sich Fee aus der Thermoskanne ein, die dampfend heißen Kaffee ergießt. Kaffee kochen können die wenigstens, stellt Fee fest, als sie genussvoll den ersten Schluck nimmt. Begierig inspiziert sie die Platte mit den belegten Brötchenhälften. Es ist wirklich alles dabei: vom Mettbrötchen mit Zwiebelstücken über Geflügelaufschnitt bis zu Scheibenkäse und Camembert. Die Schnittchen sind mit Salatblättern, Tomaten- und Gurkenscheiben garniert. Auf den Maisbrötchen, die extra liegen, ist ein rosafarbener Aufstrich, der nach Rote Bete riecht. Fee greift nach einem Käsebrötchen, das sie mit wenigen Bissen verschlingt. Der Camembert auf der nächsten Brötchenhälfte ist richtig lecker! Eigentlich isst Fee nur wenig Fleisch und eigentlich auch nur Geflügel, aber die Mettbrötchen haben in diesem Moment etwas sehr Verlockendes, sodass Fee sich gleich zwei davon schmecken lässt und alles mit dem inzwischen auf Trinktemperatur abgekühlten Kaffee hinunterspült. In der Kasserolle auf der Warmhalteplatte findet Fee Rührei. Schon ein wenig angetrocknet, aber mit den Kräutern darin sieht es so lecker aus, dass sie den ganzen Topf auslöffelt. Als sie sich pappsatt zurücklehnt, betrachtet sie die immer noch vollen Platten. Was soll sie nur mit dem ganzen übrigen Essen machen?, fragt sie sich, während sie ihren Magen dann doch noch mit einem Stückchen Blauschimmelkäse abschließt. Noch während sie dies denkt, klopft es leise an der Tür. Ohne dass Fee etwas gesagt hat, öffnet sich die Tür, und ein Mann mit dunklem Bart und zu einem Dutt zusammengebundenen Haaren steckt seinen Kopf hindurch.

„Hi", sagt er verlegen, betritt dann aber ungeniert das Wohnzimmer.

„Ich bin Lasse. Der … äh … von heute Nacht." Er grinst etwas linkisch.

In Fees Kopf setzen sich Erinnerungsfetzen zusammen. „Der mit dem Baumelstiel?", fragt sie und erinnert sich allzu lebhaft an die Angst, die ihr das Ding eingeflößt hat.

Lasses Grinsen wird zu einem Lächeln.

„Das war ein alter Dreschflegel", antwortet er und lässt sich in einen Sessel plumpsen. „Damit hat man früher das Korn aus den Ähren geschlagen. Der hängt als Deko in meinem Flur. Darf ich?", fragt Lasse und deutet mit dem Kopf auf die immer noch übervollen Platten.

„Ich mache gerade Mittagspause, und weil ich nach dir sehen wollte, habe ich noch nichts gegessen."

„Kannst alles haben, ich bin satt", sagt Fee und schiebt ihm eine Platte entgegen. Lasse lächelt erfreut und beißt im nächsten Moment herzhaft in ein Wurstbrötchen.

„Mhhhm!", lässt er noch im Kauen vernehmen. „Heikos Brötchen sind echt die besten."

„Kaffee?", fragt Fee knapp, die erkennt, dass Lasse mindestens genauso einen Appetit hat wie sie selbst vorhin.

Im Kauen eines Käsebrötchens schüttelt Lasse mit dem Kopf und zieht sich eine weißblaue Teetasse heran. Dann löffelt er sich mit der einen Hand Kluntjes in seine Tasse, während die andere Hand schon nach einem Mettbrötchen greift. Die Kerze im Stövchen brennt noch, und als Lasse sich Tee eingießt, knistert es in der Tasse. Dann steigen heiße Dampfwölkchen auf. Den Sahnetopf mit der kleinen Kelle darin, der direkt neben dem Kluntje-Topf steht, lässt Lasse allerdings unberührt.

„Heiko? Ist der Bäcker?", fragt Fee. „Etwa aus der Bäckerei an der Ecke, an der ich heute Nacht vorbeigekommen bin?"

„Ja, genau", antwortet Lasse. „Den lernst du bestimmt auch bald kennen. Das heißt, eigentlich hast du ihn schon kennengelernt." Lasses Stimme wird verlegen. „Er war der mit dem Brotschieber."

Um schnell von dem unangenehmen Ereignis abzulenken, fragt Lasse:

„Wie heißt du überhaupt? Und wo kommst du her? Wie gut kanntest du Kea denn?"

„Ich heiße Fee und wohne in Berlin. Treptow, um genau zu sein. Und, äh, Kea kannte ich überhaupt nicht. Ich habe sie nur als kleines Kind getroffen, und daran habe ich leider keine Erinnerung mehr. Ich weiß gar nicht genau, wie ich mit ihr verwandt bin. Irgendwie über meinen Vater, aber den kann ich im Moment nicht fragen."

Lasse hat aufgehört zu kauen und hört Fee aufmerksam zu.

„Eigenes Leben und so, was?", fragt er.

„Wer?", fragt Fee nicht verstehend zurück.

„Dein Vater. In unserer Generation gibt es doch genug Väter, die glauben, ihre eigenen Lebenswünsche ließen sich nur fernab ihrer Kinder erfüllen."

„Ja, so ungefähr", muss Fee zugeben. „Deiner auch?"

„Nee, das nicht. Aber es gibt andere Gründe, warum, sagen wir, der Kontakt sehr begrenzt ist. Lass uns nicht darüber reden."

Fee bemerkt, dass Lasses Gesicht sich verspannt, und wechselt deshalb schnell das Thema.

„Äh, wo bin ich hier eigentlich genau? Ich meine, in welcher Gegend?"

Nun wechselt Lasses Gesichtsausdruck in große Verwunderung.

„Wie meinst du das, wo du hier bist? In Burhave, Halbinsel Butjadingen."

Sein Blick nimmt etwas Besorgtes an. Um zu vermeiden, dass Lasse sie nun auch noch für geistig umnachtet hält, erzählt Fee ihm von der Verwechslung und dass sie zunächst in Ostfriesland gelandet sei, ohne allerdings auch nur ein Wort darüber zu verlieren, dass sie versucht hatte, in ein fremdes Haus einzudringen, und mehrere Stunden auf dem Polizeirevier zubringen musste.

Lasse schaut Fee nachdenklich an und fragt:

„Was war das denn für eine Suchmaschine? Die hat wohl lange kein Update mehr gehabt, was?"

„Ich benutzte auf meinem PC zu Hause immer noch die „Spoorpoint", antwortet Fee etwas verwirrt. „Wieso?"

„Kein Wunder", meint Lasse, „die wird doch schon seit Jahren nicht mehr aktualisiert, und den Heringsweg hier gibt es doch erst seit ein paar Jahren."

„Aber das Haus hier ist doch älter als ein paar Jahre", erwidert Fee. „Hatte das denn vorher keine Adresse?"

„Doch, natürlich", erklärt Lasse. „Aber da hieß die Straße noch ‚Zu den Weiden'. In früheren Zeiten führte der Weg hier mal zu den Kuhweiden. Da ist jetzt aber ein Ferienhausgebiet. Wir sind hier eine Samtgemeinde, in der viele einzelne Dörfer zusammengefasst worden sind. Da gab es manche Straßennamen doppelt. Vor ein paar Jahren hat man entschieden, dass jeder Straßenna-

me in der Gemeinde Butjadingen nur einmal vorkommen soll, und hat dann einige Straßennamen geändert."
Entgeistert schaut Fee Lasse an. So etwas hat sie ja noch nie gehört. Lasse hält Fee sein Smartphone mit einer geöffneten Internetseite unter die Nase. Tatsächlich, da hat die Gemeindeverwaltung eine Liste von Straßennamen erstellt, die im Jahr 2015 geändert worden sind.
„Meine Mutter hatte was von einer Tante in Ostfriesland erzählt. Da konnte ich ja nicht ahnen, dass die Suchmaschine mir etwas ganz Falsches anzeigt", meint Fee kleinlaut. „Als ich den Irrtum bemerkt habe, war es schon mitten in der Nacht, und ich war todmüde. Also habe ich mich nur noch von dem Navi hierher lenken lassen, ohne mir anzusehen, in welcher Gegend ich überhaupt lande. Von Butjadingen habe ich noch nie vorher gehört. Die ostfriesische Küste, Cuxhaven und auch Nordfriesland sind mir bekannt, aber von diesem Landstrich ist mir nie etwas begegnet", erklärt sie.
„Na ja, aber Tourismus gibt es hier auch schon lange", entgegnet Lasse. „Und in den letzten Jahren ist auch noch mal viel für den Fremdenverkehr gemacht worden. Nur so überlaufen wie die anderen Nordseebäder sind wir hier noch nicht. Und das ist auch gut so, wenn du mich fragst. Hier leben und arbeiten noch hauptsächlich Einheimische. Also, äh, ein echter Eingeborener bin ich ja auch nicht. Ich komme aus Hamburg, bin aber schon viele Jahre hier und mittlerweile wohl mit den Einheimischen gleichgestellt."
Lasse grinst schelmisch.
„So sind die Butjenter: Sie wirken vielleicht etwas spröde, aber wenn du ihre Freundschaft gewonnen hast, dann hast du auch wirklich Freunde."
Fee muss lächeln. So entschlossen, wie die Nachbarn das Haus einer Verstorbenen zu verteidigen bereit waren, muss die Freundschaft hier wohl über den Tod hinausgehen.
„Ich wohne übrigens ein Haus weiter in der Nummer 8. In dem kleinen, alten Bauernhaus", schiebt Lasse nach und beäugt noch einmal die Brötchenplatte.

Er entscheidet sich für ein abschließendes Käsebrötchen. Eine weitere Tasse Tee schenkt er sich auch noch ein und pustet dann die Kerze im Stövchen aus. Auch Fee hat sich selbst noch mit einer weiteren Tasse Kaffee versorgt. Während Lasse sein Brötchen verdrückt, fragt sie:

„Wie sah Kea eigentlich aus?"

Lasse schaut nachdenklich drein und schluckt dann hinunter.

„Im hinteren Flur hat sie eine Fotowand. Da ist sie selbst auch mit drauf."

„Der hintere Flur?", fragt Fee. „Wo ist der?"

„Na, durch die Küche durch. Die Tür, äh ...", Lasses Ton wird erneut verlegen, „wo du heute Nacht zu Boden gegangen bist."

Er kann sich ein schiefes Grinsen nicht verkneifen, und Fee erinnert sich, dass sie ebendiese Tür gerade öffnen wollte, als der Sturmtrupp über sie hereingebrochen war.

„Zeig mir Kea!", fordert sie Lasse auf und macht sich auf den Weg zur Küche und den Raum dahinter.

Lasse folgt ihr. Sie gelangen in einen kleinen Flur, dessen Wände über und über mit gerahmten Fotos in allen Größen behangen sind. Lasse sucht die Bilder mit seinen Augen ab.

„Hier kann man sie gut erkennen, das Foto ist auch noch ziemlich neu, erst vom vorigen Jahr."

Fee tritt heran und betrachtet das Bild. Eingerahmt von ein paar anderen Leuten, steht in der Mitte eine ältere Frau. Neben ihr Lasse, das erkennt Fee sofort. Die Frau ist schlank und ein paar Zentimeter größer als Lasse. Somit also einen ganzen Kopf größer als sie selbst, denkt Fee. Eine Endachtzigerin hat sich Fee irgendwie anders vorgestellt. Kea hat rote Haare, die zu einer fransigen Frisur geschnitten sind. Der orangene Mantel ist auf Taille gearbeitet und ihre schlanken Beine stecken in kniehohen, braunen Stiefeln. Das Gesicht ist das einer betagten Dame, aber es strahlt die reinste Lebenslust aus. Kea lächelt fröhlich, fast ein bisschen keck, in die Kamera.

„Das war letztes Jahr kurz vor Ostern. Da haben wir Nachbarn uns alle aufgemacht zum Grünkohlbuffet in Iggewarden. Es war ein sehr schöner Abend", erklärt Lasse.

Fee erkennt Siefke Steding auf dem Foto und daneben eine kleinere Frau, die wohl ihre Tochter Marie ist. Und dann noch eine junge Frau, vielleicht etwas jünger als Fee selbst. Auf der anderen Seite von Kea stehen Lasse, ein Mann mit blonden Haaren, der wohl Heiko sein muss, und zwei weitere Personen. Fees Augen streifen über weitere Fotos an der Wand. Auf allen sind Menschen in verschiedensten Situationen abgelichtet. Und oft ist Kea selbst mit darauf: Kea mit stürmischer See im Hintergrund, Kea zusammen mit einer Gruppe Frauen vor einer Palmenkulisse, Kea und Siefke in der Gondel eines Heißluftballons, Kea beim Tanzen, Kea im Strandkorb. Auf einigen der Fotos, besonders denen, die südliche Gefilde im Hintergrund haben, sieht Kea bedeutend jünger aus, aber ihr Gesicht ist immer dasselbe. Auf einem großen Foto mitten an der Wand steht Kea Arm in Arm mit einem Mann. Kea müsste auf dem Bild um die sechzig Jahre alt sein, schätzt Fee, der Mann um einiges älter, aber er ist durchaus attraktiv. Lasse folgt Fees forschendem Blick und erklärt: „Das ist Keas Ehemann. Den habe ich aber auch nicht mehr kennengelernt. Der ist wohl schon über zwanzig Jahre tot."

Das Paar strahlt so viel Innigkeit aus, dass Fee ihren Blick kaum von dem Foto lösen kann.

„Hier war übrigens Keas Schlafzimmer", lenkt Lasse Fees Aufmerksamkeit von dem Foto weg. Er zeigt auf die Tür in der linken Wand. „Und gegenüber …", sein Finger wandert zur Tür in der rechten Wand, „… ein sehr schönes Bad. Ich habe nämlich beim Einbau mitgeholfen."

Fee wirft einen Blick in den so angepriesenen Raum und staunt ein weiteres Mal: Das Bad ist die reinste Wellnessoase! Neben einer begehbaren Dusche gibt es eine Badewanne mit Whirlpooldüsen, ein breites Waschbecken mit schicken, weißen Schränken drumherum, natürlich eine Toilette und sogar ein Bidet. Das Ganze sieht aus wie aus der Ausstellung eines gehobenen Sanitärhauses.

„Gefliest habe ich natürlich nicht, das kann keiner so gut wie Heiner, der ist ja vom Fach. Aber ich habe geholfen, die Leitungen zu verlegen und die Keramik einzubauen."

Fee vernimmt Stolz in Lasses Stimme.

Abrupt wechselt Lasse das Thema:

„Wie bist du eigentlich hergekommen? Ich habe draußen kein Auto stehen sehen. Und Züge und Busse fahren hier mitten in der Nacht ja nicht", fügt er mit scherzhaftem Ton hinzu.

Mist, ihr Auto! Daran hat Fee noch gar nicht gedacht. Das muss sie auch noch abholen.

„Mir ist das Benzin ausgegangen", erklärt sie ein bisschen verlegen. „Ich habe es gerade noch bis zur Hauptstraße geschafft und den Wagen auf einem Parkstreifen stehen lassen."

„Hier in Burhave?"

„Ja, genau. Da ist eine Sparkasse kurz nach dem Parkstreifen."

„Also in der Butjadinger Straße", kombiniert Lasse. „Das ist ja nicht so weit. Wenn du mir deinen Schlüssel anvertraust, sorge ich dafür, dass dein Wagen in der nächsten Stunde betankt im Carport steht", bietet er an. „Wie sieht dein Auto denn aus?"

Fee überlegt kurz. Soll sie das Angebot annehmen? Immerhin hat Lasse auch noch etwas an ihr gutzumachen, also kann sie sich den Dienst ruhig von ihm erweisen lassen, beschließt sie.

„Es ist ein himmelblauer Polo, nicht zu übersehen", antwortet Fee, während sie sich schon auf den Weg zum Küchenstuhl macht, über den in der vergangenen Nacht irgendjemand ihre Jacke gehängt hat. Sie fischt ihren Autoschlüssel aus der rechten Tasche und drückt ihn Lasse in die Hand.

„Danach muss ich noch zu einem Termin in die Ferienhaussiedlung. Aber wenn etwas ist, melde dich. Ich mache mich dann mal auf den Weg."

Im Gehen dreht Lasse sich noch einmal um.

„Willkommen in Butenland übrigens!"

Fee schaut Lasse nach. Butenland? Was ist das denn schon wieder für ein komisches Wort?

ROTE ÄPFEL

Fee hat anderer Leute Schlafzimmer schon immer höchst ungern betreten. Immerhin ist es der privateste Ort eines Menschen. Deshalb hat sie es bis jetzt auch noch nicht gewagt, die Tür zu Keas Schlafzimmer zu öffnen. Da wird sie ohnehin auf keinen Fall schlafen. Womöglich ist Kea darin gestorben. Sie hat leider nicht daran gedacht, Lasse danach fragen. Aber oben im Haus müssen noch weitere Zimmer sein, schließlich hat Siefke erwähnt, dass Marie das Bettzeug von dort geholt hat.

Fee erklimmt die massive Holztreppe und gelangt in einen großen, offenen Raum. Um einen großen, runden Tisch stehen Sessel herum, daneben ein breites offenes Regal mit Büchern und Gesellschaftsspielen. Sieht aus wie ein Aufenthaltsraum, denkt Fee. Hat Kea etwa an Feriengäste vermietet?

Tatsächlich findet sie hinter den beiden Türen, die links und rechts vom großen Flur abgehen, geräumige Appartements. Beide sind genau gleich eingerichtet: Neben dem Eingang geht ein Duschbad ab, an dessen längerer Wand auf der anderen Seite eine Küchenzeile installiert ist. Daneben steht ein Tisch mit kleinen Sesseln. An der gegenüberliegenden Wand stehen ein Kleiderschrank und eine Kommode mit einem alten Röhrenfernseher darauf, und ganz zu den Fenstern im Giebel hin ist ein Doppelbett aufgebaut. Das rückwärtige Appartement ist etwas größer als das zur Straße hin, sodass dort noch eine Klappcouch Platz findet. Alle Möbel sehen so aus, wie Fee sie aus ihrer Kindheit kennt: Massive Buche mit kugelförmigen Knäufen und blauen Zierleisten, die Wellen nachempfunden sind. Bilder und Dekorationen sind maritim gehalten und greifen das Blau auf den Möbel auf. Eben so, wie Nordseeurlauber es gerne haben, denkt Fee. Allerdings sehen die Räume so unbenutzt aus, als habe lange kein Gast mehr darin gewohnt. Trotzdem wurde alles sauber gehalten. Auf den Möbeln liegt nicht das kleinste Staubkorn, und die Betten sind sorgfältig abgedeckt.

Fee entscheidet, sich im vorderen Appartement einzurichten. Hier oben hat sie ein neutrales Plätzchen und muss nicht fürchten, dass einer ihrer Nachbarn plötzlich am Bett steht, denn die Tür zum Appartement ist, genau wie die Tür am Fuß der Treppe, abschließbar! Außerdem hat sie durch das große Fenster nach vorne hin, und den Fenstern in den seitlichen Gauben, einen guten Blick auf den Heringsweg: Da reihen sich nur wenige Häuser auf, bevor sich die Sackgasse am Ende zu einem schmalen Pfad verjüngt, der zu dem Ferienhauspark hinführt. Lasses altes Bauernhaus ist das letzte auf ihrer Straßenseite. Allerdings kann Fee durch die Sträucher hindurch, die Lasses Grundstück eingrenzen, kaum etwas vom Haus sehen. An dem Haus gegenüber von Lasse wurde offensichtlich mehrfach angebaut. „Pension Steding" steht in großen, weißen Buchstaben am Giebel des Hauses. Auf dem breiten Parkplatz davor stehen Autos mit verschiedenen Städtekennzeichen. Zwischen Siefkes Gästehaus und der Einbiegung zum Heringsweg stehen drei baugleiche, ältere Siedlungshäuser. Das Fees Haus gegenüberliegende sticht besonders heraus: Der englische Rasen hinter dem Jägerzaun wird von schnurgeraden Rabatten umschlossen, den exakten Abstand der Blumen muss jemand mit einem Lineal ausgemessen haben. Selbst die weißen Steinfiguren stehen in Reih und Glied wie die Zinnsoldaten. Die anderen beiden Siedlungshäuser haben eher schlichte Gärten. Auf ihrer eigenen Straßenseite sieht das Grundstück zwischen ihrem Haus und der Bäckerei ein bisschen ungepflegt aus. Von dem Haus selbst kann Fee durch die Bäume und Sträucher hindurch nur wenig sehen. Sie erkennt, dass an den oberen Fenstern die Rollläden heruntergelassen sind. Das Haus scheint leer zu stehen. Vielleicht ein Ferienhaus, das gerade nicht bewohnt wird. Weiter hinten macht sie schließlich das große Backsteingebäude der Bäckerei aus, das sie letzte Nacht passiert hat. Aber Backwaren braucht Fee heute nicht mehr. Vom Frühstück ist ja noch ein ganzer Berg übrig geblieben.

❦

Eine Dreiviertelstunde später kommt Fee eingehüllt in ihren so geliebten Magnolienduft aus dem kleinen Duschbad zurück. Ihre frisch geföhnten Haare sind zu einem Pferdeschwanz zusammengebunden, und ihr Pony hängt nun wieder in kecken Strähnen vor der Stirn. Die total zerknitterte Leinenhose und die muffelige Bluse hat sie gegen eine Capri-Jeans und ein gelb-weiß geringeltes Shirt ausgetauscht. Schließlich ist sie hergekommen, um Urlaub zu machen, und dazu hatte sie sich die passende Kleidung für den ersten Tag schon in ihre kleine Reisetasche gepackt. Aus den alten Klamotten muss dringend die gestrige Nacht rausgewaschen werden! Dann fummelt Fee aus dem Seitenfach der Reisetasche ihr Smartphone hervor. Der Akku ist fast leer, Fee hatte gar nichts anderes erwartet. Natürlich hat sie auch ein Ladekabel dabei. Sie nimmt beides in die Hand und macht sich auf den Weg zur Küche.

Unten im Flur findet sie ihr Gepäck akkurat zusammengestellt. Ihr Autoschlüssel, mit dem unübersehbaren gelben Smiley daran, liegt obenauf. Und daneben eine leuchtend orange Visitenkarte. „Lasse Alsterbeck, Zimmermann & Tischler, Handwerkliche Arbeiten aller Art" steht darauf, und untendrunter eine Handynummer. Fee schaut durch die Haustür: Tatsächlich steht ihr kleiner, blauer Flitzer wohlbehalten unter dem Carport am Rande der Zufahrt.

Fee schließt ihr Smartphone an eine Steckdose neben dem Küchentresen an. Ein grüner Kreis auf dem Display bewegt sich und zeigt damit an, dass der Akku lädt. Sie hasst es, das Handy zu benutzen, während es an dem viel zu kurzen Kabel hängt. Sie will sowieso erst einmal den Frühstückstisch abräumen.

Eine Weile später hat Fee die vielen übrig gebliebenen Brötchen in dem großen Kühlschrank verstaut. Wahrscheinlich wird die niemand mehr essen, aber so kommen sie wenigstens nicht gleich um. Das schmutzige Geschirr hat sie in die Spülmaschine gestellt und für alles andere seinen ursprünglichen Platz in Schränken und Regalen gefunden. Nun setzt sich Fee auf einen der Barhocker am Küchentresen und schaltet ihr Smartphone ein. Etliche Nachrichten sind eingegangen: Natürlich von ihrer Mutter, die wissen will, ob sie wohlbehalten angekommen ist und wie alles aussieht. Schnell tippt sie eine Antwort zurück: Alles gut, Verwechslung, bin in Burhave/Butjadingen, melde mich später. Ihre Mutter ist an ihren Telegrammstil gewöhnt, weiß sie doch, dass Fee kein Fan davon ist, auf dem kleinen Display herumzutippen.
Außer ihrer Mutter und ihrer Freundin Melanie, die inzwischen weit weg in Connecticut lebt, hat sie niemandem von ihrer Erbschaft erzählt. Fee wollte erst mal ganz für sich selbst herausfinden, was ihr da zugefallen ist und was sie mit dem Haus anfangen wird. Gute Ratschläge von allen Seiten kann sie dabei nicht gebrauchen. Also hat sie einfach gesagt, dass sie ihren Urlaub an der Nordsee verbringen wird, was ja auch stimmt. Deshalb enthalten die meisten anderen Nachrichten auf dem Smartphone auch nur mehr oder weniger witzige Wünsche für einen schönen Urlaub. Niklas, Ihr Kollege aus der Veranstaltungsagentur, in der Fee hauptberuflich arbeitet, fragt, wo die Unterlagen für die Schiffsrundfahrt zum 70. Geburtstag von Frau Koslowski liegen. Meine Güte, denkt Fee, die habe ich ihm doch direkt vor die Nase gelegt. Schnell tippt sie zurück, erfährt eine halbe Minute später aber, dass Niklas die Unterlagen bereits gefunden hat. Nun wünscht auch Niklas einen schönen Urlaub und gelobt, nicht mehr zu stören. Emily, die Studentin, mit der sich Fee oft Schichten in den „Silver Key Escape-Rooms" teilt, schreibt, dass

der neue Raum fertig installiert ist und Fee ganz bestimmt umhauen wird. Ein Foto von einer düsteren Verlieskulisse hängt an. In der Tat liebt Fee Escape-Rooms und hat in Berlin und Umgebung schon jeden durch. Und seit einigen Monaten arbeitet sie nebenher in der „Silver Key"-Kette, die alle halbe Jahr einen Themenraum austauscht, sodass Fee als eine der ersten die ausgeklügelten neuen Rätsel in den fantastischen Kulissen lösen kann. Meistens schafft sie es lange, bevor die vorgegebene Zeit abgelaufen ist, weil sie sich nicht nur regelmäßig in Onlinespielen aus verschlossenen Räumen befreit, sondern weil die meisten Rätsel schlussendlich einer wiederkehrenden Logik folgen. „Wow", schreibt Fee an Leonie zurück, fügt den staunenden Smiley ein und ergänzt: „Ich bin schon ganz gespannt."

Dann ist da auch noch eine Nachricht von Jenny aus der Online-Ermittlungsgruppe, zu der Fee seit ein paar Jahren gehört. Die „Bermittler", wie sie sich nach ihrer Stadt benennen, nehmen sich sehr alter, ungelöster Fälle an – Cold Cases. Dafür werden ihnen alle Fakten und Beweismittel aus lange zurückliegenden Kriminalfällen zur Verfügung gestellt. Die Fälle sind meist so alt, dass niemand Beteiligtes mehr am Leben sein kann und eigentlich keine Hoffnung mehr besteht, den Fall tatsächlich noch lösen zu können. Aber in zwei Fällen ist es den Bermittlern gelungen, bislang unbeachtete Details zu einer logischen Indizienkette zusammenzufügen, die den jeweiligen potenziellen Täter „überführt" hat. Fee hat sehr großen Spaß an diesen Ermittlungen. Stundenlang hat sie sich alte Schwarz-Weiß-Aufnahmen von Tatorten angesehen, um irgendetwas zu finden, was in all den Jahren übersehen worden war. Sie hat Akten Wort für Wort studiert und war einmal sogar auf *die* entscheidende Ungereimtheit gestoßen. Nun schreibt Jenny, dass ihr ein ganz großer Coup gelungen sei: Demnächst würde man ihnen alle noch vorhandenen Originalunterlagen aus dem Fall „Hinterkaifeck" zur Verfügung stellen. Alter Hut, denkt Fee. Über den ungelösten Fall, der sich vor rund einhundert Jahren in Oberbayern abgespielt hat und bei dem sechs Bewohnerinnen und Bewohner eines abgelegenen Hofes ermordet wurden, ist bereits in etlichen Fernsehdokumentationen aufgegriffen worden. Viele Hobbyermittler haben sich bereits an der endgültigen Klärung des Falls versucht. Es wurde sogar eine Reihe von Verdächtigen namentlich genannt. Aber den letzten Beweis zur Überführung des tatsächlichen Mörders konnte niemand beibringen. Trotzdem schickt Fee Jenny ein „Cool" zurück und fügt das Monokel-Smiley an.

Als Fee alle Nachrichten angesehen hat, will sie nun endlich wissen, wo genau sie gelandet ist und was ihre Umgebung zu bieten hat. Sie gibt bei Google „Burhave" ein – mit Vogel-V. Erstaunt, und gleichzeitig erfreut, stellt sie fest, dass die Nordsee kaum einen Kilometer von ihrem Haus entfernt liegt. Im Ort gibt es alles, was man braucht: zwei Supermärkte, ein paar Fachgeschäfte, eine Ärztin, eine Apotheke, etliche Restaurants und eine erstaunliche Vielzahl von Freizeitangeboten für die Feriengäste. Die Nordseelagune tut es Fee ganz besonders an. Sie beschließt, sich am späten Nachmittag auf den Weg dorthin zu machen, dann ist der Eintrittspreis reduziert, und es wird wahrscheinlich nicht mehr so voll sein. Bis dahin will sie erst einmal das Grundstück ihres Hauses in Augenschein nehmen.

Nachdem sie ihre Gepäckstücke vom Flur und das Bettzeug aus dem Wohnzimmer nach oben gebracht hat, schlüpft Fee in ihre weißen Sneakers. Draußen empfängt sie strahlender Sonnenschein an einem wolkenlosen Himmel. Ein sanfter Wind bewegt ihr Haar. Vögel zwitschern, Fee hört das Tschilpen von Haussperlingen heraus. Sollte man so nahe an der Nordsee nicht das Geschrei von Möwen hören? Fee horcht. Aber eine Möwe hört sie nicht. Um diese Jahreszeit sitzen die wahrscheinlich alle in ihren Brutkolonien am Wasser.
Direkt vor Fees Nase fliegt laut summend eine Hummel vorbei und eilt dann auf die Stockrosen am Vorgartenzaun zu, die schon ihre ersten Blütenkelche geöffnet haben. Fee folgt der Hummel vor das Haus, von wo aus sie ihren Rundgang beginnt, und ist gleich entzückt: Wer auch immer hier mäht, lässt in dem Rasen kleine Inseln mit Wildblumen stehen. In den Beeten, die

das Grundstück eingrenzen, stehen die verschiedensten Stauden und Sträucher. Heerscharen von Insekten fliegen zwischen den bunten Blüten umher. In einer Ecke ist ein kleiner Wasserfall angelegt. Eine Kohlmeise schießt von einem Stein in dem flachen Wasserbecken empor. Unter einer überdachten Terrasse, die an der hinteren Längsseite des Hauses angebaut ist, stehen ein Strandkorb und massive Gartenmöbel. Wow, denkt Fee und nimmt sich vor, es sich dort später mit einem Buch und einem kalten Getränk gemütlich zu machen.

Im rückwärtigen Teil wird der Ziergarten von Beerensträuchern und Holunderbüschen eingegrenzt. Dahinter liegt ein Gemüsegarten. Einige der schmalen Beete sind nicht bepflanzt, aber in den vorderen gedeihen die verschiedensten Kräuter. In einem anderen Beet stehen Erdbeerpflanzen mit fast reifen Früchten daran. Da kann sie in den nächsten Tagen bestimmt ernten, freut sich Fee. Hinter den kleinen Beeten liegt eine große, zusammenhängende Fläche, aus der unzählige kleine Pflanzentriebe mit großen Blättern emporsprießen. Hat Kea da noch etwas eingesät, bevor sie gestorben ist?, fragt sich Fee verwundert. Und was ist das? Sie betrachtet die jungen Triebe etwas genauer und findet unter einem großen Blatt eine erste gelbe Blüte. Sollen das etwa Kürbisse werden?, fragt sie sich. Wozu brauchte Kea denn so viele Kürbisse? Die kann sie doch nicht schon vor ihrem Tod gesät haben, da wäre es ja noch viel zu früh gewesen. Und dann wären die Pflanzen ja auch längst größer. Nach einigem Überlegen vermutet Fee, dass hier einer der Nachbarn am Werk war. Vielleicht Heiko, der Bäcker, weil er im Herbst Kürbistuten anbieten will. Sicher hatte Kea ihm das erlaubt. Wenn sie das Anwesen verkauft, wird das natürlich nicht mehr gehen, stellt Fee bedauernd fest und lässt ihren Blick über das große Haus gleiten, das sie von hier aus in seiner Gesamtheit erfassen kann. Die weißen Fensterrahmen mit ihren Butzenscheiben strahlen aus dem roten Mauerwerk heraus. Das Reet liegt wie gegossen auf dem Dach und den hervorlugenden Gauben an beiden Seiten. Ganz oben streckt sich ein dicker Schornstein in die Höhe.

Alles sieht irgendwie so neu und gleichzeitig so urtümlich aus. Wie alt ist das Haus eigentlich?, überlegt Fee. Vielleicht finden sich ja irgendwo Unterlagen. Oder steht so etwas im Grundbuchauszug? Schließlich ist Fee zum ersten Mal Hausbesitzerin und hat von diesen Dingen überhaupt noch keine Ahnung. Dann geht Fee auf das kleine Nebengebäude zu, das hier hinten ganz am Ende der Zufahrt steht. Es ist ein bisschen breiter und länger als eine Garage und hat ein reetgedecktes Spitzdach. Zur Gartenseite sind zwei Fenster eingebaut, durch die Fee aber nichts sehen kann, weil innen die Vorhänge zugezogen sind. Sie geht zur Vorderseite des Häuschens, wo eine breite, massive Holztür eingebaut ist. Auf dem Balken über der Tür ist etwas eingeschnitzt: „För nix to groot, för nix to lütt". Ratlos betrachtet Fee die Worte. Das muss Plattdeutsch sein, das sie aber nicht versteht. Sie ruckelt an der eisernen Klinke, aber die Tür ist verschlossen. Sicher hängt ein Schlüssel in dem Schlüsselschrank, den sie im Flur gesehen hat, vermutet sie und nimmt sich vor, später nachzusehen. Wahrscheinlich sind da eh nur Gartengeräte drin.

Das Häuschen steht so dicht an dem ungepflegten Nachbargrundstück, dass zwischen der Hausmauer und den Sträuchern auf der Grenze nur ein enger, schattiger Pfad verbleibt. Fee sieht keinen Sinn darin, sich an der modrigen Wand entlangzuquetschen. Auch wenn da ein weiteres Fenster zu sein scheint, wird das wohl auch verhangen sein. Stattdessen wirft sie durch eine Lücke in den Sträuchern einen Blick in den benachbarten Garten. Ein großer Apfelbaum versperrt die Sicht auf das Haus. Fee lässt ihren Blick über das hochgewachsene Gras schweifen. Da müsste dringend mal wieder gemäht werden, geht es ihr durch den Kopf, als ihre Augen plötzlich etwas Rotes wahrnehmen, das unterhalb des Apfelbaums durch die Halme leuchtet. Äpfel können es noch nicht sein, denkt Fee, und überhaupt hat sie so leuchtend rote Äpfel auch noch nie gesehen. Wahrscheinlich ein Ball oder ein anderes Spielzeug, das ein Kind dort liegen lassen hat. Trotzdem das eine ganz plausible Erklärung ist, kann ihr Blick nicht von diesem leuchtend roten Punkt lassen. Es ist ja keiner da, denkt sie, also kann sie ruhig mal nachsehen. Beherzt steigt Fee über den nur kniehohen Zaun und stakt durch das hohe Gras auf den roten Leuchtpunkt zu. Und bleibt abrupt wie erstarrt stehen. Das ist kein Spielzeug! Das ist ein leuchtend roter Strumpf, der über ein dünnes Bein gestülpt ist! Und gleich daneben leuchtet ein zweiter roter Strumpf an einem unnatürlich verdrehten Bein durch das Gras! Fees Knie beginnen zu zittern. „Hallo, hören Sie mich?", fragt sie instinktiv in Richtung Boden. Obwohl sie den im hohen Gras versunkenen Körper nicht vollständig sehen kann, weiß Fee im Inneren, dass keine Antwort zu erwarten ist. Starr steht sie unter dem Apfelbaum, unfähig, ihren Blick von den roten Socken zu wenden. Bei ihren Online-Ermittlungen hat sie sich oft gefragt, wie ein Mensch, der einen Toten entdeckt, wohl reagiert. Wie lange es dauert, bis das Gehirn das völlig Unterwartete realisiert und welcher Handlungsimpuls eintritt. Zumindest weiß sie jetzt, wie *ihr* Gehirn reagiert: Nämlich mit totaler Blockade. Hoffentlich kippe ich nicht wieder um, ist alles, was sie denken kann.

„Moin", erschallt es plötzlich knapp, aber laut von der Straße her. Fee zuckt zusammen und löst sich aus der Starre. Ein blonder Mann mit klein karierter Hose schaut in ihre Richtung.
„Geht's dir wieder gut?", fragt er.
„Da liegt einer wie tot", kommt es aus Fee statt einer Antwort auf die Frage hervor.
„Was?", schallt es kurz und ungläubig klingend von der Straße zurück.
Der blonde Mann durchquert mit großen Schritten die Öffnung im Vorgartenzaun und steht wenige Momente später neben Fee.
„Oha!", kommentiert er fast tonlos und beugt sich herunter zu der Stelle, an der der Kopf der Gestalt im hohen Gras liegt.
„Ich ruf Lübben an."
Er steht auf, zückt sein Handy aus der Hosentasche und wählt eine kurze Nummer.
„Herr Lübben? Hier Heiko Eeken. Im Heringsweg 4 liegt ein Toter unterm Apfelbaum."

Einen Moment später legt er auf.

„Die Polizei ist unterwegs", sagt er an Fee gerichtet.

Nun traut sich auch Fee, einen Blick auf das Kopfende des Liegenden zu werfen. Augenblicklich zieht sich ihr Magen zusammen. Aus einem schmalen Gesicht mit einer bemerkenswert langen Nase darin starren weit aufgerissene grüne Augen in die Krone des Apfelbaums. Der breite Mund ist wie zu einem letzten bitteren Lächeln verzogen. Fee wendet sich wieder ab. Das ist definitiv etwas ganz anderes, als in die Gesichter von Toten auf Jahrzehnte alten Schwarz-Weiß-Fotos zu schauen. Heiko tippt derweil etwas in sein Smartphone ein. Als er damit fertig ist, steckt er das Gerät ein und schaut Fee an.

„Ich bin übrigens Heiko, der Bäcker von der Ecke."

Er macht mit seinem Kopf eine kurze Bewegung in Richtung der Einbiegung zum Heringsweg und hält Fee die Hand entgegen.

„Fee", gibt Fee abwesend zurück, ohne die Hand zu ergreifen.

„Das hat sich schon herumgesprochen", meint Heiko und dreht sich im nächsten Moment zur Straße, wo ein kleiner, quietschoranger Trecker mit einer kantigen Glaskabine obenauf zum Halten kommt. Lasse springt aus dem Fahrzeug und macht große Schritte auf Fee und Heiko zu. Dann starren alle drei auf die Szenerie unter dem Apfelbaum.

„Weiß man, wer das ist?", fragt Lasse schließlich.

„Könnte einer von den beiden Sygge-Brüdern sein", meint Heiko.

„Ganz bestimmt ist das einer von den Sygge-Brüdern, das sieht man doch an den roten Strümpfen. Die tragen doch immer rote Strümpfe, genau wie ihr Vater", erschallt plötzlich eine schrille Frauenstimme aus dem Nichts.

Hinter Lasse tritt eine kleine Person hervor, deren äußere Erscheinung Fee kurz von dem Toten ablenkt: Die Frau dürfte ungefähr in Siefkes Alter sein, auf jeden Fall jenseits der Siebzig. Sie geht Lasse gerade bis zur Brust. Oder vielmehr: Ihr Haar geht Lasse gerade bis zur Brust. Sie hat die aschblond gefärbte Wasserwelle nämlich mindestens zehn Zentimeter in die Höhe toupiert. Soll sie das größer machen?, fragt sich Fee. Die Augen der

Frau sind bis unter die Brauen mit einem hellgrünen Lidschatten bemalt, auf ihren Lippen ist großzügig pinkfarbener Lippenstift verteilt. Aus einer kurzen, grellorangenen Kittelschürze lugen oben groß geblümte Ärmel und unten ein gelber Rock heraus. Abgerundet wird das bizarre Modespektakel von ein paar grasgrünen, hochhackigen Plateausandalen. Irgendwie sieht es aus, als ob die Dame über dem Gras schwebt, so wenig sind die Sandalen in den langen Halmen zu erkennen.

„Moin Elseliese", sagt Heiko, ohne die Hinzugekommene richtig anzuschauen. Offensichtlich hat er sie an ihrer Stimme erkannt.

Im nächsten Moment ist das Martinshorn eines Polizeiwagens zu hören. Alle drehen sich um, und Fee traut ihren Augen kaum, als ein alter Mercedes mit grün-weißer Lackierung auf das Grundstück fährt. Ein Uniformierter verlässt zackig den Fahrerraum. Der Polizist ist nicht besonders groß, recht schlank, aber irgendwie ungewöhnlich breit geraten. Seine kantige Kinnpartie verleiht auch seinem Gesicht etwas Breites, was optisch noch durch einen Schnauzbart betont wird. „Gut, dass du da bist, Onke", sagt Elseliese, um eifrig nachzuschieben: „Es ist einer von den Sygge-Brüdern! Hier unterm Apfelbaum."

Sie zeigt mit ihrem violett lackierten Fingernagel zu dem Toten.

„PHM Lübben, ich bin im Dienst", erwidert der Angesprochene streng und strafft demonstrativ die breiten Schultern.

૭

Onke Hinrich Burchard Lübben legt allergrößten Wert auf die Feststellung, dass er in direkter Linie vom ersten urkundlich bezeugten Häuptling Butjadingens, Lubbe Onneken, abstammt. Insofern sei er von adeliger Herkunft, wie er gerne jeden ungefragt wissen lässt. Seine gesamte Ahnenlinie habe sich ausschließlich mit alteingesessenen Butjadingern vermählt, und seine eigene Ehefrau Irmhild ist eine geborene Tantzen aus der historischen Geschwisterlinie der Lübben. Irmhild ist es auch, die Onke auf jedes neu gekaufte Kleidungsstück unverzüglich das gestickte Wappen mit einem aufgerichteten Löwen darin aufnäht. Davon hat Onke sich gleich zweihundert Stück nach Vorlage des alten Wappens der Lübben anfertigen lassen. Die reichen noch eine Weile.

Den größten Teil seiner Freizeit verbringt Onke mit der Erforschung seiner weitverzweigten Familiengeschichte. Immerhin hat ihr Stammvater Ende des 14. Jahrhunderts gelebt. Da gibt es viel zu erforschen. So hat Onke jedes Buch über Heimat- oder Ahnenforschung aus Butjadingen gelesen oder sogar in seinen Besitz gebracht. In Archiven der Region und des Landes ist er bestens bekannt und hat dafür gesorgt, dass man ihn sofort unterrichtet, sobald auch nur irgendein neuer Schnipsel auftaucht, der mit seinen Butjadinger Ahnen in Verbindung gebracht werden kann.

Entsprechend seiner gefühlten Stellung lässt sich Onke Lübben strikt von niemanden beim Vornamen anreden. Bedauerlicherweise kann man Duzfreunde aus der Kindheit schlecht dazu bewegen, ihn nun mit Herrn Lübben und Sie anzusprechen. Ebenso wenig die noch verbliebenen Alten, die ihn schon als „Lütten Onke" gekannt haben. Aber von allen anderen lässt er sich das Du nicht antragen. Nicht einmal von seinem früheren Vorgesetzen Edo Wessel aus dem Polizeirevier in Burhave. Über dreißig Jahre hatten sich die beiden an ihren Schreibtischen gegenüber gesessen. Und zu Onkes erster Beförderung hatte Wessel ihm das Du angeboten. Aber das hatte Onke verlegen mit dem Hinweis, dass Wessel für ihn doch eine Respektperson sei, abwiegeln können. Zum Glück hatte Wessel das Argument gelten lassen und das Duz-Angebot nie wiederholt. Und nun ist der ja auch schon ein halbes Jahr in Pension und lässt sich auf dem Revier nicht mehr blicken.

Die zweite große Leidenschaft Onkes ist die Polizei. Schon als kleiner Junge wollte er Polizist werden und einen Peterwagen fahren, wie ihn damals der Dorfpolizist Schulte fuhr. Als er selbst endlich in den Polizeidienst eintreten konnte, war Schulte in Rente und sein VW Käfer durch einen Mercedes-Benz W 123 ersetzt worden. Das war mal ein Auto! Onkes Vorgesetzter Wessel hatte fürs Autofahren nicht viel übriggehabt, und so wurde das edle Vehikel von Onke nicht nur gelenkt, sondern von ihm auch in persönliche Pflegschaft genommen. Stets hatte er Putzlappen und Politur dabei, um die kleinste Verunreinigung unverzüglich zu entfernen. Eine Grundreinigung, jeden Samstagvormittag, war sowieso selbstverständlich. Als man den Mercedes sieben Jahre später gegen einen schnöden VW Passat ersetzen wollte, hatte Onke im zähen Kampf beim niedersächsischen Polizeichef persönlich durchgesetzt, sein bewährtes Dienstfahrzeug behalten zu dürfen. Und daran ließ er bis zum heutigen Tage nicht rütteln.

∿

„Wer hat die Leiche gefunden?", fragt Lübben in die Runde. Aus einem ihr selbst unerklärlichen Reflex heraus hebt Fee den Finger, als sei sie in der Schule.
„Name?", fragt Lübben.
„Fee Madeleine Schnabelkuss", antwortet Fee und sieht aus den Augenwinkeln, wie Elseliese ihr Gesicht verzieht.
„Waren sie allein? Wie haben sie die Leiche gefunden?", investigiert Lübben weiter.
„Ich bin die Erbin von Kea de Buurs Haus und bin letzte Nacht hier angekommen. Vorhin habe ich dann das Grundstück umrundet, um mir alles anzusehen. Als ich nach hier rüber sah, hat etwas Rotes im Gras geleuchtet. Da bin ich rüber, um zu sehen, was es ist."
Noch während sie erzählt, beugt sich Lübben zu dem am Boden Liegenden herunter.
„Scheint tot zu sein", konstatiert er trocken.
Vom Polizeiwagen her stakt ein zweiter, sehr junger Polizist durch das lange Gras auf die Gruppe zu. Er trägt eine Rolle Absperrband in der Hand.

„Hab's gefunden, lag im Korb zwischen den Putzmitteln", vermeldet er beflissen an Lübben gerichtet.

„Soll das etwa der Ersatz für Edo Wessel sein?", fragt Elseliese wirsch und mustert den jungen Beamten. „Sind Sie denn schon volljährig?"

Das pausbackige Gesicht des Jungpolizisten läuft rot an.

„Polizeimeisteranwärter Düring", stellt Onke den Begleiter vor.

„Von den Dürings aus Tossens?", will Elseliese wissen. „Oder sind Sie gar nicht von hier?"

„Frau Deichkötter, wir sind nicht hier, um verwandtschaftliche Verhältnisse zu klären, sondern um uns mit dem Toten zu befassen", ermahnt Lübben.

Elseliese macht ein beleidigtes Gesicht. Schließlich müsste doch gerade Onke Lübben Verständnis dafür haben, dass man wissen muss, wie jemand hin und her gehört.

„Absperren", weist Onke den jungen Kollegen an, der sich sogleich daranmacht, geeignete Befestigungsmöglichkeiten für sein Trassierband zu finden.

„Ja, der Jüngste vom Düring-Hof. Macht sich ganz gut", raunt Lübben dann Elseliese zu, deren Gesicht augenblicklich zufriedene Züge annimmt.

In kurzen Abständen kommen ein Porsche Carrera und ein Rettungswagen in den Heringsweg gefahren und halten vor dem Haus. Aus dem tiefliegenden Sportflitzer mit Metalliclackierung steigt ein Mann mit dunklem Anzug und Krawatte aus. Mit einem Arztkoffer in der Hand eilt er herbei und besieht sich den Liegenden.

„Exitus", kommt es wenige Augenblicke später von unten. „Verletzung am Hinterkopf. Müsste da schon ein paar Stunden liegen. Aber das muss natürlich abschließend im Institut abgeklärt werden. Ist wohl unglücklich aus dem Baum gefallen", fügt er hinzu, als er plötzlich stutzt. „Was ist das denn für ein Muster?"

Er dreht den Kopf des Toten ein weiteres Stück zur Seite und beäugt den blutverschmierten Hinterkopf von Nahem. Dann fühlt er mit seinen behandschuhten Fingern nach.

„Sieht aus, als wäre er auf ein Gitter oder so etwas gefallen." Nun befühlen seine Hände das Gras unter und um den Kopf des Toten. Doch er scheint nichts zu finden.

„Ihr könnt ja noch mal schauen, wenn er abtransportiert ist", meint der Arzt an Lübben gewandt, während er sich wieder in die Horizontale bewegt und seine Hosenbeine abklopft. Erst jetzt stellt er sich den Anwesenden vor: „Dr. Schildpatt. Moin Lübben. War gerade auf dem Weg nach Hamburg. Konzert in der Elbphilharmonie. Muss schnell weiter." Er schaut auf seine teuer aussehende Armbanduhr. „Ihr könnt Meenen anrufen, ich sage schon mal in der Gerichtsmedizin Bescheid."

Im Gehen gibt Dr. Schildpatt den zwei wartenden Sanitätern ein Zeichen, woraufhin die in den Rettungswagen zurücksteigen und abfahren. Erst jetzt bemerkt Fee, dass sich auch Siefke Steding und ihre Tochter Marie zu der Gruppe unter dem Apfelbaum gesellt haben. Beide schauen bestürzt auf den Toten. Am Gartenzaun reckt eine vorbeikommende Familie, die einen mit Kühltasche, Klappstühlen und Gummitieren beladenen Bollerwagen hinter sich herzieht, neugierig die Hälse.

Lübben will eben seine Befragung fortsetzen, als ein dunkler BMW auf der Einfahrt des Grundstücks hält. Aus der Beifahrertür hievt sich ein großer, kräftiger Mitfünfziger. Als der auf den Tatort zustakt, zieht er angestrengt die Oberlippe hoch und entblößt dabei eine Reihe viel zu groß und weiß geratener Schneidezähne.

„Moin Lübben", begrüßt der beleibte Kommissar seinen Burhaver Kollegen.

„Moin Cornelius", antwortet der Dorfpolizist und kann es dabei nicht vermeiden, mit seinem Blick kurz an den Zähnen des Kommissars hängenzubleiben.

„Schelpe", lispelt der Kommissar knapp, worauf Lübben und alle anderen Einheimischen verstehende Gesichtsausdrücke annehmen.

Die Alleinkraft des hauseigenen Labors in der nahe gelegenen Zahnarztpraxis des Dr. Banhard, Gottfried Schelpanski, gilt in der dentalen Handwerkskunst zwar als Koryphäe, es kommt aber immer mal wieder vor, dass er die Abdrücke der Patienten mit den dazugehörigen Aufträgen verwechselt. So musste sich jüngst die Witwe Lotte Kornbauer bei der Beerdigung ihres Ehemannes dessen hinterlassene Vollprothese in den Mund schieben, weil ihre eigene zerbrochen war und der Zahnarzt ihr nur eine Gaumenplatte mit zwei langen Schneidezähnen daran hatte überreichen können. Erwin Kornbauer war passionierter Pfeifenraucher gewesen, und so hatten aus Lottes von der zu großen Prothese hochgeschobenen Oberlippe Erwins gelbbraune Frontzähne herausgeleuchtet. Der Pastor hatte seinen Blick kaum abwenden können und sich in der Trauerrede immer wieder verhaspelt. Als Lotte sich dann am Grab vorgebeugt hatte, um ihrem Mann die letzten Rosen hinabzuwerfen, hatte sie ihm die Zähne schließlich unfreiwillig mit ins Grab gegeben.

Die Fahrertür des BMW öffnet sich schwungvoll, und eine zweite Person entsteigt dem Wagen. Als sie näher kommt, bleiben die Münder der versammelten Nachbarschaft offen stehen, wobei Lasse und Heiko besonders große Augen machen. Der weite, offene Trenchcoat kann die drallen weiblichen Kurven kaum verbergen. Das rundliche Gesicht sieht aus wie gemalt, und die hellblonden, langen Locken, die zu einem losen Zopf zusammengebunden sind, gleichen denen eines Weihnachtsengels. „Was ist das denn?", nimmt Elseliese den anderen ihre Frage aus den Mündern.
„KOK Krömer, neu bei uns", stellt Cornelius die Erscheinung vor.
Lübben strafft sich, nickt kurz zu Kommissarin Krömer und wirft dann einen strengen Blick zu den Gaffenden. Augenblicklich wenden die Burhaver Nachbarn ihre Augen in alle Himmelsrichtungen.
„Toter, männlich, Mitte bis Ende vierzig, Schildpatt geht von Genickbruch aus. Aber die Verletzung am Hinterkopf hätte so

ein komisches Muster, meint er. Da müssen wir noch mal nachschauen, wo der Tote draufgefallen ist", weist Lübben die Kommissare in die Lage ein. Er deutet mit dem Kopf auf Fee: „Die Nachbarin hat ihn gefunden. Ich wollte eben mit der Befragung zur Identität des Toten beginnen."

Cornelius nickt, und der Rauschgoldengel zieht einen Notizblock hervor.

Lübben befragt die Anwesenden einen nach dem anderen, ob sie etwas vom Unfallhergang bemerkt hätten, ob sie den Toten kennen und ob sie wüssten, was er auf dem Grundstück gewollt habe.

„Schauen Sie sich den Toten an", fordert Hauptkommissar Cornelius die Nachbarn auf, wobei er sichtlich bemüht ist, durch die großen Zähne hindurch deutlich zu sprechen.

Nacheinander beugen sich Lasse, Elseliese, Siefke und Marie zu dem Kopf des Toten hinunter. Heiko und Fee verkneifen es sich, noch einmal in die leblosen Augen zu blicken. Während Lasse zu überspielen versucht, wie sehr ihn der Anblick des toten Gesichts geschockt hat, bleiben die Mienen von Elseliese und Siefke unberührt. Marie ist jedoch schlagartig kreidebleich geworden, als sie ihren Kopf wieder hebt, und muss sich kurz am Stamm des Apfelbaumes festhalten.

„Das ist Hayo Sygge, der Jüngere von den beiden Sygge-Brüdern", durchbricht Elseliese den stillen Beschauungsreigen. Siefke und Heiko stimmen unisono zu, und schließlich bringt auch Marie, die sich inzwischen an Heiko festhält, ein „Das ist Hayo Sygge, ganz sicher" über die Lippen. Ihre Stimme klingt, als müsse sie gleich würgen.

„Ist jemand mit den Lebensumständen der Person vertraut?", forscht Lübben weiter.

„Das sind die Söhne von Gerold Sygge", meldet sich wieder Elseliese zu Wort. „Die musst du doch kennen, Onke … Herr Lübben."

Natürlich kennt Lübben die Sygge-Brüder. Aber er will vor den Anwesenden nicht zugeben, dass er dem Toten nicht allzu genau ins Gesicht gesehen hat. Zu seinem eigenen Verdruss hat sich nämlich wieder sein Magen gemeldet. Genau wie vor einem Jahr, als er sich den Toten im Watt bei Langwarden besehen musste, der zuvor schon eine ganze Weile als vermisst gemeldet war. Zum Glück kein Mordopfer. Es hatte sich bald herausgestellt, dass der Mann eines natürlichen Todes gestorben war.

„Meine persönlichen Kenntnisse sind hier nicht relevant, ich befrage Sie als Zeuginnen und Zeugen", antwortet Lübben deshalb betont sachlich.

Elseliese fährt fort: „Die hausen immer noch in dem alten Haus, in dem sie mit ihrem Vater gelebt haben. Weißt du doch, ganz weit draußen hinter dem Sieltief. Die Mutter ist ja ganz früh gestorben. Und der Vater lebt ja auch wohl schon zwanzig Jahre nicht mehr. Das sieht aus bei denen! Wir sind da Pfingsten mit der Fahrradtour langgekommen. Das ganze Grundstück voller Gerümpel. Sogar Gerolds altes Auto steht da noch und verrostet. Die beiden Jungs haben ja keinen Führerschein. Sind nur zu Fuß oder mit dem Rad unterwegs."

„Was hat der Tote denn beruflich gemacht?", will Lübben nun wissen.

„Beruflich gemacht, pah ...", wiederholt Elseliese die Worte in sarkastischem Tonfall. „Die haben doch nichts gelernt! Ihr Vater Gerold hat neben der kleinen Landwirtschaft ja als Knochenbrecher gewirkt. Das hat er schon von seinem Vater und seinem Großvater übernommen. Weißt ja, wenn einer sich was verrenkt hat oder einen Hexenschuss hatte, dann ist man zu Gerold gegangen. Einrenken konnte er gut. Meine Mutter kam damals nach dem Sturz vom Heuwagen ja lange nicht mehr auf die Beine. Dann hat man sie zu Gerold gebracht, und nachher ist sie wieder alleine rausgelaufen! Er hat ja auch selber Kräutertinkturen hergestellt. Nach ganz alten Rezepten, die noch von seinem Urgroßvater oder von noch früher stammten. Und er hat immer rote Strümpfe getragen. Wegen der Erdung, hat er gesagt."

Während Elseliese erzählt, nicken die anderen Burhaver zustimmend. Sie alle haben den bekannten Knochenbrecher gekannt.

„Die beiden Jungs sind ja schnell hintereinander geboren, ich meine, da lag kaum ein Jahr zwischen. Der Jüngere ...", Elseliese blickt verstohlen zur Leiche hinüber, „war wohl gerade erst in die Schule gekommen, als die Mutter ganz unglücklich von einem Ziegelstein getroffen wurde, der sich aus der Dachgaube gelöst hatte. Der alte Sygge hatte ja auch schon nicht viel Talent, Haus und Hof in Ordnung zu halten. Aber er war ein anständiger Kerl, hat den Leuten bei Tag und Nacht geholfen, wann immer sie ihn brauchten, und sein Vieh gut behandelt. Aber ohne die Mutter ist aus den Jungs nicht viel geworden. Die waren schon zu Schulzeiten solche Rumstreicher. Und wo sie auftauchten, fehlte dann leicht auch mal was. Mal ein Huhn, mal eine Fahrradpumpe, so was eben. Eine Lehre wollten sie beide nicht anfangen. Sie hätten die Gabe ihrer Vorväter geerbt, haben sie immer behauptet, und die dürfe man nicht durch profane Tätigkeiten blockieren. Sonst könnten sich die Kräfte nicht richtig entfalten. Ja nun, und dann haben die auch angefangen, rote Strümpfe zu tragen. Entfaltet hat sich bei den beiden dann aber nicht viel, außer dem Gerümpel auf dem Hof und ihren Langfingern! Einige Male hat man sie beim Diebstahl erwischt. Einmal waren sie wohl auch kurz im Gefängnis, aber sonst ist da ja nicht viel von gekommen."

„Bei mir haben sie es letztes Jahr auch versucht", wirft Siefke ein. „Die haben sich an meiner Schuppentür zu schaffen gemacht! Hatten wohl gehört, dass ich mir ein neues E-Bike gekauft habe. Aber ich habe die beiden mit Vadders Jagdgewehr bekannt gemacht, da haben sie ihre Beine in die Hand genommen!"

„Sie haben eine Waffenbesitzkarte?", fragt Lübben.

„Das weißt du doch, Onke. Habe ich doch gleich nach Vadders Tod besorgt."

„Herrje, Siefke! Es heißt Polizeiobermeister Lübben!", fährt Onke sie an, ohne zu merken, dass er sie selbst nur beim Vornamen nennt. „Und warum hast du das nicht zur Anzeige gebracht?", will Lübben wissen.

„Damit ich stundenlang auf der Wache gesessen hätte? Dafür habe ich keine Zeit. Am Ende wäre ja doch nichts dabei rausge-

kommen und das Verfahren eingestellt worden", meint Siefke.
Lübben strafft sich und fragt dann weiter:
„Und was kann der Tote hier gewollt haben?" Er schaut hoch in
die Krone des Baums und konstatiert: „Zum Äpfelklauen ist es ja
wohl noch zu früh im Jahr."
„Der wollte auf den Balkon klettern und ins Haus rein, das ist
doch klar", beantwortet Elseliese die Frage eifrig.
Alle drei Polizisten treten etwas zurück, um den Baum aus ei-
nem Abstand betrachten zu können. Die anderen tun es ihnen
gleich und folgen ihren Blicken. Der Baum steht tatsächlich ziem-
lich dicht am Haus, und zwei dicke Äste ragen so nahe an den
Balkon, dass man sich darüberhangeln könnte.
„Wem gehört das Haus?", fragt Lübben in die Runde.
Nun meldet sich Heiko zu Wort:
„Die heißen Hülsemann, Mutter und Sohn, wohnen im Münster-
land. Waren erst neulich über Pfingsten hier. Keine armen Leute,
fahren neueste E-Klasse. Lasse, du warst doch schon öfter im
Haus, sieht bestimmt auch alles schick aus, oder?"
„Na ja, hier draußen jedenfalls nicht!", stellt Elseliese mit Blick
auf den hochgewachsenen Rasen spitz fest.
Auf der anderen Seite des Apfelbaums stolpert Jungpolizist Dü-
ring durch das Gras und verheddert sich mit dem Absperrband.
„Lasse, hast du hier denn gar keinen Auftrag zum Rasenmä-
hen?", fragt Elseliese.
„Nee, für den Garten haben die eine andere Firma."
„Scheint ja nicht viel zu taugen, dieser andere Gärtner, sonst
sähe es hier ja nicht so aus", stellt Elseliese kritisch fest.
„Also, drinnen war ich schon ein paar Mal. Wegen kleinerer
Reparaturen. Kaputter Wasserhahn, neue Lampe anbauen, Türschloss auswechseln und so was", erklärt Lasse.
„Aha, Sie haben das Türschloss gewechselt? Das Haustür-
schloss?", hakt Lübben in kriminalistischem Tonfall ein.
„Äh, ja", antwortet Lasse irritiert und setzt dann fort: „Frau Hülsemann hatte letzten Sommer ihren Schlüssel verloren. Und als
sie ihn am Ende des Urlaubs immer noch nicht wiedergefunden

hatte, hat sie mich beauftragt, ein neues Haustürschloss einzubauen. Das habe ich dann gemacht."

„Und einen Schlüssel behalten!", unterstellt ihm Onke im wichtigen Ton.

„Warum hätte ich einen Schlüssel behalten sollen?", fragt Lasse verblüfft.

„Um jederzeit in das Haus gelangen zu können!"

„Und wozu soll ich in das Haus geee-laaan-gen können?" Lasses Tonfall klingt nun ironisch.

„Na ja, Herr Eeken hat es doch eben gesagt: keine armen Leute! Hochwertige Ausstattung, vielleicht wertvolle Gegenstände …", mutmaßt Lübben weiter.

„Sind da doch gar nicht", antwortet Lasse. „Alles ganz normal eingerichtet. Alte Möbel, vielleicht aus den 1980er Jahren. Wie in anderen Ferienhäusern eben auch. Die Leute stellen meist rein, was sie zu Hause nicht mehr benutzen. Ich glaube nicht, dass da was Wertvolles zu finden ist. Es lässt doch keiner seinen teuren Schmuck oder so was zurück, wenn er wieder nach Hause fährt."

„Und überhaupt, Onke, was hat das jetzt eigentlich mit dem Toten hier zu tun?", wirft Elseliese nun ein und sieht Lübben herausfordernd an.

Onke schaut leicht konsterniert und vergisst sogar, Elseliese an die formelle Anrede zu erinnern.

„Ermittlungen in alle Richtungen", presst er schließlich hervor und linst verlegen zu Cornelius.

„Wenn da nichts zu holen ist, was hat der Tote dann in dem Haus gewollt?", meldet sich nun die blond gelockte Kommissarin zu Wort.

„Das hat der doch nicht gewusst, ob da was zu holen ist", ereifert sich nun wieder Elseliese. „Der hat wahrscheinlich nur immer den teuren Wagen von den Leuten gesehen und dass die Frau gut gekleidet war, und hat sich dann gedacht, dass im Haus was Lohnendes zu finden ist."

Kommissar Cornelius schaut erneut auf den Apfelbaum. „Schwer war der Tote ja wohl nicht, er hätte da gut rüberklettern können", gibt er folgernd kund.

Inzwischen hat Fee die Situation so gut verdaut, dass ihr kriminalistischer Instinkt sich meldet. Irgendetwas stimmt an den Mutmaßungen der Polizisten nicht. Wohl ergibt der geplante Einbruch einen Sinn. Aber warum dann über den Balkon? Es gibt doch unten eine Tür. Sicher auch noch eine Hintertür. Vielleicht sogar eine Terrassentür, die ähnlich leicht aufzubrechen ist wie die Tür am Balkon.

Fee schaut noch einmal zu dem Toten, und plötzlich schießt es ihr wie ein Geistesblitz durch den Kopf.

„Wo sind eigentlich die Schuhe?", fragt sie laut.

„Wieso Schuhe?", fragt Lübben. „Die Zeugin Deichkötter hat doch erläutert, dass die Sygge-Männer nur rote Strümpfe getragen haben."

„Von *nur* habe ich gar nichts gesagt", protestiert Elseliese und schaut sich Bestätigung suchend zu den anderen um. „Ich habe gesagt, dass die alle rote Strümpfe getragen haben, wegen der Erdung und so, aber ich habe nichts davon gesagt, dass die sockfuß rumgelaufen sind. Die hatten doch immer Holschen an. Gerold hat gesagt, man solle kein Leder unter den Füßen tragen wegen der E…"

„Wegen der Erdung!", fällt Lübben ihr ins Wort. Er hat zwar keine Ahnung, was diese Erdung bedeuten soll, aber an Holzschuhen ist ja nichts auszusetzen, schließlich tragen die Butjadinger die schon seit Jahrhunderten. Außer seinem Stammvater, versteht sich. Als Häuptling wird der sicher Edleres an seinen Füßen getragen haben. Das muss er auch noch mal genau rausfinden … Er ruft seine Gedanken zurück und strafft sich erneut.

„Können das die anderen Anwesenden bestätigen, dass der Tote immer Holzschuhe getragen hat?", fragt nun Cornelius, der wieder Mühe hat, sich deutlich zu artikulieren.

Von Siefke und Heiko kommt ein deutliches Nicken, während Marie immer noch benommen dreinschaut.

„Wir suchen also nach zwei Holzschuhen", wirft Cornelius auffordernd in die Runde.

Erst schauen sich alle fragend an, beginnen dann aber, sich um den Apfelbaum herum zu verteilen und senken ihre Köpfe suchend zum Gras hinunter. Polizeimeisteranwärter Düring ist inzwischen fertig mit der Absperrung, die allerdings mehrmals im Zickzack verläuft, weil er rund um den Apfelbaum kaum Befestigungsmöglichkeiten gefunden hat. Ungläubig schaut Kommissar Cornelius auf das skurrile Werk.

„Dritte Woche", erklärt der neben ihm stehende Lübben.

Während auch Fee Zentimeter um Zentimeter durch das Gras stakt und mit den Füßen Grashalme zur Seite schiebt, beobachtet sie aus den Augenwinkeln, wie sich die blonde Kommissarin erneut dem Toten zuwendet. Immer wieder besieht sie sich den Liegenden aus allen Winkeln und schaut abschätzend zu der Baumkrone hoch. Was hat das zu bedeuten?

„Ich hab einen!", ruft plötzlich Heiko, der schon fast an der Grenze zu Fees Grundstück steht.

Alle verharren und schauen erst auf Heiko, dann zum Baum und dann wieder zurück zu Heiko.

„Wenn der Schuh im Fallen da hingeflogen ist", meldet sich Lasse zu Wort, „dann muss er aber noch ganz schön ausgeschlagen haben, um den Schwung zu erzeugen."

„Unmöglich", erwidert der Rauschgoldengel entschieden und bewegt sich vom Baum aus in gerader Linie auf Heiko zu. „Wir könnten das nachstellen. Aber selbst wenn der Schuh ganz locker gesessen hat und der Tote im letzten Moment noch die höchstmögliche Kraft eingesetzt hätte, hätte der Schuh nicht ganz dort hinfliegen können."

Fee sieht, wie Heiko Kommissarin Krömer auf einmal ganz komisch anstarrt. Er verengt die Augen und denkt scheinbar ganz angestrengt über etwas nach. Dann zuckt Heiko kurz mit dem Kopf, entspannt die Augen wieder und schaut noch mal zum Baum, der von seiner Position aus wirklich ziemlich weit weg ist. Die Kommissarin betrachtet den Holzschuh kurz.

„Die Schuhspitze liegt nach da."

Ihr Finger zeigt in Richtung des Häuschens auf Fees Grundstück. Sie schreitet die imaginierte Linie bis zur Grundstücksgrenze ab und beugt sich beim kleinen Zaun durch die Sträucher hindurch. Mit einer Taschenlampe leuchtet sie den dunklen Pfad zwischen Hauswand und Zaun ab.

„Und hier ist schon der zweite Holzschuh", ertönt es schließlich aus dem Buschwerk.

Lübben und der Hauptkommissar stolpern eilig hinzu. Kommissarin Krömer hat sich inzwischen ganz in den Pfad neben dem kleinen Haus geschoben.

„Hier sind Abdrücke. Wie von einer Leiter. Sieht so aus, als sei die Leiter gekippt worden, während sie belastet war! Und links und rechts davon ist frisch geharkt!"

Die Nachbarn stehen inzwischen an der Grundstücksgrenze und schieben ihre Köpfe durch das Geäst. Eine Leiter ist nirgends zu sehen. Dann steigt Lasse auf einmal über den niedrigen Zaun und läuft in Richtung der Zufahrt von Fees Haus und dann um den Carport herum.

„Keas Leiter ist nicht da!", ruft er den anderen zu. „Die lange Aluleiter, die kann man auf fünf Meter Länge ausziehen. Die hängt normalerweise hier außen am Carport. Sie ist weg!"

Lübben eilt zu Lasse und besieht sich die großen, metallenen Halter an der Carportwand. Dann folgt er Lasse, der die unverschlossene Tür am Anbau des Carports öffnet.

„Hier hat Kea ihre Gartengeräte."

Zwischen den akkurat aufgehängten Spaten, Schippen, Rechen und Harken ist auf den ersten Blick eine Lücke zu sehen.

„Die kleine Harke fehlt auch", stellt Lasse fest.

In nächsten Moment hält ein weißes Auto mit einem ziemlich langen Heck an der Straße. Zwei hagere Herren mit roten Haaren steigen aus, die sich gleichen wie ein Ei dem anderen, nur dass sie ungefähr fünfundzwanzig Jahre Altersunterschied trennen. Beide tragen einen dunklen Anzug.

„Neues Auto, Meenen? In Weiß?", fragt Lübben den älteren der beiden.

„Moin. Ja, gestern erst abgeholt. Neuer Trend. Gibt's in Amerika schon lange. Soll ein besseres Gefühl erzeugen", antwortet der Bestatter. „Wo liegt denn der Tote?"

„Planänderung", mischt sich Kommissar Cornelius ein. „Ich muss erst die Kollegen von der SpuSi ranholen."

Von allen Seiten richten sich gespannte Blicke auf Cornelius. Konzentriert, deutlich zu sprechen, setzt dieser mit fester Stimme nach: „Hier ist ein Mord geschehen."

BRUDERBANDE

Vater und Sohn des Bestattungshauses Meenen haben es sich wieder im nagelneuen Leichenwagen bequem gemacht, der Ältere hält eine aufgeklappte Zeitung vor der Nase, während der Jüngere mit seinem Smartphone beschäftigt ist.

„Sie halten sich ab jetzt alle vom Tatort fern, damit keine Spuren verwischt werden. Halten Sie sich zu unserer Verfügung. Wir haben vielleicht noch Fragen an Sie", weist Cornelius die Nachbarschaft an und muss sich dabei wieder sehr anstrengen, durch den zu großen Zahnersatz nicht allzu sehr zu lispeln.

Alle schauen sich etwas ratlos an, dann setzt sich Elseliese in Richtung der Holzbank neben Fees Haustür in Bewegung.

„Ich muss mal dringend von den Beinen ab", kommentiert sie und lässt sich auf die Bank sinken. Klein, wie sie ist, erreicht ihr Hinterteil nur die vordere Kante der Sitzfläche, und Elseliese muss sich weiter nach hinten schuckeln. Ihre grünen Plateausandalen baumeln jetzt in der Luft. Siefke setzt sich neben sie, und Heiko und Lasse holen von der Terrasse hinter dem Haus Gartenstühle herbei, damit auch die anderen sitzen können.

„Ich hole mal was zu trinken von zu Hause", verkündet Marie, die zwar wieder Farbe im Gesicht hat, aber noch immer sehr betroffen dreinschaut.

Die Sitzenden starren schweigend vor sich hin. Ein Mord vor ihrer Haustür! Hier in Burhave! Das ist nicht so leicht zu begreifen. Wie kann es sein, dass niemand etwas mitbekommen hat?

Einige Zeit später kommt Marie zurück. In jeder Hand hält sie einen Träger mit kleinen Flaschen, in die sie Strohhalme gesteckt hat. Sie drückt jedem Nachbarn eine kühle Apfelschorle in die Hand und lässt sich dann in einen leeren Stuhl plumpsen.

„Wir verwenden jetzt ja auch nur noch Strohhalme aus Zuckerrohr, biologisch abbaubar", bringt Siefke der Runde zur Kenntnis. Ohne dass jemand darauf antwortet, spitzen nun alle ihre Münder und saugen an der Erfrischung. Es ist ein warmer Tag, und die Sucherei hat durstig gemacht.

„Aber was wollte der Tote, oder wer immer die Leiter da angestellt hat, auf dem Dach?", unterbricht Lasse als Erster das Schweigen.

„Na, über das Dachfenster wohl rein", erklärt Heiko.

„Aber dann hätte er doch Werkzeug gebraucht, um das Fenster aufzuhebeln", entgegnet Lasse. „Bevor man seine Schuhe verliert, lässt man da nicht als Erstes das Werkzeug fallen?", überlegt Lasse weiter.

„Vielleicht wollte er ja gar nicht durch das Fenster, sondern durch den Schornstein!", wirft Elseliese ein. Alle schauen Elseliese ungläubig an.

„Das geht doch gar nicht", sagt Heiko. „Der Schornstein ist doch viel zu eng, und unten ist doch auch kein Kamin, sondern nur eine Ofenklappe."

„Es wäre nicht das erste Mal, dass jemand auf komische Ideen kommt", meint Elseliese wichtig. Elseliese liebt nichts mehr als Nachrichten über skurrile Ereignisse und bringt es fertig, diese Geschichten unter ihrer hochtoupierten Wasserwelle über Jahrzehnte abzuspeichern.

„Damals, Anfang der 1990er Jahre, gab es einen Fall in Oldenburg. Nur durch Zufall hat man einen Einbrecher im Schornstein gefunden. Der wollte in einen Supermarkt einsteigen und hat sich für ganz schlau gehalten. Der Länge nach stecken geblieben ist er." Elseliese hebt zur Verdeutlichung beide Arme in die Luft und hält die Hände aneinander.

„Nur einem für ihn glücklichen Umstand ist es zu verdanken, dass er in dieser misslichen Lage überhaupt gefunden wurde. Der Filialleiter wollte nämlich irgendetwas im Heizungskeller nachsehen. Da ging sonst ja niemand rein. Da hat er dann das Rufen des Festgeklemmten gehört. Raushämmern mussten die den da und völlig dehydriert ins Krankenhaus bringen. Zwei Tage und Nächte hatte er im Schornstein festgesessen. Stellt euch mal vor, der Filialleiter wäre nicht zufällig in den Keller gegangen. Den hätte doch keiner wieder gefunden. Und wenn das Haus irgendwann abgerissen wird, in einhundert Jahren oder so, dann denken die Leute glatt, wir hätten beim Bau der Häuser noch mit Menschenopfern gearbeitet."

„Nun ist aber gut, Elseliese!", rügt Siefke ihre Nachbarin. „Das ist doch Quatsch! Musst du eigentlich nicht mal langsam los und Gerd das Abendbrot machen?", schiebt Siefke nach.

„Nee, der ist doch mit Jens auf Bootstour. Kommt erst morgen Abend zurück", erwidert Elseliese. „Und außerdem sollen wir uns hier zur Verfügung halten, hat der Kommissar gesagt", fügt sie schnippisch hinzu.

Da kommen die vier Beamten auch schon herübergelaufen.

„Ist jemandem noch etwas eingefallen?", fragt Cornelius in die Runde.

„Weiß man schon, was genau passiert ist?", fragt Fee vorsichtig, die sich bislang kaum zu Wort gemeldet hat.

„Wir gehen davon aus, dass jemand über das Dach in das Gartenhaus eindringen wollte. Es muss auf jeden Fall eine zweite Person beteiligt gewesen sein. Der Tote ist wahrscheinlich von der Leiter geschüttelt und dann zum Apfelbaum geschleppt worden. Die Spurensicherung aus Delmenhorst wird bald hier sein und das genau untersuchen. Hat jemand eine Idee, wer die zweite Person gewesen sein kann?", fragt der Hauptkommissar.

„Der Bruder natürlich!", antwortet Elseliese prompt. „Die waren doch immer zu zweit unterwegs. Oft hat man die beiden ja sowieso nicht gesehen, aber wenn, dann nie einen alleine."

„Lübben, Sie wissen, wo der Bruder des Opfers wohnt?", richtet sich Cornelius an den Dorfpolizisten.

Lübben nickt.

„Dann fahren Sie mit dem jungen Kollegen mal da hin und schauen nach, ob der Bruder zu Hause ist."

Das passt Lübben so gar nicht recht. Immerhin ist es schon fast 17:00 Uhr, er hätte eigentlich Feierabend. Und Irmhild bringt immer pünktlich um 18:00 Uhr das Abendessen auf den Tisch. Heute wollte sie geräucherte Makrelen kaufen und Kartoffelsalat machen. Seit Neuestem tut sie ja hauchdünn geschnittene Apfelscheiben in den Kartoffelsalat. Lübben läuft bei dem Gedanken das Wasser im Mund zusammen. Dass er später vom Dienst kommt, kennt Irmhild gar nicht. Er wird ihr Bescheid geben müssen. Zum Glück kann das Essen ja nicht kalt werden. Ohne ein weiteres Wort zu verlieren, macht sich Lübben mit Polizeimeisteranwärter Düring auf den Weg zu seinem Dienstwagen.

„Was, meinen Sie, haben der oder die Täter in dem kleinen Haus gewollt? Was gibt es dort zu holen?", wendet sich Hauptkommissar Cornelius mit angespannter Mundpartie weiter an die Nachbarschaftsrunde.

Kommissarin Krömer steht wieder mit gezücktem Notizblock neben ihm. Nach einem Moment ratlosen Schweigens meldet sich Siefke zu Wort:

„Das Gartenhaus war das Arbeitszimmer der verstorbenen Vorbesitzerin Kea de Buur", beginnt sie und macht eine Pause, als müsste sie überlegen, wie sie weiter fortfährt. „Kea war … wie drücke ich das jetzt aus? Sie war so eine Art Heilerin. Also, keine Spinnerin, das sage ich gleich!"

Als wolle sie die Worte ihrer Sitznachbarin bekräftigen, schüttelt Elseliese mit dem Kopf, wobei sich kein einziges Haar ihrer mit reichlich Sprühkleber fixierten Frisur bewegt.

„Also, Kea hatte ganz viel Ahnung von Naturheilmitteln und solchen Dingen", fährt Siefke fort. „Sie hat da kein Aufheben von gemacht, also nie viel darüber gesprochen."

„Auch so eine Knochenbrecherin? Hat sie Heilbehandlungen ohne Erlaubnis durchgeführt und gegen das Gesetz verstoßen?", hakt Cornelius ein.

„Nein, nein, so doch nicht!", wehrt Siefke vehement ab. „Sie hatte ja schon in den 1960er Jahren eine Prüfung zur Heilpraktikerin abgelegt. Aber sie konnte eben noch was anderes, außer Kügelchen und Kräutersalben empfehlen …"

„Mehr so ganzheitlich", kommt Heiko seiner Nachbarin zu Hilfe.

Siefke ringt sichtlich um weitere Worte und hebt gerade zu neuen Erläuterungen an, als Cornelius die Sache mit „Ich habe ein Bild" abkürzt. Ein Freund langer Worte ist er offensichtlich nicht.

„Und sie hat ihre Patienten dort im Gartenhaus empfangen?",
fragt er.

„*Lüttje Huus* hat sie es genannt", bringt sich nun Marie ein und
bestätigt: „Ja, da hat sie die Leute empfangen."

„Und wie sieht es da aus, in dem Haus?", fragt Cornelius.

„Na ja, nur ein paar Möbel zum Sitzen und eine Liege. Und noch
eine Schrankwand mit Büchern und so", antwortet Marie.

„Hat jemand eine Vermutung, was ein Einbrecher dort gesucht
haben könnte?", will Cornelius wissen.

„Nicht *irgendein* Einbrecher", gibt Elseliese eifrig zu bedenken,
„sondern einer von den Sygge-Brüdern, vielleicht auch beide.
Die hielten sich doch für berufen und haben darauf gewartet,
dass die besonderen Kräfte in ihnen zutage treten und ihnen ein
gutes Einkommen verschaffen würden. Aber da hat sich ja all die
Jahre nichts getan. Nun wollten sie vielleicht etwas von Keas
gesammeltem Wissen abhaben."

„Könnte was dran sein", überlegt Cornelius. „Gibt es einen
Schlüssel?", fragt er weiter.

Alle schauen auf Fee.

„Ich weiß nicht", antwortet die. „Ich bin ja erst seit heute Nacht
da und, es gab ein paar …", sie schaut verlegen zu ihren nächtli-
chen Besuchern, „… Turbulenzen. Ich habe noch keinen Schlüssel für das kleine Haus gesehen."

„Im Schlüsselschrank, der mit dem violetten Stein dran", wirft
Siefke schnell ein, die sichtlich erleichtert scheint, dass Fee nichts
von dem Missverständnis ihrer ersten Begegnung erwähnt hat.
Fee steht auf und geht ins Haus. Nach wenigen Momenten
kommt sie mit einem Schlüssel zurück, an dem ein kleiner Ame-
thyst befestigt ist.

„Der ist es", bestätigt Siefke und erhebt sich.

„Nur die Eigentümerin und wir", bestimmt Cornelius und bedeutet Fee, ihn ins kleine Haus zu begleiten.

Gespannt, was sich im Behandlungszimmer einer Heilerin befindet, öffnet Fee die Tür. Die beiden Kommissare folgen ihr durch
den winzigen Windfang. Dahinter liegt ein offener Raum. Auf

der einen Seite stehen drei kleine Sessel mit einem niedrigen Tisch dazwischen, auf der anderen Seite eine Behandlungsliege und eine Stehlampe. Über die gesamte Länge der Stirnwand ist eine Schrankwand eingebaut. Cornelius und Krömer öffnen ein paar Türen des Schranks. Mal verbergen sich dahinter kleine Fläschchen mit Globuli-Kügelchen, mal Blütenessenzen, mal bunte Flüssigkeiten, die mit „Aura-Soma" beschriftet sind. Alles ordentlich sortiert. In offenen Regalen sind jede Menge Bücher eingereiht. Fee überfliegt ein paar Titel, in denen es um Kräuter, Heilsteine und alternative Medizin geht. Drei breite Schubladen sind mit Samt ausgeschlagen, auf dem Edelsteine in allen möglichen Farben ausgelegt sind.

„Nichts Auffälliges", verkündet Cornelius knapp das Resultat. Das Aussprechen eines F scheint ihm besonders schwerzufallen.

Dann bleibt er mit seinem Blick auf dem fast leeren Regal haften, in dem sich eine Klinke befindet.

„Sieht ja aus wie eine Geheimtür", kommentiert er.

Doch so geheim scheint die Tür nicht zu sein, denn sie ist unverschlossen. In dem kleinen Raum dahinter verbirgt sich eine Art kleiner Kräuterküche. An der gegenüberliegenden Wand ist eine dunkle Küchenzeile eingebaut. Von der Decke hängen Sträuße von getrockneten Pflanzen. Fee erkennt Kamille und Lavendel, die vielen anderen Kräuter kann sie auf die Schnelle nicht identifizieren. An der anderen Wand hängen eine violette Schürze und zwei Geschirrtücher an einer Hakenleiste. Auf einem Kalender ist noch die Seite aus April aufgeklappt. Das Bild zeigt blühende Obstbäume und eine Kirche im Hintergrund. „Apfelgarten Burhave" steht darunter zu lesen. Cornelius und Krömer öffnen einige der Küchenschränke. Darin finden sich leere Fläschchen, Tiegel und Stoffsäckchen. Auch Kochtöpfe, Rührgeräte, Messer und ein Mörser. In einem weiteren Schrank finden sich größere blaue Fläschchen mit der Aufschrift „Ur-Essenz" und darunter Namen verschiedenster Pflanzen. In dem Hochschrank ganz rechts stehen Einmachgläser mit zerkleinerten, getrockneten Kräutern, die ebenfalls alle sorgfältig beschriftet sind.

„Sieht auch alles harmlos aus", meint der Rauschgoldengel. „Wenn Sie damit einverstanden sind, Frau … äh …" Kommissarin Krömer blättert in ihrem Notizblock zurück.

„Schnabelkuss", kürzt Fee die Suche nach ihrem Nachnamen ab.

„Also, wenn Sie einverstanden sind, lassen wir später noch einmal die Kollegen von der Technik einen Blick auf die Substanzen werfen, ob sich etwas Auffälliges oder potenziell Giftiges darunter befindet", kündigt die Kommissarin an.

„Okay, kein Problem", antwortet Fee, die sich innerlich überhaupt nicht danach fühlt, über die Dinge im Lüttjen Huus zu verfügen. Für sie sind das alles Tante Keas Sachen, und ihr selbst ist sehr unbehaglich dabei, in den mit feiner Hand gefertigten und gelagerten Heilmitteln herumzustöbern.

Hauptkommissar Cornelius hat sich inzwischen wieder in den großen Raum zurückbegeben und schaut nun die Stiege hoch, die vor dem Wandschrank zum Dach hochführt. Er wuchtet sich die schmalen Stufen hoch zu einer ebenso schmalen Tür. Die ist verschlossen.

„Schlüssel?", wendet sich Cornelius von oben an Fee. Die kann nur mit den Schultern zucken.

„Keine Ahnung, wie gesagt, ich bin gerade erst angekommen."

Kurze Zeit später stehen die Kriminalisten erneut vor den wartenden Nachbarn.

„Die Dachbodentür ist verschlossen", konstatiert Cornelius.

„Und das bleibt sie auch!", verkündet Siefke mit aller Entschlossenheit. „Da oben war Keas Allerheiligstes! Da ist nie jemand reingekommen. Das war ihr Sternenzimmer!"

„Gibt es etwas zu verbergen?", hakt Cornelius ein.

„Natürlich nicht!" Entrüstet fährt Siefke von der Bank hoch. „Kea de Buur war eine redliche Frau! Aber das Zimmer ist … war eben ihr Heiligtum. Sie war Zeit meines Lebens meine Freundin, wie eine große Schwester. Sie genoss überall gutes Ansehen. Sie war bodenständig und hilfsbereit, ihr Haus stand immer allen offen. ,Aber die paar Quadratmeter da oben', hat sie gesagt, ‚die brauche ich für mich allein.' Kea ist noch keine drei Monate tot! Und nun wollen Sie in ihr Refugium? Da müssen Sie schon einen Durchsuchungsbeschluss bringen!"

Siefke ist ganz rot angelaufen, Zornestränen füllen ihre Augen. Sie schaut den Kommissar mit eiserner Miene an. Zum ersten Mal erkennt man eine Regung in Cornelius' Gesicht.

„Nun gut, es wird wohl vorerst nicht notwendig sein, das Dachgeschoss in Augenschein zu nehmen. Wir warten erst einmal ab, was der kriminaltechnische Dienst ermittelt", beschwichtigt er schließlich.

Wie auf Kommando fährt ein großer dunkler Kombi vor, und zwei Männer steigen aus. Sie streifen sich weiße Schutzanzüge über, bugsieren große Alukoffer aus dem Heck des Wagens und laufen dann auf die Absperrung auf dem Nachbargrundstück zu. Sofort machen sich die beiden Kommissare auf den Weg, um ihre Kollegen einzuweisen.

„Das hast du ganz richtig gemacht, Muddi!", bestätigt Marie ihrer Mutter und streicht ihr über den Arm.
Siefke scheint inzwischen etwas verlegen über ihren Gefühlsausbruch zu sein. Sie setzt sich wieder, streckt ihren Rücken durch und schimpft:
„Was denkt der sich denn, in Keas Sternenzimmer reinzuwollen?"
„Ganz richtig", bestärkt Heiko sie.
Nur Elseliese sagt nichts und schaut hoch zum Dach des Lüttjen Huus. Sie hätte ganz gerne gewusst, wie es da oben aussieht.

Nach einer Weile kehrt Kommissar Cornelius zurück und lässt sich mit seinem massigen Körper neben Elseliese auf die Holzbank fallen. Die ruckelt erschrocken ein Stück zu Seite, fast hätte sie der Goliath erwischt. Cornelius holt ein großes Stofftaschentuch hervor und wischt sich das inzwischen schweißnasse Gesicht ab.

„Wollen Sie auch eine Apfelschorle?", fragt Marie und hält ihm eine Flasche mit Strohhalm hin. Cornelius schaut kurz irritiert, greift sich dann aber doch die Flasche. Er hat sichtlich Mühe, seine Lippen über die großen Vorderzähne hinweg zu spitzen, und beginnt dann etwas unbeholfen zu saugen. Es dauert nicht lange, bis das laute Geräusch eingesogener Luft verrät, dass er schon am Flaschenboden angekommen ist.

Dann kommt seine blonde Kollegin auch schon zurück. „Ich habe die SpuSi in Kenntnis gesetzt. Die Leiche wird gleich nach Delmenhorst zur Obduktion überführt."

„Mal sehen, was Schildpatt noch rauskriegt", antwortet Cornelius. „Wir sind dann hier erst mal fertig." Er hievt seinen massigen Körper von der Bank und setzt seine Schritte Richtung Dienstwagen.

„Wenn Ihnen noch etwas einfällt, geben Sie uns bitte umgehend Bescheid", sagt Krömer zu den Nachbarn und gibt jedem eine Visitenkarte in die Hand.

„Habe ich doch gewusst, dass du das bist, Wiebke", sagt Siefke nach einem kurzen Blick auf die Karte.

Wiebke Krömer lächelt im Gehen noch einmal kurz über die Schulter.

„Nett ist die ja", kommentiert Elseliese. „Aber nun müssen wir uns erst einmal erholen von dem Schreck."

Sie schiebt sich auf der Sitzfläche vor und lässt ihre Füße auf den Boden plumpsen. Doch anstatt sich auf den Weg zu ihrem eigenen Haus auf der anderen Straßenseite zu machen, läuft sie wie selbstverständlich zu Fees Haustür und von dort gleich zur Küche durch. Die anderen folgen ihr ebenso selbstverständlich, und Fee bleibt nichts anderes übrig, als verdutzt hinterherzulaufen.

Nun sitzen alle um den großen Küchentisch herum. Nur Marie ist nicht mitgekommen. Die erscheint einige Minuten später mit frisch befüllten Getränketrägern. Diesmal hat sie Bier mitgebracht. Lasse greift nach einer Flasche, befördert aus einer der vielen kleinen Taschen auf seiner Weste einen Öffner hervor und hebelt den Kronkorken ab.

„Wollt ihr auch?", fragt er an die älteren Damen gerichtet.

Siefke und Elseliese nicken. Ohne zu fragen, verteilt Lasse weitere Flaschen an die Übrigen und sagt schließlich:

„Prost."

Als alle einen kräftigen Schluck genommen haben, lässt außer dem Absetzen der Bierflasche keiner einen Ton vernehmen. Die Ereignisse klingen nach, etwas Schweres macht sich am Tisch breit.

Fee überlegt, was sie mit den unerwarteten Gästen machen soll. Dann fällt ihr etwas ein:

„Äh, möchte vielleicht jemand etwas essen? Im Kühlschrank sind noch belegte Brötchen."

„Gute Idee", meint Lasse.

Während Fee zum Kühlschrank geht und die Plastikdosen herausholt, in die sie heute Morgen die vielen Reste verstaut hat, kramt Marie in den Küchenschränken. Sie holt kleine Teller und Servietten hervor und verteilt alles auf dem Tisch. Fee stellt die geöffneten Plastikdosen in die Mitte, und alle beäugen, was von Heikos leckerem Frühstück übrig geblieben ist. Einen Moment später hört man genüssliches Kauen.

„Ein bisschen pappig, aber immer noch lecker, Heiko", befindet Elseliese.

Die anderen stimmen nickend zu. Als alles verputzt ist, meint Siefke: „Schrecken und Sorgen müssen verdünnt werden", und holt Schnapsgläser und eine Flasche Korn aus den Küchenschränken hervor. Wortlos gießt sie ein und hebt dann ihr Glas:

„Auf Kea!"

Wütend reißt Lübben die Fahrertür des Mercedes auf. Die lange Zufahrt zum Sygge-Hof ist nicht befestigt. Die Reifen und die Radkästen sind bestimmt voller Modder! Als er sich den Wagen besieht, muss er feststellen, dass auch die Kotflügel schwarz gesprenkelt sind. Er schnauft. Dann steigt auch Düring aus, und beide sehen sich um. Elseliese hatte recht: Das ganze Grundstück steht voller Gerümpel. Nicht nur Gerolds alter Opel steht halb verrostet mitten auf dem Vorplatz des Bauernhauses, auch ein alter Trecker, ein Anhänger und mehrere Fahrräder sind offensichtlich seit Jahren nicht mehr bewegt worden. Dazwischen steht allerhand anderer Unrat: Aufgewickelter Stacheldraht, Eimer, Ziegelsteine, halb verrottete Jutesäcke und auch ein alter Saatbehälter, der kaum noch als solcher zu erkennen ist. Aus den wenigen Freiräumen wuchert das Unkraut hoch. Das Reetdach des kleinen Bauernhauses ist von Moos überwachsen. Eigentlich putzt man das alle paar Jahre ab, damit das Dach heile bleibt. Aber hier hat bestimmt seit Jahrzehnten keiner mehr einen Besen angesetzt. Von der weißen Farbe an den alten Holzfenstern ist kaum noch etwas übrig geblieben, in einigen Scheiben sind Sprünge. Die Gardinen hinter den Fenstern sind alles andere als weiß, sondern haben einen tiefen Grauton angenommen.

Lübben und Düring gehen zur Haustür. Auch hier ist die Farbe längst abgeblättert, die kleinen Scheiben in der Tür sind blind. Eine Klingel gibt es nicht. Düring klopft. Nichts rührt sich. Dann ruft er den Namen des Gesuchten:

„Herr Sygge, sind Sie zu Hause?"

Es rührt sich immer noch nichts. Er klopft noch einmal. Nichts passiert. Schließlich greift Lübben zu der schmuddeligen Türklinke und drückt sie herunter. Die Tür ist offen! Diesmal ruft Lübben:

„Sygge, sind Sie zu Hause?" Keine Antwort.

Gefolgt von Düring bewegt sich Lübben langsam durch das kleine Haus. Es hat nur wenige Zimmer: Eine kleine Küche, in der alles, was darin steht, sehr alt ist. Ein kleiner Küchentisch mit einer abgenutzten Wachstuchdecke darauf. Um den Tisch stehen vier Stühle, die nicht zueinanderpassen. An einer Wand steht ein uralter Küchenschrank mit Gardinen vor den Scheiben. An der gegenüberliegenden Wand eine alte Spüle, daneben steht ein Kühlschrank. Auf dem Vorhang eines Handtuchhalters ist etwas aufgestickt: *Eig'ner Herd ist Goldes wert*. In der Ecke neben der

Küchentür steht ebendieser Herd in Form eines Stangenofens. Daneben eine große Holzkiste zum Aufbewahren der Holzscheite oder der Torfsoden. Lübben kennt das noch aus dem Haus seiner Oma. Auf der Ofenplatte steht eine große Pfanne mit Fett darin, das ranzig stinkt. Auf dem Tisch und der Spüle häuft sich jede Menge dreckiges Geschirr, die Essensreste darin sind vertrocknet.

In der Stube nebenan sieht es nicht viel besser aus. Ein altes Sofa und zwei Sessel stehen um den kleinen Tisch, der mit Bierdosen und Schnapsflaschen und allerlei anderem Zeug zugemüllt ist. Über dem Sofa hängt ein stark verblichenes Bild, das wohl mal ein Schiff auf dem Meer darstellen sollte. Im verstaubten Stubenschrank finden sich nur ein paar vergilbte Tischdecken, Kerzenhalter und ein paar Besteckteile. Offensichtlich haben die Bewohner jedes Stück sauberen Geschirrs verbraucht. Auch in den beiden Schlafkammern, eine bestückt mit einem Ehebett, die andere mit zwei alten Holzbetten, herrscht ein heilloses Durcheinander: Bettzeug und Kleidungsstücke liegen kreuz und quer verteilt.

Ein richtiges Bad gibt es nicht. Im Flur ist nur eine Nische mit einem Vorhang abgetrennt, hinter dem sich ein schmutziges Waschbecken mit einem fleckigen Spiegel darüber verbirgt. Eine ganz steile Stiege führt nach oben. Dort ist nur ein Dachboden, der ebenfalls mit altem Gerümpel vollgestellt ist. Stapelweise liegen hier auch alte Zeitungen.

„05. Mai 2004", liest Lübben auf einem der oberen vergilbten Zeitungsexemplare. Alles ist von einer dicken, unberührten Staubschicht überzogen, auch der Fußboden. Hier kann keiner sein.

Unten im Flur führt unter einer Luke im Fußboden eine kurze Stiege in einen ganz kleinen Kellerraum. Das Licht funktioniert nicht. Im Schein seiner Taschenlampe kann Tim Düring nur ein grob zusammengezimmertes Regal mit ein paar alten Einmachgläsern darauf erkennen.

Lübben und Düring verlassen das Haus und begeben sich zu dem Stallgebäude. Auch hier sind die Türen unverschlossen.

Dort, wo einmal die wenigen Kühe angebunden waren, die Gerold Sygge besessen hat, stapeln sich alte Röhrenfernseher, Radios, Musikanlagen und altmodische Lautsprecherboxen. Auf einem anderen Haufen sind Besteckkoffer gestapelt. Eine Kiste mit uralten Handys steht daneben. Neben einem der Ständerbalken liegt ein großer Haufen Brennholz. Ein Holzklotz und ein uraltes Beil stehen davor. Düring, der fast einen Kopf größer als sein Chef ist, reckt den Hals: Hinter dem Holzhaufen erkennt er nur einen Tisch, an den viele Holzbretter angelehnt sind.

Am Ende des Kuhstalls ist ein Verschlag. Dahinter findet sich ein Klo, das sich weder Lübben noch sein Assistent näher besehen wollen.

Dort, wo einmal der kleine Schweinestall war, liegen mehrere Spielautomaten und sogar ein paar alte Zigarettenautomaten, die am Münzschlitz noch ein D-Mark-Zeichen haben.

„Sieht so aus, als ob hier altes Diebesgut lagert", konstatiert Lübben.

Zur Sicherheit begehen die beiden Polizisten noch einmal das ganze Grundstück. Hinter dem Stall ist eine kleine Fläche mit Hühnerdraht eingezäunt, der sich aber an verschiedenen Stellen schon Richtung Erde bewegt. Ansonsten sieht es hier nicht viel anders aus als vor dem Haus. Von Gero Sygge nicht die geringste Spur.

Die Ermittler hinterlassen dem Gesuchten noch eine Nachricht an der Haustür, dass er sich dringend auf dem Revier melden soll. Dann steigen sie wieder in den Mercedes ein. Ganz langsam fährt Lübben den Weg von der Hofstelle zur Straße zurück, um so wenig wie möglich von dem Matsch aufzuwirbeln, der sich in den Radkästen festsetzt. Da wird er nachher noch mit dem Gartenschlauch ranmüssen. So eine Drecksbude kann einem ja den Appetit auf die frischeste Makrele verderben, denkt Lübben, freut sich dann aber doch darauf, sich gleich an Irmhilds gedeckten Abendbrottisch setzen zu können.

❧

Die Nachbarn vom Heringsweg sitzen immer noch in Fees Küche und können gar nicht damit aufhören, über die Ereignisse der letzten Stunden zu sprechen, so sehr hat es sie alle aufgewühlt. Schließlich erlebt man so etwas nicht jeden Tag. „Wovon haben die Sygge-Brüder denn nun eigentlich gelebt?", fragt Fee in die Runde.

Elseliese weiß es wieder ganz genau: „Na ja, wie schon gesagt, sie haben ja darauf gewartet, dass die familiäre Gabe aus ihnen herausbricht. Nach dem Tod des Vaters haben sie erst noch die kleine Landwirtschaft weitergeführt. Aber als die Kühe im Juli immer noch nicht auf der Weide waren, hat das Veterinäramt mal vorbeigeschaut und die Viecher dann umgehend abholen lassen. Ganz verkommen waren die armen Tiere. Dann haben die beiden es mit verschiedenen Geschäftsideen versucht. In einem Sommer haben Sie sich ohne Erlaubnis als Wattführer betätigt. Sie haben einfach ein Plakat an eine Treppe, die über den Deich führt, aufgehängt. Tatsächlich haben sich auch ein paar Touristen gefunden, die gegen Geld hinter den beiden hergelaufen sind. Am Ende mussten alle mit einem Boot von der kleinen Sandbank gerettet werden, weil sie es bei auflaufendem Wasser nicht mehr bis an Land geschafft hatten. Dann haben sie sich in Papageienzucht versucht. Wo sie die teuren Vögel herhatten, weiß ich nicht. Wahrscheinlich auch geklaut. Jedenfalls hat das Veterinäramt wieder Wind gekriegt. Den Vögeln war es nicht besser ergangen als damals den Kühen und Schweinen. Diesmal hat das Amt ein Tierhalteverbot ausgesprochen. Viel später haben sie es noch mal heimlich mit Reptilien versucht, aber das ist auch aufgeflogen. Eine Zeit lang haben sie auch wohl mal Zeitungen verteilt, ganz früh morgens. Die Zeitungen sind aber schon bald nicht mehr bei den Abonnenten angekommen. Dafür waren immer häufiger Sachen von deren Grundstücken verschwunden. Na ja, vor ein paar Jahren haben sie dann wohl gemeint, die Gabe habe sich in ihnen doch Bahn gebrochen. Da haben sie eine große, feuerrote Plane an die Abfahrt zum Sieltief aufgehängt. „Heilende Hände" stand darauf, und es waren die *Betenden Hände* von Dürer abgebildet. Da kam aber zufällig der Knochenbrecher Dörpe aus Stollhammerwisch vorbeigefahren. Dörpe selbst hat ja immer behauptet, nur Tiere zu behandeln, was ihm von Amts wegen wohl keiner verbieten konnte. Mit Pferden hat er sich gut ausgekannt, wusste alte Rezepte gegen Koliken und andere Pferdekrankheiten. Aber jeder weiß ja, dass er auch Menschen behandelt hat. Seine Kräuterkuren wirkten immer gut, und gut einrenken konnte er auch, so wie früher der alte Sygge. Dörpe war ja mit 80 noch ein echter Haudegen. So ein ganz großer, bulliger, und impulsiv war er auch. Als er das Plakat gesehen hat, ist er sofort den Pfeilen nachgefahren und dann auf die beiden Sygge-Brüder losgegangen. Dann hat er die Polizei geholt und persönlich überwacht, dass das Werbebanner wieder abgetüddelt wird. Tja, aber wovon die beiden Brüder seitdem leben? Das bisschen Pacht für die paar Hektar Land, die sie abgegeben haben, reicht ja wohl kaum zum Sattwerden", schließt Elseliese ihre Erzählungen ab.

Fee hat schon von der Tradition der Knochenbrecher gehört. Da gab es ja auch mal eine Dokumentation von einem aus Ostfriesland. Aber der hat offiziell auch nur Tiere behandelt. Aber so ganz klar ist ihr nicht, was es mit den hiesigen Knochenbrechern auf sich hat. Deshalb fragt sie:

„Was genau ist eigentlich ein Knochenbrecher? Ich dachte, die gibt es nur in Ostfriesland."

„Komisch, dass immer alle denken, dass wir keine Friesen wären", antwortet Heiko als Erster. Wir gehören genauso zu den Friesen wie die auf der anderen Seite des Jadebusens. Die Nordsee hat uns nur immer weiter abgeschnitten. Vor vielen Hundert Jahren hatte der Jadebusen nur Flussbreite, und wir waren Teil des Gebietes Rüstringen, das sich bis nach Jever erstreckt hat. Aber von Sturmflut zu Sturmflut hat sich ein immer größeres Becken gebildet, das uns von den übrigen Friesen abgetrennt hat. So wurden wir zu Butenland – also das Land außerhalb des übrigen Ostfrieslands. Die Knochenbrechertradition gibt es bei uns genauso wie dort auch."

„Und was machen die nun genau?", hakt Fee noch einmal nach. Nun ergreift Marie das Wort:

„Also, wie der Name schon sagt, ging es hauptsächlich ums Knochenrichten. Das war in der Zeit, als es noch keine Ärzte gab, eine sehr wichtige Kunst. Schließlich passierten bei der schweren Arbeit auf dem Land genug Unfälle, wo Knochen wieder eingerenkt oder zusammengeflickt werden mussten. Aber die meisten Knochenbrecher haben sich seit jeher wohl nicht darauf beschränkt. Sie waren eben die Heilkundigen in ihrem Ort. Wenn jemand krank war, ging er zu einem Knochenbrecher, manchmal waren das auch Frauen. Ärzte gab es in Friesland, besonders hier in Butjadingen, ja erst viel später als in dichter besiedelten Gebieten. Wahrscheinlich hat sich die Tradition der Heilkundigen, die ihre Gabe, oder wohl eher ihr Wissen, innerhalb der Familie weitergegeben haben, hier wohl auch länger gehalten als woanders. Bis in die 1930er Jahre durften die Knochenbrecher auch unbehelligt arbeiten. Danach kam dann das Heilpraktikergesetz. Ohne Zulassung ging es nur noch im Verborgenen. Na ja, dann sind die Leute da eben hingegangen, ohne groß darüber zu reden. Offiziell haben die Knochenbrecher nur noch Tiere behandelt. Keas Vater Ahlrich Butt war ja auch schon Knochenbrecher."

„Der wusste wirklich viel über die Kräuter, die hier bei uns wachsen", mischt sich Siefke ein, und Elseliese nickt zustimmend.
„Der hatte das von seiner Mutter übernommen und an Kea weitergegeben. Kea soll ja schon als ganz kleines Mädchen beim Kräutersammeln und Trocknen und Verarbeiten mitgeholfen haben. Es lag ihr einfach im Blut", erzählt Siefke.
Während alle mehr oder weniger gespannt gelauscht haben, macht Heiko inzwischen ein angestrengt nachdenkliches Gesicht.
„Sag mal, Siefke, Wiebke Krömer, wer ist das eigentlich? Kennst du die?"
„Ja, die kenne ich, und du kennst die auch. Das ist doch die Deern von dem Maler Krömer, der früher sein Geschäft an der Oldenburger Straße hatte. Onkel Buntbüx habt ihr den als Kinder genannt, weil auf seiner weißen Arbeitshose so viele bunte Farbflecken waren."

„Dickie Hoppenstedt!", fällt es Heiko wie Schuppen von den Augen. „So haben wir die immer genannt, weil sie aussah wie Di..."

Sein Grinsen gefriert ihm, als er Fees erbostes Gesicht sieht.

„Das ist ja wohl Mobbing ersten Grades", sagt sie empört.

„Ja, hast ja recht, war ja auch nicht richtig von uns. Wir waren eben klein und doof und haben nachgeplappert, was einer aufgebracht hat", bekennt Heiko verlegen.

„Mobbing ist eine ganz schlimme Sache, ich habe das am eigenen Leib erfahren! Damals, Anfang 1973, als ..."

„Ja, Elseliese, das wissen wir, das war eine schlimme Zeit für dich", unterbricht Siefke ihre ehemalige Schulkameradin und Nachbarin. „Aber da warst du schon eine erwachsene Frau und nebenbei auch nicht zaghaft, wenn es um die Bewertung anderer Leute ging. Wiebke war aber noch ein Kind, als sie gehänselt wurde. Zugegeben, die Mutter hätte ihr auch nicht immer diese knappen Latzhosen anzuziehen brauchen und die Haare auch ruhig mal ein bisschen länger wachsen lassen können. Aber das entschuldigt noch lange nicht, dass ihr sie nach dem kleinen, dicken Jungen aus dem Fernsehen genannt habt", richtet Siefke sich mahnend an Heiko.

Dem ist inzwischen das Blut in den Kopf geschossen und er schaut betont auf die Küchenuhr an der Wand.

„Es wird jetzt auch Zeit für mich", gibt er bekannt. „Ich muss ja wieder früh raus."

Heiko hat zwar seit Jahren kein Verkaufsgeschäft mehr, sondern liefert seine Backwaren nur noch an die Gastronomie aus, aber die haben in der Saison eben auch sonntags Bedarf. Er steht auf und verabschiedet sich. Das nehmen auch die anderen zur Gelegenheit, sich zu erheben und sich ebenfalls von Fee und ihren nachbarschaftlichen Freunden zu verabschieden. Marie bleibt noch kurz zurück und hilft Fee, das wenige Geschirr abzuräumen.

„Hast du eigentlich vor, länger zu bleiben?", fragt sie Fee.

„Ich weiß nicht", antwortet Fee, „ich habe erst einmal zwei Wochen Urlaub. Ich wollte mir hier alles in Ruhe ansehen, bevor ich entscheide, was ich mit dem Haus mache. Aber dazu bin ich bis jetzt ja noch gar nicht gekommen."

„Dann mach das mal morgen", ermuntert Marie sie. „Das Wetter soll wieder richtig gut werden, und Burhave ist wirklich ein schöner Ort. Unsere Nordseelagune ist einmalig auf der Welt. Wir haben dort einen eigenen Strandkorb, den kannst du dir nehmen. Steht ganz nah an der DLRG-Station, der einzige weiße, und ‚Pension Steding' steht hinten drauf."

Marie fummelt in ihrer Hosentasche und fördert einen Schlüsselbund hervor. Mit ein paar Umdrehungen nimmt sie einen kleinen Schlüssel vom Ring ab und hält ihn Fee hin.

„Hier, für das Schloss am Korb. Mache es dir mal ein paar Stunden gemütlich."

Dann macht sich auch Marie auf, zu gehen.

„Du siehst todmüde aus, Fee. Schlaf dich erst mal richtig aus."

Marie wünscht Fee eine gute Nacht und ist im nächsten Moment durch die Tür verschwunden.

Tatsächlich fühlen sich Fees Augenlieder schwer wie Blei an. Aber bevor sie sich in die Kissen fallen lässt, will sie unbedingt noch prüfen, ob die Haustüren verschlossen sind. Wenn der andere Sygge-Bruder noch auf freiem Fuß ist, wird er womöglich versuchen, hier ins Haus zu kommen. Sie dreht den Schlüssel der Haustür zwei Mal um und schlurft dann zum anderen Ende des langen Flurs, wo eine zweite Tür zur Terrasse führt.

Plötzlich hört sie ein kurzes, lautes Klappern und dann ein dumpfes Geräusch, als ob etwas Schweres zu Boden fällt. Sind die Einbrecher schon da?, schießt es durch Fees müdes Gehirn. Sie fährt vor Schreck zusammen. Im Augenwinkel sieht sie etwas Helles über den Fußboden huschen. Was ist das? Immer noch die lähmende Panik der letzten Nacht in den Gliedern, folgen ihre Blicke der Bewegung, die sie gesehen hat, und treffen sich mit zwei großen, hellgrünen Augen, die sie erwartungsvoll anstarren. Die Augen gehören zu einer gelb getigerten Katze, die nun ganz ruhig dasitzt. Nur um ihren Mund herum hat ihr Fell einen weißen Fleck. Fee wendet ihren Blick zu der Außentür, in der sie nun am unteren Ende die Katzenklappe entdeckt, die immer noch leicht wippt. Nur ganz langsam entspannen sich Fees Muskeln wieder. Die kurze Abfolge von schockierenden Ereignissen sitzt wohl noch zu tief in ihren Fasern. Als wolle die Katze ihr etwas deuten, schaut sie nun auf den langen Einbauschrank an der Wand. Ein Regal im Schrank ist mit einer breiten Kante umfasst und obenauf ein dickes Polster platziert. Darüber hängt ein kleines Messingschild: JESPER.

„Oh, dann bist du wohl ein Kater", spricht Fee das Tier an, das sie weiterhin erwartungsvoll anstarrt.

Unter dem Regal entdeckt Fee drei Näpfe: Einer ist mit Wasser gefüllt, einer enthält einen Rest von Trockenfutter und ein dritter ist leer. Die wenigen angetrockneten Reste lassen Fee erraten, dass wohl mal Dosenfutter in dem leeren Napf gewesen ist. Der Kater schaut nun abwechselnd zu ihr, dann zu den Näpfen und dann hoch zu den Schranktüren über dem Katzenbett. Fee öffnet den Schrank und findet dort einen Vorrat an Dosen mit Nassfutter, eine angebrochene Tüte Trockenfutter, mehrere Näpfe und ein paar Löffel. Niemand hat erwähnt, dass Kea einen Kater besessen hat. Und wer hat den bislang gefüttert? Jesper miaut, sein Blick wirkt nun fordernd. Anscheinend ist es ihm wohl sehr wichtig, genau jetzt sein Essen gereicht zu bekommen. Also löffelt Fee eine Dose Nassfutter in ein sauberes Schälchen und füllt die Pellets nach, die wie kleine Fische geformt sind. Auf frisches Wasser muss der Kater bis morgen warten, Fee ist einfach zu müde, um auch nur noch einen Schritt zu viel zu machen. Mit kerzengerade hochgestelltem Schwanz macht sich Jesper über das Futter her. Fee prüft noch die Tür, die bereits fest verschlossen ist. Dann wünscht sie Jesper eine gute Nacht und macht sich auf den Weg nach oben.

Auch den Schlüssel ihrer Appartementtür dreht Fee zwei Mal um. Man weiß ja nie. Als sie endlich im Bett liegt, schießen ihr letzte Gedanken durch den Kopf: Wo ist sie hier nur gelandet? Und wie kann das alles nur angehen? Binnen nicht einmal vierundzwanzig Stunden ist sie erst von der Polizei verhaftet, dann von einem Überfallkommando heimgesucht worden, und dann auch noch ein Mord! Und was sind das bloß für Menschen hier im Heringsweg? Ob alle Butjenter, wie sie sich selbst nennen, wohl so sind? Und wer war Kea? Und warum dieser Mord? Bevor Fee sich weitere Fragen stellen kann, schläft sie tief und fest ein.

BLUT

Die aufgehende Sonne kündigt einen herrlichen Sonntag an. Siefke Steding steht in ihrem Garten und schneidet Zweige von den hochgewachsenen Hortensiensträuchern ab. Dann fügt sie in den dicken Strauß ein paar weiße Prachtspieren ein und lässt die feinen Blütenäste zehn Zentimeter aus den üppigen Blütendolden der Hortensien herausschauen. Ein schöner Strauß, befindet sie. Siefke konnte die ganze Nacht nicht schlafen, die Ereignisse des Vortages haben sie einfach zu sehr aufgewühlt. Deshalb ist sie heute noch früher aufgestanden, als sie es ohnehin immer tut. Mit dem dicken Blumenstrauß in der Hand geht sie noch einmal zurück in ihre Küche, trinkt den letzten Schluck Tee aus der Tasse, die noch auf dem Küchentisch steht, und greift dann zu der Grabvase, die sie sich schon zurechtgelegt hat. Zusammen mit Vase und Blumen packt sie auch noch eine große Flasche mit Leitungswasser in einen Weidenkorb. Wie jeden Sonntagmorgen macht sich Siefke nun auf den Weg zum Burhaver Friedhof. Um diese Uhrzeit ist es noch ganz ruhig in dem kleinen Küstenort, der während der Sommermonate von vielen Touristen besucht wird. Sie selbst lebt ja auch gut von den Sommergästen. Acht Fremdenzimmer und eine Ferienwohnung unterhält sie. Die meisten Gäste kommen schon seit Jahren, manche sogar seit Jahrzehnten, jeden Sommer in ihre Pension.

Im Heringsweg ist noch alles still. In Lasses kleinem Bauernhaus rührt sich noch nichts, und auch in Keas Haus sieht nichts danach aus, dass die neue Bewohnerin schon aufgestanden ist. Sogar Elselieses Außenjalousien sind noch heruntergezogen. Mit einem leichten Schaudern geht Siefke am Grundstück der Hülsemanns vorbei. Auf Höhe des Apfelbaums hält sie kurz inne. Alles sieht aus, als sei nichts geschehen. Nur das rot-weiße Absperrband, das im wilden Zickzack um den Fundort der Leiche herumgespannt ist, zeugt von den Ereignissen des letzten Tages. Aber dann ist Siefke plötzlich so, als sähe sie kurz den Schatten einer Person hinter dem Baum. Kann das sein? Siefke zieht die Augen zu kleinen Schlitzen zusammen und schaut noch einmal genau hin. Nichts zu sehen. Am Baum rührt sich kein einziges Blatt. Trotzdem wartet sie noch einen Moment ab, um sich zu vergewissern. Aber alles bleibt, wie es ist. Kein Schatten zu sehen. Wahrscheinlich sehe ich jetzt schon Geister, rügt Siefke sich selbst. Kein Wunder, nach all der Aufregung gestern und der schlaflosen Nacht. Da können sich schon mal ein paar Synapsen vertun.

Im Anbau des Hauses an der Ecke brennt allerdings schon Licht. Heiko steht sicher schon länger in der Backstube. Ab sieben Uhr wird ja überall Frühstück gereicht, da muss Heiko früh ran, um seine Brötchen pünktlich auszuliefern. Wenn Siefke später zurück nach Hause kommt, steht sicher schon der große Korb mit den Brötchen für ihre Gäste in der Küche.

Nur ein paar Wohnstraßen weiter erreicht Siefke die Lübbe-Siebet-Straße, die die Burhaver Kirche und den Friedhof kreisförmig umschließt. Keas Grab liegt ganz am Rand. Die Ruhestätte ist frisch bepflanzt, aber der Grabstein, auf den neben Frerich de Buur, Keas Ehemann, nun auch ihr Name eingemeißelt werden soll, ist noch nicht wieder aufgestellt. Frerich ist damals im selben Jahr gestorben wie Siefkes eigener Mann. Während Kea Siefke sehr geholfen hatte, über den Tod von Henry hinwegzukommen, hatte Kea niemand trösten können. Ganz schlimm hatte sie ausgesehen, die sonst so starke Frau, wie ein Häufchen Elend. Nach einem Vierteljahr hatte man allgemein beschlossen, dass es mit Kea so nicht weitergehen könne. Schließlich war es aber Kea selbst gewesen, die verkündet hatte, dass sie ein paar Wochen länger als üblich verreisen werde. Dann war sie den halben Winter über verschwunden geblieben, ohne dass jemand erfahren hatte, wo Kea sich aufhielt. Als sie zurückgekommen war, war sie zur Erleichterung aller wieder die alte Kea. „Es liegt noch ein langes, eigenes Stück Leben vor mir", hatte sie zu Siefke gesagt.

Das war nun schon fünfundzwanzig Jahre her. Ein wirklich langes Stück Leben, denkt Siefke. Und doch fehlt ihr ihre Nachbarin und Freundin unsäglich.

„Wenn du wüsstest, was hier los ist, Kea", wendet sie sich still an das Grab. Dann gießt sie das mitgebrachte Wasser in die Grabvase, stellt den Blumenstrauß hinein und steckt die Vase zwischen die Grabbepflanzung.

Siefke selbst hat die neue Bank gestiftet und hinter Keas Grab unter dem Baum am Rande des Friedhofs aufstellen lassen, auf die sie sich nun setzt. Wie immer hatten die Leute moniert, dass auf dem kleinen Stiftungsschild „Siefke Steding" steht. Der Vorname Siefke sei ja schließlich männlich, kritisierte man. Tatsächlich hieß Siefkes Urgroßvater so. Wie bei den Friesen üblich, hatte er einfach ein *-line* hinten drangehängt, um den Namen an seine Tochter zu vererben. Seitdem wurde jedes erstgeborene Steding-Mädchen Siefkeline getauft, aber immer nur Siefke gerufen. Auch Siefkes Tochter Marie und Enkelin Lara tragen diesen Namen, werden der einfacheren Unterscheidung halber aber bei ihren Zweitnamen gerufen.

Hier von der Bank aus kann Siefke auch das Grab ihrer Eltern sehen, in dem auch ihr Lebenspartner bestattet wurde. Henry Albers war Siefke ein guter Gefährte, aber geheiratet hat sie ihn nie. Ihre Großmutter hatte ihr als kleines Mädchen beigebracht, dass man als verheiratete Frau alles an den Ehemann verlieren würde. So war das Gesetz. Und was man dafür gewänne, sei nur viel Arbeit. Deshalb hatte auch Siefkes Mutter ihren Vater nie geheiratet und den Namen Steding in weiblicher Linie an ihre beiden Kinder weitervererbt. Zu ihrer Zeit war das noch ein ganz unverschämt sittenwidriges Ding, dass eine Frau mit einem Mann zusammenlebte und Kinder bekam, während sie zeitlebens nur mit ihm verlobt war. Auch als Siefke selbst mit Marie schwanger war, war die 1968er-Bewegung längst noch nicht in Burhave angekommen, und allgemein hatte man darüber die Nase gerümpft, dass der Vater ihres Kindes nur als Verlobter in das Haus der Stedings mit einzog. Und fünfzehn Jahre älter war er auch noch, hatten die Leute sich ereifert und nicht geglaubt, dass die Verbindung halten würde. Jedes Jahr aufs Neue hatte Henry um Siefkes Hand angehalten. Aber auch nachdem man die Gesetze geändert hatte und eine Frau durch die Eheschließung nicht mehr ihr gesamtes Vermögen an den Ehemann verlor, hatte Siefke sich nicht zu einer Heirat durchringen können. Schließlich hatte sie es ihrer Großmutter einst versprochen. Henry hatte es mit Gleichmut hingenommen, und alles in einem hatte sie mit ihm eine glücklichere Partnerschaft als viele ihrer Altersgenossinnen, die sittenhaft zum Standesamt gelaufen waren, als sich das erste Kind angekündigt hatte.

Erneut fällt Siefkes Blick auf das Grab ihrer Freundin. „Ich vererbe das Haus an eine, die mir ähnlich ist", hatte Kea Siefke kurz vor ihrem Tod offenbart. „Nehmt sie gut auf", hatte sie ihrer Freundin ans Herz gelegt. Das hat im ersten Moment nicht so richtig gut geklappt, wie Siefke sich selbst eingestehen muss. Wie hatte Kea das gemeint mit der Ähnlichkeit? Die junge Fee hat äußerlich ja so gar nichts mit Kea gemein. Sie ist mindestens einen Kopf kleiner, hat wuschelige dunkle Haare, und auch in ihrem Gesicht mit den großen blauen Augen findet sich so gar nichts von Kea. Wie ist die überhaupt mit Kea verwandt? Siefke weiß wohl, dass Kea über die Vorfahren ihrer Mutter noch weitläufige Verwandtschaft in Ostfriesland hatte. Und eine Cousine ihrer Mutter hatte nach Hannover geheiratet. Als Siefke noch ein Kind war, war ein paar Mal Besuch aus Hannover da gewesen, daran kann sie sich erinnern. Aber nach dem Tod von Keas Eltern kam der Besuch nicht mehr. Kennt Fee Kea von einer der jährlichen Reisen, auf die ihre Freundin sich jeden Winter begeben hat? Kea hat ja nie erzählt, wo genau sie gewesen ist. Bildungsreisen hat sie das genannt. Was also für eine Ähnlichkeit? Ist Fee etwa auch Heilpraktikerin? Oder sogar Ärztin? Eigentlich sieht sie nicht danach aus, befindet Siefke. Obwohl sie gar nicht sagen kann, wie eine Ärztin eigentlich auszusehen hätte.

Während Siefke ihren Gedanken nachhängt, hat die Sonne den Tag in volles Licht gehüllt. In den umliegenden Häusern erwacht das Leben. Siefke hört, wie jemand Jalousien hochzieht. Es wird Zeit, den Pensionsgästen das Frühstück zuzubereiten. Also greift Siefke nach ihrem Korb und macht sich auf den Heimweg.

✺

Onke Lübben köpft sein zweites Frühstücksei. Irmhild hat es heute besonders gut mit ihm gemeint und den Frühstückstisch noch üppiger beladen als an anderen Sonntagen. Gestern hat er noch bis zehn Uhr abends draußen gestanden und den Mercedes wieder auf Vordermann gebracht. Das war eine Arbeit! So dreckig lässt er den Wagen sonst ja nie werden. Den ganzen schönen Fernsehabend hat ihn das gekostet. Als der Mercedes endlich wieder makellos geblitzt hat, ist er dann auch gleich ins Bett gegangen. Nach den vielen Überstunden war er hundemüde. Heute wird er sich erst einmal ausruhen. Vielleicht geht er am späten Nachmittag noch zum Angeln. Natürlich erst, nachdem er ein ausgiebiges Mittagsschläfchen gehalten hat und sich den leckeren Erdbeerkuchen hat schmecken lassen, dessen Boden Irmhild schon zum Backen in den Ofen geschoben hat. Ganz weit landeinwärts am alten Siel liegt eine bewachsene Uferstelle. Die kennt außer ein paar Kumpels aus der Jugendzeit, mit denen er damals dort zum Angeln gesessen hat, niemand. Zumindest ist ihm da in Jahrzehnten noch kein anderer Angler begegnet. Da hat er seine Ruhe!

Onke beißt gerade herzhaft in seine mit Mettwurst belegte Brötchenhälfte, als das Festnetztelefon klingelt. Wer ruft denn zu so einer frühen Stunde am Sonntagmorgen an?, denkt er empört. Irmhild ist schon aufgesprungen und zum Apparat gelaufen. „Ja, einen Moment bitte", hört er Irmhild sagen, die ihm gleich darauf das Mobilteil entgegen reicht.
„Es ist Kommissar Cornelius", flüstert Irmhild.
Onke würgt das Stück Brötchen in seinem Mund hinunter und verschluckt sich dabei fast. Hüstelnd meldet er sich.
„Wieso haben Sie denn ihr Handy ausgeschaltet?", raunzt Cornelius.
„Äh, es ist Sonntag", entfährt es Onke.
„Bei einem Mordfall gibt es keinen Sonntag! Da muss schnell ermittelt werden. Um acht Uhr ist Dienstbesprechung. Ich will Sie dabeihaben", erklärt Cornelius.

Onke schaut zur Uhr an der Wand. Es ist zwanzig nach sieben. „Bin pünktlich da", antwortet er und legt auf. „Irmhild, meine Uniform."

❧

Als Fee an diesem Morgen erwacht, ist es schon neun Uhr durch. Sie hat über zehn Stunden fest geschlafen, stellt sie verwundert fest. Liegt das nun an den Anstrengungen des vergangenen Tages oder an der Nordseeluft? Ein Blick durch das Fenster verheißt einen sonnigen Tag. Heute will sie endlich mal ans Wasser! Sie springt schnell unter die Dusche und schlüpft gleich in den türkisfarbenen Badeanzug mit den weißen Punkten, den sie sich kurz vor der Abreise noch gekauft hat, weil sie ihn so toll findet. In ihrem großen roten Koffer liegt gleich obenauf das bunte Maxikleid aus knitterarmer Viskose. Perfekt für diesen Tag, entscheidet Fee und streift das Kleid über. Und dazu den neuen Strohhut. Sie packt noch ein paar Sachen für den Strand in ihren leichten Rucksack. Hoffentlich kann man irgendwo Sonnencreme kaufen, die hat sie nämlich nicht dabei. Im Flur nimmt sie sich noch einen Roman aus dem Bücherregal. Der Einband ist so abgewetzt, dass das Buch wohl oft gelesen wurde. Also muss es gut sein.

Unten im Haus ist von Kater Jesper nichts zu sehen. Fee geht in die Küche. Ob es hier etwas Essbares gibt? Der Kühlschrank war ja leer. Von den belegten Brötchen ist gestern auch nichts übrig geblieben. In den Schränken findet sie nur ein paar Konserven, Nudeln, Zucker und andere haltbare Sachen. Die Kaffeedose ist auch leer. Eine weiß-grüne Schachtel mit Teebeuteln steht daneben. Aber für Tee kann Fee sich jetzt nicht begeistern. In einem Ferienort wird es ja wohl irgendwo einen Kaffee und ein Brötchen zu kaufen geben. Tatsächlich zeigt die Map auf dem Smartphone eine Bäckerei an der Strandallee an, die geöffnet hat. Bingo! Der Weg zur Nordseelagune wäre durch das Ferienhausgebiet zwar ein bisschen kürzer, aber an der Strandallee soll es auch sonst viel zu sehen geben.

Bevor Fee losgeht, befüllt sie noch Jespers Näpfe mit frischem Wasser und einer großen Portion Trockenfutter. Dann befestigt sie den kleinen Schlüssel für den Strandkorb an ihren Schlüsselring, damit er nicht verloren geht, und macht sich auf den Weg.

Nachdem sie ein paar kleine Straßen passiert hat, kommt Fee an einer scharfen Kurve bei der Strandallee heraus. Hier herrscht ein reges Treiben. Die meisten Menschen bewegen sich in Richtung des Deiches, den man von hier aus schon sehen kann. Einige tragen Kühltaschen, Strandlaken und sogar Klappstühle mit sich. Junge Familien ziehen Bollerwagen hinter sich her, in denen die Kleinsten Platz genommen haben und erwartungsfroh ihre aufgeblasenen Gummitiere in den Händen halten. Die richten sich wohl alle auf einen schönen, langen Tag am Wasser ein. Fee passiert das Restaurant „Käpt'n Hook" vor dem Seepark. Gleich nach dem Souvenirladen kommt die Bäckerei Jantzen, die Fee mit einem Käsebrötchen und einem großen Becher Kaffee wieder verlässt. Während sie abwechselnd vom Brötchen abbeißt und vorsichtig vom heißen Kaffee schlürft, mustert sie im Vorbeigehen interessiert die Spielscheune. Da kann man auch bowlen, stellt sie begeistert fest. Bei der Fahrradvermietung stehen Urlauber Schlange. Eine fünfköpfige Familie fährt gerade mit einem Tretmobil los. Das „La cassetta del gelato", eine lustige kleine Eisbude, hat noch geschlossen, aber ein hellhaariger Mann ist bereits damit beschäftigt, Stühle und Mülleimer rauszustellen. Fee liebt Eis. Auf dem Rückweg wird sie sich auf jeden Fall zwei oder drei Kugeln gönnen. Schließlich ist sie ja im Urlaub! Vor dem Touristikbüro mit dem Atrium versperrt eine Gruppe Senioren kurz den Gehweg. Da entdeckt Fee auf der anderen Straßenseite den großen Strandshop.

„Klar!", antwortet der freundliche Verkäufer auf die Frage, ob es auch Sonnenschutzcreme gibt, und so landet eine große Flasche in Fees Rucksack. Nebenan in der „Fisch Bar" spannt jemand die Sonnenschirme auf. Der öffentliche Parkplatz dahinter ist schon ganz schön voll. Kein Wunder, es herrscht bestes Strandwetter!

Der Wegweiser zur Nordseelagune zeigt auf einen Weg, der gemächlich über den Deich führt. Nach ein paar Metern entscheidet sich Fee aber, die Treppe zur Deichkrone zu nehmen. Oben gibt es eine große Aussichtsplattform. Von hier aus schaut man direkt auf die Terrasse des Cafés „Rondell". Und darunter breiten sich der Strand und die Nordsee aus. Sanfte Wellen bewegen sich auf das Land zu. Und endlich die erste Möwe, die mit viel Geschrei über Fees Kopf hinwegfliegt. Am Strand ist schon viel los, der Wind weht Kinderlachen vom großen Spielplatz herüber. Viele Familien haben sich in den bunten Strandkörben eingerichtet. Dazwischen sitzen Urlauber auf ihren Decken.

„Auflaufendes Wasser, aber Hochwasser ist erst gegen 14:00 Uhr", erklärt ein älterer Herr mit Schiebermütze seiner Frau. Die Fakten entnimmt er offensichtlich einer App auf seinem Smartphone, das er vor sich hält.

„Da vorne ist Bremerhaven", doziert er weiter und zeigt nach rechts. Auch Fees Augen folgen dem Finger des Mannes. Die Kräne des Hafens wirken so nahe, als könne man in kurzer Zeit dort hinlaufen.

„Aber da liegt die Wesermündung zwischen, da ist immer Wasser", scheint der Mann Fees Gedanken aufzugreifen.

Fee lässt ihren Blick für ein paar Momente still über die Nordsee schweifen. Die leichte Brise weht durch ihr langes Kleid. Ein Aroma von Salz und Algen liegt in der Luft. Auch wenn Fee sich nicht daran erinnern kann, dass sie als kleines Mädchen mit ihrem Vater hier war, so weiß sie, dass sie diesen eigentümlichen Geruch nicht zum ersten Mal vernimmt.

Hinten am Horizont taucht ein großes Containerschiff auf.

„Guck, Lisbeth, das fährt jetzt Bremerhaven an", reist der Mann mit der Schiebermütze Fee aus ihrer kurzen Versenkung. Sie beschließt weiterzugehen und setzt ihren Weg auf der Seeseite des Deiches fort. Auf dem satten Grün grasen Schafe. Die Lämmer sind schon zu halb großen Tieren herangewachsen, halten sich aber immer noch nahe bei ihren Müttern auf. Auf dem Deichvorland ist ein großer Campingplatz, auf dem kaum eine Parzelle frei geblieben ist. Beim Vorbeigehen beobachtet Fee Urlauber, die vor ihren Wohnwagen ein spätes Frühstück einnehmen oder es sich bereits in Liegestühlen bequem gemacht haben.

Als sie bei der Nordseelagune ankommt, hat sich im Kassengebäude bereits eine kleine Menschentraube gebildet. Bei dem herrlichen Wetter ist der Andrang groß. Als Fee drankommt, zahlt sie ihren Eintritt.
„Wo ist denn der Strandkorb von den Stedings?", erkundigt sie sich bei der Kassiererin.
„Oh, Sie sind das." Die Dame mittleren Alters lächelt Fee an.
„Marie hat schon Bescheid gesagt. Gehen Sie links am Wasser lang, gleich nach den vielen Sonnenschirmen steht er."

Als Fee das Gebäude verlässt, kommt es ihr einen kurzen Moment so vor, als befände sie sich irgendwo an der Adria. Vor ihr breitet sich ein großer, von weißem Sand umgebener See mit Buchten und kleinen Sandinseln aus. Rundherum sind gelbe, blaue und grüne Strandkörbe und strohbedeckte Schirme aufgestellt. An einem langen, blauen Steg sind bunte Boote befestigt. Und hinter der Lagune die Weite der Nordsee! In und um das Wasser herrscht fröhliches Treiben.
Nachdem Fee ein Stück gelaufen ist und die aufgereihten Sonnenschirme passiert hat, sieht sie auch schon den weißen Strandkorb mit der Aufschrift „Steding". Sie öffnet das kleine Vorhängeschloss und entfernt das Gitter am Korb. So lässt es sich aushalten, denkt Fee, als sie es sich auf dem blau-weiß gestreiften Sitz bequem gemacht hat und ihr Gesicht der Sonne entgegenstreckt. Anstatt das mitgebrachte Buch hervorzuholen, schaut sie eine ganze Weile nur auf das Wasser und die Menschen, die sich darin vergnügen. Zwei kleine Mädchen mit Schwimmflügeln kommen lachend zu ihren Eltern zurückgelaufen. Die Mut-

ter mummelt sie gleich in große Badetücher ein. Ein Paar, das im Korb neben Fee sitzt, hat bereits eine bedenklich rote Farbe angenommen, lässt sich aber unbeirrt weiter in der Sonne brutzeln. Eine junge Frau in einem knappen, neonorangen Bikini, die auf einer Wolldecke mit Leopardenmuster liegt, beginnt damit, Selfies zu machen. Sie räkelt sich in immer neue Posen und formt ihre Lippen abwechselnd zu einem Schmollmund und zu einem Lächeln. Fee findet diese Selfie-Poserei einfach nur doof. Die gestellten Bilder erzeugen in ihrem Inneren meistens nur Fremdschämen.

Als sie ihren Blick gerade wieder zum Wasser lenken will, löst sich aus einem nahe stehenden Strandkorb eine Figur in einem rosa Jumpsuit. Über die ganze Breite ihres Rückens fällt hellblondes, lockiges Haar. Fee erkennt die Polizistin Wiebke Krömer sofort. Die läuft in ihre Richtung. Soll sie sie ansprechen? Und wenn, wie dann überhaupt? Wiebke Krömer ist höchstens so alt wie sie selbst. Mit anderen Gleichaltrigen duzt sich Fee meist sofort, aber mit einer Kommissarin?

Wiebke Krömers Blick streift sie kurz und kommt nach dem Bruchteil einer Sekunde noch einmal zu ihr zurück.

„Hallo!", sagt Wiebke viel schüchterner, als Fee sie gestern am Tatort kennengelernt hat.

„Hallo!", erwidert Fee und lächelt Wiebke Krömer an.

„Du bist die Zeugin von gestern", nimmt Wiebke Fee die Frage nach einer angemessenen Anrede ab. „Bist du alleine hier?"

„Ja", antwortet Fee, „ich kenne hier in Burhave noch niemanden. Außer den Nachbarn von gestern natürlich, aber …"

„Ich kenne hier auch niemanden mehr", entgegnet Wiebke lachend. Fee schaut sie erstaunt an. Hatte die blöde Bemerkung, die Heiko gestern Abend gemacht hat, nicht ausgesagt, dass Wiebke aus Burhave kommt?

„Ich bin nach der Polizeiausbildung nach Cuxhaven gegangen und nur noch zu Besuch bei meinen Eltern hier gewesen. Die alten Kontakte aus der Schulzeit haben sich natürlich aufgelöst, weißt ja. Ich war ja über fünfzehn Jahre weg", erklärt Wiebke.

Magst du dich setzen?", fragt Fee und nimmt den Rucksack von dem Platz neben sich.

Eine Viertelstunde später hat Fee erfahren, dass Wiebke nach der Ausbildung eine freie Stelle in der Dienststelle Cuxhaven angenommen hatte. Da hatte sie dann ihren Freund Tobias kennengelernt, mit dem sie viele Jahre zusammengelebt hat. Aber im letzten Winter haben sich die beiden getrennt. Als Wiebke erfahren hat, dass in Nordenham eine Stelle frei ist, brauchte sie nicht lange zu überlegen und hat sich nahe der alten Heimat beworben. Sie hat auch gleich eine schöne Oberwohnung in Burhave gefunden. Bei einer älteren Dame, die regelrecht begeistert ist, dass eine Polizistin im Haus wohnt.

„Weißt du, rückblickend ist das alles gar nicht so erstaunlich", meint Wiebke. „Tobias und ich hatten ein durch und durch organisiertes Leben. Mit Fünfjahresplan und so. Sparen für den Hausbau, sparen für die Hochzeit. Jeden Tag auf derselben Arbeitsstelle, das gemeinsame Hobby, zwei Mal im Jahr Urlaub im Süden. Ich wollte das ja auch alles so, es hat mir ein gutes Gefühl gegeben. Aber es war eben auch alles auf Jahre hinaus total absehbar."

Fee kann das gut verstehen. Auch sie mag ein organisiertes Leben. Obwohl, so mit Fünfjahresplan dann doch nicht.

Dann will Wiebke wissen, was Fee nach Burhave verschlagen hat, und erfährt von dem völlig unverhofften Erbe und die Irrfahrt ins ostfriesische Burhafe. Die Bekanntschaft mit der Wittmunder Polizei lässt Fee aber weg, sie weiß ja nicht, was Wiebke als Polizistin von so einer „Auffälligkeit" hält. Auch die überwältigende Begrüßung ihrer Nachbarn lässt sie lieber aus. Wahrscheinlich hat Wiebke Heiko sowieso in schlechter Erinnerung. Also erwähnt sie ihn nicht.

Als Wiebke auch noch wissen will, wie Fee sonst so lebt, erzählt sie ihr von ihrem überschaubaren Leben in Berlin-Treptow: Dass sie für eine Eventfirma arbeitet, bei der sie schon ihre Ausbildung gemacht hat und dass sie hauptsächlich für die Organisation von Feierlichkeiten auf Ausflugsschiffen zuständig ist. Dass ihre letzte richtige Beziehung schon fünf Jahre her ist, aber auch gar nicht so eng war, wie die von Wiebke und Tobias, dass sie seit Kurzem auch noch bei einem Escape-Room-Anbieter jobbt, und schließlich traut sie sich auch noch, Wiebke von ihrem Hobby in der Online-Ermittlungsgruppe zu erzählen.

„Wow", kommentiert Wiebke, „dann sind wir ja quasi Kolleginnen", und lacht.

„Gibt es eigentlich schon etwas Neues zu dem Toten?", fragt Fee vorsichtig und schiebt schnell nach: „Ich meine, etwas, das du mir sagen darfst?"

„Bei der Besprechung heute Morgen gab es noch keine neuen Erkenntnisse", antwortet Wiebke und senkt dann ihre Stimme. „Ich sage wohl nicht zu viel, wenn ich dir verrate, dass im Wohnhaus der Brüder kein Hinweis darauf gefunden wurde, dass sich der überlebende Bruder dort in letzter Zeit aufgehalten hätte. Die ersten Ergebnisse aus dem Institut dürften frühestens morgen früh vorliegen. Da hat mein Chef bereits eine weitere Besprechung anberaumt." Wiebke runzelt dann ihre Stirn und fährt fort:

„Ich kannte die Sygge-Brüder ja nur vom Hörensagen, habe sie höchstens mal flüchtig gesehen. Die waren immer zusammen unterwegs. Dass die sich dann bei einem Einbruchsversuch bis aufs Blut streiten und der eine den anderen dann umbringt, das passt irgendwie nicht."

„Obwohl sich bei den meisten Morden Opfer und Täter zumindest kennen. Und die Weltgeschichte ist voll von Brudermorden", gibt Fee zu bedenken. „Obwohl ...", überlegt Fee, „wäre der Bruder der Mörder, wüsste der ja, dass der Verdacht gleich auf ihn fällt. Da hätte er die Leiche doch eigentlich besser versteckt."

„Ja, genau", bekräftigt Wiebke. „Auch wenn er die Leiche nicht weit tragen konnte, hätte sich im nahen Umkreis doch ein Versteck finden lassen, das ihm zumindest Zeit verschafft hätte. Mit ein bisschen Überlegung hätte er die Leiche auch so verschwinden lassen können, dass sie gar nicht gefunden würde."

„Und wenn der Bruder sich selbst davongemacht hätte, wäre es wahrscheinlich sehr lange niemanden aufgefallen, dass die Sygge-Brüder nicht mehr da sind", ergänzt Fee.

„Man merkt, dass du dich schon kriminalistisch betätigt hast", meint Wiebke anerkennend. „Natürlich lässt sich zunächst nicht ausschließen, dass der Bruder der Täter war. Er könnte die Leiche in Panik zurückgelassen haben. Solange wir keinen Hinweis auf einen anderen Tatverdächtigen haben, steht der Bruder im Fokus der Ermittlungen."

Als Wiebke und Fee am Nachmittag aus dem Bistro der Lagune heraustreten, in dem sie sich zu den Keksen, die Wiebke mitgebracht hat, einen Kaffee gekauft haben, haben sie sich schon richtig angefreundet. Zurück bei den Strandkörben plaudern sie noch eine Weile und tauschen ihre Telefonnummern aus. Fee freut sich, dass Wiebke vorschlägt, bald mal zusammen essen zu gehen. Dann muss Wiebke los, weil sie ihren Eltern versprochen hat, noch vorbeizuschauen. Sie packt ihre große Strandtasche und verabschiedet sich:

„Bis bald, wir telefonieren!"

Fee überlegt, ob sie auch schon gehen soll. Aber dann entscheidet sie sich dafür, den Roman hervorzuholen, den sie sich eingepackt hat. In dem Buch geht es um zwei Frauen, die beide aus derselben Ahnenreihe stammen und den gleichen Vornamen tragen, aber zwei Jahrhunderte voneinander entfernt leben. Sie finden auf mysteriöse Weise Kontakt zueinander und lernen ihre so unterschiedlichen Leben kennen, die schließlich zu einem gemeinsamen Schicksal führen.

Irgendwie wie bei Kea und mir, denkt Fee, als sie die ersten dreißig Seiten durchhat. Dann beschließt auch sie, den Heimweg anzutreten.

Schon zwei Mal hat sich Elseliese Deichkötter vergeblich auf den Weg zu Magister Wigbold gemacht. Der Name des Betreibers und Moderators des örtlichen Radiosenders stammt noch aus der Zeit, als er zusammen mit ein paar Studienkollegen einen Piratensender betrieben hat. Sie hatten sich zur Tarnung alle einen Namen nach den Vitalienbrüdern gegeben. Wigbold, der als Einziger von ihnen hier aus Butjadingen stammt, ist auch nach Auflösung des Senders geblieben. Und seit das Internetradio aufgekommen ist, berichtet er neben seinem Hauptjob als Sozialpädagoge morgens und abends je eine Stunde von den neuesten Ereignissen, die sich auf der grünen Halbinsel zugetragen haben. Er sendet auch Geburtstagsgrüße und Wunschmusik. Elseliese verpasst kaum eine Sendung. So erfährt sie doch immer gleich, wer gestorben ist, wo ein Kind geboren wurde, wer einen Hochzeitstag feiert und vor allem, welche Neuigkeiten es sonst noch gibt. Hoffentlich ist Wigbold jetzt endlich wieder zu Hause. Gerd wird bald von seinem Bootausflug zurückkehren, und der wird es bestimmt nicht gutheißen, dass Elseliese die Ereignisse des vergangenen Tages ins Radio bringt. Aber schließlich müssen die Menschen doch darüber informiert werden, dass sich in ihren Kreisen ein Mord ereignet hat. Und vor allem wird doch nach dem Sygge-Bruder gesucht. Vielleicht hat ihn jemand gesehen.

Als Elseliese diesmal an der Tür des kleinen Hauses am Deich klingelt, öffnet Magister Wigbold. Wie immer trägt er sein inzwischen schütteres Haar zu einem dünnen Zopf zusammengebunden.

Nachdem er Elseliese hineingebeten und ihr einen Platz angeboten hat, schaut er sie durch seine Nickelbrille hindurch erwartungsvoll an. Elseliese redet auch gleich drauflos und schildert in allen Einzelheiten, was sich im Heringsweg ereignet hat. So erstaunt, wie Wigbold guckt, hat er wohl tatsächlich noch nichts von dem Mord gehört. Wo sich doch sonst alles so schnell rumspricht. Selbstverständlich werde er gleich in der Abendsendung davon berichten, versichert der Moderator beflissen. Natürlich müsse die Bevölkerung informiert werden. Und nur so könne man doch Hinweise auf den Verbleib des vermissten Bruders erhalten. Man müsse der Polizei doch helfen, pflichtet Wigbold Elseliese bei.

Zufrieden macht sich Elseliese eine Viertelstunde später wieder auf den Heimweg.

❧

Bei Fees Rückkehr riecht es im Heringsweg irgendwo nach Gegrilltem. Wahrscheinlich Urlauber in einem der umliegenden Ferienhäuser, die den schönen Sommertag mit einem leckeren Barbecue abschließen, denkt Fee. Sie selbst hat sich an der Fisch Bar einen großen Fischburger mit Pommes gegönnt, weil sie ja nichts im Haus hat. Hinterher hat sie sich noch zwei Kugeln Eis in der Waffel gekauft, die sie auf dem Heimweg genüsslich weggeschleckt hat. Morgen muss sie erst einmal einkaufen gehen.

Als Fee die kleine Pforte zu ihrem Grundstück öffnet, fährt Lasse mit seinem dunkelroten Kombi gerade rückwärts aus seiner Einfahrt. Er hält bei Fee an, lässt das Seitenfenster der Beifahrertür herunter und streckt sich, so weit es geht, in Fees Richtung. Als Fee an das offene Autofenster tritt, vernimmt sie den sehr angenehmen Duft eines Rasierwassers. Überhaupt sieht Lasse richtig zurechtgemacht aus. Seine fast schulterlangen Haare sind offen, und er trägt Jeans und ein offenes Hemd über dem T-Shirt. So ganz anders als gestern in seinen Arbeitsklamotten.
„Hallo! Hast du ein Rendezvous?", fragt Fee geradeheraus und lächelt schelmisch. Nach dem schönen Tag mit Wiebke ist Beschwingtheit in ihr aufgestiegen.
„Moin", antwortet Lasse. „Ja … äh, also nee, nur zu Hein Schüür … äh, ich meine, ich will nur jemanden besuchen."
Wieso wird der denn rot?, fragt sich Fee. Kurz überlegt sie zu fragen, wie die Dame denn heißt, lässt es dann aber doch.
Scheinbar hat sie Lasse schon in Verlegenheit gebracht.

„Dann viel Spaß!", wünscht sie Lasse, der sich wieder entspannt und ihr auch einen schönen Abend wünscht.

Als Fee sich im Gehen noch einmal umdreht, sieht sie, dass Lasse an Heikos Haus hält und der blonde Nachbar zusteigt. Auch Heiko hat seine Bäckerkluft gegen Jeans und schickes Hemd getauscht. Wo die wohl an einem Sonntagabend hinfahren? Fee nimmt sich vor, herauszufinden, was das Nachtleben hier in Butjadingen zu bieten hat. Vielleicht weiß Wiebke ja Näheres.

Als Fee ins Haus kommt, sitzt Kater Jesper schon demonstrativ vor seinem Essplatz.

„Du bist ja viel früher dran als gestern", sagt sie, macht sich dann aber gleich daran, Jesper frisches Futter und Wasser hinzustellen. Diesmal schnurrt er sogar, als er sich über das Dosenfutter hermacht. Vielleicht schmeckt ihm das mit Lachs besonders gut. Viel mehr Aufmerksamkeit schenkt Jesper Fee allerdings nicht. Einige Zeit später sieht sie durch das Küchenfenster, dass er auf einen Gartenstuhl gesprungen ist und sich ausgiebig putzt.

Plötzlich fällt Fee siedend heiß ein, dass sie sich noch gar nicht wieder bei ihrer Mutter gemeldet hat. Zum Glück hat Anne mit ihrem Beruf als Lehrerin, ihren Studienreisen und den vielen anderen Projekten ein so ausgefülltes Leben, dass sie nicht ständig auf Nachricht von ihrer Tochter wartet. Und einen Lebenspartner hat sie auch noch. Manchmal erreicht Fee ihre Mutter tagelang gar nicht. Jetzt schickt sie eine Nachricht:

„Das Haus ist super, habe schon Nachbarn kennengelernt und mich mit einer netten Polizistin angefreundet. Liebe Grüße, Fee."

Von dem Mord schreibt sie lieber nichts, das könnte ihre Mutter dann doch beunruhigen.

Fee fragt sich, was sie jetzt mit dem Rest des Abends anfangen soll. Im Wohnzimmer gibt es einen großen Fernseher. Ob die alten Röhrendinger oben auch noch funktionieren? Vielleicht kommt ja ein guter Film. Allerdings, bis zur Primetime ist es noch eine Weile hin. Ob sie sich mal Keas Arbeitszimmer im

Lüttjen Huus genauer ansehen soll? Oder soll sie doch mal einen Blick in Keas Schlafzimmer riskieren?

Fee betritt ein weiteres Mal den hinteren Flur und bleibt direkt noch einmal an den vielen Fotos an der Wand haften. Auf vielen Bildern ist Kea mit Siefke zu sehen. Auf einem Bild stehen die beiden vor einem Geysir, auf einem anderen sieht der Hintergrund so aus wie ein Stück vom Buckingham-Palast. Fees Blicke wandern wieder zu dem großen Foto in der Mitte. Keas Mann sieht gut aus. Ein paar Zentimeter größer als Kea, schlank, volles Haar. Irgendwie erinnert Fee das Gesicht an einen alten Schauspieler, dessen Name ihr aber nicht einfällt. Wie hieß Keas Ehemann eigentlich? Vielleicht fragt sie Siefke Steding mal danach.

Zögerlich und ganz langsam öffnet Fee die Tür zu Keas Schlafzimmer. Es ist ihr wirklich unangenehm, in den persönlichsten Raum ihrer Gönnerin einzudringen. Aber was ist das? Als Fee die Tür schließlich ganz geöffnet hat, findet sie das hell gestrichene Zimmer völlig leer vor. Oder zumindest fast leer. An der gegenüberliegenden Wand neben dem Fenster hängt lediglich noch ein Flachbildfernseher. An der linken Wand nimmt ein Kleiderschrank die volle Breite ein. Die Türen stehen offen, der Schrank ist vollkommen leer. Hier hat jemand schon alles ausgeräumt. Wer? Ob Kea das verfügt hat, dass man alles entfernt? Als Fee ein paar Schritte in den Raum hineingemacht hat, entdeckt sie hinter der geöffneten Tür ein kleines Regal. Darauf steht eine angebrochene Flasche Eau de Toilette. Fee muss unwillkürlich lächeln: Den von ihr so geliebten Magnolienduft erkennt sie sofort.

Nun, da sie sich in das privateste Zimmer von Kea gewagt hat, beschließt Fee, sich noch einmal ganz allein im Lüttjen Huus umzusehen. Vielleicht erfährt sie dort etwas mehr über Kea, und vielleicht findet sie noch weitere Dinge, die sie und Kea irgendwie miteinander verbinden. Oder sogar einen Hinweis darauf, was die vermeintlichen Einbrecher in Keas Haus finden wollten. Vielleicht haben sie doch nach etwas Konkretem gesucht.

Mit dem Amethyst-behangenen Schlüssel macht sich Fee auf den Weg. Nachdem sie den Schlüssel umgedreht hat, umfasst sie die schwarze, bauchige Türklinke. Igitt, die klebt ja voll! Was ist das denn? Fee besieht ihre Hand und spürt, wie ihre Beine augenblicklich zu Pudding werden: Das ist ja Blut! Was soll sie jetzt machen? Ihr erster Impuls ist, ihre Hand sofort unter einen Wasserhahn zu halten, so widerlich ist das Gefühl. Soll sie die Polizei anrufen? Oder zu Siefke Steding laufen? Tausend Gedanken fliegen ihr durch den Kopf. Wiebke!, fällt es ihr dann ein. Sie rennt zurück ins Haus und wählt mit der sauberen linken Hand die eingespeicherte Nummer. Es klingelt: ein Tuut, dann noch ein Tuut, dann noch eines. Hoffentlich geht Wiebke überhaupt ran, wenn sie gerade gemütlich bei ihren Eltern sitzt. Tuut … Dann endlich meldet sich Wiebke:

„Das ging aber schnell", schallt es Fee fröhlich entgegen. „Ich bin noch bei meinen Eltern, wir machen gerade Pizza, willst du vielleicht auch mitessen?"

Für den Bruchteil einer Sekunde geht ein warmer Strahl durch Fees Bauch. Wie toll, dass Wiebke sie spontan zum Mitessen einlädt.

„Wiebke, es ist Blut an der Türklinke vom Lüttjen Huus!"

„Alles klar, ich bin sofort da", begreift Wiebke sofort.

Fee lässt sich auf die Bank vor dem Haus sinken und hält ihre rechte Hand so weit vom Körper ab, so als gehöre diese Hand gar nicht zu ihr. Es vergehen endlos lange Minuten, bis Fee endlich ein rotes Cabrio kommen sieht. Wiebkes lange Engelslocken flattern wild im Fahrtwind.

Die Kommissarin springt aus dem Auto und läuft zu Fee hin, die immer noch in der skurrilen Haltung auf der Bank sitzt. Mit verzogenem Gesicht hält sie Wiebke die rot verfärbte Handfläche hin. Wiebke wirft einen Blick darauf, nickt erkennend und beschaut sich dann die Türklinke am Lüttjen Huus.

„Hier sind sogar ein paar Tropfen auf dem Boden", stellt sie fest.
„Ich rufe in Nordenham an."
Nach einem kurzen Telefonat vermeldet sie Fee:
„Die sind gleich da. Ich muss Lübben auch Bescheid sagen, sonst ist der beleidigt."

❧

Onke Lübben hat es sich gerade auf seinem schweren Fernsehsessel bequem gemacht und drückt auf die Fernbedienung, um den Sessel in halbe Liegeposition zu bringen. Irmhild hat genauso einen Sessel und hält ebenfalls schon die Fernbedienung in der Hand. Auf dem Tischchen zwischen ihnen hat Irmhild Malzbier und Erdnüsse platziert, so wie Onke es mag. Gleich beginnt die Tagesschau. Onkes Handy klingelt.
„Wer kann das denn noch sein?", fragt Irmhild, „ist doch gleich acht." Kein Anruf nach acht Uhr, lautet eine gute alte Sitte seit Einführung der Abendnachrichten im Ersten, weil man bei diesen eben nicht stört. Das ist auch für Onke Gesetz.
Auf dem Display leuchtet „Krömer, Wiebke" auf. Was will die denn noch? Sonntags sind doch die Kollegen aus Nordenham zuständig. Das wird er ihr gleich mal deutlich mitteilen. Es ist ja schon ein Zugeständnis, dass Onke während der Hauptsaison auch samstags die Burhaver Wache besetzt. Na ja, die Überstunden kann er im Winter wieder abfeiern, aber doch nicht sonntags! Schon gar nicht, nachdem er heute Morgen über eine Stunde in der Besprechung gesessen hat, bei der rein gar nichts herausgekommen ist. Mürrisch drückt Onke auf den Button mit dem grünen Hörer und meldet sich:
„PHM Lübben."
Nachdem am anderen Ende kurz gesprochen wurde, drückt Lübben wortlos auf die Fernbedienung seines Sessels, und ohne Jens Riewa auf dem lautlos gestellten Fernseher irgendeine weitere Beachtung zu schenken, vermeldet er an diesem Sonntag zum zweiten Mal:
„Irmhild, meine Uniform."

„Kann ich das jetzt abwaschen?", fragt Fee ungeduldig, die ihr Gesicht immer noch von der besudelten Hand abwendet. Wiebke hat Fotos gemacht und mit einem Wattestäbchen eine Probe von der klebrigen Handfläche entnommen, das sie jetzt in ein Plastiktütchen fallen lässt. Da kommt auch schon der dunkle Dienstwagen der Nordenhamer Kripo auf den Hof gefahren, gefolgt von Lübbens Mercedes. Cornelius beäugt zunächst Fees Hand und dann die Türklinke.

„War der Bruder noch mal hier?", sinniert Cornelius, „und hat versucht, auf anderem Wege in das Gartenhaus zu kommen? Und sich vielleicht beim Versuch, die Tür aufzuhebeln, die Hand verletzt?"

„Ob es der Bruder des Toten war, wird sich im Labor klären lassen", antwortet Wiebke. „Aber hier an der Tür ist ja nicht die geringste Spur eines Einbruchversuchs zu erkennen. Aber auf jeden Fall muss sich die Person ziemlich stark an der Hand verletzt haben. Und es kann noch nicht lange her sein, das Blut ist ja nur leicht angetrocknet", kommentiert Wiebke weiter.

„Lübben, fragen Sie in der Nachbarschaft nach, ob jemand in den letzten Stunden irgendwas bemerkt hat", weist Cornelius an und befragt dann Fee, die aber auch nur mit dem Kopf schüttelt.

„Kann ich das jetzt endlich mal abwaschen?", fragt sie drängelnd und mit angewidertem Ton.

Wiebke hält den Beutel mit der Probe vor Cornelius Nase und dieser brummt Fee ein „Okay" zu. Augenblicklich stürzt Fee in das Gäste-WC neben der Eingangstür und lässt das Wasser laufen. Hektisch drückt sie mehrere Male auf den Kopf des Seifenspenders und rubbelt sich die Hände unter dem Wasserstrahl. Verdünntes Blut fließt über die Keramik. Wahrscheinlich entwickelt sie jetzt einen Waschzwang, denkt Fee immer noch angewidert. Erst nachdem das Wasser minutenlang klar bleibt, dreht sie den Hahn ab und greift zum Handtuch.

Als Fee wieder vor die Tür tritt, wundert sie sich, dass die Polizeifahrzeuge in der Einfahrt noch keine Nachbarn angelockt haben. Nicht einmal Elseliese Deichkötter, die von ihrem Haus gegenüber doch alles genau sehen kann. Und dass Elseliese allgemein großes Interesse an ihren Mitmenschen hat, hat sie sich sehr deutlich anmerken lassen.

„Keiner zu Hause", berichtet Lübben kurze Zeit später, „jedenfalls nicht von den fest bewohnten Häusern. Von den Feriengästen will auch keiner etwas gesehen haben, die haben ja alle den Tag am Wasser verbracht."

Allerdings versammeln sich nun ein paar Urlauber an der Straße vor Fees Haus. Ein älterer Herr mit einem Dackel an der Leine tritt vor und fragt mit unverkennbar westfälischem Einschlag: „Wat ist denn passiert?"

„Aus ermittlungstechnischen Gründen können wir keine Auskunft geben", erklärt Lübben wichtig und schiebt den Mann wieder Richtung Straße.

„Fehlt was an Werkzeugen im Carportraum?", will Cornelius wissen.

Aber Wiebke, die den Anbau schon inspiziert hat, schüttelt den Kopf.

„Vielleicht der Bruder, vielleicht jemand ganz anderes, der Interesse an Kea de Buurs Nachlassenschafft hat", fasst Cornelius nun die spärliche Faktenlage zusammen. „Wir werden abwarten, was das Labor sagt. Lübben, fahren Sie noch mal zum Sygge-Hof und schauen nach, ob sich da etwas verändert hat. Am besten, Krömer fährt mit. Vielleicht ist der Bruder ja auch wieder zu Hause."

Lübben schaut Cornelius entgeistert an. Gestern hat er noch bis spätabends mit dem Gartenschlauch die Reifen und Radkästen des Mercedes gesäubert und auch noch die Kotflügel poliert, und jetzt soll er mit dem Wagen schon wieder durch den Modder fahren? Scheiße!, denkt er und sieht sich nachher erneut mit dem Schlauch in der Hand, den er gestern so besonders sorgfältig um den Halter gewickelt hat. Aber Cornelius ist sein Vorgesetzter, da gibt es nichts zu rütteln. Also steigt Lübben in den Benz ein und macht mit dem Wagen Platz, damit auch die Kripobeamten vom Hof fahren können. Er wartet noch kurz, damit Wiebke mit ihrem Wagen hinter ihm herfahren kann.

„Geht es dir gut?", fragt Wiebke. „Soll ich nachher wiederkommen? Ich kann auch bei dir übernachten."

Fee ist ganz gerührt von Wiebkes Fürsorge. Da hat sie wohl wirklich eine neue Freundin gefunden.

„Ist schon okay. Ich schlafe ja oben und werde die Türen verrammeln. Dann kann mir wohl niemand auflauern. Und deine Eltern warten doch sicher noch auf dich."

„Ja, wäre gut, wenn ich da später noch eben vorbeifahre, wo ich Mama so in der Küche habe stehen lassen. Wenn was ist, rufe gerne an."

Wiebke streicht Fee kurz über den Arm.

„Also tschüss, und eine gute Nacht."

„Tschüss, dir auch", sagt Fee und fühlt sich dann doch ein bisschen verlassen, als Wiebke in ihrem VW Beetle davon fährt.

Wo sind denn die Nachbarn bloß alle? Schon komisch, dass die alle auf einmal unterwegs sind. Fee spürt, dass ihr doch ein wenig mulmig ist, so alleine im Haus. Da wollte sich allen Ernstes jemand am helllichten Tag an ihrem Haus zu schaffen machen. Richtig, das ist jetzt *ihr* Haus, besinnt sich Fee. Und dieser jemand hat es geschafft, ihr Angst zu machen. Das geht ja wohl gar nicht! Da, wo es sich eben noch mulmig anfühlte, spürt Fee nun Wut in sich aufsteigen. Was sucht dieser Jemand denn hier? In Keas Arbeitszimmer schien doch nichts Besonderes zu sein. Und selbst wenn, wie kommt dieser Jemand dazu, es ihr stehlen zu wollen? Ihr, Fee, der Online-Ermittlerin aus Berlin!

In einer Schublade findet Fee Papier und etwas zu schreiben. Genau wie bei Ihren Online-Ermittlungen beginnt sie damit, die bekannten Fakten aufzuzeichnen und sich die daraus resultierenden Fragen zu notieren. Diese visuelle Darstellung hilft dabei, mögliche Zusammenhänge zu erkennen, die in bloßer Gedankenarbeit vielleicht nicht wahrgenommen werden. Wahrscheinlich hat Elseliese recht, und die potenziellen Einbrecher haben es auf Keas Heilerinnenwissen abgesehen. Ihr geistiges Erbe sozusagen. Oder vielleicht bestimmte Heilmittel? Sie muss sich morgen unbedingt noch einmal den Schrank im Arbeitszimmer ansehen. Der Tote ist einer der Sygge-Brüder, der zweite steckt wahrscheinlich mit drin. Aber wenn die Brüder so verbunden waren, warum hat einer den anderen von der Leiter geschüttelt? Und warum das Blut?

Plötzlich erinnert sich Fee daran zurück, was Marie über die Knochenbrechertradition erzählt hat. Die Gabe oder das Wissen wurde immer in der Familie weitergegeben. Kea hatte keine Kinder, keine Familie! Oder doch? Gab es andere nahe, jüngere Verwandte? Wer ist eigentlich Keas Nachfolger?

Auf ihrem Arbeitsblatt entstehen einige Kästchen mit Fakten und Personendarstellungen, dazwischen Verbindunglinien, die mögliche Zusammenhänge kennzeichnen, und allem voran sehr viele Fragezeichen.

Während Fee ihren kriminalistischen Arbeiten nachgegangen ist, hat sie gar nicht bemerkt, wie spät es schon geworden ist. Ob ein Auto der Nachbarn in den Heringsweg zurückgekehrt ist, hat sie auch nicht mitbekommen. Sie wird sich mit irgendetwas ablenken müssen, um einschlafen zu können. Der Röhrenfernseher in ihrem Appartement funktioniert zwar noch, wie Fee feststellt, sie entscheidet sich dann aber doch für ein Hörbuch auf ihrem Smartphone, das von einem Hotel auf einer schottischen Insel erzählt. Ganz ohne Mord und Totschlag. Die hohen Wellen, die weit oben im Norden an die Steilküste des Eilands schlagen, tragen Fee dann doch sehr bald in den Schlaf.

DER FUND

Fee hat sich gerade noch einmal umgedreht und ist wieder in
einen angenehmen Traum zurückgeglitten, als von draußen ein
lautes Motorengeräusch zu hören ist. Was ist das denn? Schlaftrunken zieht sie sich das Kopfkissen über die Ohren. Das hilft
aber auch nicht. Das Geräusch kommt immer näher an das

Schlafzimmerfenster, entfernt sich wieder ein bisschen und kommt wieder näher.

„Was ist das?", fragt sich Fee nun laut und entnervt und reißt die Augen auf. Das Motorengeräusch lässt sich davon aber nicht beeindrucken und setzt sein monotones Wechselspiel fort. Wütend springt Fee aus dem Bett und schaut durch das Fenster. Unten sitzt Lasse auf einem Rasenmäher und fährt auf dem Gras hin und her. Er trägt Ohrenschützer. Wie kommt der da denn zu? Um diese Uhrzeit? So lang war der Rasen doch noch gar nicht. Der sollte lieber mal nebenan beim Ferienhaus der Hülsemanns mähen! Erst dann schaut Fee auf die Uhr und sieht, dass es schon nach zehn ist. Aber trotzdem möchte sie doch mal wissen, wie Lasse dazu kommt, ihren Rasen zu mähen.

Eine Katzenwäsche muss reichen, dann springt Fee in Hose und T-Shirt und läuft nach draußen, um Lasse nach seinem Tun zu befragen. Sie muss eine Weile mit den Armen rudern, bis Lasse sie wahrnimmt. Er hört ja nichts unter den dicken Kapseln. Dann kommt Lasse auf sie zugefahren und nimmt den Gehörschutz ab. „Moin Fee, habe ich dich geweckt?", fragt er ein bisschen bedauernd. „Täte mir leid, aber es soll heute Nachmittag regnen, und da muss ich sehen, dass ich mit meinen Aufträgen durchkomme."

„Hast du denn immer noch einen Auftrag für Keas Haus?", fragt Fee verwundert, ohne Lasse richtig zu begrüßen.

„Ja, habe ich. Und der ist auch schon für das ganze Jahr bezahlt. Kea hat das schon seit Jahren so gemacht, immer am Jahresanfang alles geregelt, damit sie sich nicht mehr darum kümmern muss. Die Leistungen hast du quasi mitgeerbt." Lasse grinst. „Ich mähe ja nicht nur den Rasen, sondern halte auch die Beete in Ordnung. Im Herbst mache ich das Laub weg, und wenn es schneit, räume ich den Schnee beiseite. Bei Siefke und den beiden Häusern am Anfang der Straße mache ich das auch."

„Aha", kann Fee nur antworten.

Dann fällt ihr etwas ein. Sie läuft zum Lüttjen Huus und beschaut sich die Türklinke. Die Ermittler haben zwar Proben genommen, aber das Blut klebt immer noch daran, und auf den Pflastersteinen darunter sieht man auch immer noch die kleinen braunen Tropfen.

„Gehört das Entfernen von so was auch zu deinem Leistungskatalog?", fragt sie.

„Was ist das?", fragt Lasse zurück, der ihr gefolgt ist und in dem beim Besehen der Türklinke schon eine Ahnung aufsteigt. Dann berichtet Fee Lasse von den Ereignissen des Vorabends.

„Nun wird die Sache ja ein bisschen gruselig", meint Lasse, als er wenig später mit seinem Hochdruckreiniger erst auf die Klinke und dann auf die Pflastersteine zielt.

„Absolut!", bestätigt Fee. „Da passt eine Sache nicht zur anderen: ein Toter, der außer am Kopf keine äußeren Verletzungen aufweist, und dann einen Tag später Blut an der Tür. Es gibt nur einen Anhaltspunkt: die Sygge-Brüder. Deshalb muss ich auch zum Sygge-Hof und mir ein Bild machen."

Fee ist nun ganz im Modus der erfahrenen Online-Ermittlerin und blickt entschlossen in Lasses ungläubig schauendes Gesicht.

„Kannst du mit mir kommen?"

„Äh, ja klar", antwortet Lasse spontan, ohne dass er richtig begreift, was die neue Nachbarin eigentlich vorhat. „Ich weiß allerdings gar nicht, wo der Sygge-Hof eigentlich genau ist. Hatte ja nie mit denen zu tun. Aber Heiko kommt am frühen Nachmittag von seiner zweiten Tour zurück. Der kann es uns bestimmt zeigen."

Immerhin hat Lasse *uns* gesagt, stellt Fee zufrieden fest. Dann wird er die Zusage ja nicht gleich wieder zurücknehmen.

„Ich muss erst sowieso noch sehen, dass ich hier in der Straße fertig werde, bevor es zu regnen anfängt."

„Und ich muss erst mal einkaufen. Ich habe gar nichts da, nicht einmal einen Kaffee, den ich dir anbieten könnte", erklärt Fee bedauernd.

„Macht nichts, Siefke hat sicher schon den Tee fertig, wenn ich gleich bei ihr weitermache", erwidert Lasse.

Bevor Fee sich auf den Weg zum Edeka-Markt macht, wählt sie Wiebkes Nummer an.

„Hi Fee!", begrüßt ihre neue Freundin sie. „Wie geht es dir? Hast du gut geschlafen?"

„Hallo Wiebke, danke der Nachfrage. Ja, war alles gut in der Nacht. Und bei dir? Habt ihr noch was auf dem Sygge-Hof gefunden?"

Fee hat etwas Bedenken, Wiebke gleich mit dieser Frage zu kommen. Aber schließlich ist sie ja die Betroffene, und da wird Wiebke das hoffentlich nicht in den falschen Hals kriegen.

„Auf dem Hof haben wir nichts Neues entdecken können. Wäre auch ganz schön schwer zu erkennen bei dem ganzen Gerümpel, das da rumsteht. Aber weder sah es so aus, als ob da gestern einer übernachtet hätte, noch war sonst irgendwas verändert, meinte Lübben. Gero Sygge lässt sich da wohl nicht mehr blicken. Wenn er etwas mit dem Tod seines Bruders zu tun hat, kann er sich ja schlecht verstecken, wo man ihn als Erstes sucht", resümiert Wiebke.

„Stimmt natürlich", antwortet Fee.

Und trotzdem muss sie sich den Sygge-Hof selbst ansehen. Wer das Verhalten eines Verdächtigen oder eines Täters verstehen will, muss seine Lebensumstände studieren. Schließlich hat Fee Bücher von Profilern gelesen, und es gibt ja auch Fernsehsendungen darüber. Ein Muss für eine Online-Ermittlerin, schließlich ist Fachwissen gefragt.

„Darfst du mir das eigentlich sagen?", fragt Fee dann doch etwas besorgt, die ja nicht will, dass ihre Freundin Schwierigkeiten bekommt."

„Na ja …", meint Wiebke, „also eigentlich ja nicht. Aber es ist ja nichts Relevantes, und solange du es nicht Cornelius oder Lübben gegenüber erwähnst …"

„Danke, Wiebke. Ich habe noch ein paar Besorgungen zu machen. Wir telefonieren bald wieder."

„Klar", antwortet Wiebke. „Bis bald."

Onke Lübben parkt seinen blitzsauberen Polizei-Mercedes vor dem großen Klinkerbau, in dem sich das Kommissariat Nordenham befindet. Über eine Stunde hat es ihn wieder gekostet, den schwarzen Matsch aus den Radkästen und von den Reifen abzuwaschen und die Kotflügel nachzupolieren. Die erneute Fahrt zum Sygge-Hof war völlig überflüssig. Konnte man sich ja auch denken, dass Gero Sygge nicht einfach gemütlich zu Hause sitzt. Und jetzt hat Cornelius ihn auch noch hier herbestellt. Wird ja nicht viel sein, was die SpuSi herausgefunden hat, das hätte Cornelius ihm auch telefonisch übermitteln können.

Obwohl Lübben selbstverständlich überpünktlich im Büro des Hauptkommissars ankommt, erwarten ihn die beiden Kripobeamten schon.

„Dann legen sie mal los, Harmsen", fordert Cornelius seinen Weisungsempfänger auf, als er mit Wiebke und Lübben an dem schlichten Tisch Platz genommen hat. „Und bitte vollständig."

Harmsen schaut von den Papieren hoch, die vor ihm liegen, und beginnt die Ermittlungsergebnisse aufzuzählen:

„Die Leiche konnte eindeutig als Hayo Sygge identifiziert werden. Neunundvierzig Jahre alt, ledig, wohnhaft in Burhave. Todesursächlich ist tatsächlich eine Fraktur des Schädels, die dem Opfer mit einem bislang unbekannten Objekt zugefügt wurde. Der Täter oder die Täterin muss zweimal zugeschlagen haben. Einmal, als das Opfer noch stand, wahrscheinlich auf der Leiter, da der Schlag von unten kam. Der erste Schlag war noch relativ leicht und hat das Opfer wahrscheinlich nur zum Stürzen gebracht. Der zweite Schlag muss dem Opfer im Liegen versetzt worden sein. Der Kopf muss sich auf einem festen Untergrund befunden haben, sodass die Halswirbelsäule den Druck nicht mehr abfedern konnte. Dieser zweite Schlag führte zum raschen Tod. Dr. Schildpatt führt die Einzelheiten der Schädelverletzungen auf und erwähnt weitere leichte Verletzungen, die das Opfer sich im Fallen zugezogen haben muss. Wollen Sie alle körperlichen Spuren im Detail?", fragt Harmsen mit Blick zu seinem Chef.

„Nein, erst mal nicht", antwortet dieser.

„Dr. Schildpatt ist ein erfahrener Gerichtsmediziner. Also nur die Schlussfolgerungen. Was ist mir der Tatwaffe, konnte Schildpatt die identifizieren?", investigiert Cornelius.

„Wie bereits erwähnt, konnte noch nicht geklärt werden, um was für einen Gegenstand es sich bei der Tatwaffe handelt. Dr. Schildpatt konnte anhand des Verletzungsmusters aber folgende Angaben machen: Auf einer Fläche von circa 12 mal 18 Zentimetern sind 41 punktuelle Aufschlagspuren zu zählen. Ganz gleichmäßig versetzt auf der Fläche verteilt. Die Punkte sind eher kantig als rund und scheinen von etwas Metallenem zu stammen. Das muss aber noch im Labor abgeklärt werden. Es muss eine gewisse Hebelwirkung eingesetzt worden sein, sonst hätte der Schlag nicht so massiv sein können", trägt Harmsen weiter vor.

„Wir suchen also nach etwas mit einem Stil, an dem sich vorne Metallspitzen befinden?", fragt Cornelius und kräuselt nachdenklich seine hohe Stirn.

„Spitzen wäre wohl das falsche Wort, die einzelnen Verletzungspunkte scheinen eher von stumpfen Enden zu kommen, schreibt Schildpatt."

„Hä?", kommt es aus Cornelius hervor.

„Ein Stiel, an dessen Ende sich viele stumpfe Metalldinger befinden? Fällt jemand etwas dazu ein?", fragt der Hauptkommissar und schaut erwartungsvoll zu Wiebke und Lübben.

Während Lübben geradeaus stiert und zu überlegen scheint, hat Wiebke bereits ihr Smartphone hervorgeholt und gibt verschiedenste Schlagwörter in die Suchmaschine ein. Cornelius und Harmsen schauen ihr dabei abwartend zu. Nach einer ganzen Weile schaut Wiebke resigniert auf:

„Nichts zu finden, was einen Stiel mit Metallenden in Verbindung bringt."

„Moment", wirft Harmsen plötzlich ein. „Dr. Schildpatt hat noch eine Skizze vom Verletzungsmuster geschickt. Er legt sein Tablet mitten auf den Tisch und alle senken ihre Köpfe über das Gerät. Auf dem Bildschirm sind in rechteckiger Anordnung viele eckige Punkte aufgezeichnet, alle in akkurat gleichem Abstand zueinander. In der oberen Reihe fünf, darunter versetzt vier Punkte und dann über acht Reihen lang abwechselnd so weiter.

„Jemand irgendeine Idee, von was das stammt?", fragt Cornelius und schaut in die Runde.

Wiebke und Harmsen schütteln den Kopf, als Lübben plötzlich laut „Ja!" sagt.

Überrascht wenden sich alle Augen zu ihm.

„Ich meine, so ein Muster kenne ich, das habe ich schon gesehen. Ich sehe es andauernd, ich weiß nur gerade nicht, wo", erklärt Lübben und stiert wieder geradeaus.

„Sie sehen es andauernd, wissen aber nicht, wo, Lübben?" lispelt Cornelius verständnislos. „Dann überlegen Sie, Mann!"

Das tut Onke Lübben, und zwar sehr angestrengt. Meine Güte, denkt er. So ein Muster habe ich doch tagtäglich vor Augen. Die erwartungsvollen Blicke seiner Kollegen machen ihm das Nachdenken auch nicht gerade leichter. Wieso kommt ihm jetzt seine Frau Irmhild in den Sinn? Hat das Muster etwas mit ihr zu tun? Seine Gedanken formen ein Bild von Irmhild im Bad. Er selbst steht auch im Bad. Vor dem Waschbecken. Und ja, das ist es!

„Es ist eine Seifenablage", gibt Lübben betont sachlich bekannt.

„Jedenfalls sieht unsere so aus. Mit solchen Noppen dran", erklärt er weiter.

„Nicht schlecht, Lübben", meint Cornelius anerkennend und betrachtet noch einmal den Bildschirm.

„Sieht tatsächlich so aus."

„Aber die sind doch aus Kunststoff, und doch deutlich kleiner", gibt Harmsen zu bedenken. „Auf jeden Fall nicht hart genug, um ein solches Verletzungsbild zu erzeugen."

„Stimmt wohl", meint Cornelius. „Aber gibt es die vielleicht aus Metall und vielleicht ein bisschen größer? Vielleicht im gewerblichen Bereich?", überlegt Cornelius weiter.

Derweil hat Wiebke schon wieder ihr Handy in der Hand und sucht nach Seifenablagen aus Metall.

„Keine mit Noppen oder so was Ähnlichem dran", gibt sie ernüchternd bekannt.

„Schade", meint Cornelius, „aber wir werden die Idee mal an die Technik geben, die recherchiert da sicher auch noch."

„Noch was?", wendet sich Cornelius wieder an Harmsen. Dieser richtet seinen Blick auf die Unterlagen und nimmt seinen Vortrag wieder auf:

„Es ist nahezu ausgeschlossen, dass das Opfer sich von dem anzunehmenden Standort der Leiter am Gartenhaus noch aus eigener Kraft auf das Nachbargrundstück geschleppt haben könnte. Der Tod muss innerhalb von wenigen Minuten eingetreten sein, wahrscheinlich war das Opfer gleich bewusstlos. Außerdem hätte der Schwerverletzte einen niedrigen Zaun und dicht gewachsene Sträucher überwinden müssen. Insgesamt hätte er noch eine Distanz von über fünfundzwanzig Metern zurücklegen müssen. Absolut auszuschließen. Unter Einbeziehung neuester Methoden wird der Todeszeitpunkt auf fünfzehn bis sechzehn Stunden vor Auffinden der Leiche bestimmt. Also am späten Freitagabend zwischen 23:00 und 24:00 Uhr. In den beiden Holzschuhen wurden Fasern der roten Socken gefunden, die der Tote anhatte. Die Holzschuhe lagen beim Gartenhaus des Nachbargrundstücks. Ein weiteres Indiz, dass er dort ums Leben gekommen ist.

„Ja, das wissen wir ja", fällt Cornelius Harmsen ins Wort.

„Sie wollten es vollständig", gibt dieser gelassen zurück und fährt fort:

„Vor der seitlichen Wand des Gartenhauses wurden zwei Abdrücke gefunden, die mit höchster Wahrscheinlichkeit von den Kunststofffüssen einer Anlegeleiter der Marke ..."

„Ja, Leiter, ich habe verstanden. Ein klitzekleines bisschen komprimierter, Harmsen", unterbricht Cornelius erneut.

„Bei dem Toten selbst wurde ein Taschenmesser der Marke ,Köhler Solingen', ein Einwegfeuerzeug, 82,15 Euro Bargeld und ein paar Münzen aus verschiedenen europäischen Ländern gefunden, die aber nicht mehr gültige Zahlungsmittel sind. Also aus der Zeit vor der Umstellung auf Euro. Umgerechnet sind die gefundenen Münzen keine zehn Euro wert. Das ist alles", schließt Harmsen ab und blickt hoch.

„Und was ist mit dem Blut von gestern?", fragt Cornelius.

„Noch nichts, wir warten noch auf das Analyseergebnis", erwidert Harmsen.

„Ganz schön dürftig", konstatiert Cornelius und blickt zu Lübben.

„Und Lübben, irgendwas auf dem Hof gefunden?"

Lübben strafft sich auf seinem Stuhl und vermeldet, dass auf dem Sygge-Hof weder beim ersten noch beim zweiten Besuch etwas gefunden worden sei, das Hinweise auf die Tat geben könnte.

„Wir müssen unbedingt den anderen Sygge-Bruder finden", wirft Cornelius in die Runde.

„Die Fahndung ist längst raus, aber bislang noch keinerlei Anhaltspunkte auf seinen Aufenthaltsort", teilt Harmsen mit.

„Öffentlichkeitsfahndung?", fragt er, obwohl er selber weiß, dass die dürftigen Fakten nicht einmal echte Indizien gegen den Bruder darstellen und sich eine öffentliche Fahndung damit ausschließt.

❧

Fee schiebt ihren vollen Einkaufswagen auf den überfüllten Parkplatz des Edeka-Marktes in Burhave. Das neue Einkaufscenter ist erst kürzlich eröffnet worden und verfügt lediglich über eine begrenzte Zahl an Parkplätzen, sodass die Autos kreuz und quer parken. Um die wenigen Überreste des alten Gebäudes hat man einen Bauzaun errichtet, und es ist zu erkennen, dass dort viele weitere Parkplätze entstehen werden. Vor dem Großeinkauf hat sie sich in der Bäckerei des Marktes erst einmal ein großes Frühstück gegönnt. Fast hätte sie keinen Platz gefunden und war suchend mit ihrem vollen Tablett an den Tischen entlanggegangen, als ein Ehepaar mittleren Alters sie eingeladen hatte, sich zu ihnen zu setzen. Wie sich herausgestellt hat, stammt das Ehepaar aus Osnabrück und besitzt schon seit über zwanzig Jahren einen Ferienbungalow im Marschenring – einer der Straßen im südöstlich gelegenen Ferienhausareal Burhaves. Das Paar reist in den Sommermonaten nahezu jedes Wochenende hierher und verbringt auch die Urlaubswochen ausschließlich in seinem Feriendomizil. Beiden sieht man an, dass sie sich sehr zu kulinarischen Genüssen hingezogen fühlen. Und schnell erfährt Fee, dass sie jedes Restaurant in Burhave und den umliegenden Orten kennen. In aller Ausführlichkeit erläutern die beiden, in welchem Restaurant welcher Fisch am besten zubereitet wird, wer die besten Bratkartoffeln brutzelt und was man wo unbedingt probiert haben müsse. Ganz ins Schwelgen kommen sie bei der Beschreibung der hiesigen Küche, die natürlich durch deutschlandweit akzeptierte Gerichte ergänzt wird, auf die man zwischendurch auch mal zurückgreifen würde. Während sie das eine Lokal für sein unerreichtes Schollenfilet loben, vom Schweineschnitzel aber dringend abraten, wird einem anderen Restaurant das beste Labskaus attestiert, wobei man aber von den Fischgerichten Abstand nehmen sollte. Fee hat den Vortrag geduldig über sich ergehen lassen, während sie mit Käse belegte Brötchen und Rührei verspeist hat.

Der Einkauf, den sie nun in zwei Wäschekörbe im Kofferraum umlädt, wird für eine ganze Weile reichen. Sie hat auch an Kater Jesper gedacht und mehrere Dosen Weichfutter und eine große Tüte Trockenfutter mitgebracht. Dann schiebt Fee den Einkaufswagen in Richtung der Sammelstation. Mit einem Klick springt ihr der rote Chip entgegen, als Fee eine ihr bekannte Stimme wahrnimmt. Sie dreht sich um. Vor dem Eingangsbereich des Marktes steht Elseliese Deichkötter mit drei anderen Frauen. Trotz der hochtoupierten Haare und der Plateausandalen ist Elseliese erheblich kleiner als die anderen, die gebannt zu ihr herunterblicken.

„… und dann stellt sich heraus, dass es gar kein Unfall war …“, Elseliese macht eine künstlerische Pause und senkt die Stimme, „… sondern Mord.“

Die Köpfe der Zuhörerinnen schnellen zurück, alle machen große Augen, eine hält sich entsetzt die Hand vor den Mund.

„Polizeiaufgebot, das könnt ihr euch nicht vorstellen. Ich musste als Zeugin aussagen. Es zählt ja jedes Detail", fährt Elseliese wichtig fort.

„Und hat man schon einen Verdacht?", fragt die Frau, die nun ihre Hand vor dem Mund wegnimmt.

„Das kann doch nur der Bruder gewesen sein. Die beiden waren doch nur zusammen unterwegs und haben sich oft genug auf offener Straße gestritten", erklärt Elseliese.

Die Umstehenden nicken heftig.

„Ich habe es ja schon heute Morgen in der „Butjer Welle" gehört", meldet sich eine Frau in groß geblümtem Kleid zu Wort, die eine große Einkaufstasche in der Armbeuge hält, „aber ich habe es gar nicht glauben können. Wigbold hat ja durchgegeben, dass Gero Sygge gesucht wird, aber ich habe schon seit Wochen keinen der Brüder mehr gesehen."

Fee hört noch eine Weile zu, ohne dass Elseliese, die mit dem Rücken zu ihr steht, sie bemerkt. Die anderen Frauen wissen ja nicht, wer Fee ist. Elseliese berichtet von jedem Detail des Leichenfunds und der Arbeit der Polizei, sagt aber kein Wort über das Blut, das Fee gestern gefunden hat. Also hat es sich noch nicht herumgesprochen. Wo sind die gestern Abend bloß alle gewesen? Als Fee in ihren Wagen gestiegen ist, blickt sie in den Rückspiegel und sieht, dass sich eine weitere Dame zu der Runde um Elseliese gesellt hat.

Als Fee kurze Zeit später in den Heringsweg einbiegt, hat sich der Himmel bereits zugezogen. Lasse hatte recht, da wird wohl Regen kommen. Heikos weißer Lieferwagen steht noch nicht vor dem Haus, er ist also noch unterwegs.

Zu Hause verstaut Fee die vielen Einkäufe im Kühlschrank und in den Küchenschränken. Jespers Futter bringt sie zu seinem Platz im Flur. Jesper ist nicht da. Scheinbar führt er ein sehr eigenständiges Leben und kommt nur zum Essen nach Hause. Bei den Temperaturen findet er ja auch draußen überall ein gemütliches Plätzchen zum Schlafen. Fee füllt ihm etwas von dem Trockenfutter in ein Schälchen, sodass er auf jeden Fall etwas zu fressen hat, falls er doch mal nach Hause kommt. Frisches Wasser stellt sie auch noch dazu. Dann packt sie einige Utensilien zusammen, die sie für den Besuch auf dem Sygge-Hof brauchen könnte. Vom Edeka hat sie sich Einmalhandschuhe und Plastikbeutel mit Zippverschluss mitgebracht. Eine Lupe hatten die dort nicht, aber bei den Zeitschriften war Fee ein Kinderheft aufgefallen, das eine bunte Lupe als Beilage enthielt. Besser als nichts, hat sie sich gedacht und reißt nun die Folie von dem Comic. Tatsächlich funktioniert die kleine Lupe und vergrößert die anvisierten Buchstaben mindestens um ein Dreifaches. Ihr Nageletui hat sie auch schon bereitgelegt, man weiß ja nie, ob man nicht eine Pinzette oder eine kleine Schere braucht. Fee packt alles in einen kleinen Beutel. Sicher werden Heiko und Lasse bald kommen.

Plötzlich ertönt von der Haustür her eine männliche Stimme: „Hallo!"
Fee erschrickt. Mist, sie muss unbedingt daran denken, den Schlüssel umzudrehen, an der Haustür ist draußen eine Klinke dran – da kann ja jeder rein.
Als Fee die Küchentür öffnet, steht ein großer, schwergewichtiger Mann im Flur. Hinter ihm steht die Haustür offen.
„Moin", sagt der Mann noch einmal freundlich. „Die Tür war offen."
„Moin", erwidert Fee, die sich noch immer nicht damit abfinden kann, dass die Leute hier so einfach in die Häuser spazieren.
„Ich bin Imko Huntorp, der Knochenbrecher aus Eckwarden. Der letzte hier in Butjadingen. Außer dem alten Reinke, versteht sich, aber der ist ja schon über neunzig."
„Was kann ich für Sie tun?", fragt Fee direkt.
Der Mann ist zwar freundlich, aber sein Erscheinungsbild ist irgendwie einschüchternd. Er ist wohl an die zwei Meter groß und hat eine bullige Statur.
„Ich komme, um die Kundenkartei abzuholen."
„Welche Kundenkartei?", fragt Fee erstaunt.

„Die Kundekartei von Frau Kea de Buur. Nun, da sie uns verlassen hat – was ich sehr bedaure, ich hatte ja ein enges Verhältnis zu der Verblichenen – müssen die Leute doch wissen, an wen sie sich in Zukunft wenden können. Viele von Keas Patienten kamen ja von außerhalb, die kennen mich vielleicht gar nicht. Die müssen doch informiert werden."

„Da kann ich Ihnen leider nicht helfen", erwidert Fee, „ich kenne keine solche Kundenkartei. Und ich weiß auch nichts von einer Verfügung, dass Ihnen die ausgehändigt werden soll."

„Dafür braucht es doch nicht extra eine Verfügung", entgegnet Huntorp, „das ist doch alte Sitte: Wenn ein Knochenbrecher verstirbt, ohne dass er einen Nachfolger benannt hat, dann wird der nächstwohnende Kollege sein Nachfolger."

Huntorp reckt seinen Hals Richtung Küche.

„Den Schreibkram hat Kea wohl meistens hier am Küchentisch gemacht. Da sind die Ordner mit den Kundendaten vielleicht auch hier", vermutet der Knochenbrecher.

Im selben Moment schiebt er sich an Fee vorbei in die Küche und steuert auf die Kommode zu, die neben dem großen Tisch steht. Sein Gesicht hat das Freundliche verloren und spiegelt nun Entschlossenheit.

„Das verbitte ich mir!", protestiert Fee. „Sie können hier doch nicht so einfach eindringen und in den Schränken wühlen!"

Fee bemerkt, dass Angst in ihr aufsteigt. Gegen den Riesen hat sie keine Chance. Das Smartphone liegt in ihrer Tasche auf dem Küchentresen. Wenn sie versucht, nach Hilfe zu telefonieren, geht Huntorp vielleicht auf sie los. Der hat inzwischen die Türen der Kommode aufgerissen und bückt sich schwerfällig hinab.

Fee überlegt, dem Kerl mit irgendwas eins über den Schädel zu ziehen, aber wird so einen Goliath das umreißen? Panisch entscheidet sie sich zur Flucht, um Nachbarn zu Hilfe zu rufen.

Als sie durch die Küchentür losstürmen will, steht da plötzlich ein anderer Mann. Seine Uniform und die dicke Umhängetasche verraten, dass es der Postbote sein muss.

„Was ist hier denn los?", fragt der junge Mann.

„Nichts, gar nichts", gibt Huntorp erschrocken zurück und richtet sich auf. „Ich wollte nur ein paar Unterlagen abholen."
„Er ist einfach hier reingekommen", entgegnet Fee lautstark, „er soll gehen."
Der Briefträger wirft einen besorgten Blick auf Fee und scheint sofort zu begreifen.
„Sie hören es, Huntorp, die Dame wünscht, dass Sie gehen."
„Das ist ein Missverständnis", gibt der Knochenbrecher zurück, schiebt sich dann aber ohne ein weiteres Wort an den beiden vorbei und verlässt das Haus.
„Geht's?", fragt der Postbote.
„Ja", antwortet Fee, die sich schon wieder gesammelt hat. „Ich habe in den letzten Tagen Schlimmeres erlebt."
„Ich habe es schon gehört, von dem Mord und so", meint der Zusteller. „Ich bin übrigens Fynn Dietrich, Ihr Postbote. Heute nur Werbung und die Abo-Zeitschrift. Vielleicht muss die noch gekündigt werden."
Er hält Fee die Post entgegen.

Als der Briefträger sich verabschiedet hat, wirft Fee einen Blick auf die Zeitschrift „Psychologie heute". Davon hat Fee schon einen Stapel oben im Aufenthaltsraum gesehen. Kea scheint sich in alle möglichen Richtungen interessiert und vieles in ihre Arbeit einfließen lassen zu haben.

Heiko Eeken hat gerade seine letzte Lieferung in der Fischereigesellschaft in Fedderwardersiel abgegeben. Die hatten noch mal nachgeordert. Der Andrang ist schon groß, obwohl die Ferien in Nordrhein-Westfalen noch gar nicht angefangen haben. Aber in den letzten Tagen war so schönes Wetter, dass es viele Menschen spontan an die Küste gezogen hat. Langsam fährt Heiko in die Straße „Am Deich" ein – eine Menge Radfahrer sind unterwegs. Die beeilen sich wohl alle, nach Hause zu kommen. Die düsteren Wolken kündigen baldigen Regen an, und hier an der Küste

wird so ein Wetterumschwung meistens ja auch von Wind begleitet. Da will man nicht gerne dagegen anpetten müssen.
Vor ihm fährt eine Familie mit kleinen Kindern in zwei Reihen.
Das darf man eigentlich nicht, aber für die Leute ist Urlaub, und
da vergessen die nur allzu oft, dass sie sich auf einer normalen
Straße befinden, auf der die allgemeinen Verkehrsregeln gelten.
Gegenverkehr, Heiko kann nicht überholen, also tuckert er geduldig hinter der Familie her. Lasse hat vorhin angerufen und
ihm erzählt, dass die neue Nachbarin sich den Sygge-Hof ansehen will. Die hat Ideen! Das darf man ja gar nicht, einfach so auf
fremden Grundstücken rumschnüffeln oder gar in fremde Häuser gehen. Obwohl, hier in Butjadingen haben die meisten Leute
ihre Türen ja noch offen, und die Besucher stiefeln einfach so rein
und kündigen sich mit einem lauten „Moin" an.
Na ja, und bei Fee sind sie vor zwei Nächten ja auch einfach so
ins Haus gepoltert. Aber da dachten sie schließlich, da wären
Einbrecher! Heiko ist hin- und hergerissen. Wohl ist ihm jedenfalls nicht bei dem Gedanken, sich auf dem Sygge-Hof umzusehen. Aber Lasse hatte schon zugesagt und ihm erklärt, dass sie
ihn brauchen. Ja, sicher, der Sygge-Hof liegt ziemlich abseits
hinterm Sieltief, der Zufahrtweg ist nicht unbedingt als solcher
zu erkennen, aber das hätte er Lasse ja auch aufzeichnen können.
Aber Lasse hatte gemeint, dass Heiko unbedingt mitkommen
müsse. Er sei ja schließlich der Einzige, der die Sygges überhaupt
kennt. Und das konnte er seinem inzwischen guten Freund dann
nicht abschlagen.

Die Fahrradfamilie vor ihm biegt in den Ferienpark Fedderwardersiel ab. Jetzt kann Heiko wieder etwas schneller fahren. Da
platschen auch schon die ersten großen Tropfen auf die Windschutzscheibe. Oh Mann, das wird den matschigen Weg zum
Sygge-Hof auch nicht gerade besser machen.

Lasse musste das Rasenmähen inzwischen auch abbrechen, es hat sich eingeregnet. Nun steht er zusammen mit Heiko vor Fees Tür und sie überlegen, ob sie nicht doch lieber klingeln sollen, anstatt einfach reinzumarschieren. Aber da reißt Fee die Tür auch schon auf – sie hat die beiden vom Küchenfenster aus kommen sehen.

„Mit welchem Wagen fahren wir?", fragt Fee.

„Lass uns mal meinen nehmen, der ist eh schon dreckig", meint Lasse und macht eine Kopfbewegung zu seinem dunkelroten Kombi, der in der Einfahrt steht.

❧

Fee hat ihren Nachbarn natürlich sofort von Huntorps Besuch erzählt.

„Was ist denn in den gefahren?", kommentiert Heiko von der Rückbank in Lasses Wagen aus, „der ist doch sonst eigentlich ganz in Ordnung."

Eine Weile später sind die drei von der Sielstraße aus in einen schmalen, holprigen Weg abgebogen, der an Äckern und Weiden entlangführt. In der Ferne ist in dem sonst kahlen Gelände eine kleine Baumansammlung zu erkennen. Das deutet auf eine Hofstelle hin. Alle Höfe in der Marschlandschaft Butjadingens sind von Bäumen eingefasst, die Gebäude und Bewohner vor Wind und Wetter schützen sollen. Die Hofstelle liegt allerdings noch ein ganzes Stück von der Straße ab. Ein unbefestigter Weg führt darauf zu. Der dunkle Marschboden ist feucht und matschig und sehr holprig. Von dem konstanten Regen haben sich schon Pfützen gebildet. Hoffentlich fahren sie sich hier nicht fest! Fee presst sich in die Lehne des Beifahrersitzes und umklammert den Haltebügel an der Beifahrertür. Heiko schaut vom Rücksitz aus mit geducktem Kopf durch die Vordersitze hindurch. Lasse hält beide Hände fest am Lenkrad und konzentriert sich darauf, den Wagen im Schritttempo an den tiefen Pfützen vorbeizumanövrieren, damit die Stoßdämpfer nicht ständig durchschlagen. „Das ist ja wie beim Stockcar-Rennen", meint Lasse, die er allerdings nur flüchtig vom Fernsehen kennt.

Nachdem der Weg am Ende ein paar Bäume und wild wuchernde Sträucher passiert hat, werden die drei von einem Sammelsurium an Gerümpel empfangen, wie es noch keiner von ihnen je gesehen hat. Die Regen fängt sich in den Vertiefungen der verrosten Altfahrzeuge zu Rinnsalen, die laut auf das nächste darunter liegende Blech aufschlagen.

Als sie aus dem Wagen ausgestiegen sind, sind sich alle drei schnell einig, dass hier draußen wohl nichts zu finden ist. Fee stülpt sich die Kapuze ihres pinkfarbenen Sommeranoraks über, Heiko schlägt den Kragen seiner Jeansjacke hoch und zieht den Kopf ein und Lasses Hoodiekapuze saugt sofort viele dicke Tropfen auf. Fee öffnet die verwitterte Haustür, und Heiko ruft hinter ihr laut „Moin" in das Haus.

Als sich nichts regt, wagen sich die drei vor. Bei jeder Zimmertür, die sie öffnen, ruft Heiko wieder laut „Moin", als wolle er mitteilen: „Wir kommen in Frieden."

Er hat Bedenken, dass sich Gero Sygge doch irgendwo im Haus aufhalten und auf sie losgehen könnte. Immerhin war Heiko selbst an eben solch einer kurzentschlossenen Aktion beteiligt, als alle glaubten, es seien Einbrecher in Keas Haus.

In der Küche riecht es streng.

„Würde mich nicht wundern, wenn Gero tot unterm Küchentisch liegt, so wie das stinkt", meint Heiko.

Fee überzeugt sich davon, dass niemand tot unter dem Küchentisch liegt. In den anderen Räumen müffelt es ebenfalls, aber nicht ganz so schlimm wie in der Küche. Überall Unordnung und Müll. Nur ein paar Geschirrteile und ein paar akkurat geplättete, längst vergilbte Tischdecken, die ganz unten im Stubenschrank liegen, zeugen davon, dass in diesem Haus vor vielen, vielen Jahren einmal eine weibliche Hand für Ordnung gesorgt hat. Fee schiebt ihre latexgeschützten Hände zwischen die gestapelten Tischdecken. Sie befördert einen kleinen Fotorahmen zutage. Ein Familienfoto, bei einem Fotografen aufgenommen, das erkennt man sofort. Den Frisuren und der Kleidung nach muss das Bild in den späten Siebzigerjahren aufgenommen worden sein. Durch die vielen alten Fotos, die Fee mit Ihrer Online-Ermittlergruppe untersucht hat, erkennt sie sofort, aus welcher Zeit die Aufnahmen stammen. Die junge Frau sieht aus, als sei sie kurz vor dem Fototermin beim Friseur gewesen, ihre toupierte Wasserwelle ist perfekt frisiert. Der Mann trägt einen hellen Anzug, das hellgrüne Hemd hat einen ausladenden Kragen. Zu seiner zurückgekämmten Frisur trägt er breite Koteletten. Die beiden Jungen im Vordergrund sind noch klein, vielleicht drei und vier Jahre alt. Sie tragen identische grüne Pullover, aus deren Ausschnitte gelbe Krägen ragen. Alle vier schauen etwas schüchtern lächelnd in die Kamera. Wahrscheinlich das einzige Mal, dass die Familie beim Fotografen war, denkt Fee. Denn nach Elselieses Erzählungen ist die Mutter ja schon kurz nach der Einschulung des Jüngeren verstorben. Tiefes Mitgefühl macht sich in Fee breit. Auf dem Foto schauen zwei kleine Jungen noch erwartungsfroh in das Leben, und dann sind die Dinge irgendwie so aus den Fugen geraten, dass sie in diesem Chaos gelandet sind und einer von ihnen durch fremde Hand sterben musste.

Nachdem Fee den Bilderrahmen auseinandergenommen hat, um nachzusehen, ob hinter dem Foto etwas versteckt ist, fügt sie ihn wieder sorgfältig zusammen und legt ihn zwischen die Tischdecken zurück.

Weder hier im Wohnzimmer noch sonst wo zwischen Dachboden und Keller entdecken die drei in all dem herumliegenden Zeug irgendetwas, das ihnen verdächtig vorkommt.

Im Stall verteilen sie sich, aber schon die vielen Spinnweben, die sich quer durch das Gerümpel spannen, lassen ahnen, dass hier lange niemand etwas verändert hat. Heiko findet unter einem Büschel Stroh das Skelett eines kleinen Tieres.

„Könnte eine Katze oder ein Hase gewesen sein", kommentiert er, als wolle er das selber lieber nicht so genau wissen.

Seine Kleidung ist mit klebrigen Spinnweben überzogen, als er zu den anderen in den Teil des Stalls zurückkehrt, in dem früher mal die Kühe angebunden waren.

„Hier ist auch nichts zu finden", konstatiert Fee enttäuscht, während sie alle noch einmal in die Runde schauen.

Plötzlich bleibt Lasses Blick an etwas hängen. Er starrt auf einen Punkt unter dem alten Tisch, der hinter einem Berg Holzscheiten von angelehnten Brettern bedeckt steht. Lasses Gesichtsausdruck nimmt etwas Erkennendes an, während er sich mit fixierten Augen zwischen dem Holzhaufen und einem Trägerbalken hindurchquetscht. Er bückt sich und greift unter den Tisch. Mit einer weit ausladenden Rückwärtsbewegung befördert er etwas hervor. Fee und Heiko recken gespannt ihre Hälse. Lasse hält eine Kettensäge mit einem sehr langen Schwert in der Hand.

„Das ist mal ein Gerät", entfährt es Heiko anerkennend.

„Wahrscheinlich frisch geklaut", meint Fee.

Lasse nimmt die Säge mit Kennerblick ins Visier.

„Das ist eine MS881, ein ziemlich neues Modell. Da ist erst kürzlich mit gesägt worden, das Öl an der Kette ist noch ganz flüssig. Und da sind kleine Späne in der Kette, scheinen von Rinde zu stammen. Damit wurde vor Kurzem ein Baum abgesägt", analysiert Lasse seinen Fund.

„Dafür sind Kettensägen wohl auch da", kommentiert Heiko.

„Ja, und zwar ein recht dicker Baum, sonst bräuchte man ja nicht so ein langes Schwert", ergänzt Lasse.

„Und?", fragt Fee, die spürt, dass Lasse auf etwas hinauswill.

„Man darf nicht einfach einen alten, dicken Baum fällen, für den man so ein Schwert braucht. Das ist gesetzlich geregelt, da braucht man eine Genehmigung", erklärt Lasse.

„Vielleicht hatte der Baumfäller eine Genehmigung", meint Fee.

„Kann nicht, zwischen März und September darf man gar keine Bäume fällen, wegen der Nistplätze und so", weiß Lasse.

„Und wenn Gefahr in Verzug ist, so wie nach dem Sturm im letzten Herbst? Da lagen doch reihenweise Bäume auf Kipp?", überlegt Heiko.

Heiko ist bei der Freiwilligen Feuerwehr und hat schon so manches Mal mitgeholfen, einen entwurzelten Baum zu zerlegen, der eine Straße blockiert hat.

„Hat es hier in den letzten Tagen einen Sturm gegeben?", wendet Lasse ein.

„Nee, das stimmt", gibt Heiko zu.

„Also muss jemand illegal einen alten Baum gefällt haben", resümiert Fee. „Und dann hat er die Säge unbeaufsichtigt gelassen, und die Sygge-Brüder haben das Ding geklaut."

„So eine Kettensäge lässt man nicht einfach unbeaufsichtigt irgendwo stehen. Die ist richtig teuer!", entgegnet Lasse.

„Aber ich sehe da jetzt keinen Zusammenhang mit dem Mord", meint Fee.

„Vielleicht wollten die das Reetdach und die Dachbalken vom Lüttjen Huus damit aufsägen, um reinzukommen. Oder das Dachfenster raussägen", überlegt Heiko.

„Da wärst du wohl als Erster wach gewesen, wenn in der Nachbarschaft mitten in der Nacht eine Kettensäge angesprungen wäre", antwortet Lasse seinem Freund.

„Stimmt auch wieder", pflichtet Heiko bei.

„Ob die Säge in irgendeiner Verbindung zu dem Mord steht, können wir nur klären, wenn wir herausbekommen, wem die Säge gehört. Lasse, hast du eine Idee, wer so eine Kettensäge besitzt?", fragt Fee.

„Nee, leider nicht. Aber das Gute ist, die Kettensägen von diesem Hersteller sind alle registriert."

Fee und Heiko schauen Lasse überrascht an.

„Das heißt, man braucht nur beim Hersteller anzurufen und der weiß, wer die Säge wann und wo gekauft hat?", hakt Fee nach.

„Ja, genau. Oder, wenn man das Geschäft weiß, wo sie gekauft wurde, die wissen das dann natürlich auch. Das Doofe ist nur, dass die sicher nicht irgendjemandem Auskunft geben werden. Da müsste wohl schon die Polizei anfragen", erklärt Lasse.

Heiko zieht Luft durch die Zähne. Wie soll man der Polizei erklären, was man hier auf dem Sygge-Hof zu suchen hatte? Ihm war sowieso nicht wohl bei dem Gedanken, hier einfach rumzuschnüffeln. Heiko mag es eher unauffällig. Ihm hat es schon gereicht, als er vor neun Jahren mal ein Ticket wegen Falschparkens gekriegt hat. Schließlich hat er einen Ruf im Dorf! Man schätzt seine besonnene und redliche Art. Und nun ziehen ihn diese beiden Städter in so was rein! Am liebsten würde er die Säge wieder unter dem Tisch vergraben und schnellstmöglich von hier verschwinden.

Eine gute halbe Stunde später sitzen die drei um Lasses Küchentisch herum und ruckeln die Teebeutel in ihren Bechern rauf und runter. Lasse hat zwar die friesische Teezeremonie zu schätzen gelernt, aber wenn es schnell oder einfach gehen muss, wird eben ein Beutel in die Tasse gehängt. Das machen viele so. Alle drei starren auf die Kettensäge, die vor ihnen auf dem Tisch steht und das Schwert weit über die Tischkante ragen lässt.

„Wir sollten doch Wiebke einweihen", meint Fee. „Die kann doch leicht herausfinden, wem das Teil gehört."

Lasse nickt. Heiko schluckt. Einer Polizistin gegenüber zuzugeben, dass man sich rechtswidrig auf einem fremden Grundstück aufgehalten hat, ist ja schon schlimm genug. Aber dann auch noch ausgerechnet Wiebke Krömer, die ihm bestimmt nachträgt, dass er sich als Kind nicht zurückgehalten hat, als alle sie Dickie Hoppenstedt genannt haben. Er könnte Fee und Lasse ja einfach bitten, nichts davon zu erwähnen, dass er mit zum Sygge-Hof war, und nach Hause gehen. Aber das macht er natürlich nicht. So ein Feigling ist er ja nun nicht, dass er seinen inzwischen besten Freund im Stich lässt. Heiko bläst die Backen auf und pustet die Luft schwer aus.

„Okay", stimmt er schließlich zu.

Eine weitere halbe Stunde später ruckelt auch Wiebke an ihrem Teebeutel. Sie sitzt neben Fee am Küchentisch und lässt sich von Lasse in die Besonderheiten der Motorsäge einweisen.

„Okay, ich habe verstanden. Da auf dem Typenschild steht die genaue Gerätenummer. Aber heute werde ich bei der Firma Stihl niemanden mehr erreichen. Wisst ihr was, ich nehme die Säge mit und sage Cornelius, dass mir der Fall einfach keine Ruhe lässt und ich mich heute Nachmittag noch mal auf dem Sygge-Hof umgesehen habe. Der steht auf Einsatzbereitschaft!", schlägt Wiebke vor.

Schlagartig hebt Heiko seinen Blick aus den Tiefen seines Teebechers. Das ist ja ein feiner Zug von seiner früheren Schulkameradin! Seine Lippen verziehen sich sogar zu einem winzigen Lächeln.

„Ich trage dir das schwere Ding ins Auto", bietet er an.

Auf dem Weg zum Wagen berichtet Fee Wiebke noch von dem merkwürdigen Besuch des Knochenbrechers Huntorp.

„Und das erwähnst du erst jetzt?"

Wiebke bleibt abrupt stehen und schaut ihre neue Freundin verständnislos an.

„Ich bin wegen der Sache mit der Kettensäge nur kurz darüber weggekommen", verteidigt sich Fee.

„Ich kenne den Huntorp noch von früher", meint Wiebke, „das ist doch eigentlich ein umgänglicher Mensch. Wenn der jetzt auf einmal so übergriffig wird, dann steckt da doch was dahinter. Überleg doch mal: Er ist scharf auf Keas Unterlagen, und er hat die Statur, um die Riesensäge leicht zu handhaben, und …"

„… und bei seiner Kraft könnte er leicht jemanden von einer Leiter hauen", fällt Fee ihr ins Wort.

„Genau. Na, da habe ich Cornelius ja einiges zu berichten", verkündet die Kommissarin.

Wiebke muss erst das Verdeck vom Cabrio herunterfahren, damit Lasse und Heiko die Säge auf die Rückbank bugsieren und das mit einer Wolldecke umwickelte, lange Schwert zwischen die

Vordersitze drapieren können. Dann fährt Wiebke das Dach des Wagens schnell wieder hoch. Der nächste Regen kündigt sich an.

Als Wiebke eingestiegen ist und das Seitenfenster herunterlässt, macht Heiko ein ganz angestrengtes Gesicht. Es sieht so aus, als ob Heiko heftig mit sich ringt.

„Ich gebe euch Bescheid, was wir herausfinden", sagt Wiebke und legt den Rückwärtsgang ein.

„Du, Wiebke ...", beginnt Heiko zögerlich und fasst sich dann ein Herz. Mit betont fester Stimme fährt er fort: „Es tut mir leid, wie wir dich als Kinder genannt haben. Das war echt fies von uns. Du konntest ja nichts dafür, dass du so ..."

Mist, fast hätte er sich schon wieder ins Fettnäpfchen gesetzt.

Wiebke grinst und fährt an.

„Ist schon gut, Planke!"

Wie ein begossener Pudel steht Heiko da. Nicht nur, weil jetzt dicke Regentropfen auf ihn prasseln, sondern weil er sich gerade an die fürchterliche Außenspange erinnert, die er fast ein ganzes Jahr tragen musste. Aber immerhin hat er jetzt schnurgerade Vorderzähne.

HOHEITEN

Die Regenfront ist am vergangenen Abend nach Westen weitergewandert, und am nächsten Morgen steht die Sonne in einem strahlend blauen Himmel. Fee hat sich Keas E-Bike aus dem Carportraum geholt und radelt Richtung Strand. So einen Tag muss man schließlich nutzen! Wer weiß, wie lange sich der Sonnenschein hält! Die Wetterapp kündigt für die nächsten Tage sehr wechselhafte Witterungsverhältnisse an. Das scheinen viele andere Urlauber auch zu denken, denn es ist wieder viel Betrieb auf der Strandallee. Aber es ist ja nur ein kurzes Stück bis zu dem Fahrradständer an der Ecke, wo die Strandallee auf die Straße „Am Deich" trifft.

Als Fee die Treppe zur Deichkrone erklommen hat, bietet sich ihr allerdings ein enttäuschender Anblick: Ebbe. Das Wasser ist nicht da. Oder noch nicht da. Sie muss sich auch mal endlich die Tiden-App installieren. Die Gezeiten sind einfach zu unregelmäßig, als dass man sich merken könnte, wann die nächste Flut kommt.

Fee überlegt kurz, ob sie doch zur Nordseelagune fahren soll. Aber da schnappt sie auf, wie eine junge Mutter ihren Kindern erklärt, dass das Wasser schon aufläuft und sicher bald den Strand erreichen wird. Also folgt Fee der Familie die Treppe den Deich hinunter. Als sie unten ankommt und zwischen dem Café Rondell und dem Wirtschaftsgebäude hindurch auf die große Grasfläche zusteuert, sind schon viele der grünen, gelben und blauen Strandkörbe belegt. Hie und da haben Familien eine Strandmuschel aufgebaut, andere haben einfach eine Decke ausgebreitet.

Fee entdeckt ein schönes freies Plätzchen vor dem Steinsteg, der weit ins Watt führt, und breitet dort ebenfalls ihre mitgebrachte Decke auf dem Gras aus. Dabei beobachtet sie, wie eine Gruppe Erwachsener vom Steg her auf den Strand zuläuft. Alle sind von oben bis unten voller Schlick. Aber offensichtlich macht ihnen das nichts aus, denn sie unterhalten sich lachend miteinander. „Wir treffen uns an der Clownsdusche", schallt eine laute Frauenstimme aus der Gruppe heraus.

Aha, denkt Fee, das riesige Ungetüm unweit ihres Platzes ist also eine Dusche. Fee weiß nicht recht, was sie von der leicht nach vorne gebeugten Clownsfigur halten soll. Mit der rollförmigen Nase und den dunkel geränderten Augen wirkt die Figur etwas bizarr. Und dazu Boxhandschuhe? Die Farben sind auch schon leicht verblichen. Aber immerhin ist es ein weit sichtbarer Markierungspunkt, an dem man sich gut verabreden kann. Und seinen Zweck als Dusche scheint der viel besuchte Wasserspender allemal zu erfüllen.

Fee hat sich gerade fertig eingecremt, als eine andere Gruppe an ihr vorbeimarschiert. Eine Frau mit knallpink gefärbten Haaren führt den Gänsemarsch von fünf weiteren Frauen an. In der einen Hand hält sie eine große Schüssel aus Messing mit einer Art Holzklöppel darin. Die in bunte Strandtücher gehüllte Schar läuft auf der linken Seite vom Steg in das Watt hinein. Was haben die denn vor? Fee schaut der eigentümlichen Wandergruppe interessiert hinterher.

Nach einer Weile bleibt die Pink Lady abrupt stehen und scheint mit ihren Armen die Weite des Wattenmeeres zu beschreiben. Dann setzt sie sich, dort wo sie steht, in den Schneidersitz und stellt die Messingschüssel auf dem Wattboden ab. Die anderen Frauen legen ihre Strandtücher ab und legen sich in Badekleidung in einem weiten, sternförmigen Kreis um die Sitzende herum. Die schlägt nun mit einem Klöppel auf die Messingschüssel. Der sanfte Wind trägt einen hohen Ton zu Fee herüber.

Und dann nichts weiter. Alle paar Minuten schlägt die Frau mit dem pinken Haupt auf die Schüssel, ein hoher Ton erschallt, und die anderen Frauen liegen einfach da.

Nach ungefähr zwanzig Minuten wird ein letzter Ton geschlagen, die Frauen erheben sich wieder, nehmen ihre Strandtücher in die Hand und wandern mit dem Schlick auf ihren Rückseiten zurück in Richtung Strand und schließlich auf die Clownsdusche zu.

Von Klangschalen hat Fee natürlich schon gehört. Aber was war das denn? Meditation im Watt? Vielleicht findet sie ja unter den Butjadinger Veranstaltungshinweisen etwas darüber. Aber als sie die Seite auf ihrem Smartphone öffnet, findet sich keinerlei Hinweis auf das seltsame Happening.

Auch noch keine Nachricht von Wiebke. Fee wartet so gespannt auf das Ergebnis der Nachforschungen. Aber wahrscheinlich konnte Wiebke noch nicht gleich am Morgen jemanden in der Kettensägenfirma erreichen. Und dann muss dort ja sicher auch noch einer genau nachsehen. Aber jetzt ist es ja schon fast Mittag. Fee will das Smartphone gerade zurück in ihre Tasche legen, als es klingelt. Wiebke ist dran.

„Die Motorsäge wurde im vorletzten September verkauft. Von einem Vertragshändler in Ovelgönne. An einen Fredo Bargstedt, der wohnt in Esenshamm, den werden wir mal genauer befragen. Cornelius hat heute Morgen schon Kollegen zu dem Sygge-Hof geschickt. Die sollten noch mal alles absuchen, ob es nicht doch Hinweise gäbe, dass in den letzten Tagen oder Stunden jemand dort gewesen ist. Im Haus selbst haben die nichts finden können, aber auf der Zufahrt und auf dem Hof waren jede Menge frischer Reifenspuren. Von einem sehr großen Geländewagen oder so, meint die Technik. Die genaue Marke wird noch ermittelt. Und dann sind Lübben und Dürig zum Knochenbrecher Huntorp nach Eckwarden gefahren. Aber der war nicht da. Seine Frau hat gemeint, er sei schon frühmorgens ins Münsterland gefahren, um Pferde zu behandeln, und käme erst morgen wieder. Von dem werden die Reifenspuren vermutlich nicht stammen, seine Frau hat angegeben, dass er so einen normalen Kombi fährt … weiß die Marke gerade nicht … aber jedenfalls können da nicht solche Reifen drauf sein. Wir fahren jetzt erst einmal nach Esenshamm."

Wiebkes Stimme wird abrupt leiser.

„Ich muss auflegen, Lübben kommt vom Klo."

Sofort gibt Fee den Ortsnamen in ihr Smartphone ein. Esenshamm liegt rund zwanzig Kilometer von Burhave entfernt. Ganz schön weit, um die große Säge mit einem Fahrrad zum Sygge-Hof zu transportieren. Eigentlich unmöglich. Aber vielleicht hat der Eigentümer der Säge ja auch ganz woanders gesägt, näher an Burhave dran. Oder es waren gar nicht die Sygge-Brüder, die die Säge in den Stall gestellt haben, sondern jemand ganz anderes.

Lübben steuert den Polizei-Mercedes durch das große, schmiedeeiserne Tor. „Hof Bargstedt" steht in altdeutschen Buchstaben auf einem großen Feldstein daneben. Der Weg gabelt sich, links führt er zum imposanten, zweistöckigen Bauernhaus. Rechts führt der Weg zu einem riesigen, modernen Stallgebäude, hinter dem Dächer weiterer Gebäude zu erkennen sind. Aus einem großen, offenen Stalltor kommt ihnen ein Traktor entgegengefahren. Der kahlköpfige Fahrer schaut kurz erstaunt und bringt sein Gefährt dann zum Stehen.

„Fredo Bargstedt?", fragt Lübben in sachlichem Ton.

„Ja", antwortet der nur knapp und starrt Wiebke viel zu lange von oben bis unten an.

„Sie besitzen eine Kettensäge der Marke Stihl MS881?"

Wieder nur ein kurzes „Ja".

„Wissen Sie, wo sich das Gerät zurzeit befindet?"

„Ja."

Bargstedt scheint es gewohnt zu sein, nicht mehr Worte als nötig zu machen.

„Und wo?", fragt Lübben nun etwas strenger.

„Bei meinem Schwager."

Lübben will eben dazu anheben, seine nächste Frage so zu formulieren, dass eine spezifischere Antwort dabei herauskommt, als Bargstedt von sich aus weiterspricht:

„In unserem Stand leiht man sich ja eigentlich nichts von anderen. Was man braucht, kauft man sich selber. Aber Herwig ist ja auch nicht so, wenn man mal schnell was braucht. Also habe ich ihm die Säge letzte Woche geliehen."

„Herwig wie?", hakt Wiebke nach.

„Herwig Pistorius, ,de Teinte'. Der Bauunternehmer aus Stollhamm. Den kennt man doch. Der wollte irgendwas an seiner Ponderosa machen."

„Ponderosa?", fragt Wiebke gedehnt.

„Der hat vor Jahren so eine Jagdhütte von seinem Schwiegervater geerbt. Die hat er sich ein bisschen zurechtgemacht. Irgendwann hat mal einer Ponderosa dazu gesagt, und dann ist es dabei geblieben. Herwig wollte mir die Säge schon am Wochenende zurückbringen. Ich wollte da sowieso schon nachfragen."

❧

Am Strand von Burhave steht inzwischen nicht nur das Wasser hoch, sondern auch die Sonne. Allmählich wird es Fee zu heiß, so ganz ohne jede Beschattung. Sie hat ihre helle Haut schon mehrmals nachgecremt. Und außerdem hat sie einen Riesenhunger. Wie sie feststellen musste, hat sie ihre Proviantdose zu Hause liegen lassen. Eine ganze Weile lang hatte sie in den auflaufenden Wellen gestanden und die Kraft der Nordsee in ihren Beinen gespürt. Viele andere Urlauber hatten es ihr gleichgetan und das ankommende Wasser freudig begrüßt. Kinder mit Schwimmflügeln waren den Wellen begeistert entgegengelaufen, gefolgt von den mahnenden Rufen ihrer Mütter oder Väter, doch nicht so weit ins Wasser zu laufen oder auf die Eltern zu warten. Hinter Fee hatten betagtere Herrschaften ihre Hosenbeine hochgekrempelt und sich die ankommenden Wellen wenigstens über die Füße schwappen lassen. Die eintreffende Flut erfreute die Menschen. Sogar diejenigen, die gar nicht ins Wasser hineingingen. Sie schauten von ihren Strandkörben aus interessiert auf die immer näher kommende See, so als brächte das Wasser irgendwelche Neuigkeiten mit von dort, von wo es gerade zurückkam.

Ihre paar Sachen hat Fee schnell zusammengepackt und steht nun wieder auf der anderen Seite des Deiches, wo sie die Straße überqueren muss, um zu ihrem abgestellten Fahrrad zu gelangen. Von links kommen Autos, erst zwei Kleinwagen und dann ein kleiner, weißer Transporter. Das ist Heikos Wagen! Heiko hat Fee auch erkannt, winkt ihr erst zu und deutet dann mit seinem Finger auf eine Parklücke hinter dem Gästehaus, vor dem sich der Fahrradständer befindet. Fee versteht und läuft seinem Wagen hinterher.

„Ich kann hier nicht lange stehen, der Parkplatz ist privat. Hast du Lust, mit zur Fischereigenossenschaft zu fahren? Ich muss da noch mal nachliefern", fragt Heiko durch die heruntergelassene Seitenscheibe.

„Gibt es da was zu essen? Ich habe einen Mordshunger", fragt Fee zurück.

„Na klar, die leben vom Essensverkauf", meint Heiko ermunternd.

Also steigt Fee in den Wagen. Noch ehe sie sich angeschnallt hat, fragt Heiko erwartungsvoll:

„Hast du schon was von Wiebke gehört, wegen der Säge?"

„Ja, schon heute Mittag. Sie haben den Eigentümer ausgemacht. Einen gewissen Fredo Bargstedt aus Esenshamm."

„Das ist ein großer Bauer, der auch einen Lohnbetrieb führt", weiß Heiko. „Aber was der mit den Sygge-Brüdern zu tun haben soll?", überlegt er weiter.

„Der muss ihnen die Säge ja nicht freiwillig gegeben haben, vielleicht geklaut", gibt Fee zurück.

„Na ja, aber das ist schon ein ganz schönes Stück von Esenshamm zu dem Sygge-Hof. Selbst ohne Gepäck strampelt man sich mit einem Fahrrad ganz schön ab", meint Heiko.

„Das war auch mein erster Gedanke, als ich mir das auf der Karte angesehen habe", stimmt Fee zu, während Heiko rückwärts auf die Straße biegt und mit den vorgeschriebenen dreißig Stundenkilometern Richtung Fedderwardersiel lostuckert.

Sie passieren das Abenteuerdorf, in dem ein paar Tipis aufgebaut sind, und den Park, der in eine Hundewiese übergeht. Auf Höhe des Adventure-Golfplatzes muss Heiko abbremsen, weil ein sehr langsam fahrendes Tretmobil die Fahrbahn einnimmt. Geduldig wechselt Heiko in den ersten Gang. Die Kinder, die mitstrampeln sollen, haben wohl schon keine Kraft mehr, sodass sich der Vater alleine darum bemüht, das wuchtige Gefährt mit fünf Personen darauf fortzubewegen.

„Nervt dich das gar nicht?", fragt Fee.

„Meine Familie lebt in der vierten Generation gut von den Touristen. Da nimmt man die, wie sie sind. Das wurde mir schon als Kind eingeschärft."

Das ist natürlich eine Betrachtungsweise, denkt Fee und schaut Heiko interessiert an. Und der erzählt gleich weiter: „Bevor die ersten Touristen kamen, war das Leben für die meisten Butjadinger nämlich sehr hart. Wer was anderes behauptet, weiß nicht, wie schwer das Leben hier früher war. Die meisten Einwohner hatten nur eine kleine Landstelle und mussten hart arbeiten, um dem schweren Marschboden überhaupt etwas abzugewinnen. Mein Ur-Ur-Uropa zum Beispiel ist mit noch nicht einmal vierzig Jahren an Auszehrung gestorben. So hieß das damals, wenn die Leute sich buchstäblich zu Tode geschuftet haben und das Essen trotzdem nicht gereicht hat, um die Familie satt zu bekommen.

Dann kamen die ersten Sommerfrischler, wie die genannt wurden, und meine Ur-Urgroßeltern konnten sich in den Sommermonaten schon etwas dazuverdienen. Sie arbeiteten als Aushilfen im großen Gasthof in Burhave und haben auch die Erzeugnisse ihrer kleinen Landwirtschaft an die Wirtsleute und die Urlauber verkauft.

Mein Urgroßvater war ihr ältester Sohn. Hier in der Wesermarsch galt das Jüngstenerbrecht, also hat sein jüngerer Bruder den Hof geerbt, aber sie haben meinen Urgroßvater in die Lehre schicken können. Damals musste man ja noch Lehrgeld an den Meister bezahlen. Uropa Hinrich hat später eine kleine Bäckerei aufgemacht, und je mehr Sommerfrischler kamen, umso mehr konnte er verkaufen. Mein Opa Heinrich konnte in den 1960er Jahren dann schon das neue Haus mit großer Backstube und Ladengeschäft bauen. Alles von dem Geld, das hauptsächlich an den Touristen zu verdienen war.

Als meine Eltern den Betrieb später übernommen haben, haben fünf Familien davon leben können. Meine Eltern hatten nämlich vier Gesellen in der Backstube. Und dann natürlich noch die zwei Verkäuferinnen. Aber das waren meistens ganz junge, unverheiratete Frauen, die noch keine Familie hatten."

Beindruckt von Heikos Familiengeschichte fragt sich Fee, was ihre Vorfahren eigentlich so gemacht haben. Weiter als bis zu den eigenen Großeltern weiß sie eigentlich gar nichts über ihre Familie. Sie beschließt, ihre Mutter bald mal zu fragen.

„Hier waren letzten Herbst Dreharbeiten zu einem Krimi", sagt Heiko plötzlich und deutet auf ein kleines, weißes Bauernhäuschen. „Da war ganz schön Aufregung im Dorf. Echte Fernsehschauspieler und das ganze Brimborium, das hatten wir vorher auch noch nicht. Ich kam ein bisschen dichter dran, weil ich belegte Brötchen und Heißgetränke geliefert habe. Denen wurde nämlich ganz schön kalt hier draußen mitten im November. Da haben die mich vom Rathaus aus angerufen, ob ich nicht schnell was ans Set liefern könnte. Na ja, war ja kein Problem für mich. Siefke hat noch mit ein paar Thermoskannen ausgeholfen. Hinterher sind alle auf mich losgestürmt und wollten wissen, wie die denn so wären, die Schauspieler. Wie schon? Wie Menschen, die frieren und sich über was Heißes freuen und nach Stunden Dreharbeiten auch gerne in ein deftiges Brötchen beißen."
Heiko scheint sich nicht so leicht beeindrucken zu lassen, denkt Fee. Sie selbst hat in Berlin schon oft Dreharbeiten gesehen, zumindest aus der Ferne. Einmal war ein Dreh sogar auf einem der Ausflugsschiffe, die sie betreut. Aber weder hat sie einen der Schauspieler gekannt noch erfahren, für welches Filmprojekt überhaupt gedreht wurde.
Das Tretmobil ist nicht, wie erhofft, in den Ferienpark Fedderwardersiel abgebogen, sondern quält sich nun noch langsamer die Anhöhe Richtung des Fedderwardersieler Hafens hoch. Heiko konnte die ganze Zeit nicht überholen, weil ihnen auf der engen Deichstraße immer wieder andere Fahrzeuge entgegengekommen sind. Aber als das Mehrpersonenfahrrad endlich oben auf dem Deich angekommen ist, schwenkt der Vater nach rechts, wo es zum Wohnmobilhafen und zum Jachtklub geht, und bringt das Gefährt zum Stehen. Der Mittdreißiger ist ganz rot im Gesicht, wie Fee bemerkt, und reibt sich seine Waden.

Hinter ihm sieht Fee den Wohnmobilstellplatz, der sich bis an den Rand der Nordsee erstreckt. Das außergewöhnlich schöne Juniwetter hat viele Mobilisten angezogen, es ist kaum noch ein Platz frei.

Heiko parkt den Transporter hinter dem Gebäude der Fischereigesellschaft.

„Ich bringe hier nur eben die Brötchenkörbe rein. Dann können wir uns vorne Fischbrötchen kaufen", kündigt Heiko an, als er den Wagen verlässt.

Das ist für Fee eine gute Gelegenheit, sich den Hafen von Nahem anzusehen. An der gegenüberliegenden Hafenkante schaukeln drei Fischkutter im Wasser: ein blauer, ein roter und ein grüner. An dem Steg am Ende des Hafens sind zwei kleine Boote vertäut, und auf ihrer Seite des Anlegeplatzes liegt ein Ausflugsschiff, die WEGA II. Während Fee auf der anderen Seite des Hafens eine Fischbude und das Gebäude eines Bauunternehmers erkennt, erstreckt sich hinter ihr eine Art Flaniermeile. In alten Gebäuden sind Geschäfte, Restaurants und ein Museum untergebracht. Da muss sie unbedingt mal langschlendern, denkt Fee, als Heiko auch schon wieder aus dem Lieferanteneingang herauskommt und Fee zu sich herwinkt.

Auf der vorderen Seite des Gebäudes ist der Eingang zum Laden der Fischereigesellschaft. In der Glastheke wird eine große Auswahl an Fischspezialitäten präsentiert.

„Was willst du haben, ich lade dich ein", meint Heiko.

Fee merkt, wie sie ein bisschen errötet. Mit Fisch kennt sie sich nämlich gar nicht aus. Also, überhaupt gar nicht. Sie weiß nicht einmal, welcher Fisch in den Fischstäbchen ist, die sie ab und an mal kauft.

„Äh, was nimmst du denn?", fragt sie deshalb.

Heiko grinst. Es ist nicht das erste Mal, dass er erlebt, dass jemand überhaupt keine Ahnung von Fisch hat.

„Im Brötchen mag ich am liebsten Bismarckhering. Der ist eingelegt und schmeckt säuerlich. Meinst du, dir schmeckt das?", fragt er.

„Warum nicht?", antwortet Fee. „Scheint ja allgemein beliebt zu sein", ergänzt sie mit Blick auf das Paar neben sich, das auch gerade zwei Brötchen mit Bismarckhering bestellt hat.

Einen Moment später sitzen Fee und Heiko auf einer Bank vor dem Ladengeschäft und beißen in ihre Brötchen. „Und?", fragt Heiko. „Gar nicht schlecht", befindet Fee mit vollen Backen. Sie greift nach ihrem Smartphone. „Noch nichts Neues von Wiebke", stellt sie enttäuscht fest. „Was die wohl ermitteln?"

≫

Herwig Willehad Pistorius, allgemein auch „de Teinte" genannt, lässt seine Mitmenschen gerne darüber im Unklaren, ob er mit dem früheren niedersächsischen Innenminister und jetzigen Bundesverteidigungsminister verwandt ist. Er ist es nicht. Der renommierte Genealoge, den er zum Nachweis der verwandtschaftlichen Beziehungen beauftragt hatte, konnte keinerlei Verbindung zwischen den völlig verschiedenen Abstammungslinien herstellen. Nicht einmal gegen Geld, wie Pistorius feststellen musste. Der Dr. Soundso hatte das Angebot entsetzt zurückgewiesen.

Nichtsdestotrotz war ihm der Name schon oft eine gute Hilfe gewesen, wenn es darum ging, gewisse Abweichungen vom niedersächsischen Baugesetzbuch unter den Teppich kehren zu lassen. Ein paar großzügige Sachspenden taten ihr Übriges, wenn es gar nicht anders ging.

Pistorius spürt, dass der etwas zu breit geratene Polizist, der da zwischen den Säulen seines Entrees vor ihm steht und zu ihm aufblickt, auch gerne wissen würde, wie es um seine Beziehungen zu der höchsten Regierungsebene steht. Aber der fragt nicht. „Herr Pistorius, Ihr Schwager Fredo Bargstedt hat angegeben, Ihnen seine Motorsäge geliehen zu haben. Wofür haben sie denn eine solch große Säge gebraucht?", setzt der Polizist stattdessen an.

„Auf meinem Waldgrundstück war ein Baum in Schieflage gekommen. Den musste ich umlegen, hätte er mir aufs Haus fallen können", antwortet Pistorius gelassen.

„Wodurch ist der Baum denn in Schieflage gekommen?", will Lübben wissen.

„Feuchter Boden, der Stamm war unten von der Wurzel her von innen gefault, das sieht man so ja nicht. Auf einmal fing er an, sich zur Seite zu neigen, mitsamt den Wurzeln."

Dass er der dicken Douglasie eine Kette umgelegt hatte, die er dann an seinem Pickup befestigt hatte, erwähnt Pistorius natürlich nicht. Man musste den Baum nur ein kleines bisschen aus den Angeln heben und die Tricks kennen, mit denen man einen Eindruck erweckte, dass da was von innen faulig wäre – gerade so viel von allem, dass es einem amtlichen Begutachter plausibel erschien. Auf diese Weise hatte er schon manchen Baum, der ihm bei einem Bauprojekt im Wege stand, aus „sicherheitstechnischen Gründen" beseitigt. Ganz legal. Na ja, und für das Holz fand sich immer ein Abnehmer, unter der Hand, versteht sich.

„Wann haben Sie den Baum denn abgesägt?", will Lübben wissen.

„Letzten Freitag, am Nachmittag haben wir angefangen", antwortet der Bauunternehmer weiterhin gelassen.

„Wir? Wer hat Ihnen denn beim Sägen geholfen?", hakt Lübben nach.

„Mein Mitarbeiter, Adam."

„Haben Sie sich bei den Fällarbeiten verletzt?"

Lübben schaut auf den Verband am rechten Ohr des groß gewachsenen Mannes.

„Nee, das habe ich schon länger. Habe mich auf der Jagd in Ästen verfangen. Will einfach nicht heilen."

Lübben schweigt einen Moment und investigiert dann weiter: „Wir möchten uns das Waldgrundstück ansehen. Wo genau befindet es sich?"

Pistorius schaut erst etwas unwillig, antwortet dann aber: „Etwa fünf Kilometer von hier. Ich fahre vor, das ist nicht einfach zu finden."

„Er hat nicht einmal gefragt, warum wir uns nach der Säge erkundigen" stellt Wiebke fest, als sie dem großen, silbernen Geländewagen folgen. „Aber wir warten erst einmal ab, was er uns erzählt, bevor wir ihn nach dem Verbleib der Kettensäge befragen", weist sie Lübben an. „Der Mann ist erfahren, der hat seine Antworten schon im Voraus zurechtgelegt. Wir müssen ihn überraschen."

Nachdem Lübben und Wiebke Pistorius' Wagen auf immer schlechter werdenden Feldwegen gefolgt sind, kommen sie bei einem von riesigen Lebensbäumen umsäumten Grundstück an. Innerhalb der Einfriedung stehen mehrere alte Laubbäume und Tannen. Mittendrin steht ein großes Haus aus Holzbohlen. „Das sieht ja wirklich aus wie die Ponderosa-Ranch", stellt Lübben fest.

Als sie ausgestiegen sind, wirft Wiebke einen Blick auf die Reifen von Pistorius' Wagen. Aber das wellenartige Profil hat so gar keine Ähnlichkeit mit dem Muster, das die Kollegen vorhin noch übermittelt haben.

Auf der freien Fläche rechts vom Haus liegt ein langer, dicker Baumstamm. Unweit davon steht ein kleiner, älterer Mann, der Äste in den Trichter eines Holzhäckslers einführt. Neben ihm ist bereits ein sehr breiter Haufen Holzschnitzel entstanden. Davor liegt ein umgekippter, grober Besen, an dem Holzschnitzel haften. Pistorius geht auf den Mann zu, der sofort das laute Gerät abschaltet. Als die Polizisten hinzukommen, stellt Pistorius seinen Mitarbeiter vor:
„Adam Bartkowiak. Ist schon seit über zwanzig Jahren bei mir."
Bartkowiak zieht sich seine Schirmmütze vom Kopf und verbeugt sich vor den Polizisten.
„Was kann ich für Sie tun?", fragt er mit leicht polnischem Akzent.
Auf Lübbens Nachfrage bestätigt er Pistorius' Angaben zu den Sägearbeiten. Währenddessen wandert Wiebkes Blick vom

Häcksler hin zu dem Schnitzelhaufen, der sich bis hin zu dem Stumpf des frisch abgesägten Baumes erstreckt. Was ist das denn? Da leuchtet ja was Helles unter den Holzschnitzeln hervor! Wiebke schiebt mit ihrem Fuß einige Schnitzel zur Seite. Frisch getrockneter Beton kommt zum Vorschein.

„Herr Pistorius, was ist das denn?", fragt sie.

„Ein Fundament", gibt Pistorius trocken zurück.

„Wofür?"

„Nun, als ich erkannt habe, dass die Douglasie gefällt werden muss, habe ich mir überlegt, dass ich da ein finnisches Saunahaus hinstellen kann."

„Oder Sie haben den Baum gefällt, *damit* Sie die Kota hier aufstellen können", erwidert Lübben. „Haben Sie überhaupt eine Baugenehmigung?"

„Selbstverständlich", antwortet Pistorius süffisant, während sein Mitarbeiter sich sichtlich unwohl zu fühlen scheint.

„Herr Pistorius, wo ist die besagte Kettensäge jetzt?", fragt Wiebke geradeheraus und sieht Pistorius direkt in die Augen.

„Gestohlen", antwortet dieser knapp. „Als der Baum lag, sind wir kurz zu mir nach Hause gefahren. Meine Frau hatte Vesper hergerichtet. Als wir wiederkamen, um die Äste vom Stamm zu entfernen, war die Säge weg."

„Kennen Sie Hayo und Gero Sygge?", schiebt Wiebke nach.

„Nicht dass ich wüsste." In Pistorius' Gesicht ist keine Regung zu erkennen.

❧

„Der lügt" konstatiert Lübben, als er mit Wiebke auf dem Beifahrersitz die Feldwege zurück nach Stollhamm steuert. Dabei schaut er immer wieder durch das Seitenfenster und in die Rückspiegel, um sich zu vergewissern, dass der Mercedes nicht erneut einer groben Verschmutzung anheimfällt.

„Zumindest verschweigt er etwas", bestätigt Wiebke.

„Seinem Mitarbeiter konnte man ja an der Nasenspitze ansehen, dass da was nicht stimmt", bekräftigt Lübben, als er gerade einer Pfütze ausweicht.

„Wahrscheinlich hat Pistorius den unterwegs per Handy gebrieft", kommentiert Wiebke.

Lübben schweigt. Wie soll er das denn jetzt verstehen? Das Wort kennt er überhaupt nicht. Am besten standesgemäß reagieren, überlegt er und entscheidet sich für eine förmliche Nachfrage.

„Wie meinen, Frau Kriminaloberkommissarin?"

„Während der Fahrt zum Grundstück wird Pistorius seinen Mitarbeiter angerufen haben, um ihn anzuweisen, was er uns zu sagen hat", erläutert Wiebke geduldig.

„Ach so, ja, das wird er gemacht haben", stimmt Lübben zu.

„Aber wie kriegen wir den nun dazu, uns zu sagen, was er weiß?"

„Wahrscheinlich ist es am besten, Herrn Bartkowiak noch einmal zu befragen, wenn er alleine ist. Seine Personalien haben wir ja. Den sollten wir bald mal zu Hause besuchen", beschließt Wiebke.

❦

Gerade als Heiko beim Fahrradständer hält, um Fee abzusetzen, ertönt der Mitteilungston ihres Smartphones. Eine Nachricht von Wiebke!

„Neuigkeiten. Jetzt keine Zeit. Heute Abend um 20:00 Uhr bei dir?", liest sie laut vor.

„Geht klar", tippt Fee schnell zurück. „Kommst du auch?", fragt sie Heiko.

„Ja, das will ich ja nun auch wissen", meint der. „Ich bringe Lasse mit."

Dann muss sich Fee schnell verabschieden, denn hinter ihnen warten schon mehrere Autos darauf, dass es weitergeht.

❦

Als Lübben den Mercedes vor der Polizeistation Burhave zum Stehen bringt, kommt ihnen PMA Tim Düring schon aus der Tür entgegengelaufen. Er ist ganz aufgeregt und muss sich erst einmal sammeln, als er vor Lübben tritt.

„Chef, da ist eben ein Anruf reingekommen. Einbruch mit Diebstahl!"

„Wo?", fragt Lübben knapp zurück.

„Der Mann heißt Jens Thaden, wohnt Am Deich, Hausnummer habe ich aufgeschrieben. Ich habe gesagt, dass wir so schnell wie möglich vorbeikommen."

„Ich kann da jetzt schlecht mit", wirft Wiebke ein. „Cornelius wartet dringend auf meinen Bericht. Ich muss nach Nordenham. Da müssen Sie ihren jungen Kollegen mitnehmen", richtet sie sich an Lübben.

„Meine Güte, dieser Tage ist hier ja mehr los als sonst das ganze Jahr", brummt Lübben in sich hinein.

Eigentlich hatte er darauf gehofft, etwas früher nach Hause zu können, um dem Mercedes die wilde Landpartie abzuwaschen. Außerdem hat Irmhild heute ihr Damenkränzchen zu Gast. Nur Damen von Stand, selbstredend. Da werden natürlich die feinsten Gebäcke aufgefahren. Und Irmhild stellt ihm dann immer eine Platte mit einer guten Auswahl davon in den Kühlschrank, die er ganz für sich allein genießen kann, während sie mit den Besucherinnen das Wohnzimmer belegt. Aber daraus wird dann wohl nichts.

„Holen Sie die Adresse, schließen Sie ab und steigen Sie ein", weist er Düring an.

۞

Jens Thaden sitzt auf der Bank vor dem Haus und stopft sich gerade eine Pfeife, als die beiden Polizisten das Häuschen am Deich erreichen. Lübben kennt den Mann, ein echter Burhaver, dessen Familie schon viele Generationen hier ansässig ist. Der muss nun auch schon über siebzig sein, denkt Lübben. Aber er sieht immer noch gut aus, so drahtig und braun gebrannt, wie er da sitzt. Hoffentlich meint der nicht auch, ihn einfach duzen zu dürfen, nur weil er ihn schon als kleinen Jungen gekannt hat. Doch Thaden begrüßt ihn mit „Moin Onke", worauf Lübbens Gesicht knallrot anläuft.

Da er nicht weiß, mit welcher Anrede er die Begrüßung erwidern soll, sagt er einfach nur „Moin" und weist dann auf seinen jungen Kollegen. „Das ist Polizeimeisteranwärter Tim Düring, ganz neu bei uns."

„Habe ich vorhin schon gehört", antwortet Thaden. „Ich habe Gerd Deichkötter nach unserer Bootstour zu Hause abgesetzt, und da hat Elseliese schon alles erzählt von dem toten Sygge-Jungen. War es wirklich Mord? Unfassbar! Na ja, und dabei hat Elseliese auch berichtet, dass sie Wessels durch den jungen Mann hier ersetzt haben."

Er lächelt Düring aufmunternd an. Jens Thaden scheint den Einbruch recht gelassen zu nehmen, konstatiert Lübben. Bis jetzt hat er noch keine Anzeichen von Aufregung gezeigt und verfällt hier ins Plaudern, anstatt gleich zur Sache zu kommen.

„Was genau hat sich ereignet?", fragt Lübben nun in sachlichem Ton.

„Das Garagentor stand auf, das habe ich ja gleich gesehen, als ich nach Hause gekommen bin. Da habe ich mir schon so was gedacht. Das Tor war aufgehebelt. Und dann war die Verbindungstür zum Haus aufgebrochen. In Küche und Wohnzimmer ist alles durchgewühlt, die Schränke stehen auf. Im Schlafzimmer waren sie auch. Und haben im Klo sogar den Deckel vom Spülkasten weggenommen."

„Das schauen wir uns am besten mal an", meint Lübben. Die beiden Polizisten folgen Thaden durch die Garage ins Haus, den gleichen Weg, den der oder die Einbrecher genommen haben. Innen bietet sich ihnen ein heilloses Durcheinander. Sämtliche Schranktüren sind aufgerissen und Schubladen gleich im Ganzen ausgekippt worden. Auf dem Küchenboden liegt neben Besteck und Küchenhelfern auch eine ausgeschüttete Dose Kaffee. Vor der Spüle sind Geschirrtabs verteilt.

Im Wohnzimmer sieht es nicht anders aus. Schallplatten und Bücher liegen auf dem Boden verstreut, und jedes befüllte Gefäß wurde ausgeschüttet. Fast wäre Düring auf Hustenbonbons getreten, die neben einer Bonboniere auf dem Boden liegen.

„Fehlt irgendetwas?", fragt Lübben.

„Eigentlich nicht, viel habe ich hier ja nicht mehr", antwortet Jens Thaden.

„Wieso nicht mehr viel hier", fragt Lübben nach, der bei jedem Satz versucht, eine direkte Anrede zu vermeiden. Er wehrt sich dagegen, Thaden in das vertrauliche „Du" zu folgen, gleichzeitig weiß er aber wohl, dass der die von ihm bevorzugte Sie-Form nicht akzeptieren wird.

„Ich bin doch vor ein paar Jahren zu meiner Lebensgefährtin gezogen. Brigitte May, die kennst du doch, Onke. Wir sind doch schon zusammen zur Schule gegangen. Und nachdem sie verwitwet war und ich auch, da haben wir so nach und nach zusammengefunden. Brigitte hat doch ein großes Haus mitten im Ort, in der Rüstringer Straße. Hier halte ich mich doch nur noch auf, wenn es mit dem Boot rausgehen soll oder ich was in der Garage basteln will. Ich habe nur noch das Nötigste hier, nichts von großem Wert. Für den Notfall habe ich einhundert Euro in der Garage versteckt. Die haben die aber nicht gefunden. Es fehlt nur mein Münzenglas."

„Münzenglas?", wiederholt Lübben.

„Na, so ein Schraubglas. Ich glaube, da war mal Honig drin. Da habe ich die ausländischen Münzen gesammelt, die nach den Bootstouren noch übrig waren. Die sind ja allesamt nichts wert, teilweise waren die so alt, dass die wohl gar nicht mehr gültiges Zahlungsmittel sind."

Nun merkt Lübben auf. Alte Münzen hatte man doch bei dem toten Hayo Sygge gefunden.

„Düring, Sie haben die Bilder, die die Technik übersandt hat, doch auf Ihrem Diensttelefon. Zeigen Sie die mal eben her", weist er den Kollegen an, der bis jetzt fleißig mitgeschrieben hat.

Onke Lübben hat natürlich auch ein dienstliches Smartphone, mit dem er telefoniert. Und in einem Kurs hat man ihn auch in alle anderen relevanten Funktionen des Gerätes eingewiesen.

Aber meistens konnte er die Anwendung umgehen, sodass ihm nun jeder ansehen würde, dass er keineswegs routiniert ist im Umgang mit den Apps. Würde es nach Lübben gehen, hätte mit Einführung des Tastenhandys Schluss sein können. Telefonieren, Kurznachrichten senden, und gut. Den Rest konnte man schließlich am PC in der Polizeistation erledigen.

„Hier", sagt Düring und streckt Lübben und Thaden sein Smartphone mit einem Foto von den gefundenen Münzen entgegen. Thaden nimmt das Smartphone in die Hand und zieht das Bild mit zwei Fingern groß. „Die ist von der Baltikumreise 2001, von ganz oben aus Estland. Daneben zwei Gulden. In Holland waren wir ja öfter. Und rechts ein … ich glaube es ja nicht …!" Thaden schmunzelt. „Das ist ein Jersey-Pfund. Die Münze ist von der Reise, als wir Siefke Steding und Kea de Buur von der Kanalinsel abholen mussten, weil Siefke bei der Überfahrt mit dem Katamaran speiübel geworden war und ihr noch tagelang so schlecht war, dass sie sich geweigert hat, je wieder ein Schiff zu betreten. Einzig von mir und meiner ‚Molly' wollte sie sich aufs Festland bringen lassen. Es wurde dann eine schöne Reise, und Siefke hat in Saint-Malo auch nicht in den Zug gewechselt, sondern ist den ganzen Weg bis nach Hause mitgeschippert. Ich konnte sie wohl verstehen. Ich selbst würde mich nie in ein Flugzeug setzen oder auf dem Landweg verreisen. Immer nur mit dem Boot."
Thadens Augen glänzen angesichts der Erinnerungen an die alten Erlebnisse. Dann wischt er sich durch die folgenden Fotos und ordnet eine Münze nach der anderen einer der vielen Bootstouren zu, die er in den letzten Jahrzehnten unternommen hat.
„Spurensicherung?", fragt Tim Düring beflissen.
„Ja, holen Sie schon mal unseren Koffer. Ich rufe in Nordenham an", entscheidet Lübben.

❧

Als Fee am Nachmittag wieder zu Hause angekommen ist, macht sie sich erst einmal über die Proviantdose her, die sie auf dem Küchentresen liegen lassen hat. Ein Fischbrötchen hat dann doch nicht für den ganzen Tag gereicht. Kater Jesper ist wieder mal außer Haus. Also wäscht sie seine leeren Näpfe nur ab und wird ihm frisches Futter hinstellen, wenn er am Abend nach Hause kommt. Fee überlegt, was sie selbst noch unternehmen könnte, bis am Abend Wiebke, Heiko und Lasse kommen. Sie ist ja schon so gespannt, was Wiebke an Ermittlungsergebnissen mitbringen wird. Ob sie mal in das Lüttje Huus gehen soll, nachdem das Vorhaben vorgestern so jäh unterbrochen wurde? Aber irgendetwas in ihr scheut sich davor, Keas Allerheiligstes zu durchstöbern. Ein Raum, oder vielmehr ein Haus, in dem ein Mensch jahrzehntelang seine Berufung gelebt hat, ist wirklich ein sehr persönlicher Ort. Noch dazu, wenn die Berufung mit so viel Tiefe ausgeführt wurde. Nein, jetzt ist nicht der richtige Zeitpunkt dafür, befindet Fee und beschließt gerade, sich noch einmal näher im Garten umzusehen, als es an der Haustür klingelt. Endlich mal jemand, der klingelt, anstatt einfach hereinzukommen, denkt Fee. Allerdings wäre es auch niemandem mehr möglich, einfach zur Tür hereinzuspazieren. Denn angesichts der zurückliegenden Ereignisse achtet Fee genau darauf, den Haustürschlüssel sofort umzudrehen, wenn sie nach Hause gekommen ist.

Als Fee die Haustür öffnet, steht eine unbekannte Frau vor ihr. Die Dame ist groß und schlank und wohl an die siebzig Jahre alt. Diesem Alter sucht sie aber wohl entgegenzuwirken, denn mindestens die Wangen und die Lippen sind aufgepolstert, wie Fee sofort bemerkt. Die Frau schaut Fee von oben bis unten an, und da Fee das ziemlich unmöglich findet, tut sie es ihr gleich und nimmt ihr Gegenüber ebenfalls von oben bis unten ins Visier. Die Dame hat ihr braunes, fransig geschnittenes Haar locker hochgesteckt, wobei jede Ponysträhne akribisch inszeniert zu sein scheint. Sie trägt einen hellen Hosenanzug aus seidigem Stoff, der Blazer ist am Kragen und an den Taschen mit dunklen Paspeln eingefasst. Ein farblich passender Seidenschal ist locker um den Hals gelegt. Von der Schulter baumelt an einer goldenen Kette ein sehr teuer aussehendes Täschchen, das genau zu den Pumps passt. Das ganze Ensemble steckt in einer Wolke aus dem blumig schweren Duft eines teuren Parfums.

Als Fee wieder hochschaut, streckt die Dame ihr eine Hand entgegen und setzt ein Lächeln auf.

„Ich habe gehört, dass die Erbin endlich eingetroffen ist. Ich bin Keas Schwester, Alvira Freifrau von Niggeberg-Au."

Dabei betont sie das *Freifrau* ganz besonders.

„Aha", entfährt es Fee, die höchst erstaunt ist, dass es eine Schwester gibt. Davon hat noch keiner ein Wort erwähnt.

„Und Sie sind?", fragt die Freifrau mit seitlich gewandtem Kopf. Ihre soeben noch dargereichte Hand hält sie nun grazil in die Höhe, als halte sie ein imaginäres Teetässchen.

„Äh, Fee Madeleine Schnabelkuss."

Fee fügt ihren zweiten Vornamen ein, als könne sie damit dem Titel der Freifrau etwas entgegenhalten. Dabei ist eine Freifrau ja unterste Stufe in der Adelshierarchie, wie Fee weiß. Für einen Grafen hat es wohl nicht gereicht, denkt sie zynisch, denn die Freifrau ist ihr höchst unsympathisch.

„Wenn Sie gestatten, trete ich ein. Ich kenne mich ja aus, schließlich bin ich hier aufgewachsen."

Die Worte klingen mehr wie eine Anweisung als eine Frage. Und im selben Moment schiebt sich Keas Schwester auch schon an Fee vorbei in den Flur.

„Es geht ja ganz schnell. Ich komme nur, um den grünen Koffer abzuholen. Mit den Familienunterlagen. Sie verstehen. Fotos und Dokumente, die in der engen Familie verbleiben. Die sind für Sie als weitläufige Verwandte ja nicht von Interesse."

Fee fühlt sich von der ganzen Situation völlig überrumpelt. Einen grünen Koffer hat sie noch nirgends gesehen. Und das sagt sie der Dame auch.

„Mein Vater hat den Koffer früher in seinem Arbeitszimmer aufbewahrt. Hier vorne im Haus."

Die Freifrau zeigt zu der Wand, hinter der sich das große Wohnzimmer befindet.

„Aber meine Schwester und mein Schwager haben hier ja alles umgebaut und die Trennwand rausgerissen."

„Wie gesagt", setzt Fee erneut an, „von einem grünen Koffer weiß ich rein gar nichts. Ich habe mir aber auch noch nicht alles angesehen."

„Das macht ja nichts", erwidert die Dame betont gnädig. „Dann schauen wir uns eben gemeinsam um. Wahrscheinlich liegt der Koffer in einem der Schränke."

Als die ungebetene Besucherin Anstalten macht, die Klinke zur Wohnzimmertür zu ergreifen, erklingt hinter Fee eine bekannte Stimme:

„Für dich gibt es hier weder etwas nachzusehen noch etwas zu holen, Alvira!"

Keas Schwester macht kurz ein erschrockenes Gesicht, fasst sich dann aber gleich wieder und wechselt sofort in einen arroganten Gesichtsausdruck. Siefke muss direkt von ihrer Küchenarbeit aus herübergelaufen sein, denn über der zartblauen Leinenkleidung trägt sie eine fein gestreifte Küchenschürze, wie Fee bemerkt, als Siefke an ihr vorbeihastet.

„Eure Eltern haben dir doch das ganze Haus vererbt. Aber du musstest es ja gleich verkaufen", schimpft Siefke.

„Was sollte ich denn damit? Als es so weit war, habe ich doch schon in Baden-Baden gelebt", entgegnet Alvira.

„Schöne Käufer hattest du da ausgesucht! Einen Sommer lang haben sie eine lautstarke Party nach der nächsten gefeiert und uns unsere Gäste vergrault, und dann hatten die feinen Herrschaften plötzlich keine Lust mehr auf ihr ‚Nordseeprojekt' und haben Haus und Hof sich selbst überlassen. Als Kea und Frerich das Haus zurückgekauft haben, war der ganze Garten verwildert, und drinnen sah es aus wie auf einer Müllhalde!"

Alvira blickt nur ignorant zur Seite und zuckt mit den Schultern.

„Ich habe ja nicht verstanden, dass Kea dir dann noch den größten Teil des Schmucks eurer Mutter überlassen hat. Schließlich hatte sie nur die Arbeitsutensilien eures Vaters und ein paar persönliche Stücke eurer Eltern geerbt. Das war vom Wert her ja weniger als der Pflichtteil, der ihr zugestanden hatte. Aber Kea hat gemeint, es wäre wichtig für deinen Seelenfrieden, dass du den Schmuck eurer Mutter erhältst. Wie ich sehe, trägst du Katharinas Rubinring ja gerade. Sie selbst hat ihn immer nur für *gut* getragen!"

In Siefkes vorwurfsvollen Tonfall hört Fee auch eine leise Schwingung von Wehmut heraus. Alviras Gesicht bleibt weiterhin ausdruckslos.

„Und jetzt scher dich hinaus und fahr zurück nach Baden-Baden oder nach Italien oder wo du sonst gerade residierst!"

Siefkes Zeigefinger zeigt entschlossen zur Eingangstür, und Fee tritt einen Schritt zurück, damit Alvira, die nun betont erhobenen Hauptes zur Haustür schreitet, an ihr vorbeikommt.

Als Fee die Tür hinter dem ungebetenen Gast verschlossen hat, läuft sie ins Wohnzimmer, von wo aus sie auf die Straße blicken kann. Da steht ein großes schwarzes Auto, in das Keas Schwester gerade einsteigt. Auf der Fahrerseite sitzt ein dunkelhaariger Mann im Anzug, Fee schätzt ihn auf Mitte fünfzig. Alviras Chauffeur, oder ein Liebhaber?

„Das ist ihr Stiefsohn", sagt Siefke, die neben ihr den Hals reckt. Der Wagen setzt an, den Heringsweg rückwärts hinauszufahren. Fee macht ein ausländisches Nummernschild aus. Das erkennt sie an dem dunklen Untergrund, im Ganzen kann sie es allerdings nicht sehen. Sie weiß nicht, aus welchem Land es stammt. Das muss sie später mal googeln.

Dann ist der Wagen auch schon verschwunden. Als sie sich zu Siefke umdreht, sieht sie, wie diese förmlich in sich zusammensackt. Die Begegnung scheint der sonst so resoluten Nachbarin sehr zugesetzt zu haben. Aber das hat Fee ja schon einmal gesehen. Wenn es um das Erbe ihrer verstorbenen Freundin Kea geht, verteidigt Siefke dies wie eine Löwin, andererseits wird sie dabei aber auch schnell dünnhäutig.

„Ich mache uns erst einmal einen Tee", entscheidet Fee und schiebt Siefke in die Küche.

Die lässt sich auch gleich auf einen der Stühle nieder und schaut betroffen auf die Tischplatte.

„Das war ja was", beginnt Fee zu reden, als sie Tee und Kekse auf den Tisch stellt und sich zu Siefke setzt. Tatsächlich ist sie von dem unverhofften Auftritt von Keas Schwester selbst noch ganz aufgewühlt.

„Ich wusste ja gar nicht, dass Kea eine Schwester hat."

„Ja, nun weißt du es besser. Dass die hier noch mal auftaucht, habe ich allerdings nicht erwartet. Ich habe gerade aus dem Fenster geschaut, als ich glaubte, meinen Augen nicht trauen zu können, wie ich Alvira da zu deiner Haustür marschieren sehe", antwortet Siefke.

Fee will Siefke eigentlich fragen, was es wohl mit dem grünen Koffer auf sich haben könnte und wo der wohl sein kann, aber da fängt ihre Nachbarin von sich aus an, weiter zu erzählen: „Weißt du, ich bin ja mit Alvira aufgewachsen. Sie ist ja nur ein paar Jahre jünger als ich. Sie war ja ein „sehr spätes Kind", wie man damals dazu sagte. Ihre Mutter war ja schon vierzig, als Alvira kam. Heute ist das ja nicht mehr ungewöhnlich, mit vierzig ein Kind zu bekommen. Aber in den 1950er Jahren galt man mit über dreißig schon als späte Mutter. Kea war mit ihren achtzehn Jahren ja schon längst ausgezogen, als Alvira geboren wurde. Sie hatte eine Stelle in der Hamburger Speicherstadt ergattert. Das war damals ja eine Sensation und es gab viel Gerede. Na ja, jedenfalls hatte Alvira ihre Eltern ganz für sich alleine. Und denen ging es wirtschaftlich ja auch gut, also ganz anders als jungen Eltern, die gerade frisch verheiratet waren. Katharina und Ahlrich haben es sehr gut gemeint mit ihrer kleinen *Alvi*. Vielleicht zu gut", fügt Siefke seufzend hinzu. Sie nippt an Ihrer Teetasse und fährt dann fort:

„Alvira war ja nicht direkt böse, aber doch sehr eigenwillig. Sie wollte immer ‚Hauptmackador' sein. So nennt man das bei uns, wenn jemand immer bestimmen und im Mittelpunkt stehen will. Es hatte alles so zu gehen, wie sie es gerade wollte. Wenn die Kinder aus der Nachbarschaft lieber Ringelrein spielen wollten als Verstecken, so wie sie es wollte, dann ist sie eben nach Hause gegangen. Sie konnte sich nicht mit anderen einigen, niemals nachgeben. Ein bisschen hielt sie sich auch wohl für etwas Besonderes, weil ,alle Leute zu ihrem Vater kämen, damit er sie gesund macht. So wie ein Arzt', hat sie oft gemeint. Aber das haben ihr ihre Eltern ganz bestimmt nicht beigebracht. Katharina und Ahlrich waren immer bescheidene und hilfsbereite Leute, die mit jedem gut ausgekommen sind."

Siefke nimmt erneut einen Schluck Tee.

„Obwohl ich Alvira nicht mochte, hat meine Mutter natürlich darauf bestanden, dass ich sie nicht ausschließen darf, wenn alle Nachbarskinder zusammen gespielt haben. Und zu meinem Geburtstag musste ich Alvira auch mit einladen. Das gehörte sich als Nachbarn einfach so. Aber wenn wir da etwas gespielt haben, was Alvira nicht wollte, dann ist sie einfach gegangen, obwohl die Geburtstagsfeier noch gar nicht zu Ende war. Einmal habe ich gehört, wie ihre Mutter mit ihr geschimpft hat, dass sich das nicht gehört und dass sie zurückgehen muss. Aber sie ist einfach ins Haus gegangen und ward nicht mehr gesehen. Eine Woche Stubenarrest soll sie dafür bekommen haben, aber die hat sie dann auch wohl stur abgesessen und sich auch nie bei mir entschuldigt."

Klingt nach narzisstischen Tendenzen, denkt Fee und fragt dann nach: „Wie ist sie denn dann eine ,von und zu' geworden?"

„Sie hat eine Lehre in einem Hotel in Blexen gemacht, das ist ja nicht weit von hier. Und dann wollte sie dahin, wo das gesellschaftliche Leben stattfindet. Nach ein paar Bewerbungen hat sie dann eine Stelle in einem Hotel in Baden-Baden gefunden. Und noch nicht einmal zwei Jahre später erhielten wir die Nachricht, dass sie heiraten würde. Einen Herrn Friedrich Lukas von Prietzstein. Sie gerade einundzwanzig, er achtundsechzig Jahre alt. Das war eine Aufregung! Ihre Eltern wollten es ihr mit allen Mitteln ausreden. Aber sie hat es getan und residierte fortan in einem alten Herrenhaus irgendwo im Württembergischen. Kinder sind – wohl zum Glück – keine gekommen.

In den ersten Jahren schickte sie noch Ansichtskarten aus allen noblen Orten Europas: Nizza, Rom, Monaco und so. Aber dann hat ihr Mann wohl nicht mehr gekonnt, und sie hat die meiste

Zeit bei ihm zu Hause sitzen müssen. Als er nach fünfzehn Jahren Ehe starb, war dann wohl nichts mit dem erhofften großen Erbe. Das ging alles an seine beiden Söhne. Sie selbst soll nur so viel bekommen haben, dass es für ein Dach über dem Kopf und zum Leben gereicht hat. Da war sie dann auch wieder öfter hier bei ihren Eltern zu Besuch. Aber schließlich hat sie wieder einen mit Adelstitel gefunden, was ihr wohl so wichtig war. Der war wohl nur zwanzig Jahre älter: Franz Melchior Freiherr von Niggeberg-Au. Ein Geschäftsmann. Der hat eine Parfümeriekette gehabt, mit Filialen in Italien, Frankreich, der Schweiz und wohl auch in Süddeutschland. Als der starb, ist Alvira wohl nicht mit leeren Händen zurückgeblieben. Zwar hat wohl sein ältester Sohn das Geschäft übernommen, aber sie soll neben einer Villa in Baden-Baden Wohnungen in Italien und Frankreich besitzen. Und genug Geld wohl auch."

Das Erzählen scheint Siefke gutzutun, denn inzwischen macht sie auf Fee wieder einen ganz munteren Eindruck. Deshalb fragt sie vorsichtig weiter:

„Wie war denn das Verhältnis zwischen Alvira und Kea?"

Siefke überlegt kurz und antwortet dann:

„Na ja, wie soll ich sagen? Kea hat ja viel versucht, um ein gutes Verhältnis zu Alvira herzustellen. Die beiden sind ja nicht zusammen aufgewachsen wie Schwestern. Der Altersunterschied war ja so groß, dass es keine gemeinsamen Kindheitserinnerungen gab. Als Alvira ein Kind war, kam Kea ja nur noch zu Besuch ins Elternhaus. Aber sie hatte immer tolle Geschenke für ihre Schwester dabei. In Hamburg gab es ja ganz andere Spielsachen zu kaufen als hier bei uns. Als Alvira ein Backfisch wurde – heute heißt das ja Teenager – wohnte Kea zwar nicht mehr in Hamburg, aber mit ihrem Ehemann kam sie ja rum. Da brachte sie dann immer ganz was Modernes zum Anziehen mit für Alvira. Ich meine, Alvira war die Erste hier, die eine Jeanshose besaß." Siefke lächelt. „Nietenhose hießen die damals noch. Und später, als Alvira verheiratet war, hat Kea immer viel Toleranz für sie aufgebracht, auch wenn Alvira sich manches Mal aufgeführt hat wie die Axt im Walde. Katharina und Ahlrich sind damals ja beide im selben Jahr gestorben. Da war Alvira erst kurz zum zweiten Mal verheiratet. Und bei beiden Beerdigungen musste sie einen großen Auftritt hinlegen. Sie kam mit so einer großen Limousine bis zum Tor vor der Kirche vorgefahren, sodass andere ankommende Trauergäste beiseitegehen mussten. Und dann ließ sie sich vom Chauffeur die Tür aufmachen. Bei der Beerdigung ihrer Mutter trug sie einen schwarzen Nerzmantel. Im Mai! Und einen riesigen Hut mit schwarzem Schleier. So ist hier doch kein Mensch rumgelaufen! Bei der Beerdigung des Vaters im Herbst sah sie dann aus wie eine russische Zarentochter, in ihrem langen, dunklen Pelzmantel mit passender Pelzkappe und einem Muff! So was! Die Leute haben natürlich mit dem Kopf geschüttelt und getuschelt, aber Kea hat ihre Schwester beide Male so, wie sie daherkam, zu sich auf die vorderste Kirchenbank geholt. Später habe ich mal zu Kea gesagt, sie sei wie Melanie zu Scarlett O'Hara. Da lief Weihnachten nämlich gerade ,Vom Winde verweht' im Fernsehen."

Fee weiß zwar nicht genau, wie es um die Beziehung von Melanie und Scarlett bestellt war, weil sie den fast vier Stunden langen Filmklassiker immer nur auszugsweise gesehen hat, aber Siefke spricht wohl irgendwie von zu viel Gutmütigkeit.

„Man müsse die Menschen erst mal so nehmen, wie sie sind, alles habe seinen Grund, seinen Ursprung, hat Kea gemeint. Ich habe sie da nicht immer verstehen können", schließt Siefke ihre Erzählungen über die Schwestern ab.

Dann schaut Siefke etwas versonnen auf die Keksschale, so als hinge sie den Erinnerungen, die sie eben hervorgeholt hat, noch etwas nach. Fee weiß nicht recht, was sie sagen soll, und nimmt deshalb erst mal einen Schluck aus ihrer Teetasse. Nach einer Weile fragt sie dann:

„Wie kam es eigentlich zu der tiefen Freundschaft zwischen dir und Kea, wenn sie schon gar nicht mehr hier gewohnt hat, als du noch ein Kind warst?"

Fee erschrickt über sich selbst, dass sie Siefke nun einfach mit *du* angeredet hat. Aber die zeigt sich ganz unbeeindruckt und setzt wieder zum Erzählen an:

„Als Schulkind habe ich ja nur gesehen, wie drüben bei de Buurs die junge Frau zu Besuch kam. Die sah so ganz anders aus als die jungen Frauen hier auf dem Dorf. Hier in Burhave liefen ja alle noch schlichter rum, was anderes wurde kaum geduldet. Aber Kea kam ja aus der großen Stadt und trug hoch toupierte Haare und kniekurze Röcke oder Steghosen mit schicken Blusen. Und sie war zurechtgemacht mit Lidstrich und Lippenstift. So was sah man sonst ja nur im Kino oder in Zeitschriften.

Richtig nähergekommen sind wir uns dann erst als Erwachsene. Als Kea und ihr Mann Frerich das Elternhaus zurückgekauft hatten und hier eingezogen sind. Da waren wir beide in einem Alter, wo der Unterschied an Jahren nichts mehr ausgemacht hat. Keas Mann war ja auch zwanzig Jahre älter als sie selbst. Der hat sich gut mit meinem Henry verstanden. Und so ist das zusammengewachsen. Na ja, und als wir beide dann alleine blieben, ohne unsere Männer, da haben wir uns noch mehr aufeinander verlassen. Ich vermisse sie sehr."

„Das denke ich mir", antwortet Fee mitfühlend.

Aber so viel Mitgefühl kann Siefke wohl doch nicht gut aushalten, denn auf einmal verkündet sie, dass sie nun ja mal rübermuss, um das Abendbrot herzurichten. Fee sieht ihre Möglichkeit, nach dem grünen Koffer zu fragen, entgleiten und schießt deshalb einfach drauflos:

„Weißt du, was es mit dem grünen Koffer auf sich hat?"

„Ach der", meint Siefke im Aufstehen. „Da hat Keas Vater seine Aufzeichnungen drin verwahrt. Das war damals schon ein altes Ding. Würde mich nicht wundern, wenn Kea den längst ersetzt hat oder die Aufzeichnungen ganz woanders hingetan hat. Sie selbst hat ja auch viel aufgeschrieben. Aber wo das geblieben ist, das kann ich dir nicht sagen. Sicher hat Kea das an einem sicheren Ort verwahrt."

„Und hinter den Aufzeichnungen ist Alvira her? Warum? Sie arbeitet doch gar nicht als Heilerin", wundert sich Fee.

„Nein, tut sie nicht. Aber genau darauf war sie eifersüchtig. Dass Kea das Interesse und die Fähigkeiten mit dem Vater teilte und dass er Kea als seine Nachfolgerin sah. Bei allem, was sie von ihren Eltern bekommen hatte, fühlte sie sich da zu kurz gekommen."

Siefke ist schon bei der Haustür, als sie sich noch einmal umdreht:

„Hast du morgen früh schon was vor? Da treffen sie die ‚Middeweekers' bei uns. Komm mal auch vorbei. Ab sieben Uhr gibt es Tee und Kaffee, und Heiko bringt Brötchen mit."

Ehe Fee noch fragen kann, was die „Middeweekers" denn sind, ist Siefke schon zur Tür hinausgeeilt. Na ja, Heiko kommt ja nachher, dann kann sie den ja fragen, was es damit auf sich hat und ob es sich lohnt, dafür schon so früh am Morgen aufzustehen.

❧

Onke Lübbens Magen knurrt laut vernehmlich. Ist ja wohl kein Wunder, denkt er zerknirscht. Nicht nur, dass er seine Kuchenplatte versäumt, wegen der er zu Mittag nur ein einziges Käsebrot mithatte, jetzt ist er mit dem Abendbrot auch schon längst über die Zeit. Nachdem die Profis aus Nordenham ihn bei der Spurensicherung in Thadens Haus abgelöst haben, darf er hier von Haus zu Haus laufen und die Nachbarn befragen. Seinen Assistenten hat er in die andere Richtung geschickt. Die Nachbarn im ersten Haus haben nichts gehört und nichts gesehen. Dafür hat er selbst was gerochen, nämlich die leckere Bratwurst, die hinterm Haus wohl auf dem Grill lag. Kein Wunder, dass sein Magen sich heftig meldet. Irmhild hat auch schon zwei Mal angerufen, wo er bleibt, weil ihr die Fischpfanne verbrutzeln würde.

Da klingelt das Handy auch schon erneut.

„Irmhild, es dauert noch. Dann stell mir doch einfach ein paar Schnittchen in den Kühlschrank."

„Onke?", erschallt eine ziemlich schrille Stimme aus dem Apparat. „Hier ist nicht deine Irmhild, sondern Elseliese Deichkötter!" Automatisch nimmt Lübben Haltung an. Das ist ihm nun sehr peinlich.

„Polizeihauptmeister Lübben", meldet er sich noch einmal akkurat, als könne er das Versehen damit auswischen.

„Onke, wo seid ihr denn? Ich stehe hier vor der Polizeistation und keiner ist da. Nur das Schild mit der Handynummer."

Und wenn das nicht Dienstvorschrift wäre, wenn die Polizeistation tagsüber nicht besetzt ist, dann würde er das gar nicht da hinhängen, denkt Lübben. Mit zwei Mann Besetzung im Revier kann man sich ja nicht um mehrere Sachen gleichzeitig kümmern. Wenn es etwas Ernstes gibt, können die Leute ja die 110 wählen.

„Onke, ich habe eine Anzeige zu machen. Vorhin, als Gerd von der Bootstour mit Jens Thaden nach Hause kam, hat er es gleich gesehen."

„Alles kaputt!", fällt eine männliche Stimme aus dem Hintergrund Elseliese ins Wort.

„Nun lass mich doch ausreden, Gerd, ich will Onke das doch gerade sagen."

„Als Allererstes heißt es Polizeihauptmeister Lübben, Frau Deichkötter, ich bin im Dienst!"

„Jaja, Onke", plappert Elseliese weiter. „Also, als Gerd vorhin nach Hause kommt, ist auf dem Grünstreifen vor unserem Haus alles kaputt gefahren" .

„Alles kaputt!", ruft Gerd noch mal wütend aus dem Hintergrund.

„Dabei hatte Gerd den Rasen da erst vor drei Wochen neu angesät, das war ja gerade mal grüner Flaum, der da aus dem Boden gekommen ist."

„Und nun ist alles kaputt", wirft Gerd wieder ein.

„Und dabei hatte Gerd das so schon abgegrenzt, mit kleinen Feldsteinen. Gerd sagt, da hätte ein normales Auto gar nicht drauffahren können", berichtet Elseliese weiter.

Lübben atmet tief ein und verdreht die Augen.

„Frau und Herr Deichkötter! Das klingt alles sehr bedauerlich. Aber für so etwas habe ich im Moment keine Zeit. Wir ermitteln hier in einer Einbruchsache, die in Verbindung zum Mord an Hayo Sygge stehen könnte. Also, äh, das Letzte habe ich jetzt nicht gesagt."

„Es wurde eingebrochen, wo denn?", fragt Elseliese mit aufgeregter Stimme zurück.

„Bei Jens ... ich meine, das geht Sie nichts an, Frau Deichkötter", gibt Lübben zurück. Der lange Arbeitstag und der Hunger lassen ihn schon richtig unkonzentriert werden, stellt er fest. Jetzt bloß nichts Falsches sagen.

„Bei Jens Thaden?", fragt Elseliese unbeeindruckt.

„Da ist doch gar nichts zu holen, der hat doch gar nichts mehr drin in seinem Haus", kommentiert Gerd aus dem Hintergrund.

„Aber bei uns wurde vandaliert. Das kostet richtig viel Geld, bis ich die tiefen Spurrillen da raus- und alles wieder in Ordnung gebracht habe. Ich muss erst mal umgraben, dann muss ich mir die Graswalze wieder mieten und alles neu ansäen", führt Gerd ins Feld.

„Frau und Herr Deichkötter, ich kann hier jetzt nicht weg!", betont Lübben noch einmal, wobei seine Stimme lauter geworden ist.

„Dann soll Wiebke eben kommen", meint Elseliese.

„Die ist auf ihrer Dienststelle in Nordenham. Wichtige Ermittlungsgespräche", erläutert Lübben knapp.

„Wiebke, die kennt sich mit Reifen doch auch gar nicht aus", erschallt wieder Gerd aus dem Hintergrund. „Die kann doch so einen MUD-Reifen nicht von einem anderen Reifen unterscheiden."

„Solche Äußerungen über Oberkommissarin Krömer habe ich mir zu verbieten! Sie sprechen von einer Amtsperson, Deichkötter!", rügt Lübben Elselieses Mann.

Während Lübbens Mund damit beschäftigt ist, dem Ehepaar Deichkötter einen angemessenen Umgang mit Staatsbediensteten zu vermitteln, arbeitet sein Gehirn allerdings an dem eben Gehörten: MUD-Reifen, so haben die Leute von der Technik doch auch die Reifenabdrücke beim Sygge-Hof genannt. „Wie sieht das Muster von den Reifen aus?", wechselt er deshalb abrupt das Thema.

„So ganz komisch, außen so große Rauten und innen alles so Fünfecke", meint Elseliese.

„Wir erstatten Anzeige gegen Unbekannt", schimpft Gerd noch mal aus dem Hintergrund.

„Ich komme sofort vorbei", sagt Lübben mit ernstem Tonfall. Die Beschreibung passt haargenau zu dem Reifenprofil, das beim Sygge-Hof gefunden wurde.

≈

Um kurz vor 20:00 Uhr dampft die Kanne mit frischem Tee auf Fees Küchentisch. Kluntje und Sahne hat sie auch schon hingestellt. Und ein paar Pizzakekse, die sie noch schnell gebacken hat. Da klingelt es auch schon an der Tür. Lasse und Heiko stehen davor. Im selben Moment fährt auch schon Wiebkes Cabrio in die Einfahrt.

Noch ehe Fee Tee einschenken kann, platzt es aus Heiko heraus: „Erzähl schon, Wiebke, was gibt es Neues? Wem gehört die Säge?"

Alle Augen richten sich gespannt auf die Kommissarin, die sich eigentlich gerne einen der lecker duftenden Kekse in den Mund geschoben hätte, weil sie noch nicht zu Abend gegessen hat.

„Also", hebt sie an, „die Säge gehört eigentlich dem Landwirt und Lohnunternehmer Fredo Bargstedt aus Esenshamm. Aber der hatte sie seinem Schwager Herwig Pistorius geliehen, dem Bauunternehmer aus Stollhamm."

„De Teinte?", fragt Lasse, „der ist hier ja nun nicht gerade beliebt", und Heiko nickt zustimmend.

„Wieso ‚de Teinte'?", fragt Fee. „Was bedeutet das?"

„Der Zehnte", antwortet Heiko. „Warum der sich so nennt, weiß ich auch nicht genau, irgendwie der zehnte in seinem Stammbaum oder so."

„Ist vielleicht gerade nicht von Bedeutung", meint Wiebke. „Pistorius behauptet jedenfalls, dass ihm die Säge vom Grundstück seiner abgelegenen Jagdhütte gestohlen worden sei. Von wem, wisse er nicht. Die Sygge-Brüder will er nicht kennen. Sein Mitarbeiter Adam … wie hieß der noch …?"

Wiebke wirft einen Blick auf ihr Smartphone. „Adam Bartkowiak hat die Angaben in Pistorius' Beisein bestätigt. Aber Lübben und ich sind uns einig, dass die beiden uns nicht die ganze Wahrheit erzählt haben. Vor allem bei der Frage nach den Sygge-Brüdern hat sich der Bartkowiak mehrmals an die Nase gefasst. Das könnte ein Zeichen dafür sein, dass er lügt. In jedem Fall drückt es Unbehagen aus. Deshalb wollen wir den Bartkowiak auch noch mal alleine befragen."

„Wer fährt denn auf Verdacht zu einer abgelegenen Jagdhütte, um da was zu klauen?", fragt Heiko. „Meistens ist in den Buden doch nicht viel drin, schon gar nicht was von Wert."

„Jemand könnte die Sägearbeiten gehört haben und dadurch auf die Idee gekommen sein, dass teures Gerät in der Hütte zurückbleibt. Außerdem ist in dem Fall das Wort Jagdhütte nicht ganz richtig. Cornelius hat sich da eher ein rustikales Haus aus Holzbohlen hingebaut. Das Fundament für eine Saunahütte liegt auch schon. Und an der Zufahrt ist so ein großes Holzding, wie auf einer amerikanischen Farm, mit der Aufschrift ‚Ponderosa'. Insgesamt sieht das richtig nach was aus, also durchaus so, als ob da was zu holen ist", schildert Wiebke.

„Na, so ganz viel weiter bringt das ja noch nicht", meint Heiko und beißt in einen Pizzakeks. „Oh, die sind lecker … gute Konsistenz", befindet er fachmännisch.

Nun kann auch Wiebke ihren Hunger nicht mehr zurückhalten und schiebt sich hintereinanderweg gleich zwei Kekse in den Mund.

„Saulecker, Fee", kommentiert Wiebke mit vollen Backen.

„Danke, iss, so viel du magst, ich habe noch ein zweites Blech voll."

Das lässt sich Wiebke nicht zweimal sagen und greift erneut zu. „Und wie geht es nun weiter?", fragt Lasse, der sich etwas mehr von den Neuigkeiten erhofft hatte. „Das ist ja noch nicht alles", bringt Wiebke kauend hervor. Sie schluckt hastig runter und berichtet weiter: „Bei Jens Thaden ist eingebrochen worden. Thaden war eben erst von einer zehntägigen Bootstour mit Gerd Deichkötter zurückgekommen und hat den Einbruch gleich bemerkt. Als Düring uns davon Meldung gemacht hatte, konnte man noch keinen Zusammenhang zu den Morden erahnen. Ich bin dann nach Nordenham und habe Cornelius von dem Besuch bei Pistorius berichtet. Da hat Lübben angerufen. Gestohlen wurde bei dem Einbruch sonst wohl nichts, außer …"

Wiebke zieht das *außer* in die Länge und macht eine spannungsladende Pause.

„… außer einem Glas mit Münzen aus aller Herren Ländern, die Thaden von seinen vielen Bootstouren übrig hatte. Als Lübben ihm die Fotos von den Münzen gezeigt hat, die man bei dem toten Hayo Sygge gefunden hat, hat er sie sofort wiedererkannt. Er konnte auch sagen, dass das noch nicht alle Münzen aus seinem Glas waren. Es ist also wahrscheinlich, dass beide Sygge-Brüder an dem Einbruch beteiligt waren und die Münzen unter sich aufgeteilt haben. Könnte natürlich auch anders gewesen sein, aber wir nehmen das jetzt mal so an", meint Wiebke.

„Aber damit wissen wir ja jetzt nur, dass die Sygge-Brüder seit Jens' Abreise bei ihm eingebrochen haben. Das bringt uns in dem Mordfall so ja noch nicht weiter", wirft Lasse ein.

„Nicht irgendwann!", entgegnet Wiebke. „Lübben und Düring haben natürlich sofort in der Nachbarschaft rumgefragt. Die Häuser stehen da am Deich ja ziemlich weit auseinander. Die direkten Nachbarn haben auch nichts bemerkt. Aber …"

Wiebke spricht das letzte Wort erneut ganz gedehnt aus und macht eine weitere künstlerische Pause. Die Spannung in den Gesichtern der anderen steigt erneut.

„… ein Übernachbar hat angegeben, am Freitagmittag noch auf Jens Thadens Grundstück gewesen zu sein, um die reifen Erdbeeren zu ernten. Das war mit Thaden so abgemacht, und da war noch nichts von einem Einbruch zu erkennen. Und ein Übernachbar auf der anderen Seite war Freitagabend in der Dämmerung auf dem Weg nach Hause, als ihm die beiden Sygge-Brüder zu Fuß entgegenkamen, und zwar in die Richtung, in die Jens Thadens Haus liegt. Nicht mal zurückgegrüßt hätten die. Und das ist auch noch nicht alles. Der Nachbar brauchte nämlich ein bisschen Zeit, um sein Einfahrtstor erst auf- und dann wieder zuzumachen, um sein Fahrrad durchzuschieben. Dabei hat er noch mal in die Richtung geschaut, in die die Sygge-Brüder hingelaufen waren, und gesehen, dass ein entgegenkommendes Auto hielt und jemand ausgestiegen ist. Was das für ein Auto war und wer da ausgestiegen ist, konnte er nicht erkennen, dafür war es schon zu dunkel. Er hat dem ja auch keine Bedeutung beigemessen. Er hat nur noch mitgekriegt, dass der Mann ziemlich laut mit den Sygge-Brüdern gesprochen hat. Der Nachbar konnte kaum etwas verstehen, nur so Wortfetzen wie: ‚Haltet euch mal ran‘, oder so.“

„Vielleicht war der Einbruch bei Jens Thaden und auch der in Keas Häuschen, also ich meine hier bei Fee, im Auftrag eines anderen?“, gibt Heiko zu bedenken.

„Ach du Scheiße“, entfährt es Fee, „vielleicht versucht es derjenige ja noch mal auf andere Weise. Fühlt sich nicht gerade gut an.“

„Wir passen schon auf dich auf“, beruhigt Lasse. „Hast ja mitgekriegt, was für wachsame Nachbarn wir sind.“

„Wir gründen jetzt erst mal eine Nachrichtengruppe“, beschließt Wiebke. Ich habe mir schon die neue ‚Schnack App‘ runtergeladen. Die haben zwei findige Teenager aus Nordenham konstruiert. Die hat sogar eine Art Alarmfunktion. Eigentlich für Senioren gedacht. Da kannst du uns mit einem Fingertipp informieren, wenn was ist, Fee.“

Fees bekümmertes Gesicht hellt sich merklich auf. Wie Heiko und Lasse lädt auch sie sich die Schnack-App herunter, und auf ihrem Display erscheint ein gelbes Icon mit einer roten und einer orangen Sprechblase darin. Wiebke erklärt die Funktionen, die eigentlich genauso sind wie bei WhatsApp. Aber das wichtigste für Fee ist die Alarmfunktion, die sich auch vom gesperrten Bildschirm aus betätigen lässt und mit ausgewählten Kontakten verbunden wird.

„Wie wollen wir unsere Gruppe nennen?", fragt Wiebke, nachdem alle ihre Nummern ausgetauscht haben.

„Auf jeden Fall was Unverfängliches", meint Heiko, dem sehr daran gelegen ist, dass bloß niemand auf die Idee kommen kann, dass er sich an unrechtmäßigen Ermittlungen beteiligt.

Alle überlegen.

„Freundeskreis", schlägt Lasse vor. „Ist das unverfänglich genug, Heiko?"

Heiko nickt. Und Fee kann sich ein kleines Lächeln nicht verkneifen, denn der Gruppenname sagt aus, dass sie hier nun Freunde hat.

Ohne Widerspruch tippen alle den Gruppennamen ein und fügen ihre Nummern hinzu. Fee schreibt eine Testnachricht, und bei den anderen dreien ertönt der Benachrichtigungston.

„Klappt", stellt Wiebke fest.

„Ich hatte heute Nachmittag übrigens Besuch von Keas Schwester", gibt Fee bekannt.

„Was? Von Alvira von und zu?", echauffiert sich Heiko. „Ich war doch letztes Jahr dabei, wie Kea ihr mehr als deutlich gesagt hat, dass es für sie hier nichts mehr gäbe und dass es das letzte Mal sei, dass sie das Haus betreten würde."

„Siefke hat mir erzählt, dass Kea eher nachsichtig mit ihrer Schwester war", erwidert Fee.

„Ja, das stimmt. Das hat hier ja keiner verstanden, so wie die sich aufgeführt hat, wenn sie mal aufgeschlagen ist. Aber beim letzten Besuch muss sie das Maß wohl überschritten haben. Ich weiß ja nicht, was Alvira gesagt oder getan hat, ich kam erst dazu, als Kea sie quasi rausgeworfen hat. Beim Rausgehen hat Alvira dann noch was von einem grünen Koffer gekreischt. Und Kea hat gesagt, dass es den längst nicht mehr gäbe und der Inhalt nur für jemanden bestimmt sei, der zum Heilen berufen ist", erzählt Heiko.

„Ebenden grünen Koffer hat sie auch von mir verlangt. Und dann kam Siefke dazu und hat sie rausgeschmissen."

Die anderen lassen sich von Fee noch mal in allen Einzelheiten berichten, was sich bei dem Besuch von Keas Schwester zugetragen hat.

„Ob die vielleicht mit dem Mord zu tun haben könnte?", fragt Fee dann besorgt in die Runde.

„Das glaube ich ja nun gar nicht. Dass die fähig wäre, jemanden zu beauftragen, in Keas Lüttje Huus einzubrechen, würde ich ihr wohl zutrauen. Aber wie die an die Sygge-Brüder kommen soll, kann ich mir nicht vorstellen", meint Heiko.

„Immerhin ist sie hier doch aufgewachsen", gibt Lasse zu bedenken.

„Ja, wohl", bestätigt Heiko. „Aber die ist doch schon als ganz junge Frau weggegangen. Da waren die Sygge-Brüder wahrscheinlich noch nicht mal geboren."

„Und wenn sie selbst in das Lüttje Huus eindringen wollte und dabei die Sygge-Brüder beim Einbruchsversuch überrascht hat und ...", überlegt Fee.

„Eine Dame, wie sie eine sein will, erschlägt einen Einbrecher?", entgegnet Heiko und schüttelt den Kopf.

„Vielleicht ihr Begleiter?", schiebt Fee nach.

„Ausschließen kann man natürlich nichts, wir ermitteln in alle Richtungen", erklärt Wiebke. „Aber das wäre ja eine eher unwahrscheinliche Zufallsbegegnung gewesen, so mitten in der Nacht."

„Habt ihr eigentlich schon Erkenntnisse über die Mordwaffe?", fragt Lasse nun an Wiebke gerichtet.

„Und zu dem Blut, das an der Klinke war?", ergänzt Fee.

„Oh, ja, das habe ich ja ganz vergessen", fällt Wiebke ein. „War ein langer Tag mit vielen Informationen", fügt sie etwas entschuldigend hinzu. „Ich habe das Ergebnis von der Blutanalyse noch gar nicht gelesen."

Sie öffnet auf ihrem Smartphone eine passwortgeschützte Datei und überfliegt einen Text. Dann schaut sie ganz verwundert in die Runde.

„Das Blut ist dem Toten nicht zuzuordnen. Nicht mal einem Mann. Weiblich, nicht älter als vierzig Jahre, steht da."

„Noch jemand anderes, der an Keas Nachlass will? Eine junge Frau? Na, damit wären wir von Keas Schwester ja wohl wieder weg. Die ist ja wohl an die siebzig, wenn ich das richtig weiß", kommentiert Lasse als Erster.

Alle schauen sich ratlos an.

„Ich kenne jedenfalls keine Frau in dem Alter, die auf Keas Sachen scharf sein könnte", meint Heiko.

„Moment, da ist gerade eine neue Nachricht aus dem Untersuchungsinstitut."

Wiebke tippt auf ihrem Smartphone rum und liest:

„Im Blut und in den Schleimhäuten des Opfers wurden Bestandteile von Aconitum gefunden – Eisenhut!"

„Ich dachte, der sei erschlagen worden?", erwidert Lasse.

„Ja, ist er auch. Aber es wurde ihm wohl auch Gift eingeflößt", antwortet Wiebke.

„Eisenhut haben ja viele in ihren Gärten", meint Heiko, „obwohl der so giftig ist."

„Die Pflanze kann ihm aber nicht direkt verabreicht worden sein, sonst hätte die Gerichtsmedizin entsprechende Fasern in Mund oder Magen gefunden. Sie muss zu einer Essenz verarbeitet worden sein."

„Also suchen wir nach einem Giftmischer", konstatiert Lasse.

„Oder nach jemandem, der sich das Zeug irgendwo besorgt hat", meint Wiebke.

„Und was ist nun mit der Waffe, mit der auf den Sygge eingeschlagen wurde?", will Fee wissen.

„Wir wissen noch nicht, um was für eine Mordwaffe es sich handelt. Das heißt, wir konnten den entstandenen Abdruck am Kopf des Opfers noch nicht identifizieren. Die Waffe hat so eine Anordnung von Punkten hinterlassen. Moment, ich zeige es euch mal. Die Zeichnung meine ich, nicht den unschönen Anblick von den Verletzungen."

Wiebke holt nun ihr Tablet aus der Tasche hervor, tippt ein paar Mal herum und gibt ein Passwort ein. Dann legt sie den Bildschirm mitten auf den Tisch. Die anderen drei recken ihre Hälse, um sich die Zeichnung des Gerichtsmediziners genau besehen zu können. Wiebke und Fee sehen gar nicht, wie Lasse anfängt zu grinsen.

„Heiko, du oder ich?", fragt er an seinen Freund gerichtet.

Heiko scheint einen Moment länger zu brauchen, bis auch ihm ein Licht aufgeht. Er schaut Lasse an, der ihm aufmunternd zunickt.

„Das ist ein Reetklopfer, ganz klar", sagt Heiko in einem Ton, als müsse das doch jeder wissen.

Aber Fee und Wiebke gucken verständnislos.

„Wiebke, du musst so was doch kennen. Du bist doch schließlich von hier", meint Heiko.

Aber Wiebke schüttelt den Kopf. Lasse erklärt es den beiden Frauen:

„Das ist ein Klopfbrett, mit dem man das Reet auf den Dächern in Form klopft. Beim Dacheindecken oder auch bei Reparaturen. Früher hatte jeder, der ein Reetdach hatte, einen Reetklopfer. Weil ja immer mal kleine Stellen nachzuklopfen waren, wenn die Vögel was rausgepult hatten oder so. Die hat man sich selbst gemacht. Da hat man so ein kleines, dickes Brett genommen und in gleichmäßigen Abständen Hufnägel reingehämmert. Hufnägel, weil da ja keine Köpfe überstehen. Normale Nägel würden wie Widerhaken wirken und mehr vom Reet rausreißen, als man reingeklopft hat. Man hat die Hufnägel so reingehämmert, dass die noch ein bisschen rausstehen. Das Nagelbrett hat man dann an einem stabilen Stiel befestigt. Wie so ein Stiel von einer Axt. Das ganze Ding hat dann schon ziemliches Gewicht. Heute gibt es ja modernere zu kaufen, die leichter sind. Ich habe drüben bei mir auch noch so ein altes Exemplar stehen. Und Kea hat auch einen Reetklopfer. Den habe ich kurz vor Ostern ja noch benutzt, als über der einen Gaube was lose war."

Im selben Moment, wie Lasse seine letzten Worte ausspricht, springt er auf und rennt zur Tür hinaus. Verdattert folgen die anderen ihm. Lasse öffnet den Schuppen hinter dem Carport, macht drinnen das Licht an und erklimmt die Leiter, die auf das halb offene, niedrige Dachgeschoss führt. Oben muss er sich ganz gebückt bewegen. Er räumt ein paar Gerätschaften von einer Seite zur anderen und ruft dann von oben herunter: „Keas Reetklopfer ist weg. Der liegt sonst immer hier ganz vorne."

Die anderen verfolgen Lasses Abstieg von der Leiter. „Da waren ja noch die Initialen von Keas Vater in den Stiel eingebrannt: A.B. für Ahlrich Butt."

Bei einer zweiten Kanne Tee und dem zweiten Backblech voll Pizzakeksen diskutieren die vier darüber, wer wohl von dem Reetklopfer gewusst haben könnte, ob das Gerät von dem Mörder nur wahllos gegriffen wurde, und ob es gar einen Symbolwert besäße, ebendieses Mordwerkzeug gewählt zu haben. Lasse weiß zu berichten, dass sich immer mal wieder jemand den Reetklopfer von Kea ausgeliehen hatte, weil gerade die jüngeren Leute, die sich ein Reetdachhaus gekauft oder eines geerbt haben, so etwas gar nicht mehr besäßen.

„Kannst du mir so einen Reetklopfer mal aufzeichnen?", fragt Wiebke an Lasse gewandt.

„Da weiß ich was Besseres", meint Lasse. „Ich hole mal eben meinen rüber, der sieht ganz genauso aus wie Keas. Der hängt bei mir an der hinteren Wand vom Schuppen, bei meiner Feuerstelle. Geht ganz schnell, bin gleich wieder da."

Tatsächlich kommt Lasse nach wenigen Minuten zurück. Allerdings ohne einen Reetklopfer in der Hand, sondern mit einem ziemlich verwirrten Gesichtsausdruck.

„Mein Reetklopfer ist weg", kommt es aus Lasse hervor.

„Oh, Shit!", kommentiert Heiko.

„Oh, Lasse", seufzt Wiebke.

MIDDEWEEKERS

In der ganzen Aufregung gestern Abend hat Fee glatt vergessen, Heiko zu fragen, was es mit diesen Middeweekers auf sich hat. Nun ist es auch egal. Viel geschlafen hat Fee nicht und ist auch schon in aller Frühe aufgewacht. Da kann sie gleich um 7:00 Uhr auch zu Siefke rübergehen. Siefke hat ja gesagt, dass es Kaffee und Brötchen geben wird. Dafür lohnt es sich allemal, denkt Fee und schlüpft in ihre rosa Sommerhose. Wiebke hatte gestern Abend gemeint, dass sie es an ihren Chef weiterleiten wird, dass es sich bei der Mordwaffe vermutlich um einen Reetklopfer handelt, und dass sie natürlich auch angeben muss, dass Lasses Reetklopfer ebenso fehlt wie Keas. Sicher würden die Kollegen Lasse dazu befragen. Sie selber könne leider nicht dabei sein, weil sie am Mittwoch freihat, wegen eines Termins in Cuxhaven. Als Fee gefragt hat, was Wiebke in Cuxhaven vorhat, hat Wiebke gar keine Antwort gegeben. Vielleicht noch ein Treffen mit dem Ex?, überlegt Fee. Oder ein anderer Termin wegen Wiebkes Wegzug von Cuxhaven? Wiebke hat gemeint, dass sie sicher bis abends weg sein würde. Da wird Fee leider wohl erst am Donnerstag erfahren, ob es weitere Ermittlungsergebnisse gibt.

※

In Siefkes Küche ist schon richtig viel los, als Fee eintrifft. Von den Anwesenden kennt sie nur Marie. Die blickt von ihrem Tablet auf und begrüßt Fee erfreut. Auf der langen Eckbank sitzen vier Frauen, alle wohl in den Sechzigern, und ein älterer Herr. Die fünf schauen Fee gespannt an.

„Ja, das ist sie", erklärt Siefke und stellt zwei Thermoskannen auf den eingedeckten Frühstückstisch. „Keas Erbin Fee. Sie hat Sonntag den toten Sygge-Jungen gefunden."

„Das war ja ein aufregender Einstand!", kommentiert eine der Frauen.

„Na ja", erwidert Fee, „die Nacht davor war auch nicht …"

„Nun setz dich mal hin …", fährt Siefke ihr ins Wort, „und nimm dir Kaffee oder einen Tee und lang zu."

Siefke ist ganz rot angelaufen und legt offensichtlich keinen Wert darauf, dass die nächtliche Begrüßung der Nachbarn noch einmal Erwähnung findet.

„Das sind Sabine, Hilke, Dörthe und Christa", stellt Siefke die Damen der Reihe nach vor. „Die wohnen alle in den umliegenden Straßen. „Und das ist Klausjürgen Poppinga, der war hier früher unser Postbote", macht sie Fee mit dem Herrn auf der anderen Seite des Tisches bekannt.

„Siefke und ich sind zusammen zur Schule gegangen – ein Jahrgang", ergänzt Klausjürgen.
Er reicht Fee die Hand und heißt sie herzlich in Burhave willkommen.
„Danke", sagt Fee, die gute Manieren sehr zu schätzen weiß, vor allem, seit sie in den Genuss der anderen nachbarschaftlichen Begrüßung gelangt ist.
Fee lässt sich auf den Stuhl zwischen Marie und Klausjürgen nieder und gießt sich einen Kaffee ein. Dann greift sie nach einem von Heikos leckeren Croissants. Die hat sie nämlich sofort wiedererkannt.
„Und was ist das jetzt hier für eine Versammlung?", fragt sie in die Runde.
Prompt schiebt Marie ihr das Tablet rüber. Auf dem Display sind rosa und grüne Balken, die beschriftet sind.
„Hier posten alle Betriebe aus Burhave und Fedderwardersiel, die heute eine Aushilfe benötigen", erläutert Marie. Ihr Zeigefinger deutet auf einen rosa Balken. „Wie du hier siehst, braucht das Hotel Deichvoigt zwei Reinigungskräfte für die Zimmer. Dörthe und Hilke, übernehmt ihr das wieder?", wendet sich Marie an zwei der Damen.
„Ja, klar", meint Hilke, „da kennen wir uns ja bestens aus."
„Wenn jemand den angezeigten Job übernehmen kann, trägt sie oder er sich ein, und dann wird der Balken grün", erklärt Marie.
„Aber die paar Leute hier können doch nicht die ganzen Anfragen bedienen", gibt Fee zu bedenken.
Auf dem Bildschirm sind mindestens noch zehn rosa Balken zu erkennen. Und da ploppt auch schon wieder ein neuer auf.
„Nee", lacht Marie, „hier treffen sich ja nur ein paar von uns Middeweekers. Die meisten gucken von zu Hause aus auf die Gesuche und melden sich dann an. Insgesamt sind wir über zwanzig Middeweekers. Und dann kommen ja noch die anderen Wochentage hinzu. Viele sind ja nicht nur mittwochs dabei, sondern auch in anderen Tagesgruppen, so wie man eben Zeit hat."
„Dass Middeweek auf Hochdeutsch Mittwoch heißt, ist Ihnen

doch sicher bekannt?", wendet sich Klausjürgen Poppinga höflich an Fee.

Das war Fee zwar noch nicht bekannt, da sie überhaupt kein Plattdeutsch versteht, und die einzelnen Wörter, mit denen ihre neuen Freunde gelegentlich herumwerfen, nur aus dem Kontext übersetzen kann, aber so langsam erschließt sich ihr das System der Aushilfstruppe.

„Tossens hat eine eigene Gruppe von ‚Inspringers', also Einspringer, die sich bis nach Eckwarderhörne ausdehnt", erläutert der Postbote a. D. weiter. „Und manchmal überschneidet sich das auch. In der Saison muss ja alles laufen. Für die Betriebe ist das ja überlebensnotwendig und für manchen Rentner oder eine Hausfrau ein schönes Zusatzeinkommen. Früher war das ja alles umständlicher mit dem Hin- und Hertelefonieren. Aber seit es das Internet gibt, lässt sich das ja ganz einfach koordinieren."

„Also, ich werde dann um zehn Uhr die Touristeninformation übernehmen. Sandra ist krank geworden", meldet sich Sabine zu Wort.

„Das ist Sabines Stammplatz", klärt Klausjürgen Fee leise auf. „Sie war bis zu ihrer Pensionierung genau da tätig."

Im selben Moment geht die Küchentür auf und ein durchdringend beißender Geruch von Haarspray zieht durch den Raum, der sogar den köstlich aromatischen Duft des Kaffees überdeckt, den Fee sich gerade nachschenkt.

„Ich bin wieder im Salon", gibt Elseliese mit ihrer hohen Stimme bekannt.

Ihre Haare sind frisch frisiert und wieder in erstaunliche Höhen drapiert. An der Breite mangelt es der Frisur aber auch nicht, wie Fee etwas belustigt feststellt. Über einem leuchtend pinken Kleid mit weit ausladendem Kragen trägt Elseliese eine weiße Kittelschürze. Auf der Brusttasche ist ein ebenso pinkfarbenes Emblem mit sich überkreuzender Schere und einem Kamm aufgestickt. Dazu trägt Elseliese wieder enorm hohe Plateausandalen, diesmal in Weiß.

„Du bist doch jeden Mittwoch im Salon, Annelinde", gibt Siefke zurück, die gerade damit fertig geworden ist, Marmelade und

Honig in kleine Schälchen zu füllen und die Teller mit Aufschnitt für ihre Pensionsgäste vorzubereiten. Sie legt noch Aufschnittgabeln und kleine Löffelchen mit auf das große Tablett. „Und manchmal ja auch noch freitags", schiebt Siefke nach, „da bräuchtest du ja vorher gar nicht hierherkommen."

„Ich habe eben meine Stammkundinnen", gibt Elseliese zurück, während sie sich auf einen Stuhl schiebt. „Ich arbeite eben noch nach alter Manier und zaubere den Damen ordentliches Volumen in die Haare."

„Du meinst wohl, du toupierst ihnen die Haare in den Himmel", kontert Siefke spitz, die ihr eigenes dichtes Haar wieder mit einer breiten Spange zurückgebunden hat.

„Die anderen Friseure schnippeln den reiferen Damen die Haare doch auf fünf Zentimeter ab und faseln was von ‚sportlich‘ und ‚pfiffig‘, wenn sie die mit ihren viel zu dünnen Plattfrisuren loslaufen lassen", echauffiert sich Elseliese, „so geht man doch nicht unter die Leute!"

„Erna braucht sofort Hilfe beim Frühstückmachen für ihre Pensionsgäste. Leonie hat eben abgesagt. Da muss ich sofort los", fährt Christa plötzlich dazwischen und steht direkt von der Bank auf.

„Diese jungen Dinger", schimpft Elseliese, „da ist doch kein Verlass drauf!"

„Leonie ist schwanger", entgegnet Marie ernst, „und leidet doch unter dieser schrecklichen Übelkeit. Da kann sie doch auch nichts dafür. Erna hält sehr große Stücke auf Leonie, *weil* sie so zuverlässig ist."

Einen Augenblick, nachdem Christa zur Tür hinaus ist, bewegt sich die Klinke erneut.

„Heiko wollte ja noch auf eine schnelle Tasse Tee wieder vorbeikommen", verkündet Siefke.

Aber statt Heikos karierter Bäckerhose kommt da ein ganz anderes Karo-Ensemble hereinspaziert.

„Einen erquicklichen Morgen wünsche ich allerseits", schallt es aus der Figur, die aussieht, als sei sie einer anderen Zeit entsprungen.

Mit großen Augen starrt Fee auf den Mann, der in einen antiquarischen Golfanzug gehüllt ist, zu dem er weiße Strümpfe und zweifarbige Schuhe trägt. Zur Begrüßung hat er sich die Schiebermütze vom rundlichen Kopf genommen, sodass eine streng nach hinten gekämmte Frisur zum Vorschein kommt.

„Moin Philk!", ertönt es unisono vom Küchentisch. Offensichtlich sind die anderen weniger erstaunt über das eigentümliche Erscheinungsbild des Mittfünfzigers.

„Ich werde mich heute mal beim Adventure Golf einbringen", erklärt der Herr. „Nun gut, es mag nicht ganz den altehrwürdigen Dresscodes entsprechen, aber auf die Schnelle ... oh, aber was sehe ich da? Ein neues Gesicht!"

Mit einer Verbeugung in Fees Richtung stellt er sich vor: „Philk von Haithabu, Gesandter anderer Zeiten und anderer Welten, Philosoph und Künstler. Insofern ist Philk eigentlich kein Name, sondern eine Daseinsform, ein Philosoph mit einem Hauch von Künstler. Umgekehrt wäre es ja ein Künph."

Fee kann den Sprechenden nur anstarren.

„Was?", entfährt es ihr schließlich.

„Zu meinen Künsten zähle ich auch das Kochen. Ich betreibe ein Restaurant: *Comme ça vient*, erklärt der Philk mit wichtiger Miene weiter.

„*Wie es kommt*?", fragt Fee nach, die eigentlich überhaupt nicht verstanden hat, was die ulkige Figur da vor sich hin redet.

„Er meint, er kocht nur dann, wenn ihm was einfällt", erläutert Dörthe über den Tisch hinweg.

„Und auch nur für dreißig Personen, keine mehr und keine weniger", fügt Hilke in leicht belustigtem Tonfall hinzu.

Die Anwesenden sind offensichtlich vertraut mit den Gepflogenheiten des Philk.

„Ich koche nur, wenn ich inspiriert bin", versucht dieser sein Tun aufzuwerten. Dabei legt er einen so klischeehaften, französischen Akzent auf, dass Fee grinsen muss.

„Man bittet mich, man drängt mich, aber was soll ich tun? Spargel ist dieser Tage längst in jedem einfachen Lokal zu bekommen. Da ist keine *Inspiration*" – er spricht das Wort wieder betont französisch aus – „mehr zu finden. Ich muss etwas finden, das mir neue *Inspiration* verleiht. Wie gesagt, man bittet mich, man be…"

„Er hat eine WhatsApp-Gruppe von Leuten, die sich für Gourmets halten", unterbricht Dörthe den Philk erneut. „Wenn ihn die Muse der Kochkunst küsst, informiert er die erlesenen Gaumen, und die ersten dreißig, die sich anmelden, erhalten einen Platz."

„Es sollen Petermännchen geangelt worden sein", schwärmt der Philk entrückt weiter. „Das wäre eine Inspiration, eine Herausforderung."

„Das ist allerdings eine Herausforderung", empört sich Elseliese. „Die Dinger sind giftig! Ein Fehler bei der Zubereitung und wir haben hier noch mehr Leichen!"

„Wir haben hier einige zugezogene Lebenskünstler", wendet sich Klausjürgen an Fee. „Aber das macht das Leben ja bunt", fügt er lächelnd hinzu.

„Verrückte trifft es wohl eher", mischt sich Elseliese ein und wettert: „Die einen wollen die Landwirtschaft neu erfinden und gründen irgendwelche Öko-Höfe, andere eröffnen wilde Geschäfte, die keiner haben will und die dann bald wieder zumachen müssen, und dann noch all diese selbst ernannten Heiler! Die Bekloppte mit den bunten Haaren ist auch schon wieder da. Ich habe sie schon gesehen, wie sie mir ihren Jüngerinnen Richtung Strand marschiert ist. Und dann veranstalten die da irgendwelche Meditationen oder wie das heißt. Ich weiß gar nicht, warum die alte Frau von Schley der ihre schöne Wohnung im Deichgrafen überlässt. Den ganzen Sommer hält sich die Madame dort auf. Frau von Schley war ja schon drei Sommer nicht mehr da. Hoffentlich hat die der nichts angetan."

„Nun hör aber auf, Elseliese", ermahnt Siefke ihre Nachbarin, „Frau von Schley muss ja Ende achtzig sein. Wahrscheinlich hat sie ihr die Wohnung vermietet, weil sie selber nicht mehr kommen kann. Oder sogar an sie verkauft. Marie, weißt du nicht, ob für die Ferienwohnung der Frau von Schley eine neue Eigentümerin eingetragen ist?"

Aber Marie scheint die Frage ihrer Mutter gar nicht zu hören. Während der ganzen Unterhaltung hat sie konzentriert auf ihrem Tablet herumgewischt und zwischendurch auch mal etwas getippt, und wird plötzlich ganz unruhig:

„Mist, jetzt ist auch noch unser Azubi krank! Dabei hat im Rathaus schon die Urlaubszeit begonnen, und ein paar andere Krankheitsfälle haben wir ja auch noch. Jetzt weiß ich nicht mal, ob er die Tische im Rathaussaal aufgestellt hat. Das wollte er eigentlich gestern Abend noch machen."

„Sag ich doch, die jungen Leute, kein Verlass", fühlt Elseliese sich bestätigt.

„Mikke ist sehr zuverlässig", entgegnet Marie. „Sonst hätte ich ihm die Aufgabe ja gar nicht übertragen. Er hat eine schwere Mandelentzündung und will gleich zum Arzt. Und er beteuert, wie leid es ihm tut. Oh nein, und jetzt kommt auch noch ein Aushilfsgesuch vom Caterer Stintemann herein, zwei Leute braucht er. Er soll doch die ganze Feier von Käthe Grünfeld ausstaffieren. Ich muss da mal sofort anrufen."

„Wenn's kommt, dann alles auf einmal", kommentiert Elseliese die Situation sinnloserweise, als Marie mit ihrem Telefon ins Nebenzimmer verschwindet. „Ich bin ja auch auf Käthes Feier eingeladen. Ich mache ihr ja schon seit über dreißig Jahren die Haare. Sie ist ja auch gleich als Erste dran im Salon", gibt Elseliese bekannt.

„Wo Heiko wohl bleibt?", wirft Siefke ein.

„Wahrscheinlich wieder irgendwo aufgehalten worden", meint Klausjürgen beschwichtigend. „Für Juni ist ja doch schon ungewöhnlich viel los, da hat so manches Hotel sicher mehr Gäste als erwartet. Und die wollen morgens alle frische Brötchen haben."

Nach ein paar Minuten kommt Marie aus dem Nebenzimmer zurück und macht einen völlig konfusen Eindruck.

„Stintemanns Mitarbeiterin war mit ihrer Schulter ja schon außer Gefecht gesetzt, und nun liegt Stintemanns Frau mit schwerer Migräne nieder. Und die neue Aushilfe ist einfach nicht gekommen und telefonisch nicht erreichbar."

„Die jungen Dinger, kein Verlass", triumphiert Elseliese.

„Frau Kranich ist an die sechzig!", entgegnet Marie. „Allerdings schaut sie manchmal zu tief ins Glas, meint Stintemann", schiebt Marie dann etwas kleinlaut nach. „Für den Notfall hat er ja noch das Ehepaar Mürre, die bis zur Rente bei ihm gearbeitet haben und immer noch mal einspringen, aber die sind gerade auf einer Busreise in die Lüneburger Heide."

Die anderen schauen Marie ratlos und bedauernd an.

„Was machst du eigentlich beruflich?", wendet sich Marie dann plötzlich an Fee.

Eigentlich hat außer Wiebke noch gar keiner danach gefragt, was Fee beruflich macht, wie ihr in diesem Moment auffällt. Nicht einmal Heiko oder Lasse. Für alle ist sie nur die Erbin von Keas Haus und die, die die Leiche entdeckt hat. Gerade als Fee antworten will, fährt Marie fahrig fort:

„Das heißt, ist auch egal, du musst mitkommen. Mit anfassen wirst du ja auf jeden Fall können. Und Klausjürgen, du bitte auch. Du kennst die Gäste doch fast alle. Irgendwie müssen wir die Geburtstagsfeier von Käthe Grünfeld ja ordentlich ausrichten."

Bei dem Stichwort schaltet in Fees Gehirn etwas auf Profimodus. Wortlos holt sie ihr Smartphone hervor, öffnet die Notizen-App und fragt Marie dann kurz und knapp ab:

„Was? Wo? Wie viele? Welche Uhrzeit?"

Marie schaut sie völlig verdattert an. Angesichts Fees ernsthaften, erwartungsvollen Blicks gibt sie dann aber gehorsam Antwort:

„Käthe Grünfelds achtzigster Geburtstag, im Rathaussaal, achtzig Personen, Empfang ab elf Uhr."

Die restliche Gesellschaft blickt staunend von einer zur anderen. Selbst dem Philk, der seinen Finger vornehm von der Teetasse abgespreizt hält, entgleiten kurz die aristokratischen Gesichtszüge.

„Welche Mahlzeiten in welcher Form?", fragt Fee weiter. „Mittagessen um zwölf Uhr als Buffet, ab fünfzehn Uhr Kaffeetafel an den Tischen", liest Marie ab. „Programm?"

Marie tippt kurz auf ihrem Tablet herum und zählt dann auf: „Vor dem Essen Begrüßung durch den Sohn der Jubilarin, nach dem Essen Rede des Bürgermeisters, dann Fotovorführung vom PC auf die Leinwand von den Enkelkindern, dann der Frauenchor mit drei Liedern, und dann die Kaffeetafel."

„Da müssen wir auf jeden Fall alles rechtzeitig aufbauen, Mikro, Projektor und so", meint Fee. „Wer liefert was?"

„Also, der Caterer Stintemann meint, dass er das Mittagessen pünktlich hinbekommt. Das Geschirr bringt er ja auch mit. Tischdecken und Getränke und so hat er gestern Abend schon hingebracht. Er sagt, da standen die Tische aber noch nicht richtig. Den Kuchen bringt der Bäcker ..."

„Okay", unterbricht Fee, „dann müssen wir uns jetzt aber mal ranhalten."

Die Tischrunde schaut Fee völlig baff an. Nur Klausjürgen lächelt.

„Die kann was."

❧

Onke Lübben legt den Telefonhörer auf und gähnt erst einmal ausführlich. Düring kann ihn ja nicht sehen, der tippt im Nebenzimmer die ganzen Notizen der gestrigen Ermittlungen ins Reine. Zum Glück hat der Alsterbeck gleich zugesagt, als er ihn für neun Uhr aufs Revier bestellt hat. Anordnung von Cornelius, der selbst vorbeikommen will. Da hat Lübben noch ein wenig Zeit, sich über sein zweites Frühstück herzumachen. Düring hat ihm schon einen Tee hingestellt. Etwas verächtlich ruckelt Lübben an dem Beutel. Bei ihm zu Hause gäbe es so was natürlich nicht. Da wird nur ordentlicher friesischer Tee aus der Kanne serviert!

Dann öffnet Lübben die extragroße Tupperdose, die Irmhild ihm mitgegeben hat für den Fall, dass er wieder den ganzen Tag nicht zu den Mahlzeiten erscheinen kann, so wie gestern. Da ist es so spät geworden, dass er auf seinem heruntergelassenen Fernsehsessel eingeschlafen ist. Noch in Uniform, und nicht mal drei von Irmhilds Wurstschnittchen hat er geschafft. Die vierte lag heute Morgen auf seiner Brust, Gürkchen und Eierscheibe waren in das aufgeknöpfte Hemd gerutscht.

„Die lassen dich viel zu viel arbeiten", hat Irmhild geschimpft, als sie ihn frühmorgens in dieser derangierten Lage gefunden hat.

Das findet Lübben zwar auch, aber als legitimer Nachfolger des einstigen Butjadinger Häuptlings, dessen vornehme Aufgabe es auch war, seine Untertanen zu schützen, muss Lübben natürlich mit an vorderster Front stehen, um den oder die heimtückischen Mörder dingfest zu machen. Das hat Irmhild dann auch eingesehen.

Eine Dreiviertelstunde später hat Onke genüsslich drei von den Schwarzbrotstullen verputzt, auf die Irmhild ihm die Preiselbeerleberwurst von der örtlichen Fleischerei Gutmann extradick geschmiert hat, und hat im Anschluss noch ausführlich in der Kreiszeitung Wesermarsch gelesen. Heute steht der Zeugenaufruf zu dem Mordfall drin. Um die eingehenden Anrufe wird Düring sich kümmern müssen, solange er selbst mit Cornelius den Zeugen Alsterbeck befragt.

Da fährt der Dienstwagen aus Nordenham auch schon vor. Cornelius wird von seinem Assistenten Harmsen begleitet.

„Lassen sie mich die Fragen stellen", weist Cornelius Lübben an, nachdem Düring den pünktlich erschienenen Lasse Alsterbeck in das Verhörzimmer der Polizeistation Burhave geführt hat.

❦

„Sie wollen also gestern Abend erst bemerkt haben, dass der Reetklopfer der verstobenen Frau de Buur und ihr eigener Reetklopfer verschwunden sind?", poltert Cornelius mit auffällig zynischem Tonfall los, sodass sich Lübben und Harmsen etwas irritiert ansehen. Cornelius ist sichtlich bemüht, durch die zu großen Vorderzähne deutlich zu sprechen.

„Ja, das habe ich", gibt Lasse gelassen zurück.

„Und wer soll die genommen haben?", fragt Cornelius spitz weiter.

„Das weiß ich nicht", sagt Lasse ruhig. „Der Reetklopfer von Frau de Buur könnte verliehen sein, das hat sie zu Lebzeiten öfter gemacht. Das habe ich Frau Krömer gestern Abend ja schon gesagt. Meinen eigenen habe ich letzte Woche Donnerstagabend noch gesehen, als ich mir hinterm Schuppen die Feuertonne angemacht habe. Die Bank steht ja direkt vor der Wand, an der mein Reetklopfer gewöhnlich hängt."

„Herr Alsterbeck, Sie fahren den Wagen der verstorbenen Kea de Buur. Wie kommen Sie zu dem? Hat sie Ihnen den Wagen vererbt?", wechselt Cornelius das Thema.

Wieder werfen sich Lübben und Harmsen fragende Blicke zu.

„Nein, sie hat ihn mir quasi geschenkt", antwortet Lasse.

„Soso, geschenkt!", wiederholt Cornelius sarkastisch. „Wie kam sie da denn zu?"

„Letzten Herbst hat sie gemeint, dass sie selber kein Auto mehr fahren will. Immerhin sei sie achtundachtzig Jahre alt, und die paar weiter entfernten Touren könne sie auch mit dem Taxi machen, oder ein Nachbar würde sie fahren. Mein Wagen hatte gerade den Geist aufgegeben und eine Reparatur lohnte nicht mehr. Und da hat sie mir ihren angeboten", gibt Lasse Auskunft.

„Soso", meint Cornelius. „Da ist aber ja sogar noch das Nummernschild von Frau de Buur dran, wie ich vorhin gesehen habe. BRA-KB irgendwas, KB wohl für Kea de Buur." Etwas Triumphierendes liegt in Cornelius Stimme.

„Ja, sicher", bestätigt Lasse. „Ich habe das Kennzeichen behalten. Ein neues kostet doch nur unnötig Geld. Ich habe den Wagen einfach so umgemeldet." Lasse fummelt in einer seiner vielen

Hosentaschen, holt ein kleines Plastikmäppchen hervor und legt einen Fahrzeugschein auf den Tisch.

Harmsen besieht sich das Papier kurz und nickt Cornelius dann zu.

„Trotzdem", setzt Cornelius erneut an. „Wie kommt jemand dazu, sein Auto zu verschenken, das sind doch enorme Werte!"

„Werte?", fragt Lasse etwas verdutzt. Er zeigt auf den Fahrzeugschein. „Wenn Sie noch mal schauen wollen, der Wagen ist fast fünfzehn Jahre alt."

Harmsen wirft erneut einen kurzen Blick auf das Dokument.

„Erstzulassung 01.08.2008."

Nun schaut Cornelius irritiert. Aber keinesfalls will er sich vor seinen Untergebenen eine Niederlage eingestehen. Er fängt sich und setzt in ironischem Tonfall nach:

„Sicher gibt es auch eine Schenkungsurkunde, nicht wahr?"

„Ja, die gibt es. Oder vielmehr einen Kaufvertrag über einen Euro. Den kann ich Ihnen zeigen, den habe ich zu Hause abgeheftet. Und Keas Exemplar wird sich sicher auch irgendwo in ihren Ordnern finden."

Während Lasse sich von dem provokativen Tonfall des Kommissars nicht beeindrucken lässt, läuft dieser knallrot an. Jetzt hilft nur noch volle Konfrontation.

„Herr Alsterbeck, wir wissen, dass sie in engen Kontakt zu der verstorbenen Kea de Buur standen. Sie haben sogar ihr Fahrzeug geerbt. Aber das war ihnen wohl nicht genug. Ausgerechnet in der Nacht, als die rechtmäßige Erbin angereist ist, wird jemand auf dem Grundstück erschlagen. Und zwar mit einem Reetklopfer, wie Sie einen besitzen! Das kann ja wohl kein Zufall sein! Ist es nicht so gewesen, dass Sie den Getöteten fälschlich für den neuen Erben gehalten haben, den es sofort auszuschalten galt?"

Lasse schaut den Kommissar fassungslos an und wendet seinen Blick dann zu den beiden anderen Polizisten, die ebenfalls so verblüfft gucken, als hörten sie das erste Mal von dieser Mordtheorie.

„Woher haben Sie das Gift? Selbst hergestellt? Mit Eisenhut aus dem eigenen Garten? Oder gar aus dem Garten der Erblasserin?" Cornelius schießt seine Fragen wie spitze Pfeile ab.

Lasse braucht einen kurzen Moment, um sich wieder so weit zu fassen, dass er antworten kann:

„Ich habe doch keine Ahnung von Giftmischerei", bringt er hervor.

„Wieso Giftmischerei?" Cornelius' Tonfall wird lauernd. „Davon habe ich doch kein Wort gesagt? Man kann die Pflanzenteile von frischem Eisenhut doch auch so verabreichen, damit sie eine Wirkung erzielen."

Jetzt läuft Lasse hochrot an. Wie soll er sagen, dass Wiebke ihm und den anderen beiden von dem Gift erzählt hat, ohne Wiebke in Schwierigkeiten zu bringen?

„Ich habe zufällig ein dienstliches Telefonat von Frau Krömer mit angehört, in dem sie von dem Gift auf Basis von Eisenhut sprach. Da kann Wiebke gar nichts für, die hat nicht gesehen, dass ich in der Nähe stand", kleidet er dann die Wahrheit in ein verträgliches Gewand.

„Das mag glauben, wer will", kontert Cornelius. „Täter haben immer eine Ausrede, woher ihr Täterwissen stammt."

Lasse macht sich auf seinem Stuhl gerade und sammelt sich.

„Wenn Sie mich also in Verdacht haben, den Sygge getötet zu haben, weil ich gedacht haben soll, dass es sich um die erbende Person handelt, die ich aus dem Weg haben wollte, um selber von dem Erbe zu profitieren, wie hätte ich dann weiter vorgehen sollen, wenn der Erbe tatsächlich tot wäre?", versucht er Cornelius aus der Reserve zu locken. Angriff ist manchmal die beste Verteidigung. „Ein toter Erbe hat normalerweise irgendwelche gesetzlichen Erben, die dann statt seiner das Erbe zugesprochen bekämen", argumentiert Lasse weiter.

Aus den Augenwinkeln beobachtet er, wie Harmsen zustimmend nickt. Cornelius scheint ins Wanken zu geraten.

„Ein bisschen Testamentsfälschung, einen vergessenen Zusatz herbeigezaubert, das hat es schon alles gegeben", antwortet er wenig überzeugend.

„Und warum, um alles in der Welt?", erhebt Lasse nun seine Stimme. „Wenn Sie wissen, dass ich ein enges Verhältnis zu Kea de Buur hatte, dann wissen Sie vielleicht auch, was sie mir bedeutet hat. Ich habe sie geliebt. Jawohl! Sie war meine Freundin, meine Beraterin, wie eine Mutter! Eine bessere Mutter als meine echte!"

„Aus Geldnot", antwortet Cornelius lakonisch. „Sie haben doch eben davon gesprochen, dass ein neues Kennzeichen nur unnötig Geld kostet. Und dass Sie ihren alten Wagen nicht reparieren lassen konnten. Und jetzt fahren Sie wieder ein uraltes Auto …"

Lasses Gesichtszüge, die eben noch Aufregung und Wut gespiegelt haben, fallen vor Fassungslosigkeit augenblicklich wieder in sich zusammen. Einen Moment lang herrscht absolutes Schweigen an dem schlichten Tisch im Verhörzimmer. Dann holt Lasse wortlos sein Smartphone hervor, wischt und tippt ein paarmal darauf herum und hält dem Kommissar dann das Display vors Gesicht.

„Halten Sie das für Geldnot?"

❧

Fee hat nur eben schnell ihren Arbeitskoffer geholt, der noch immer unten im Flur stand, und ist dann den Autos von Marie und Klausjürgen hinterhergefahren. Jetzt betreten alle den Rathaussaal. Direkt am Eingang stehen zwei große Rollwagen, auf denen weiße Tischdecken, Geschirr und Gläser, Servietten, Getränke und sogar frische Erdbeeren gestapelt sind. Obenauf liegt ein Klemmbrett mit ordentlichen Notizen, wie die Feier gestaltet werden soll. Fee erkennt sofort, dass Caterer Stintemann ein echter Profi ist, der an alles gedacht hat.

Die Tische stehen zusammengeklappt an den Wänden und die Stühle hochgestapelt daneben.

„Hier hat vorgestern noch eine Tanzgruppe geübt. Mikke hat es wohl nicht mehr geschafft, alles aufzubauen", erklärt Marie.

„Dann jetzt los", bestimmt Fee. „Marie, gibt es hier im Haus nicht noch ein, zwei Personen, die eine Stunde mit anfassen können? Um zehn Uhr muss alles fertig sein. Erfahrungsgemäß treffen die ersten Gäste immer sehr zeitig ein."

Während Marie überlegt, kommt ein junger Mann hinzu. Hausmeister Gerry Hahn bietet sofort seine Hilfe an.

„Clara! Unsere Schulpraktikantin, die habe ich ja ganz vergessen. Die wartet ja schon in meinem Dienstzimmer und muss sinnvoll beschäftigt werden", fällt es Marie plötzlich ein.

„Dann lernt sie jetzt, wie man eine Veranstaltung organisiert", ruft Fee hinter Marie her, die schon auf dem Weg zu der jungen Praktikantin ist.

Als Klausjürgen und Gerry nach Fees Anweisungen schon die erste Tischreihe aufgebaut haben, kommt Marie mit der Jugendlichen zurück. Clara wirkt etwas schüchtern, aber sehr interessiert an dem Projekt. Fee lässt Clara nach genauen Instruktionen die Tischdecken auflegen.

„Marie, kannst du schon mal eindecken? Es muss aber alles ganz akkurat sein", erklärt Fee.

„Eindecken habe ich schon als kleines Mädchen gelernt", lacht Marie, deren Stimmung sich angesichts Fees planerischem Vorgehen schon erheblich gebessert hat. „Da war Muddi auch immer sehr penibel."

Es ist erst kurz nach halb zehn, als der Aufbau für die Feier fertig ist und alle strahlend auf ihr Werk schauen: Am Kopfende des Saals ist ein Tisch für die Jubilarin und ihre Kinder und Enkel aufgebaut, mitten im Saal vier lange Tischreihen für die Gäste. Marie und Clara haben alles hübsch eindeckt, und auch Kerzen und die Blumengestecke, die das Blumenhaus gebracht hat, auf den Tischen verteilt. Hausmeister Gerry hat sich um die Technik vor der Bühne gekümmert und Klausjürgen noch die Stehtische an genau die Stellen gestellt, die Fee vorgegeben hat. Direkt hinter dem Platz für das Geburtstagskind steht ein Tisch für die Geschenke, und Fee hat Gerry ein paar Vasen mit Wasser befüllen lassen und griffbereit daruntergestellt.

An die lange Wand neben dem Eingang hat Fee einen Tisch für das Buffet aufbauen lassen, und zwar so, dass man von beiden Seiten an die Warmhaltebehälter herankommt. „Sonst dauert es viel zu lange, bis alle achtzig Gäste durch sind", hat Fee erklärt.

Die Getränke sind in der angrenzenden Teeküche kalt gestellt, die Erdbeeren gewaschen und die Sektgläser auf runden Tabletts arrangiert. Ganz zum Schluss hat Fee noch ein paar Kosmetikprodukte und Kämme in die Vorräume der Toiletten gelegt. So was hat sie natürlich immer in ihrem Arbeitskoffer dabei.

„Das sind die feinen Schliffe, die im Gedächtnis bleiben", zitiert Fee die einstigen Worte ihrer Lehrmeisterin.

Fehlt nur noch das Gästebuch. Marie schaut ratlos auf die Notizen.

„Davon steht nichts drauf", meint sie.

„Keine Feier ohne Gästebuch", erklärt Fee. „Das gehört doch zu den wertvollsten Erinnerungen an den Tag."

„Clara", wendet sich Marie an die Praktikantin, „lauf doch mal eben rüber zu Blohm und frage nach einem Gästebuch. Wenn die keines haben, bringe einfach ein schönes anderes Buch mit."

༄

Wütend wendet Lasse seinen Aufsitzmäher. Die Mittagssonne brettert ihm in den Nacken. Er könnte jetzt gemütlich in einem schattigen Plätzchen am Hafen Fedderwardersiel sitzen und sich ein Fischbrötchen und eine eiskalte Limo schmecken lassen! Wenn ihn dieses irrsinnige Verhör nicht über eine Stunde gekostet hätte, die er jetzt unbedingt aufholen muss, um pünktlich zu seinem nächsten Auftraggeber zu kommen. Als Lübben heute Morgen bei ihm angerufen hat, war er davon ausgegangen, dass er nur formell bestätigen soll, dass die beiden Reetklopfer fehlen. Dass dieser blödsinnige Kommissar ihn als Verdächtigen verhört, wäre ihm ja nie in den Sinn gekommen! Den anderen beiden Polizisten wohl auch nicht, so wie die geguckt haben. Der spinnt doch, dieser Cornelius! Dann hat der seinen Assistenten

Harmsen auch noch durch Lasses Kontoauszüge scrollen lassen, um nach „verdächtigen Zahlungseingängen" zu schauen. Aber Harmsen konnte natürlich nur Zahlungseingänge finden, in deren Buchungstext eine Rechnungsnummer stand. Dass jemand sechzig Stunden die Woche arbeitet und nicht viel Geld verbraucht, konnte sich der Herr Kommissar bis dahin wohl nicht vorstellen.

Seine Arbeitsgeräte hat Lasse sich alle gebraucht gekauft, den Aufsitzmäher in einer Versteigerung erstanden und nie mehr als eintausend Euro für ein Auto ausgegeben. Schließlich spart er darauf, seiner Vermieterin das Bauernhaus abkaufen zu können, in dem er wohnt. Zehn Jahre Vorkaufsrecht hat sie ihm eingeräumt, und wenn alles so gut weiterläuft, hat er den Kaufpreis in zwei Jahren beisammen.

Als Kommissar Cornelius letztendlich erkennen musste, dass seine Verdächtigungen ins Leere laufen, ist er einfach wortlos aus dem Zimmer gegangen und hat dem Dorfpolizisten Lübben dann nur noch „Entlassen" zugemurmelt. Wenigstens entschuldigen hätte der sich können für seine irrwitzigen Anschuldigungen!

Lübben hat Lasse dann noch wichtig „Halten Sie sich zu unserer Verfügung" hinterhergeworfen, sodass Lasse ihm fast einen Stinkefinger gezeigt hätte, wenn ihm nicht rechtzeitig eingefallen wäre, dass eine solche Beamtenbeleidigung einen richtig teuer zu stehen kommen kann.

Zerknirscht schaut Lasse auf sein Smartphone. Natürlich hat er seinen Ermittlerfreunden gleich von den Ereignissen im Polizeirevier berichtet. Aber es hat gar keiner geantwortet. Schöne Freunde, wenn man sie braucht! Jetzt hat Heiko geschrieben, dass er leider erst am späten Abend zu Hause sein wird. Die vielen Auslieferungen würden sicher bis zum Nachmittag dauern, und dann müsste er unbedingt zu seinem Lieferanten nach Bremerhaven. Und von dort aus gleich zum Vorstandtreffen der Klootschießer – da könne er nicht wegbleiben.

Fee hat sich nur im Telegrammstil gemeldet:

„Muss bei Veranstaltung aushelfen, weiß nicht wie lange, gerade keine Zeit."

Was hat das denn zu bedeuten?

Von Wiebke fehlt jedes Lebenszeichen. Die wollte heute ja nach Cuxhaven, hat sich darüber aber sehr bedeckt gehalten. Also gut, denkt sich Lasse, dann werde ich mich heute Abend eben ans „Achterdeck" setzen. Leute kennt er ja genug. Irgendjemand Bekanntes wird ihm schon Gesellschaft leisten. Hauptsache, ein kühles Bier!

Über eine Stunde lang hat Cornelius sich in Wiebkes Burhaver Büro verschanzt, ehe er nach dem missglückten Versuch, Lasse Alsterbeck eine Verstrickung in die Mordsache nachzuweisen, wieder herausgekommen ist. Dann hat er sich von Lübben und Harmsen noch einmal akribisch sämtliche Ermittlungsergebnisse herunterbeten lassen.

„Lübben, wir fahren noch einmal zu dem Knochenbrecher Huntorp!", verkündet er dann. „Der soll uns mal erzählen, was er beim Haus der Kea de Buur gewollt hat."

Cornelius fletscht die Zähne.

„Der hängt bestimmt mit drin", versucht er seine jüngste Fehlannahme zu übertünchen.

Als die ersten Gäste auf der Geburtstagsfeier eintreffen, steht das Empfangskomitee geschniegelt bereit. Fee hat sich ihren hellblauen, knitterfreien Hosenanzug, den sie für alle Fälle immer im Arbeitskoffer hat, angezogen. Marie hatte auch einen Allzweck-Blazer im Schrank ihres Büros. Klausjürgen hat noch eben ein Jackett aus seinem Kofferraum geholt, und Clara ist mit ihrer weißen Flügelärmelbluse ohnehin ganz passend gekleidet. Elseliese Deichkötter ist eine der Ersten, die den schön hergerichteten Saal bewundern. Ihre Haare trägt sie gefühlt noch zwei

Zentimeter höher als heute Morgen. Seitlich hat sie sich eine große Seidenblume ins Haar gesteckt, die nur fast den gleichen Ton hat wie ihr violettes Chiffon-Kleid mit den großen gelborangen Blumen darauf. Das Kleid ist über und über mit Rüschen und Volants benäht, und zu allem Überfluss ist auch noch ein flattriger Schal dabei, den Elseliese über den V-förmigen Rückenausschnitt baumeln lässt. Handtasche und Riemchenplateaus hat sie in Glitzergold gewählt. Hinter ihren großen Brillengläsern sind die Augen bis unter die Brauen lila schattiert. Fee kann sich nur schwer ein Grinsen verkneifen und fragt sich, welches Styling Elseliese wohl der Frau Grünfeld verpasst hat. Überrascht stellt sie wenige Minuten später jedoch fest, dass Elseliese der Jubilarin gar keine in die Senkrechte toupierte Wasserwelle auf den Kopf gesetzt hat. Käthe Grünfeld trägt einen flotten Bob mit Fransen, in den Elseliese ansehnliches Volumen frisiert hat.

Marie und Clara reichen den Erdbeersekt so professionell an, als hätten sie das schon hundert Mal gemacht, während Klausjürgen in der Teeküche weitere Flaschen öffnet.

„Als wären wir ein lange eingespieltes Team", stellt Fee erfreut fest und widmet sich entspannt der Begrüßung weiterer Gäste.

❧

Als Lübben eine halbe Stunde später erneut den Mercedes auf den Hof des Eckwarder Heilers lenkt, steht am Ende der Alleezufahrt ein großer SUV. Der hat so blöde geparkt, dass Lübben kaum daran vorbeikommt. Ganz langsam muss er sich an dem Ungetüm vorbeimanövrieren, um seinen Wagen dahinter parken zu können.

Als die beiden Polizisten die Tür zu der Verkaufshalle öffnen, bimmelt eine laute Ladenglocke. Huntorp ist ein Hüne von Mensch, an die zwei Meter groß mit breiten Schultern und einem Stiernacken. Lübben muss zu ihm aufschauen, als er fragt:

„Herr Huntorp?

„Ja", antwortet der Riese überraschend freundlich.

„Können wir Sie einen Moment sprechen?"

„Ja, natürlich", antwortet Huntorp. „Meine Frau hat mir gesagt, dass Sie schon einmal da waren. Ich bin erst vor einer Stunde zurückgekommen, sonst hätte ich mich bei Ihnen gemeldet. Am besten, wir gehen eben vor die Tür."

Erst als Huntorp sich zum Ausgang hinbewegt, werden Lübben und Cornelius gewahr, dass sich noch jemand in der Halle befindet.

„Herr Pistorius, was machen Sie denn hier?", fragt Cornelius überrascht.

„Einen alten Freund besuchen", antwortet der Bauunternehmer gewohnt gelassen.

Tatsächlich sind die beiden Männer ungefähr im gleichen Alter und könnten sich schon lange kennen. So groß ist Butjadingen ja nicht, resümiert Cornelius und folgt dem Knochenbrecher nach draußen.

„Was kann ich für Sie tun?", fragt Huntorp.

„Herr Huntorp, wir haben Kenntnis davon, dass sie am Montag, also vorgestern, die Erbin des Anwesens Heringsweg 6 aufgesucht und die Herausgabe der Kundenkartei der verstorbenen Alkea de Buur eingefordert haben", setzt Cornelius an.

„Ja, das ist richtig", antwortet Huntorp ruhig. „Wenn eine Person unserer Zunft verstorben ist, braucht es einen Nachfolger. Meines Wissens hat Frau de Buur nie eine Nachfolgerin oder einen Nachfolger ausgebildet, oder auch nur benannt. Also bin ich der letzte dieser Art in Butjadingen. Den alten Opa Reinke kann man ja nicht mehr zählen, der ist ja noch viel älter als die Verstorbene. Der hat übrigens auch keinen Nachfolger. Da müssen die Leute doch informiert werden, wo sie von nun an hingehen sollen. Das ist doch wichtig. Also brauche ich die Kundenkartei."

„Die Zeugin Schnabelkuss hat aber angegeben, dass Sie die Herausgabe doch sehr eindringlich gefordert haben und ungebeten in die Wohnräume der Hauseigentümerin eingetreten sind. Und

dass Sie erst gegangen sind, als der Postbote Dietrich hinzuge-
kommen ist", setzt Cornelius mit bissigem Tonfall nach.
„Nun ja, ich gebe zu, dass ich ein bisschen stürmisch aufgetreten
bin. Ich hatte von dem Mord gehört und dass der Tote wohl in
das Lüttje Huus einzudringen versucht hatte. Da hatte ich das
Gefühl, dass Keas Unterlagen schnell in die richtigen Hände
müssen. Außerdem hatte ich es an dem Tag ein bisschen eilig",
versucht Huntorp zu beschwichtigen. „Und die junge Frau
kommt doch von auswärts. Die hat ja nicht verstehen können,
wie wichtig es ist, dass die Leute informiert werden, an welchen
Knochenbrecher sie sich zukünftig wenden können. Da hat sie
vielleicht etwas missverstanden."
„Soso", kommentiert Cornelius etwas abwesend, während sein
Blick auf einer Pflanze in dem Staudenbeet neben ihm verharrt.
„Ist das etwa Eisenhut?", fragt er dann.
Huntorp schaut irritiert und antwortet nicht. Cornelius holt sein
Smartphone hervor.
„Klar, das ist Blauer Eisenhut!", verkündet er und hält zum Be-
weis das Foto auf dem Display in die Höhe. Lübben, der bis jetzt
eifrig Notizen gemacht hat, lässt Block und Stift sinken.
„Herr Huntorp, wo waren Sie in der Nacht von Freitag auf Sams-
tag zwischen 22:00 und 2:00 Uhr?", fragt Cornelius streng.
Huntorp schaut den Kommissar völlig verblüfft an.
„Ist da der Mord geschehen?", fragt er zurück. „Und Sie ver-
dächtigen mich, weil ich Eisenhut in meinem Blumenbeet stehen
habe? Ich habe gehört, der Sygge sei erschlagen worden."
In Huntorps Stimme liegt ungläubiges Entsetzen.
„Es wurde auch Gift im Körper des Toten gefunden, und zwar
welches auf Basis von Eisenhut", klärt Cornelius ihn knapp auf.
„Also, wo waren Sie in der besagten Zeit?"
Huntorp macht den Eindruck, als habe er Probleme, sich zu kon-
zentrieren, überlegt eine Weile und antwortet dann:
„Spät am Abend hatte ich einen Anruf von Bauer Grothe wegen
einer Kuh, die auf der Weide nicht mehr hochkam. Das mag so
gegen 22:00 Uhr gewesen sein. Bis ich da wieder weg war, war es
bestimmt schon nach Mitternacht, eher schon nach eins. Dann

bin ich nach Hause und gleich ins Bett. Meine Frau hat da allerdings schon fest geschlafen, die wird die Uhrzeit kaum benennen können."

„Wir überprüfen das. Lübben, notieren Sie mal die Anschrift von diesem Grothe", weist Cornelius an.

Im selben Moment kommt Pistorius aus der Halle.

„Ich kann nicht mehr länger warten, Imko, ich komme heute Abend noch mal vorbei", ruft er Huntorp zu.

Pistorius hält sich die Hand an sein immer noch verbundenes Ohr, als er in Richtung des SUV geht.

„Halten Sie sich zu unserer Verfügung", sagt Lübben zu Huntorp, als auch er und Cornelius sich zum Auto zurückbegeben.

„Neues Auto, Herr Pistorius?", fragt Cornelius den Bauunternehmer. Neulich waren Sie doch mit einem Pickup unterwegs."

„Ich habe drei Pkw, abgesehen von meinen Firmen-Lkw natürlich", gibt Pistorius süffisant zurück. „Das ist ja wohl kein Verbrechen. Bringt dem Staat ja schließlich Steuern ein", fügt er beim Einsteigen hinzu.

Als Lübben in das Polizeiauto einsteigen will, fällt sein Blick auf die monströsen Reifen des SUV. Abrupt bleibt er stehen und wirft einen genaueren Blick darauf.

„Chef, das Reifenmuster hier, die Fünfecke in der Mitte!"

Cornelius eilt hinzu und besieht sich ebenfalls die Reifen. Lübben klopft an die Scheibe der Beifahrertür des SUV, der schon gestartet ist, und Pistorius lässt die Scheibe hinunter.

„Was?", fragt er vom Fahrersitz aus.

„Bleiben Sie bitte mal hier, Herr Pistorius", fordert Lübben den Bauunternehmer streng auf.

„Warum?", fragt Pistorius barsch zurück.

Cornelius hat inzwischen schon die Fotos von den Reifenabdrücken aufgerufen und zum Vergleich neben die Reifen des SUV gehalten. Er schickt ein bestätigendes Nicken zu Lübben und richtet sich wieder auf.

„Herr Pistorius, Sie begleiten uns jetzt mal auf das Kommissariat", erklärt Lübben dem SUV-Fahrer durch das Seitenfenster.

„Wohl eher nicht, ich habe noch wichtige Termine", brummt der zurück, legt den Rückwärtsgang ein und setzt die Geländeli-mousine hart zurück.

Bei dem schnellen Wechsel in die andere Fahrtrichtung dreht das rechte Hinterrad kurz durch. Dicke Brocken des feuchten Marschbodens werden aufgewirbelt und fliegen in Richtung Cornelius und Lübben. Dann braust Pistorius über die Allee davon. Während Cornelius perplex auf seine arg besprenkelte Kleidung herunterschaut, ist Lübbens Blick entsetzt auf den Po-lizei-Mercedes gerichtet.

„Also, so ja nun nicht!", stößt er wütend hervor. „Chef, einstei-gen!"

Wenn für Onke Lübben etwas über allem und jedem steht, dann ist es das historische Dienstfahrzeug. Er springt in den Wagen, und Cornelius folgt seiner Aufforderung kommentarlos.

„Dem werde ich zeigen, wofür der Wagen gebaut wurde! Der hat sich ja damals zu unserer Dienststelle hin verirrt. War eigent-lich für die Autobahnpolizei gedacht", erklärt er seinem Chef, während er die Alleezufahrt zur Straße hin zurückfährt.

„Da hinten ist er!" Auf der schnurgeraden Eckwarder Straße sieht er den SUV in Richtung des Dorfes fahren. Lübben biegt ohne zu blinken auf die Straße und drückt aufs Gaspedal. Aber Pistorius missachtet die innerörtliche Geschwindigkeitsbegren-zung und rast hochtourig durch das idyllische Küstendorf.

Auf Höhe des „Eckwarder Hofs" will eine Fußgängerin gerade die Straße überqueren und springt im letzten Moment zurück, als der SUV rücksichtslos an ihr vorbeirauscht. Lübben bleibt dran. Der Geländewagen nimmt die Kurve nach Hofswürden so scharf, dass er mit den rechten äußeren Reifen von der Fahrbahn abkommt. Der Abstand zum Polizeifahrzeug verringert sich. Lübben hofft schon auf eine Gelegenheit, den Flüchtenden über-holen und ausbremsen zu können. Aber der SUV fängt sich wie-der und zieht das Tempo an.

Der Motor des Mercedes heult auf, als Lübben ebenfalls das Gaspedal durchtritt. Cornelius hat sich in seinen Sitz gepresst und versucht immer noch, das Endstück seines Sicherheitsgurtes in das Gurtschloss zu stecken. Blind suchend fummelt er mit seiner linken Hand neben dem Sitz herum, während seine weit aufgerissenen Augen durch die Windschutzscheibe starren. Er vermag kein Wort herauszubringen.

Der Geländewagen brettert unbeirrt über den Eckwarder Altendeich. Auf dem „Stick" überholt er einen großen Trecker und gerät diesmal mit den linken Reifen auf die Berme. Wieder sieht Lübben seine Chance. Aber als er selbst den Trecker überholt hat und im Rückspiegel sieht, wie der Treckerfahrer mit der Hand vor dem Gesicht wedelt, hat der Geländewagen sich wieder gefangen und nimmt erneut Fahrt auf.

„Wo will der denn hin?", presst Cornelius hervor.

„Keine Ahnung, Chef. Aber da, wo der hingeht, da werden auch wir hingehen", gibt Lübben entschlossen zurück.

Cornelius wirft ihm kreidebleich einen Seitenblick zu. Es macht „klick". Endlich ist es Cornelius gelungen, den Sicherheitsgurt einrasten zu lassen.

Die Verfolgungsjagd hat Tossens erreicht. Hinter der alten Reithalle nimmt Pistorius die Linkskurve so scharf, dass er auf die linke Fahrbahn schlittert. Ein entgegenkommender Fahrer lenkt seinen Wagen im letzten Moment auf den Parkplatz des Hotels „Hof von Oldenburg". Pistorius setzt seine Fahrt unbeirrt rücksichtslos fort. Lübben tritt erneut aufs Gas, da bremst der SUV unversehens stark ab.

„Jetzt gibt er auf", frohlockt Lübben.

Doch der SUV zieht nach links rüber und biegt „Auf dem Int" ein. Lübben geht in die Eisen und lenkt ebenfalls scharf nach links, wobei der Mercedes hinten ausschlägt.

„Gleich muss er abbiegen, sonst muss er mitten durch Tossens durch. Dann kriege ich ihn", kündigt Lübben an.

Ohne auf den Gegenverkehr zu achten, überholt Pistorius in einem Zug zwei Wagen. Auch Lübben zieht an den Kraftfahrzeugen vorbei und versucht abzulesen, in welche Richtung der vor ihm Fahrende an der nächsten Kreuzung abbiegen wird. Aber der SUV bremst nicht einmal. Schnurstracks brettert er geradeaus über die Kreuzung auf die Nordseeallee.

„Der prügelt doch nicht ernsthaft mitten durch die Tourimeile?", entsetzt sich Cornelius. „Da laufen doch jede Menge Leute rum." Im nächsten Moment weicht schon eine Gruppe junger Leute, die an der Zufahrt zur „OASE" stehen, vom Straßenrand zurück. „Da kommen Schikanen auf der Straße, die werden ihn ausbremsen", erklärt Lübben.

Doch der Geländewagen fährt im Zickzack um die bepflanzten Blockaden herum. Vier entgegenkommende Fahrradfahrer müssen sich in die Berme retten.

„Der Kreisel wird ihn ausbremsen. Ich schneide ihm den Weg ab", kündigt Lübben an.

„Was?!", entfährt es Cornelius panisch.

Der SUV biegt rechts in den Kreisel, Lübben steuert den Mercedes so scharf nach links, dass die linken Reifen kurz abheben. Dann reißt er das Lenkrad nach rechts und hält auf den SUV zu.

„Sind Sie lebensmüde, Mann?", schreit Cornelius und krallt seine Hände ins Armaturenbrett.

„Der hat meinen Wagen besudelt", entgegnet Lübben.

Der SUV biegt vom Kreisel auf die Tossener Touristenmeile, ohne dass Lübben ihm den Weg versperren konnte. Ein Vater reißt sein kleines Kind vom Zebrastreifen.

„Die Tröte an!", befiehlt Cornelius.

Lübben drückt auf den Knopf, der die Polizeisirene in Gang setzt. Endlich merken die vielen Menschen, die sich über die Nordseeallee hin und her bewegen, auf. Radfahrer flüchten auf die Bürgersteige, Fußgänger springen vom Straßenrand. Achtlos rast der Geländewagen an den Geschäften und Restaurants vorbei. Der Polizeiwagen ist ihm dicht auf den Fersen.

Auf Höhe des „Strandhofs" schafft es eine Seniorin mit einem Rollator nicht schnell genug über die Straße. Pistorius zieht mit einem Schlenker an der Frau vorbei und gerät wieder ins Schlittern. Er bremst so abrupt, dass Lübben fast auffährt. Dann beschleunigt der Bauunternehmer wieder und biegt mit viel zu hoher Geschwindigkeit rechts in den „Tossener Deich" ein. Der Wagen schlägt aus, fängt sich aber wieder.

Lübben tut sich beim Abbiegen schwerer und fällt zurück. Erneut tritt er das Gaspedal durch. In der nächsten Kurve teilt sich die Straße kurz in zwei Fahrbahnen. Pistorius ignoriert das Gebotsschild und nimmt die Spur für den entgegenkommenden Verkehr. Ein Tretmobil muss ihm ausweichen und landet in der grünen Verkehrsinsel. Auch die Rechtskurve vor dem Restaurant „Il Giardino" nimmt der Bauunternehmer ungebremst.

„Verdammt!", flucht Lübben. „Wie weit will der das denn noch treiben?"

🍃

Lasse tuckert mit seinem alten Kommunaltrecker die Deichstraße entlang. Er hat einen Anhänger mit seinem Aufsitzmäher darauf angehängt. Zum Glück wird er es noch fast pünktlich zu seinem Kunden im Aida-Park schaffen.

Plötzlich sieht Lasse in der Ferne ein Auto, das sich mit großer Geschwindigkeit nähert. Spinnt der? Hier auf der schmalen Deichstraße können sich zwei Fahrzeuge kaum begegnen. Da hat der auf der Landseite Fahrende rechts ranzufahren und zu warten, bis das Fahrzeug an der Deichseite vorbei ist. Das kann schließlich nirgendshin ausweichen, weil gleich neben der Fahrbahn die Weidezäune gespannt sind.

Aber das entgegenkommende Fahrzeug bremst nicht, sondern kommt mit hohem Tempo auf Lasse zugerast. In letzter Minute zieht Lasse seinen Trecker nach links. Der poltert über die Berme und wird von seinem Anhänger schnurstracks in den Graben geschoben.

Der herbeirasende SUV gerät bei dem Versuch, an dem querstehenden Anhänger vorbeizufahren, ebenfalls ins Schlenkern. Der Fahrer bremst, die Reifen quietschen, dann landet die Geländelimousine seitwärts im Graben.

Ohne erkennbare Regung steigt Lasse aus seiner Fahrerkabine aus, springt den Graben hoch und geht auf den verunglückten SUV zu. Er öffnet die Fahrertür und packt den Insassen mit seiner Linken am Kragen. Seine rechte Hand landet zur Faust geballt direkt neben dem verbundenen Ohr auf dem Jochbein des Mannes. Dann dreht Lasse sich um, geht zurück zu seinem Fahrzeug, lädt den Aufsitzmäher vom Anhänger ab und setzt seine Fahrt nach Tossens mit sechs Stundenkilometern fort.

„Der hat mich tätlich angegriffen!", wütet Pistorius, der mühsam aus seinem Wagen klettert und sich die Wange hält.

„Ich habe nichts gesehen", gibt Cornelius trocken zurück, und auch Lübben, der sich breitbeinig neben seinem Chef aufgebaut hat, schüttelt kalt den Kopf.

„Abführen", sagt Cornelius.

❧

Die Uhr zeigt halb fünf, als die ersten Gäste aufbrechen. Gegen fünf will Stintemann zurückkommen, um schon mal eine weitere Ladung schmutziges Geschirr abzuholen. Der Fotograf packt auch gerade sein Equipment ein. Die Feier geht dem Ende zu.

Alles lief wie am Schnürchen, stellt Fee zufrieden fest. Als Herr Stintemann mit dem warmen Essen kam, hatte Klausjürgen schon die Brenner der Warmhaltebehälter entzündet, sodass das Buffet pünktlich eröffnet werden konnte. Die Gäste haben Stintemanns sommerliche Speisenauswahl hochgelobt. Um Punkt halb zwei erschien der Bürgermeister und hielt ein Loblied auf die rüstige Jubilarin, die viele Jahre in der Gemeindeverwaltung gearbeitet hatte. Dann führten die Enkelkinder die Lebensgeschichte der Jubilarin vor und warfen Fotos an die Leinwand, die vor dem Bühnenvorhang heruntergezogen war. Und als der kleine Frauenchor drei fröhliche Liedchen gesungen hatte, standen auch schon Kaffee und Kuchen auf den Tischen.

Frau Grünfeld hat sich bereits überschwänglich bei Fee und ihren Helferinnen bedankt, die alles so schön arrangiert hätten. Eine andere Dame hatte eben noch angefragt, ob Fee deren

Fünfundsiebzigsten im nächsten Winter nicht auch ausrichten könne. Caterer Stintemann hatte sie ohnehin direkt einstellen wollen. Aber das musste Fee natürlich freundlich ablehnen. Schließlich hat sie Job und Leben in Berlin. Daraufhin hatte Stintemann gefragt, ob sie nicht wenigstens bei dem großen Familientreffen im September mithelfen könne. Es kämen sogar Leute aus Amerika angereist.

Jetzt beginnt Fee erst einmal damit, Tassen und Kuchenteller von einem der langen Tische abzuräumen, von dem sich bereits Gäste verabschiedet haben. An dem Tisch sitzt auch Elseliese. Fee hört den Rest der detaillierten Geschichte über den Mord, die Elseliese den anderen Frauen zum Besten gibt.

„Und auf dem Sygge-Hof soll das aussehen, ihr macht euch keine Vorstellung", raunt Elseliese über den Tisch.

„Da wohnen die ja auch gar nicht mehr", meint die Dame, die Elseliese gegenübersitzt.

Augenblicklich wird es still am Tisch, und auch Fee merkt auf.

„Was sagst du da, Hedwig?", fragt Elseliese, die ihre Augenbrauen so hochreißt, dass der lila Lidschatten über die Ränder der Brille hinauslugt.

„Die haben doch letztes Jahr das Haus von Mina Sanders geerbt. Weißt doch, hinten am Alten Sielpadd. Mina war doch ihre Tante, die Schwester der Mutter. Es soll ja angeblich in der Zwangsversteigerung sein, weil die Brüder die Erbschaftsteuer nicht zahlen können. Auf jeden Fall haben die beiden sich da eingenistet."

Alle machen große Augen.

„Ich habe Mina doch bis zuletzt die Haare gemacht. Ganz zum Schluss bin ich ja auch noch zu ihr nach Hause gefahren", entgegnet Elseliese, „aber dass sie die Schwester der Alma Sygge war, hat sie nie erwähnt."

„Doch, ganz bestimmt", behauptet Hedwig. „Das waren beide geborene Albrecht. Von den Albrecht aus Ahndeich."

Elseliese scheinen die Worte zu fehlen, denn sie schaut Hedwig nur fassungslos an. In Fees Kopf beginnt es zu rattern. Das muss sie unbedingt Wiebke erzählen! Es sieht so aus, als haben sie die ganze Zeit am falschen Ort gesucht!

※

„Herr Pistorius, haben Sie es sich noch einmal überlegt? Wir können Sie hier auch in längeres Gewahrsam nehmen, das wissen Sie, oder?", schnauzt Cornelius.
Pistorius sitzt mit verschränkten Armen auf dem Stuhl des Verhörzimmers in Nordenham und schweigt.
Cornelius konstatiert weiter:
„Die Reifenabdrücke, die wir gefunden haben, stammen eindeutig von Ihrem Fahrzeug. Das hat die Technik bereits ermittelt. Was hatten Sie auf dem Sygge-Hof zu suchen, und was haben Sie am Dienstag am Straßenrand gegenüber der Fundstelle der Leiche gewollt?"
Pistorius schweigt demonstrativ weiter. Harmsen kommt aus dem Nebenzimmer, flüstert seinem Chef etwas zu und übergibt ihm dann das Telefon.
„Ja, Lübben, was gibt es?"
„Eben hat sich ein Nachbar bei mir gemeldet, der bei der Befragung am Dienstag nach dem Einbruch nicht anzutreffen war. Er gibt an, auf dem Nachhauseweg an dem Pick-up vorbeigemusst zu haben, der am Straßenrand geparkt hatte. Und da standen die beiden Sygge-Brüder und haben sich unterhalten. Mit Pistorius! Der Zeuge ist sich ganz sicher, dass es Pistorius war. Er kennt den gut."
„Das wird ja immer interessanter", kommentiert Cornelius und gibt Harmsen das Telefon zurück. Süffisant wendet sich Cornelius wieder dem Bauunternehmer zu:
„Herr Pistorius, mit dem, was wir haben, sollten wir den Staatsanwalt überzeugen können. Dann wird aus den vierundzwanzig Stunden ganz schnell eine U-Haft. Und dann haben wir ganz viel Zeit, ehe wir Sie wieder befragen. Also zum letzten Mal: In welcher Verbindung stehen Sie zu den Sygge-Brüdern, was haben Sie mit dem Mord an Hayo Syggo zu tun? Woher haben Sie das

Gift? Von Imko Huntorp? Wo ist Gero Sygge? Haben Sie den auch ermordet?"

Pistorius hat seine Arme gelöst und schaut den Kommissar ungläubig an:

„Wieso U-Haft? Wieso ermordet? Wieso Gift?"

Sein Versuch, einen überlegenen Ton anzuschlagen, gelingt ihm nicht mehr ganz.

„Sie stehen unter dem dringenden Tatverdacht, Hayo Sygge ermordet zu haben, falls Sie es noch nicht verstanden haben, Herr Pistorius. Warum musste Hayo Sygge sterben? Hat er zu viel von Ihren Machenschaften gewusst? Haben die Sygge-Brüder Sie erpresst?"

Pistorius schaut, als begreife er nur allmählich, welche Schlinge sich da um seinen Hals legt.

„Ich habe doch niemanden ermordet!", erbost er sich. „Ja, ich gebe zu, ich habe die Sygge-Brüder gekannt. Sie haben mir ab und an mal geholfen."

„Wobei?", fragt Cornelius knapp.

Pistorius windet sich:

„Hauptsächlich, wenn es darum ging, mal einen Baum beiseitezuschaffen, dessen Fällung nicht genehmigt worden war oder wo eine Anfrage beim Amt sicher einen negativen Bescheid gegeben hätte. Ich selbst oder einer meiner Mitarbeiter durfte sich dabei nicht sehen lassen. Aber wenn der Baum weg war, von Unbekannten abgesägt, dann konnte ich ja nichts dafür. Also sind sie nachts mal für mich los gewesen. Am Freitag haben sie mir auf meinem Jagdgrundstück auch die dicke Douglasie gefällt. Ganz legal, will ich betonen. Dafür hatte ich ja eine Genehmigung. Ich kenne mich selbst mit dem Sägen ja gar nicht so gut aus. Und dann mit dieser riesigen Motorsäge! Da habe ich mir die beiden zu Hilfe geholt."

„Und nach dem Sägen, was ist dann passiert?", hakt Cornelius nach.

„Die beiden wollten sich die große Säge leihen. Sie hätten einen Spezialauftrag, haben sie gesagt. Sie bräuchten die Säge nur für eine Nacht, Sonntag könnte ich sie wieder abholen. Ich habe denen die wertvolle Säge von meinem Schwager wirklich ungern gegeben. Aber sie waren mir ja auch gefällig", berichtet Pistorius. „Wie haben die beiden die große Säge denn transportiert?", will Cornelius wissen. „Die haben doch kein Auto."

„Sie haben aber einen großen Fahrradanhänger, mit dem sie Sachen transportieren. Aber die Kettensäge habe ich ihnen am frühen Abend zum Sygge-Hof gebracht. Ich sollte sie im Stall hinter dem Holz verstecken, das war so abgemacht. Dort könnte ich sie mir Sonntagnachmittag dann auch wieder abholen, haben sie gemeint."

„Sie wurden später am Abend mit den beiden an der Straße am Deich gesehen! Was gab es da noch zu bereden?", will Cornelius wissen.

„Das war reiner Zufall, dass ich die beiden da getroffen habe. Ich kam von Blexen zurück, und als ich die Straße Am Deich langfuhr, habe ich die Brüder gesehen und gehalten. Ich bekam Bedenken, dass sie mit der großen Säge einen Baum auf einem Grundstück Am Deich was fällen wollten. Die wollten mir ja nicht sagen, wo der *Spezialauftrag* zu erledigen wäre. Da am Deich stehen die Häuser doch in Hörweite beieinander. Und dann mit der Säge von meinem Schwager! Aber die beiden haben nur gewettert, dass mich das nichts anginge, und sind weitergelaufen."

„Und dann?", drängt Cornelius weiter.

„Nichts und dann. Dann bin ich weitergefahren, musste mich ja mal schlafen legen. Am Samstag musste ich nach Hamburg. Größeres Bauvorhaben, geselliges Herrenwochenende mit den Investoren, Sie verstehen? Am Montag war ich in Hamburg noch bei den Behörden und dann war ich erst am späten Nachmittag wieder zu Hause. Meine Frau lief mir schon mit der Nachricht entgegen, dass sich in Burhave ein Mord ereignet hätte, im Heringsweg, und dass der Tote ein Sygge sein soll. Meine Frau kannte die ja gar nicht richtig und wusste nicht, dass ich mit den Sygge-Brüdern in Verbindung stand. Die Nachricht hat mir natürlich keine Ruhe gelassen, und da bin ich nach dem Vesper unter einem Vorwand noch mal los. Ich bin zu dem Sygge-Hof hin und habe nach der Kettensäge geschaut. Aber die war weg! Ich habe noch an anderen Stellen nachgeschaut, konnte sie aber nicht finden. Ich musste meinem Schwager die Säge doch zurückgeben. Die kostet ja einiges. Dann bin ich zum Heringsweg gefahren. Ich wollte mir mal ansehen, wie es da aussieht. Ich hatte da vorher noch nie zu tun. Vielleicht würde die Kettensäge da ja irgendwo rumstehen, habe ich gehofft. Ich habe da am Straßenrand gehalten und bin da mal auf dem Grundstück rumgelaufen. Aber die Säge stand da nirgends. Ich habe mich nur gefragt, was die Sygge-Brüder da gewollt haben."

„Das ist eine schöne Geschichte, Herr Pistorius, aber ich glaube Ihnen nicht", antwortet Cornelius.

„So eine Geschichte baue ich mir doch nicht mal eben in ein paar Minuten zusammen. Und schließlich habe ich mich selbst belastet", erwidert Pistorius erbost.

„Nein, so eine Geschichte legt man sich lange vorher zurecht, wenn man einen Mord plant, Herr Pistorius. Für den Fall, dass man in Verdacht gerät. Und dass man sich selbst einer kleinen Widrigkeit bezichtigt, um eine große Tat zu verschleiern, ist auch ein alter Hut", entgegnet der Hauptkommissar.

„Nun hören Sie doch auf, Mann! Ich habe ein paar krumme Sachen gemacht, ja. Aber ich bringe doch keinen um!"

Pistorius wird immer aufgebrachter und gestikuliert mit seinen Armen.

„Wissen Sie, was ein Reetklopfer ist?", fragt Cornelius ungerührt weiter.

Der Baulöwe verharrt in seinen Bewegungen und schaut verwirrt von einem Kommissar zum anderen.

„Ja, sicher weiß ich, was ein Reetklopfer ist."

„Besitzen Sie einen?", will Cornelius wissen.

„Wieso? Nein. Ich besitze keinen Reetklopfer. Ich habe ein Ziegeldach auf meinem Haus. Und wenn ich ein Haus mit Reetdach bauen soll, beauftrage ich den Reetdachdecker."

Unverständnis zeigt sich im Gesicht des Bauunternehmers.

„Was wollten Sie heute bei Herrn Huntorp? Haben Sie von ihm das Gift erhalten?"

„Reetklopfer, Gift? Was soll das alles?"

Wieder schaut Pistorius von einem zum anderen. Von seiner anfänglichen Arroganz ist nichts mehr übrig geblieben.

„Ich war bei Huntorp, damit der sich mal mein Ohr ansieht. Das will ja einfach nicht heilen, obwohl ich schon mehrmals beim Arzt war. Der kennt sich doch aus und geht da mit Kräutern dran oder so. Handauflegen macht der ja auch. Knochenbrecher eben."

Das Telefon klingelt erneut, und nachdem Harmsen mit dem Apparat kurz ins Nebenzimmer gegangen ist, flüstert er seinem Chef wieder etwas zu. Der macht ein überraschtes Gesicht und fragt:

„Wieso haben wir das vorher noch nicht ermittelt? Recherchiert denn keiner den Wohnsitz?"

„Die haben sich da nie angemeldet", erwidert Harmsen.

Dann wendet sich Cornelius wieder dem Verhörten zu.

„Wussten Sie, dass die Sygge-Brüder ein weiteres Haus besitzen?"

„Nein", antwortet Pistorius erstaunt.

Cornelius überlegt einen kurzen Moment und verkündet dann: „Ich glaube, Herr Pistorius, da gibt es noch einiges, über das wir uns morgen weiter unterhalten werden. Sie können sich heute Nacht überlegen, was Sie uns noch zu offenbaren haben."

Als Fee nach Hause kommt, kann sie es gar nicht erwarten, ihren Freunden von dem zweiten Wohnsitz der Sygge-Brüder zu berichten. Schnell tippt sie eine Nachricht in die Gruppe. Die werden staunen! Hoffentlich ist Wiebke schon aus Cuxhaven zurück, damit sie sich gleich mit ihr treffen kann.

Fee befüllt erst einmal Kater Jespers Näpfe und tauscht den schicken Hosenanzug gegen Jeans und Ringelshirt. Dann schaut sie gespannt auf die Reaktionen ihrer Mitermittler. Aber da ist nicht eine einzige Antwort. Nicht mal ein Häkchen, das anzeigt, dass auch nur einer der dreien die Nachricht gelesen hat. Was ist mit denen denn los? Ob die Message nicht richtig übertragen wurde? Schnell schickt sie noch einmal einen Kurztext in die Runde und wartet auf Rückmeldungen. Aber wieder nichts. Derart ausgebremst, schließt Fee frustriert die Schnackwatt-App und gibt „Alter Sielpadd, Burhave" in die Suchmaschine ein.

An der kurzen Straße, die das Satellitenbild anzeigt, liegen nur zwei Häuser – eines an jedem Ende der Straße. Welches der beiden Häuser die Sygge-Brüder geerbt haben, findet Fee über die Seite heraus, auf der die Zwangsversteigerungen öffentlich bekannt gemacht werden. Unter dem Amtsgericht Nordenham ist nur ein einziger Versteigerungstermin aufgeführt: Alter Sielpadd 2. Der Termin ist in vier Wochen. Auf den Fotos, die man anklicken kann, erscheint ein altes, aber gepflegtes Bauernhaus.

Ein Anruf geht ein. Ah, endlich meldet sich einer ihrer Freunde! Aber statt Wiebke, Lasse oder Heiko ist Jenny, die Leiterin ihrer Online-Ermittlungsgruppe dran. Die will wissen, ob es in dem Fall schon Verdächtige oder neue Erkenntnisse gibt.

„Ein echter Fall, Fee! Wie gerne wäre ich dabei. Aber ich kann hier natürlich nicht einfach weg. Nun erzähl schon, was gibt es Neues?"

Fee zählt Jenny die bisher zusammengetragenen Fakten auf, genauso, wie sie es bei Ihren Online-Ermittlungen machen. Ganz am Schluss macht sie es etwas spannend. Wenn ihre Freunde schon nicht reagieren, will sie wenigstens von Jenny eine angemessene Reaktion auf den Knaller mit dem zweiten Wohnsitz der Sygge-Brüder ernten.

„Und, warst du schon dort?", fragt Jenny aufgeregt.

„Ich, wieso ich?", fragt Fee verdattert zurück. „Da soll Wiebke mal nachschauen, die ist schließlich bei der Polizei!"

„Also, ich würde da wenigstens mal vorbeifahren. So ganz absichtslos. Nur, um mal zu sehen, ob es da Lebenszeichen gibt", antwortet Jenny. „Es ist doch noch lange hell."

„Na ja", überlegt Fee, „die Straße ist gar nicht so weit weg von hier, nur ein Stück nach Burhaversiel raus. Ich könnte das Fahrrad nehmen ..."

„Du berichtest mir dann gleich, ob dort was Interessantes zu sehen ist?", drängt Jenny.

❧

Eine halbe Stunde später steht Fee an der Abbiegung zum Alten Sielpadd. Von hier aus hat man einen seitlichen Blick auf das gelb umklinkerte Bauernhaus. Auf dem Grundstück rührt sich nichts. Einzig der leichte Wind, der von der See her weht, bewegt die Sträucher, die das Haus umgeben. Steht da die Tür auf? Fee nähert sich dem Haus ein Stück. Ja, tatsächlich, die Haustür ist weit geöffnet! Ist doch jemand da? Der zweite Sygge-Bruder? In Fee entfacht brennende Neugier und sie reckt ihren Hals. Aber so lange sie auch auf die offene Tür starrt, es regt sich nichts. Noch einmal schaut Fee auf die Schnackwatt-App. Wenn sich doch wenigstens Wiebke melden würde. Aber immer noch keine Nachricht aus der Gruppe.

Langsam bewegt sich Fee auf die Zufahrt zu und schiebt das Fahrrad auf den Hof. Nichts deutet darauf hin, dass hier irgendjemand ist. Wahrscheinlich hat nur jemand die Tür nicht richtig verschlossen und dann ist sie aufgeweht, denkt Fee.

Sie lehnt das Fahrrad an die Hauswand und geht auf die Haustür zu. Auf dem Postkasten steht immer noch „Sanders", auf dem Klingelschild auch.

„Hallo!", ruft Fee in den Flur hinein.

Aber niemand antwortet. Sie wagt sich ein paar Schritte vor in Richtung der offen stehenden Zimmertür, die hinten links von dem Flur abgeht.

„Hallo!", ruft Fee erneut in die Räume hinein. Aber nichts ...

Doch da, auf einmal ein Geräusch, etwas Menschliches, so etwas wie ein schweres Atmen, ein Seufzen, richtig unheimlich! Instinktiv presst sich Fee an die Wand neben der Zimmertür. Da kommen eindeutig Geräusche aus dem Raum.

„Hallo!", ruft Fee noch einmal verhalten.
Nichts! Stattdessen drängt sich ein immer stärker werdender, beißender Geruch in Fees Nase. Das riecht genauso wie die Mülltonne, in der ihr Nachbar neulich vergammeltes Fleisch entsorgt hatte. Eine böse Ahnung macht sich in Fee breit. Sie traut sich aber kaum, sich zu rühren, um sich die Nase zuzuhalten. Da nimmt sie einen zweiten Geruch wahr, auch beißend, aber irgendwie chemisch. Das hat sie kürzlich doch schon mal gerochen. Was ist das? Vor Fees innerem Auge formt sich schlagartig ein Gesicht und vorsichtig wagt sie einen Blick durch die geöffnete Zimmertür.

Elseliese Deichkötter steht mit weit aufgerissenen Augen an der Wand neben der Tür. Sie trägt immer noch ihr Flatterkleid von der Feier. Wortlos zeigt ihr ausgestreckter Arm auf den Fußboden des Wohnzimmers. Auch Fee hat es gleich gesehen. Der Tote ist wirklich kein schöner Anblick. Fliegen haben sich auf dem leblosen Körper abgesetzt. Es stinkt erbärmlich.
„Ich wollte doch nur mal nach dem Rechten sehen", stammelt Elseliese. „Ich wusste doch, dass Mina einen Haustürschlüssel in der Blumenampel neben der Haustür deponiert hat, weil sie nicht mehr so gut laufen konnte, um die Besucher reinzulassen. Der Pflegedienst kam ja auch zweimal am Tag."
Ihre Stimme klingt wie die eines kleinen Kindes, das eine Dummheit zu entschuldigen versucht.
„Ist das Gero Sygge?", fragt Fee und vermeidet es, den Toten noch einmal anzusehen.
„Ja", presst Elseliese hervor.
„Elseliese, lass und rausgehen, wir müssen die Polizei informieren."
In dem Moment sieht Fee allerdings schon, wie der Mercedes von Dorfpolizist Lübben vor dem Haus hält.
„Oh Gott, Onke!", erwacht Elseliese aus ihrem paralysierten Zustand. „Der verhaftet mich noch wegen Einbruchs. Wenn Gerd das erfährt!" Ihre Stimme wird richtig panisch. „Ich verschwinde hinten durch die Schweineluke."

Ehe Fee etwas erwidern kann, hat sich Elseliese mit großen Schritten aus dem Staub gemacht.

„Die Tür steht offen" hört Fee Lübbens Stimme von draußen. Jetzt hilft nur noch direkte Konfrontation, denkt Fee und geht den Polizisten entgegen.

„Frau Schnabelkuss, was machen Sie denn hier?", fragt Lübben erstaunt, der abrupt in seinen Schritten innehält. Er hat Jungpolizist Tim Düring im Schlepptau.

„Da drinnen liegt ein Toter. Ich glaube, es ist Gero Sygge", antwortet Fee.

Alarmiert schieben sich Lübben und Düring an Fee vorbei ins Wohnzimmer. Einen Augenblick später kommen beide wieder heraus und halten sich die Unterarme vor Mund und Nase.

Draußen zückt Lübben sein Telefon.

„Wir haben den Bruder des Ermordeten gefunden, auch tot. Im Haus am Alten Sielpadd."

BEWEISMITTEL

Wiebke sitzt in ihrem kleinen Büro in Burhave. Sie hat ihren Kopf auf den linken Arm gestützt, während sie sich mit der rechten Hand die zweite Tasse Kaffee aus der Thermoskanne einschenkt. Der Tag in Cuxhaven war sehr lang und hat sie so aufgewühlt, dass sie letzte Nacht gar nicht einschlafen konnte. Die Vögel hatten schon angefangen zu zwitschern, als sie endlich in einen leichten Schlaf geglitten war. Als der Wecker geklingelt

hat, hatte es sich angefühlt, als habe sie eben erst die Augen zu-
gemacht.

Im Revier angekommen, hat Lübben sie gleich auf den neuesten
Sachstand gebracht. Cornelius will vorbeikommen, sobald die
Ergebnisse aus der Rechtsmedizin vorliegen. Wahrscheinlich
gegen Mittag. Zum Glück hat Wiebke bis dahin noch einiges
abzuarbeiten, sodass sie sich von den Ereignissen des gestrigen
Tages ablenken kann.

Zuerst wird sie sich daranmachen, den Aufenthaltsort dieser
Schwester der Erblasserin zu ermitteln. Zwar deutet nach Lübbens Angaben vieles darauf hin, dass der Bauunternehmer Pistorius in die Sache verwickelt ist, vielleicht auch der Knochenbrecher Huntorp, aber solange keine eindeutigen Beweise vorliegen,
muss natürlich jede kleinste Spur verfolgt werden.

Eine Dame von Adel findet man wahrscheinlich nicht einfach so
im Internet. Aber bevor Wiebke sich durch die polizeilichen
Melderegister durcharbeitet, gibt sie den Namen der Gesuchten
einfach mal in die Suchmaschine ein. Zu ihrer Überraschung
erscheint eine Büroanschrift in Baden-Baden und sogar eine Telefonnummer.

„Büro Freifrau Niggeberg-Au, Sie sprechen mit Angelika Gräfe",
meldet sich eine nasale Stimme mit süddeutschem Einschlag.

„Kriminalpolizei Nordenham, Kriminaloberkommissarin
Wiebke Krömer. Ist wohl die Freifrau von Niggeberg-Au zu
sprechen?"

„Ich bedaure, Freifrau von Niggeberg-Au ist verreist. Sie weilt
seit Montag in Bremerhaven", antwortet die Dame am anderen
Ende.

„Wie kann man sie denn erreichen? Es geht um ein paar wichtige
Fragen", erläutert Wiebke.

„Freifrau von Niggeberg-Au ist im Hotel Kaiserpalais abgestie-
gen."

„Sie hat doch wohl eine Mobilrufnummer, unter der ich sie erreichen kann?", bohrt Wiebke nach und verdreht innerlich die Augen.

„Ja, Freifrau von Niggeberg-Au hat selbstredend ein Mobiltelefon. Aber die Nummer ist streng privat. Ich kann Ihnen aber anbieten, die Freifrau von Niggeberg-Au um einen Termin zu ersuchen und Sie dann zurückzurufen", erklärt die Stimme aus Baden-Baden.

„Ja, dann tun Sie das bitte."

Wiebke ist schon ganz genervt von der umständlich näselnden Assistentin. Nach dem Telefonat schenkt sie sich erst einmal eine dritte Tasse Kaffee ein.

❧

„So, Elseliese, jetzt sagst du mir aber mal, wo du gestern Abend hergekommen bist. So zerzaust auf dem Kopf habe ich dich ja noch nie gesehen! Und der ganze Ärmel vom Kleid zerrissen! Und dann mit dem Fahrrad so an mir vorbei, ohne ein Wort zu sagen!"

Siefke Steding steht in Elselieses Haustür und schaut ihre Nachbarin vorwurfsvoll an.

„Psst, doch nicht so laut, Siefke. Nicht dass Gerd dich noch hört. Ich war doch froh, dass er gestern Abend vorm Fernseher saß und ich mich schnell umziehen konnte, sodass er nichts gemerkt hat."

Elseliese, die ihre Haare heute Vormittag wieder in die gewohnte Fasson gebracht hat, schiebt ihre Nachbarin nach draußen.

„Du musst mir aber versprechen, dass du nichts weiter sagst!", raunt sie Siefke zu.

„Habe ich nicht immer dichtgehalten bei all den Dummheiten, die du schon verzapft hast?"

Elseliese schaut beleidigt, fängt dann aber zu reden an:

„Gestern auf dem Geburtstag hat Hedwig Piersen erzählt, dass die Sygge-Brüder das Haus von Mina geerbt haben."

„Mina Sanders?", fragt Siefke ungläubig.

„Ja, das ist ihre Tante gewesen, die Schwester ihrer Mutter", erklärt Elseliese.

Siefke schaut noch ungläubiger.

„Das waren beide geborene Albrecht aus Ahndeich. Hedwig meinte, dass die beiden Sygge-Brüder schon eine ganze Weile auf Minas Hof hausen", berichtet Elseliese.

„Das hast du doch wohl gleich der Polizei erzählt?", fragt Siefke streng.

„Ja, nein", windet sich Elseliese. „Ich habe Hedwig gesagt, dass sie das der Polizei melden muss. Aber Hedwig hat gemeint, dass sie nicht darin verwickelt werden will. Nachher würde man ihr noch was tun. Und da konnte ich das nicht mehr recht glauben, was Hedwig da erzählt hat. Ich habe Mina doch so gut gekannt, die hätte doch irgendwann mal erwähnt, dass sie mit den Sygges verwandt ist."

„Na ja", wiegelt Siefke ab, „da ist Mina ja vielleicht nicht unbedingt stolz drauf gewesen. Und weiter?"

Elseliese schaut sich noch einmal um, ob auch niemand in Hörweite ist. Dann fährt sie fort:

„Na, mir ließ das natürlich keine Ruhe. Und Gerd war ja noch im Jachtklub, als ich vom Geburtstag nach Hause kam. Und ich wusste ja auch, wo Mina den Schlüssel für die Besucher versteckt hatte. Jemand musste da doch nach dem Rechten sehen! Und bevor ich der Polizei was melde, musste ich mich doch vergewissern, ob da was Wahres dran ist, was Hedwig da behauptet hat."

„Elseliese, du bist da doch nicht etwa eingebrochen?", fragt Siefke streng.

„Doch nicht eingebrochen. Ich habe erst geklingelt, da hat niemand aufgemacht. Und dann lag der Haustürschlüssel ja noch immer in der Blumenampel. Also, das ist ja kein Einbrechen", verteidigt sich Elseliese.

„Ja, und weiter? Wohnen die Sygge-Brüder da nun in Minas Haus?", will Siefke ungeduldig wissen.

Elseliese senkt die Stimme:

„Nicht mehr", betont sie. Als wolle sie es einfach nur hinter sich bringen, fährt sie in knappen Worten fort: „Ich bin ins Wohnzimmer, und da lag der tote Gero Sygge. Ein furchtbarer Anblick. Und gestunken hat das! Da habe ich einen Schock gekriegt und konnte mich gar nicht mehr bewegen."

„Was?", entfährt es Siefke viel zu laut.

„Und dann habe ich gehört, dass noch jemand ins Haus kommt. Da habe ich noch mehr Schock gekriegt. Ich dachte, mein letztes Stündlein hätte geschlagen."

Siefke überlegt kurz, ob es tatsächlich eine Steigerung von Schock gibt, dann fährt Elseliese auch schon fort.

„Aber es war Fee."

„Fee?", fragt Siefke erneut viel zu laut und senkt dann ihre Stimme wieder. „Was hat Fee denn da gewollt?"

„Die hat das vielleicht mitgehört, als Hedwig das von Minas Haus erzählt hat. Die Deern ist ja plietsch. Und da wollte sie wohl auch mal nachsehen."

„Und dann?", drängt Siefke.

„Dann kam Lübbens Wagen angefahren. Vielleicht hat Hedwig doch bei der Polizei Bescheid gegeben. Da habe ich mich vom Acker gemacht. Ich bin aus der alten Schweinluke hinten in der Diele raus. Und dann musste ich ja ein ganzes Stück durch die Büsche durch und hinten am Graben lang, damit Lübben mich nicht sieht. Mein Fahrrad hatte ich ja am anderen Ende vom Alten Sielpadd abgestellt, damit es nicht so auffällt. Jedenfalls, dabei ist mir dann das Kleid so schlimm zerrissen. Das ist nun hin, das schöne Stück", jammert Elseliese.

„Und du hast Fee da einfach alleine zurückgelassen?"

„Was sollte ich denn machen", verteidigt sich Elseliese, „ich hätte doch womöglich als Einbrecherin dagestanden. Wenn Gerd das erfahren hätte! Und Fee hätte ja mit weglaufen können. Da kann ich ja nun nichts für, dass sie nicht mitgekommen ist."

„Und dir nebenbei den Arsch gerettet hat!", erschallt plötzlich Fees Stimme, die sich von hinten den beiden Nachbarinnen nähert. In der Hand hält sie den Chiffonschal, der zu Elselieses Flatterkleid gehört. Überrascht greift Elseliese nach dem Schal.

„Ich habe mich schon gefragt, wo ich den verloren habe."

„Im Flur vom Haus am Alten Sielpadd", gibt Fee etwas schnippisch zurück. „Lübben wollte mir nicht recht glauben, dass es mein Schal ist. Na ja, die komische Kombination aus Ringelshirt und dem Ding da war wohl selbst für ihn nicht ganz stimmig. Er

hat sogar gemeint, dass die ‚Geschmacksverirrung' eher zu Elseliese Deichkötter passen würde. Aber schließlich musste er mir
ja abnehmen, dass der Schal mir gehört."

„Dieser Lümmel!", entrüstet sich Elseliese.

„Sei mal lieber dankbar, dass Fee dich da rausgehalten hat",
wirft Siefke ein. „Und was sagen wir da?", fragt Siefke wie an ein
Kind gerichtet.

Elseliese wird kleinlaut:

„Ja, danke, Fee. Das war wirklich sehr nobel von dir."

„Und hast du was mitgekriegt, wie es mit dem Toten weiterge-
gangen ist? Weiß man schon, wie er zu Tode gekommen ist?",
fragt Siefke dann gespannt.

„Ich musste ja stundenlang warten", erzählt Fee. „Erst hat Lübben die Kripo in Nordenham informiert, dann hat er sich selbst
ein erstes Bild gemacht, und dann kam das ganze Aufgebot: Dr.
Schildpatt, die SpuSi, Cornelius und sein Assistent, und später
natürlich auch der Bestatter. Erst als die Leiche abtransportiert
war, hat Cornelius mich befragt, was ich denn da zu suchen habe. Na ja, ich habe halt erzählt, wie es war – dass ich das mit dem
Haus, das die Sygge-Brüder geerbt haben, auf der Feier aufge-
schnappt habe und aus Neugier an dem Haus vorbeigefahren
wäre, und dass die Haustür weit aufgestanden hat und dass ich
dann rein bin und der Tote da im Wohnzimmer lag. Cornelius
hat mich ausgefragt, als hätte er mich im Verdacht, an den beiden Morden beteiligt gewesen zu sein. Es wurde schon dunkel,
als die mich endlich nach Hause fahren lassen haben."

„Ja, aber hast du denn irgendwas von den Tatumständen mitgekriegt?", will Siefke wissen.

„Nicht viel, ich musste ja draußen bleiben. Aber ich habe gehört,
wie Dr. Schildpatt was von: ‚Gleiches Tatwerkzeug wie bei dem
anderen, der Schlag kann aber nicht tödlich gewesen sein', gesagt hat."

„Da muss ja jemand ganz gezielt hinter den Sygge-Brüdern her
gewesen sein", überlegt Siefke. „Wenn eigentlich niemand gewusst hat, dass die Minas Haus geerbt haben, dann muss der
Mörder die doch verfolgt haben, oder er hatte vorher schon so

viel Kontakt zu den Brüdern, dass er eben doch gewusst hat, dass die sich dort einquartiert haben."

Elseliese nickt zustimmend.

❧

„Also, Harmsen, dann walten Sie mal ihres Amtes." Gegen zwölf Uhr Mittag ist Cornelius mit seinem Assistenten in Burhave vorgefahren, und nun sitzen die fünf Polizisten um den Besprechungstisch.

„Bei der Leiche handelt es sich um Gero Sygge, dem gut einem Jahr älteren Bruder des jüngst ermordeten Hayo Sygge. Dr. Schildpatt meint, dass das Opfer wahrscheinlich genauso lange tot ist wie das erste Opfer. Also seit Freitagnacht oder Samstagmorgen. Die Tatwaffe, mit der die Kopfverletzungen zugeführt wurden, konnte als dieselbe identifiziert werden, mit der auch der Bruder erschlagen wurde. Also ein sogenannter Reetklopfer. Die Wunde kann aber nicht tödlich gewesen sein, da die Waffe das Opfer diesmal nur seitlich getroffen hat. Wahrscheinlich hat er sich beim Auftreffen des Schlags wegbewegt", entnimmt Harmsen dem Bericht, der vor ihm auf dem Tisch liegt.

„Also hat er versucht, vor dem Schlag zu fliehen?", fragt Cornelius.

„Ja, wahrscheinlich", antwortet Harmsen. „Todesursächlich war ein Gift, wieder auf Basis von Eisenhut. Es wird nicht sofort zum Tod geführt haben. Bei der Menge an festgestelltem Gift vermutet Dr. Schildpatt eine Zeit von einer, vielleicht anderthalb Stunden, bis das Opfer gestorben ist. Allerdings wird er schon früher zusammengebrochen sein."

„Was gibt es sonst für Spuren?", fragt Cornelius weiter.

„Bei dem Toten wurde eine kleine Summe Bargeld gefunden, nur zehn Euro zwanzig. Und genau wie bei dem Bruder außerdem einige Münzen aus verschiedenen Herkunftsländern. Die hat der Zeuge Jens Thaden bereits als Teil der Diebesbeute aus seinem Haus identifiziert. In der Jackentasche wurde außerdem ein kleiner Zettel gefunden, mit einer Adresse darauf: Köhlerdamm 24. Kleines Gehöft. Kollege Kleinknecht ist schon vorbeigefahren. Der Hof steht wohl schon länger leer. Alles bewachsen. Ist Luftlinie übrigens nicht weit vom Sygge-Hof entfernt. Ich habe schon beim Amtsgericht angerufen wegen der Eigentumsverhältnisse. Frau Pohlmeyer will zurückrufen, sobald sie sich die Akten gezogen hat."

Da klingelt auch schon das Telefon. Allerdings nicht das von Harmsen, sondern von Wiebke. Es ist die Assistentin der Freifrau von Niggeberg-Au. Wiebke stellt auf laut.

„Wenn Sie Freifrau von Niggeberg-Au persönlich sprechen möchten, kann ich Ihnen nur heute Nachmittag um 15.00 Uhr anbieten. Die Freifrau gedenkt, morgen früh abzureisen", näselt die bekannte Stimme der Angelika Gräfe.

Wiebke wirft einen fragenden Blick zu ihrem Chef. Cornelius nickt.

„Ja, okay", antwortet Wiebke knapp.

„Die Freifrau wird Sie auf den Terrassen erwarten", teilt die Assistentin mit.

„Meine Güte, klingt die hochgestochen", kommentiert Cornelius, als Wiebke das Telefonat beendet hat. „Lübben, Sie begleiten Krömer."

Der Angesprochene strafft sich auf seinem Stuhl.

„Düring kann hier die Stellung halten. Noch was zu dem Toten, Harmsen?", kommt Cornelius auf die Ermittlungsergebnisse zurück.

„Der Tote trug die gleichen roten Strümpfe wie sein Bruder. Und auch bei ihm fehlten die Schuhe. Die Spurensicherung hat einen Holzschuh gleicher Art wie bei dem Bruder im Straßengraben, ungefähr fünfzig Meter vom Haus am Alten Sielpadd entfernt, gefunden. Nach dem anderen wird noch gesucht. Das ist erst mal alles."

„Gut, dann sind Sie jetzt alle im Bilde." Cornelius schaut in die Runde.

Wieder klingelt ein Telefon. Diesmal das von Harmsen. Der nimmt das Gespräch an und greift dann nach einem Stift und kritzelt Stichworte auf das Papier vor sich. Es dauert ein paar

Minuten, bis Harmsen sich von Frau Pohlmeyer verabschiedet.
„Der vorherige Eigentümer des Hofes am Köhlerdamm ist bereits vor sechs Jahren verstorben. Es gab eine Erbengemeinschaft von acht Personen, die sich wohl nicht einigen konnten. Es war auch schon eine Teilungsversteigerung anberaumt, die ist dann aber kurzfristig wieder abgesagt worden. Sechs der Erben kamen von außerhalb, zwei hier aus Butjadingen: Frau Martina Bargstedt, geborene Röben und Frau Michaela Pistorius, geborene Röben."
„Ist das die Frau von unserem Pistorius?", fragt Cornelius.
„Ja", antwortet Harmsen. „Und es geht noch weiter: Für die Liegenschaft ist vor vier Wochen ein neuer Eigentümer eingetragen worden: Herwig Pistorius."
„Ich habe es ja gewusst!", ruft Cornelius und schlägt mit beiden Handflächen auf den Tisch. „Der Pistorius hängt mit drin. Und zwar ganz tief! Harmsen, wir fahren zurück ins Kommissariat. Da werden wir doch mal sehen, was der Herr Bauunternehmer uns heute mitzuteilen hat."

≈

Am frühen Nachmittag schlendert Fee über die Strandallee zurück zu ihrem Haus. Sie hat sich noch ein Stündchen ans Wasser gesetzt, und ihre Laune hat sich inzwischen deutlich verbessert. Die drei Kugeln Eis in der Waffel, die sie sich gerade im La Cassetta gekauft hat, tragen ihr Übriges zu der Stimmungsaufhellung bei.
Gestern Abend war sie wirklich stinksauer. Erst macht sich Elseliese auf und davon, und dann hat sie stundenlang vor dem Haus am Alten Sielpadd warten müssen, bis dieser neumalkluge Kommissar sie ausgefragt hat. Und von ihren Freunden kam bis zum späten Abend nicht eine Nachricht!
Heute Morgen hat dann aber schon ganz früh die Schnackwatt-App gepiepst.
„Sorry, bin erst so spät aus Cuxhaven wiedergekommen, dass ich gleich ins Bett gefallen bin. Wie wäre es, wenn wir uns heute

Abend alle bei mir treffen? So gegen sieben Uhr? Ich kann auch was zu essen besorgen", hat Wiebke geschrieben.

Am späten Vormittag kam auch eine Nachricht von Heiko: „Tut mir auch leid. Die Vorstandsversammlung hat fast bis Mitternacht gedauert. Hatte nur vier Stunden, bis ich wieder aufstehen musste. Essen bringe ich mit: Fischplatten aus dem Deichfürst, Brot von mir."

Kurz darauf hat auch Lasse kurz geantwortet: „Okay, ich komme auch."

Fee hatte gestern ganz vergessen, sich noch einmal bei Lasse zu melden, als es auf der Geburtstagsfeier etwas ruhiger geworden war. Am Abend hatte er sich ja, genau wie die anderen, nicht mehr zurückgemeldet. Da haben sie sich heute sicher einiges zu erzählen.

Als Fee das „Käpt'n Hook" passiert hat, fällt ihr Blick auf ein elegantes Cabriolet, das von mehreren Menschen umringt wird. Das Auto muss uralt und teuer sein, denkt Fee eben, als sie hinter dem Lenkrad den Philk erkennt. Zu Hemd und Weste trägt er eine altmodische Schiebermütze und Autofahrerhandschuhe. Theatralisch gestikuliert er mit seinen Armen: „Ich würde ja gerne, aber die Ingredienzien, *l'inspiration*, Sie verstehen …", erklärt er den erwartungsvoll um ihn gescharten Menschen. „Aber ich arbeite bereits an einer neuen *création*. Sobald ich vollendet habe, werde ich mich melden. Vielleicht in der kommenden Woche", schiebt er nach.

„Mein Urlaub geht zu Ende, ich bin nur noch nächste Woche da", kommentiert eine rundliche Dame seufzend.

Fee schiebt lächelnd die Spitze ihrer Eistüte in den Mund und macht sich auf den Weg nach Hause.

Von der langgezogenen Terrasse des Hotels Kaiserpalast hat man einen weiten Blick über die Wesermündung und die Nordsee. Alvira Freifrau von Niggeberg-Au erhebt sich aus einem schwer gepolsterten Rattansessel. Sie trägt einen weißen Hosenanzug und dicken Goldschmuck. Ihre Haare sind perfekt frisiert. Der um einige Jahre jüngere Mann an ihrer Seite erhebt sich ebenfalls. Zu seiner Designerjeans trägt er ein Polohemd und hat sich einen weißen Pullover um die Schultern gebunden. Sein dunkles, volles Haar sieht irgendwie künstlich aus, denkt Wiebke.

„Freifrau von Niggeberg-Au? Ich bin Kriminaloberkommissarin Krömer und das ist Polizeihauptmeister Lübben."

„Ich kenne Herrn Lübben natürlich persönlich, auch wenn ich Butjadingen schon verlassen hatte, als er geboren wurde. Ich war ja häufig und gerne in Burhave zu Besuch", antwortet die Freifrau.

„Meine Mutter liebt ihre alte Heimat, deshalb sind wir mal wieder hier. Wir haben uns hier in Bremerhaven Immobilien angesehen", fügt der Mann an.

„Mein Sohn, Alexander Freiherr von Niggeberg-Au", stellt die Adelige ihren Begleiter vor.

Wiebke verdreht innerlich die Augen. Den langen Titel hatte schon die Assistentin im Telefonat viel zu häufig runtergerattert.

„Ihr Sohn?", fragt Wiebke. Sie hat sich vor Ihrer Abfahrt nach Bremerhaven bei Siefke Steding über die Lebensumstände von Keas Schwester erkundigt.

„Mein Adoptivsohn. Ein illegitimes Kind meines verstorbenen Mannes, dem der Titel verwehrt blieb. Nach dem Tod meines Gatten habe ich der Gerechtigkeit Genüge getan", erklärt Alvira in großmütigem Ton.

„Frau von Niggeberg-Au, Sie haben vorgestern, also am Dienstag, die Erbin Ihrer Schwester, Frau Fee Schnabelkuss, aufgesucht und um Herausgabe eines grünen Koffers ersucht", beginnt Wiebke die Befragung.

„Ja, das ist richtig", antwortet Keas Schwester. „In dem Koffer hat mein Vater die Familienandenken aufbewahrt. Fotos, alte Stammbücher, Urkunden und so weiter. Nichts von materiellem Wert, für mich als Letzte der Familie aber von großer persönlicher Bedeutung. Die Erbin ist ja eine ganz entfernte Verwandte. Ich weiß nicht einmal genau, wie sie mit meiner Schwester, ich meine, mit uns, verwandt ist. Auf jeden Fall hat sie doch keinen Bezug zu den Dingen und wird sie sicher entsorgen."

Aus den Augenwinkeln sieht Wiebke, wie Lübben unwillkürlich verständnisvoll nickt. Wieder verdreht Wiebke innerlich die Augen. Von seiner Ahnenhuldigung hat sie natürlich auch schon gehört.

„Frau Schnabelkuss und auch die hinzugekommene Zeugin Siefke Steding geben an, dass Sie ohne Zustimmung der Eigentümerin in die Räumlichkeiten vorgedrungen sind", wendet sich Wiebke weiter an die Adelige.

„Ich bin in dem Haus aufgewachsen, ich weiß doch, wo alles verwahrt wurde. Ich wollte der Frau – wie, sagten Sie, war ihr Name? – doch nur unnötige Sucherei ersparen. Ich selbst hatte es ja auch eilig. Der Termin mit dem Makler, Sie verstehen", bekommt sie zur Antwort.

Wiebke mustert die Freifrau eindringlich, aber die bleibt ganz gelassen.

„Frau von Niggeberg-Au, Sie sind am Montag angereist?"

„Ja."

„Wo haben Sie die Nacht von Freitag auf Samstag verbracht?", investigiert Wiebke.

„Wie bitte? Warum fragen Sie das?" Eine leichte Irritation spiegelt sich in Alviras Gesicht.

„Wegen des Mordes, der in dieser Nacht am Haus Ihrer verstorbenen Schwester geschehen ist. Wir ermitteln in alle Richtungen, reine Routine", erklärt Wiebke sachlich.

„Oh ja, der Mord. Fürchterlich. Ich habe gleich davon gehört, als ich am Montag angekommen bin. Im Café, beim Friseur, überall spricht man davon. Auch hier in Bremerhaven."

„Und wo waren Sie in der besagten Nacht?", wiederholt Wiebke ihre Frage.

„In meinem Anwesen in Baden-Baden. Nachts war ich zu Bett."

„Kann das jemand bezeugen?"

„Ja, ich", mischt sich Alexander von Niggeberg-Au ein. „Ich lebe ja auch dort. Und Frau Gräfe, die Assistentin, bewohnt auch ein Appartement im Anwesen. Wir haben ja noch lange am Pool gesessen. Erinnerst du dich, Mutter? Es war ja so eine schöne, sternenklare Nacht."

Die Freifrau überlegt einen kurzen Moment und erinnert sich: „Ja, das war am Freitag. Wirklich eine herrliche Nacht!"

Erneut schaut Wiebke die beiden eindringlich an.

„Wenn Sie noch Zweifel haben, kann ich Ihnen das Mobiltelefon meiner Mutter zeigen. Der Zeitstrahl zeigt ja an, wie sie sich bewegt hat." Er nimmt ein goldenes Smartphone vom Tisch vor sich, wischt und tippt ein paarmal und hält es Wiebke dann hin. Tatsächlich kann Wiebke ablesen, dass die Freifrau sich am Freitagabend zu Hause in Baden-Baden aufgehalten und sich in den nächsten Tagen auch nur in der nahen Umgebung bewegt hat. Am Montag hat die App dann die Fahrt nach Bremerhaven aufgezeichnet, und auch den Besuch in Burhave am Dienstag. „Und bevor Sie fragen, hier ist mein Telefon", sagt Alexander von Niggeberg-Au und zeigt Wiebke den Zeitstrahl auf seinem Gerät. Dagegen kann niemand etwas sagen.

„Okay, danke für Ihre Zeit", verabschiedet sich Wiebke.

„Überhebliche Menschen wirken immer so verdächtig", sagt sie zu Lübben, als sie wieder neben ihm im Auto sitzt.

※

Als Fee auf ihr Haus zuläuft, sieht sie von Weitem ein rotes Fahrrad, das in der Einfahrt steht. Im Näherkommen erkennt sie eine junge Frau, die an ihrer Haustür klingelt und sich suchend umschaut. Fee beschleunigt ihren Schritt.

„Hallo, kann ich Ihnen helfen?", ruft sie der Besucherin zu.

Die zuckt kurz zusammen und dreht sich dann zu Fee um. Erst jetzt erkennt Fee, dass da eine Teenagerin von fünfzehn, höchstens sechzehn Jahren, steht. Sie trägt ihre langen, braunen Dreadlocks locker zusammengebunden und hat ein freundliches

Gesicht. Zu ihrer schwarzen Pluderhose hat sie ein bauchfreies, enges Top kombiniert.

„Hallo, ich bin Eske. Ich habe gehört, dass Sie angekommen sind. Ich wollte fragen, ob Sie etwas dagegen haben, wenn ich meine Kürbisse hier bis zur Ernte weiter ziehe. Das war mit Frau de Buur so abgemacht", erklärt die Jugendliche etwas schüchtern.

„Du kannst ruhig du zu mir sagen. Ich heiße Fee." Das junge Gesicht erhellt sich.

„Du hast die Kürbisse gepflanzt? Ich dachte, das sei Heiko gewesen, für sein Kürbisbrot im Herbst. Aber ich bin ganz darüber hinweggekommen, ihn danach zu fragen", erklärt Fee.

„Heiko nimmt mir auch welche ab", erzählt Eske, „aber die meisten schnitze ich zu Halloween-Gesichtern und verkaufe sie als Deko an Hotels und so."

„Oh, wow, cool", antwortet Fee, die tatsächlich beindruckt von der Geschäftsidee ist. „Machst du das denn schon lange?", will sie wissen.

„Ja, seit ich Kea kenne … ich meine, gekannt habe. Mein Vater hat mich wegen der schlimmen Migräneattacken zu Kea gebracht. Das war vor vier Jahren. Wir waren vorher schon bei ganz vielen Ärzten und Heilpraktikern", berichtet Eske, wobei ihre Stimme immer noch etwas schüchtern klingt.

„Und, hat ihre Behandlung geholfen?", will Fee staunend wissen.

„Erst nicht. Ich dachte, sie gibt mir ein Medikament oder Heilkräuter oder so was. Aber so war das gar nicht. Sie hat mir beigebracht, woher die Kopfschmerzen kommen und wie ich mich ausdrücken kann, damit die Kopfschmerzen nicht mehr kommen. Das kann man gar nicht mit ein paar Worten erklären. Jedenfalls hat sie mir sehr viel beigebracht. Nicht nur wegen der Kopfschmerzen, sondern ganz viele andere Sachen. Mit Heilpflanzen kenne ich mich auch schon ganz gut aus", erzählt Eske.

„Ist Kürbis denn eine Heilpflanze?", fragt Fee verwundert. Davon hat sie noch nie gehört. Eske lächelt.

„Ja, doch, Kürbis ist auch eine Heilpflanze. Da ist viel Kalium und Magnesium drin. Aber um mit so was zu arbeiten, bin ich noch zu jung."

Eskes Lächeln wird ein wenig verlegen.

„Ich baue die Kürbisse an, um mir damit ein bisschen Taschengeld zu verdienen. Für Festivalkarten und so. Das Schnitzen macht mir Spaß, ich kriege ganz gute Gesichter hin. Und für die getrockneten Kerne habe ich auch Abnehmer. Man braucht sich nicht so viel um die Pflanzen zu kümmern. Ich schaue meistens zweimal die Woche nach ihnen. Dieses Jahr hat es genug geregnet, da brauchte ich kaum gießen."

„Na, dann schauen wir uns deine Plantage mal an", meint Fee und läuft in Richtung Garten. „Ich weiß noch nicht, was ich mit dem Haus machen werde. Aber in diesem Jahr kannst du deine Kürbisse gerne weiter ziehen."

Die kleinen Pflanzen haben schon mehrere große, rundliche Blätter ausgetrieben. Hie und da bilden sich schon erste Blüten.

„Da bin ich aber froh. Danke", sagt Eske. „Als ich Sonntag Avalonia hier getroffen habe, dachte ich, sie hätte das Haus geerbt. Benommen hat sie sich ja auch so und mich weggescheucht."

„Avalonia? Wer ist das denn?", entfährt es Fee.

„Na, die Heilerin, die hier jeden Sommer herkommt", klärt Eske Fee auf. „In echt heißt die natürlich anders. Die hat viele Kurse bei Kea gemacht, und da hätte es ja angehen können, dass Kea ihr das Haus vererbt hat. Aber dass die gleich so rotzig werden musste. Dabei hatte ich das Kürbisfeld für dieses Jahr noch mit Kea geplant. Sie hat mir Samen für zwei neue Sorten bestellt. Auf den blauen bin ich sehr gespannt."

„Wann war das denn am Sonntag, und was hat diese Avalonia zu dir gesagt?", will Fee aufgeregt wissen, die das Blut an der Türklinke abstoßend deutlich vor Augen hat.

„Das war vielleicht so gegen halb drei oder drei Uhr", überlegt Eske. „Und wie ich hier hinten in den Garten komme, steht sie da an den Beeten und schneidet Kräuter. Und wurde gleich ganz unfreundlich. Das sei jetzt ihr Kräutergarten, hat sie gemeint, und ich hätte hier nichts mehr zu suchen, und dass ich mich verziehen soll. Da war ich natürlich ganz schön sauer und habe das zu Hause erzählt. Gestern kam meine Oma von einer Geburtstagsfeier wieder und hat berichtet, dass die Erbin von Keas Haus gar nicht die mit den pinken Haaren ist, sondern eine mit braunen Haaren. Die hätte auch die Feier organisiert. Und deswegen bin ich heute wiedergekommen."

„Pinke Haare?", fragt Fee nach. „Ist das die, die am Strand Meditationen macht?"

„Ja, die sieht man andauernd durch den Ort marschieren mit ihren Gruppen."

„Weißt du, wo die wohnt?", erkundigt sich Fee.

„Ja, im Deichgrafen, soweit ich weiß."

Fee schaut Eske etwas verständnislos an.

„Das ist die Appartementanlage an der Hauptstraße. Sie wohnt ganz unten, da hängen immer so pinke Bali-Fahnen, wenn die Meisterin im Lande ist", fügt Eske sarkastisch hinzu.

Pistorius sitzt erneut im Verhörzimmer des Polizeikommissariats Nordenham.

„Hat Dr. Callmeyer sich immer noch nicht gemeldet?", fragt er unwirsch.

„Nein, Herr Pistorius, Ihr Rechtsanwalt hat sich noch nicht zurückgemeldet", antwortet Cornelius leicht zynisch. „Und der kann die Wahrheit für Sie auch nicht zurechtdrehen."

„Ich habe gestern bereits alles gesagt, Sie haben keinen Grund, mich hier länger festzuhalten. Also lassen Sie mich endlich gehen", fordert Pistorius.

„Offensichtlich haben Sie gestern ein paar wesentliche Dinge vergessen", entgegnet der Hauptkommissar. „Uns liegen neue Fakten vor."

„Was denn für Fakten? Wovon reden Sie?", gibt sich der Bauunternehmer ahnungslos.

„Ich frage Sie jetzt noch einmal nach Ihrer genauen Beziehung zu den Sygge-Brüdern."

„Das habe ich Ihnen bereits erklärt. Sie haben gelegentlich für mich gearbeitet. Mehr gibt es da nicht", behauptet Pistorius.

„Sie sind seit Kurzem Eigentümer der Liegenschaft Köhlerdamm 24, ehemals als Röben-Hof bekannt?"

Pistorius schaut überrascht.

„Ja, was hat das hiermit zu tun?"

„Bei dem toten Gero Sygge wurde ein Zettel mit der Anschrift gefunden. Erklären Sie mir das, Herr Pistorius."

Cornelius schaut den Bauunternehmer mit verengten Augen an. Dieser schaut entsetzt zurück.

„Gero Sygge ist auch tot? Wo ... wie?"

„Er hat sich noch in sein Haus am Alten Sielpadd geschleppt von dort, wo Sie ihn zu erschlagen versucht und dann Gift verabreicht haben."

„Erschlagen, Gift, Alter Sielpadd ...?"

Pistorius' Überheblichkeit ist gänzlich aus seinem Gesicht gewichen.

„Also, wieso haben wir bei dem Toten einen Zettel gefunden, auf der die Anschrift eines Hofes geschrieben steht, der Ihnen gehört?"

Pistorius starrt zu Harmsen, der an der anderen Seite des Tisches sitzt. Er überlegt und scheint die Entscheidung zu treffen, dass Reden jetzt die bessere Wahl ist:

„Sie sollten auf dem Hof am Köhlerdamm die dicken Eichen fällen, die viel zu dicht am Haus standen. Da hätte ich so ja nichts Größeres bauen können. Ich habe Ihnen die Anschrift auf den Zettel geschrieben. Hätten Sie ja eh rausgekriegt, dass es meine Handschrift ist", knurrt er.

„Und zu diesem Zweck haben Sie die Säge auf dem Sygge-Hof deponiert", folgert Cornelius.

„Ja", brummt Pistorius.

„Und was war, als Sie die beiden Brüder abends an der Deichstraße angehalten haben?"

„Da habe ich sie nur gefragt, was sie da noch rumlaufen. Der Sygge-Hof liegt von dort ganz schön weit weg. Es wurde ja schon dunkel. Sie sollten mal zusehen, dass sie sich die Säge holen und dann weiter zum Röben-Hof kommen. Schließlich mussten sie ja drei dicke Bäume umlegen, und die Nacht ist kurz im Juni", erklärt Pistorius.

„Und später in der Nacht haben Sie die beiden beim Haus der Kea de Buur angetroffen, es kam zum Streit, und da haben Sie zugeschlagen und zur Sicherheit noch Gift verabreicht", fällt Cornelius dem Bauunternehmer ins Wort.

„Was?", fragt dieser erneut und schaut Cornelius entgeistert an. „Ich habe niemanden umgebracht! Ab der Stelle, wo ich die Sygge-Brüder am Deich getroffen habe, ist alles so gewesen, wie ich Ihnen das bereits geschildert habe. Beim Sygge-Hof war am Montagabend keiner zu finden, die Kettensäge war auch weg, die Bäume bei meinem Hof standen noch, und als ich, nachdem ich vom Mord gehört hatte, im Heringsweg nachgesehen habe, war da auch nichts."

Cornelius schaut Pistorius ungerührt an. Der wird wütend: „Und kann jetzt mal endlich ein Arzt kommen und mein Ohr neu verbinden? Das suppt ja schon durch!"

„Der Arzt ist auf dem Weg", antwortet Cornelius knapp. „Woher haben Sie das Gift, Herr Pistorius? Doch von Huntorp? Der kennt sich doch mit so was aus. Lag der auch im Clinch mit den Sygge-Brüdern? Etwa wegen der Vorherrschaft als Knochenbrecher?"

„Davon weiß ich nichts. Die Brüder hat doch keiner ernst genommen als Knochenbrecher. Ihr Vater, ja, der konnte was. Aber die Jungs doch nicht. Das waren doch Möchtegerns, Aufschneider. Nichts gelernt, nichts gearbeitet, aber großtun. Als ich sie am Deich getroffen habe, wollten sie plötzlich mehr Geld für … äh … ihre Dienste. Fünfhundert Euro mehr wollten sie haben, also das Doppelte. Ich hatte nur einhundert Euro in bar bei mir. Die habe ich ihnen dann gegeben, damit sie voranmachen. Und das ist nun wirklich alles. Ab da habe ich die beiden nicht mehr gesehen. Ich habe niemanden erschlagen und niemanden vergiftet. Insofern habe ich mir auch kein Gift besorgt. Weder von Huntorp noch von sonst jemandem. Sie haben keinen Grund, mich

hier länger festzuhalten. Ich verlange meine Freilassung, sofort!",
poltert Pistorius.
„Ein paar Stunden haben wir auf jeden Fall noch Spielraum",
entgegnet Cornelius. „Da lässt sich noch allerhand ermitteln."

୬

Wiebke hat noch nicht auf Fees Nachricht geantwortet. Wahrscheinlich ist die noch mit Lübben unterwegs. Fee scrollt inzwischen durch die Website, die sie von Avalonia gefunden hat. Auf der Startseite ist ein großes Foto von der Heilerin. Fee schätzt sie auf Ende dreißig. Zu ihren pinken Haaren trägt sie einen rosa Poncho. Sie hat die Augen einer Katze, leuchtend grün. Könnte natürlich auch bearbeitet sein, denkt Fee.
Unter dem Bild steht groß: „Avalonia, Mind-Body Healing."
Darunter zwei Links: „November–März: Sauerland", „Mai–September: Nordsee". Als Fee die Links anklickt, werden die verschiedensten Workshops angeboten, und zwar zu horrenden Preisen. An der Nordsee bietet die Heilerin „Meditation im Watt", „Salzatmen" und „Vollmond-Healing" an. Auch Einzelsitzungen können gebucht werden. Sie rühmt sich ihres Wissens in der Kräuterheilkunde, der Heilsteintherapie und im Besonderen ihre Erfolge mit Energieessenzen. Sie führt verschiedene Reisen nach Südamerika, Australien und Sibirien ins Feld, wo sie sich von berühmten Schamaninnen habe unterweisen lassen.
Ganz am Schluss stellt Avalonia ihre langjährige Ausbildung bei Kea de Buur heraus und behauptet, deren von ihr selbst ernannte Nachfolgerin zu sein.
Da macht sich aber jemand sehr verdächtig, resümiert Fee.
Im Impressum der Website findet sie dann auch den echten Namen der großspurigen Heilerin: Sandra Meyer. Es folgt eine Adresse in Arnsberg im Sauerland und der Hinweis, dass ihre Praxis von April bis Oktober an der Nordsee, im Deichgrafen an der Butjadinger Straße, zu finden sei. Die muss sie sich unbedingt vornehmen, beschließt Fee.

Aber da sind ja auch noch der Bauunternehmer Pistorius und Keas Schwester. Was Wiebke da wohl Neues berichten kann?

❧

„War natürlich alles durchgehend gekühlt", erklärt Heiko, als er die beiden abgedeckten Edelstahltabletts auf Wiebkes Dachterrasse balanciert. Schräg über der Schulter baumelt eine Stofftasche, aus der zwei lange Baguettes lugen.
Fee und Lasse sind schon da und haben es sich auf den Loungemöbeln gemütlich gemacht.
„Wow, Fischplatten aus dem Deichfürsten. Die müssen ja megateuer gewesen sein", meint Wiebke, als sie die Deckel von den Platten hebt, die Heiko auf den Tisch gestellt hat. Kunstvoll sind verschiedene geräucherte Fischspezialitäten angerichtet und mit Salatblättern und Südfrüchten garniert. Auch ein Berg gepulter Krabben liegt auf jeder Platte. In der Mitte stehen kleine Schälchen mit Aufstrichen.
„Nee, hat überhaupt nichts gekostet", erwidert Heiko. „Im Deichfürsten hatte sich eine Bustour aus Osnabrück angemeldet. Als ich gerade da war, um das frische Brot zu liefern, haben die Nachricht bekommen, dass der Bus kurz vor Oldenburg liegengeblieben ist. Bis da Ersatz da ist und die Leute weiterfahren können, kann es ja Stunden dauern. Der Veranstalter der Tour muss das Essen natürlich trotzdem bezahlen. Aber so Fischplatten kann man ja nicht einfrieren oder so. Da haben die mir gleich was mitgegeben."

Als Wiebke mit einem Korb voll in Scheiben geschnittener Baguettes zurückkommt, hält sie auch einen Flaschenträger in der Hand.
„Hier, probiert mal ein *Butjenter Friesenhäuptling*. Auf dem Weg zurück von Bremerhaven war ich noch eben im Brauhaus rein. Lübben hat zwar gemeint, dass das eine Dienstfahrt wäre, und wollte da erst gar nicht anhalten. Aber bei dem Wort ‚Friesen-

häuptling' ist er eingeknickt und hat sich selber auch ein paar Flaschen mitgenommen", lacht Wiebke.

Kurz darauf ploppen die vier Bügelverschlüsse, und alle nehmen einen kräftigen Schluck des herrlich kühlen Bieres.

Kaum eine halbe Stunde später ist der größte Teil der Fischplatten verputzt.

„Eigentlich stehe ich gar nicht so auf Fisch", meint Fee, „aber das war echt lecker. Wie heißt denn der Fisch, der da vorne in der Ecke lag? Den mochte ich am liebsten."

„Das war Heilbutt, der ist auch am teuersten", grient Heiko.

„Also, als ich hier damals angekommen bin, mochte ich ja überhaupt keine Krabben. Aber jetzt kann ich mich da reinlegen", verkündet Lasse mampfend und angelt mit dem Löffel nach den letzten kleinen Garnelen. „Das ist wohl so eine Art Nordsee-Metamorphose", fügt er ganz ernst an.

„Also, Wiebke, dann erzähl mal, was es Neues gibt in Sachen Mord an Hayo Sygge", eröffnet Heiko das Thema des Treffens, als er sich mit einer Serviette den Mund abputzt.

„Den Mord an dem Bruder Gero Sygge", sagt Wiebke knapp, die noch einen letzten Happs Makrele verspeist.

Lasse und Heiko bleiben die Münder offen stehen.

„Und das sagst du erst jetzt?", fragt Heiko entsetzt.

„Fee, du wunderst dich ja gar nicht. Wusstest du schon davon?"

„Ähm, ja. Ich war dabei, als er gefunden wurde?"

„Was? Wie?", fragt jetzt auch Wiebke überrascht. „Davon haben die Kollegen gar nichts erwähnt."

Fee muss ihren gespannt lauschenden Freunden in allen Einzelheiten erzählen, wie sie zu dem Haus am Alten Sielpadd gefahren ist und dort den toten Gero Sygge vorgefunden hat.

„Und jetzt müsst ihr alle dichthalten", fügt sie verschwörerisch an. „Elseliese war auch da. Aber die hat sich aus dem Staub gemacht, als Lübben vorgefahren ist. Und ich habe sie gedeckt."

„Was?", schallt es unisono aus allen Münder, und Fee muss noch einmal ganz genau erzählen, was sich im Haus am Alten Sielpadd abgespielt hat.

„Und was haben die Ermittlungen ergeben?", will sie dann ihrerseits von Wiebke wissen.

„Die Kollegen haben den Bauunternehmer Pistorius in der Mangel. Gestern haben sie ihn zufällig bei Knochenbrecher Huntorp in Eckwarden angetroffen. Er war mit einem anderen Wagen da. Und die Reifen hatten genau das Muster, das am Sygge-Hof und vor Elselieses Haus gefunden wurde. Da ist Pistorius abgehauen und Lübben in seinem heiligen Mercedes hinterher. Durch halb Butjadingen ging die Verfolgungsjagd . Erst am Deich hinter Tossens konnte er wohl einem entgegenkommenden Fahrzeug nicht mehr ausweichen und ist im Graben gelandet", berichtet Wiebke.

„Das war ich", wirft Lasse trocken ein. „Hab ihm eine geballert."

„Was?", stürmt es nun von den anderen auf Lasse ein.

„Erst hatte dieser Vollpfosten von Cornelius mich ewig verhört. Und zwar nicht als Zeugen, sondern als Verdächtigen! Weil mein Reetklopfer weg ist. Dann musste ich durcharbeiten, um die verlorene Zeit aufzuholen und pünktlich zu meinem Auftrag in den Aida-Park nach Tossens zu kommen. Und dann schießt mir auf dem Weg dorthin dieser riesige SUV entgegen. Beim Ausweichen bin ich in den Graben gerutscht. Er auch. Da war der Bock fett", erklärt Lasse.

Heiko schaut seinen besten Freund mit offenem Mund an.

„Aber sonst bin ich ja Pazifist", schiebt Lasse nach.

„Davon haben Lübben und Cornelius gar nichts erwähnt", wundert sich Wiebke.

Lasse zuckt mit den Schultern.

„Und was kam bei dem Verhör von Pistorius raus?", ergreift Heiko das Wort.

„Er hat zumindest zugegeben, dass er die Sygge-Brüder kannte und dass die manchmal für ihn gearbeitet haben. Illegal Bäume gefällt. Und dann hat er zugegeben, dass die Kettensäge gar nicht geklaut war, sondern dass er sie den Sygge-Brüdern zu ihrem Hof gebracht hat, weil die für ihn in der Nacht Bäume am Köhlerdamm fällen sollten, wo er seit Neuestem einen alten Hof besitzt. Und bei der abendlichen Begegnung an der Deichstraße sollen die beiden Sygge-Brüder mehr Geld gefordert haben. Danach will er sie nicht mehr gesehen haben. Die Reifenspuren vor Elselieses Haus hat er damit erklärt, dass er von dem Mord an Hayo Sygge gehört habe und sich das mal ansehen wollte und auch nach der teuren Säge Ausschau halten wollte. Von dem Haus am Alten Sielpadd hat er angeblich nichts gewusst. Und von dem toten Gero Sygge angeblich auch nichts", gibt Wiebke die Ermittlungsergebnisse wieder.

„Und was ist bei Keas Schwester rausgekommen?", fragt Lasse.

„Sie und ihr junger Begleiter, der ihr Stiefsohn ist, haben ein Alibi für die Mordnacht. Die sind erst am Montag hier angekommen."

„Und hast du das mit der Avalonia alias Sandra Meyer an Cornelius weitergegeben?", will dann Fee wissen.

Lasse und Heiko schauen sie fragend an, und Fee erzählt, dass sich die pinke Dame als neue Verdächtige ins Spiel gebracht hat.

„Cornelius hat nur gefragt, wie ihm das bei Pistorius weiterhelfen soll, berichtet Wiebke. „Er hat sich voll auf den eingeschossen. Und die Zeit rennt. Wenn er in den nächsten Stunden nichts Greifbares gegen Pistorius findet, muss er ihn aus dem Gewahrsam entlassen. Er will ihn heute Abend noch mal in die Mangel nehmen."

„Ich habe schon angefangen, in Keas Unterlagen nachzusehen. Die Ordner mit Rechnungen und Ausbildungszertifikaten, die sie ausgestellt hat, gehen ja Jahre zurück. Wie wär's, wenn du morgen früh vorbeikommst und dir ansiehst, was ich von der Avalonia gefunden habe?", schlägt Fee ihrer Freundin vor.

PINK

Fee stellt die Thermoskanne mit Kaffee auf den Küchentisch. Am Kopfende hat sie für Wiebke und sich ein Frühstück aufgedeckt. Heiko hat ihr eine große Tüte mit Brötchen vor die Haustür gestellt. Der restliche Teil des großen Tisches ist mit aufgeklappten Aktenordnern vollgestapelt. Es ist kurz vor acht, als es klingelt. Wiebke ist pünktlich.

„Ich brauche erst mal einen Kaffee", verkündet sie. „Irgendwie bekomme ich seit den Morden einfach nicht mehr genug Schlaf."

„Seit du in Cuxhaven warst, siehst du irgendwie mitgenommen aus", sagt Fee vorsichtig. „Magst du davon erzählen?"

„Ein andermal vielleicht", weicht Wiebke aus. „Jetzt zeige mir mal, was du in Keas Akten über diese Sandra Meyer gefunden hast."

Fee rutscht auf der Bank zu den Akten. „Hier sind die ganzen Ordner der letzten acht Jahre. Mindestens so lange hat Kea diese Avalonia schon gekannt. Vielleicht auch länger, ich muss mich noch durch ältere Ordner wühlen. Die hat bei Kea Kurse besucht. Und auch viele Einzelsitzungen in Anspruch genommen. Einerseits gibt es darüber Rechnungen, andererseits auch Teilnahmebescheinigungen."

„Was waren das denn so für Kurse?", fragt Wiebke.

„Über die Herstellung und Anwendung von Blütenessenzen, Verarbeitung und Verwendung heimischer Heilkräuter, Farb- und Edelsteintherapie …", liest Fee aus den aufgeschlagenen Seiten vor. „Dann steht hier auch was von Supervision, Gruppendynamik, geführte Mediationen …", fährt sie fort. „Wenn ich die Rechnungen von Kea mit den Preisen auf der Homepage von der Avalonia vergleiche, hat es bei Kea nur rund ein Drittel gekostet. Das nenne ich mal eine ordentliche Weiterverkaufsspanne."

Wiebke macht sich Notizen.

„Laut ihrer Website wirkt die Dame hier ja nur in den Sommermonaten. Aber für Kurse bei Kea ist sie auch mal im Winter und Frühjahr angereist. Die letzte Rechnung ist aus Februar dieses Jahres. Da hat sie noch ein paar Termine für Einzelsitzungen bei Kea gehabt", trägt Fee weiter vor.

„Das ist alles leider noch kein Indiz dafür, dass sie etwas mit den Morden zu tun hat", folgert Wiebke. „Nur weil sie sich als Keas Nachfolgerin ansieht und öffentlich damit angibt, von Kea selbst ernannt worden zu sein … Vielleicht hat Kea ihr ja wirklich so etwas gesagt. Die vielen Schulungsbelege sind ja eher ein Beweis dafür, dass sie sich Keas Wissen redlich angeeignet hat und somit auch in ihre Fußstapfen treten könnte."

„Ja, aber was wollte sie denn hier im Garten? Und wie kommt sie dazu, Eske vom Grundstück zu verjagen?", entgegnet Fee. „Vielleicht hat Kea ihr, ähnlich wie Eske, die Erlaubnis erteilt, sich noch am Kräutergarten zu bedienen. Und sie hat sich da in einer besonderen Rolle gefühlt", überlegt Wiebke. „Ein bisschen drüber ist das natürlich schon alles. Vor allem, weil das an dem Tag stattgefunden hat, als das Blut an der Klinke vom Lüttjen Huus geklebt hat. Also gut, ich werde mal sehen, ob ich die Frau Sandra Meyer im Deichgrafen antreffe, und sie mal dazu befragen, was sie am Sonntag in deinem Garten zu suchen hatte." Wiebke klingt wirklich ein wenig abgeschlagen, bemerkt Fee.

ॐ

Nach dem ordentlichen Frühstück und der zweiten Tasse Kaffee hat Wiebke schon mehr Farbe im Gesicht. Und Wiebke gießt sich auch noch eine dritte Tasse Kaffee ein. Da klingelt es an der Haustür.
Als Fee öffnet, steht da niemand anders als die pinke Lady selbst.
„Guten Tag. Ich bin Avalonia. Die Heilerin hier aus dem Ort."
„Aha. Guten Tag", gibt Fee verdutzt zurück und schaut die Besucherin fragend an. Die trägt eine Mischung aus einem Kaftan und einem Jumpsuit in buntem Batikmuster.
„Ich bin Kea des Buurs Nachfolgerin und möchte Sie um den Schlüssel bitten."
„Den Schlüssel?", fragt Fee gedehnt mit großen Augen zurück.
„Ja, den Schlüssel für das Lüttje Huus. Künftig werde ich dort meine Klientinnen und Klienten empfangen. Das Dokument, in dem Kea das verbrieft hat, hat sie Ihnen ja sicher hinterlassen."
Avalonia klingt sehr bestimmt.
„Davon steht nichts im Testament, und ein solches Dokument ist mir auch nicht bekannt", gibt Fee ebenso bestimmt zurück.
„Das macht nichts", lächelt Avalonia gekünstelt zurück. „Ich zeige es Ihnen."
Etwas umständlich holt sie mit einer Hand eine Klarsichthülle aus ihrer großen Umhängetasche hervor, in der ein weißes Pa-

pier steckt, und hält es Fee hin. Fee greift nach dem Schriftstück. Der Text wurde mit dem Computer geschrieben, Fee liest laut: „Hiermit erkläre ich, Kea de Buur, meine Schülerin Avalonia, Frau Sandra Meyer, zu meiner rechtmäßigen Nachfolgerin als Heilerin – hier in Butjadingen auch Knochenbrecherin benannt. Nach meinem Tod soll Avalonia, Frau Sandra Meyer, uneingeschränkte Nutzung meiner Praxis im Lüttjen Huus und des Gartens haben. Meine sämtlichen Arbeitsutensilien, im Lüttjen Huus und auch in meinem Wohnhaus befindlich, sollen in das Eigentum von Frau Meyer übergehen. Burhave, 31.12.2022."

Dann folgt eine Unterschrift: Kea de Buur. Fee schluckt und sieht Avalonia irritiert an.

„Davon habe ich überhaupt nichts gewusst", bringt sie schließlich hervor.

„Zeigen Sie mal her", ertönt plötzlich Wiebkes Stimme hinter Fee. Sie nimmt Fee das Blatt aus der Hand. „Ist das überhaupt echt?", fragt Wiebke.

„Natürlich ist das echt", erklärt Avalonia selbstsicher. „Das ist natürlich nur eine Farbkopie, das Original verwahre ich in meinem Safe."

„Die Echtheit können wir ganz schnell feststellen. Dafür haben wir Spezialisten und modernste Technik. Ich bin Kriminaloberkommissarin Krömer", stellt sich Wiebke vor, ohne von dem Dokument aufzusehen.

Fee bemerkt eine kurze Regung in dem sonst so gelassenen Gesicht der Pinkhaarigen.

„Selbst wenn dieses Dokument echt ist, muss das über das Nachlassgericht laufen. Sie müssen sich einen Erbschein mit dem Nießbrauchrecht ausstellen lassen. Niemand kann nur mit einem Testament in der Hand einen Nachlass übernehmen. Es bedarf immer des gerichtlichen Erbscheins", informiert Wiebke weiter.

„Das ist schnell erledigt", kommentiert Avalonia.

„So schnell nun auch nicht", entgegnet Wiebke. „Die Erbschaftangelegenheit ist ja schon abgeschlossen. Die Haupterbin hier", sie deutet auf Fee, „und die anderen Begünstigten haben ja schon längst einen Erbschein erhalten. Der Fall müsste ganz neu aufgerollt werden. Das kann sehr lange dauern, mindestens Monate. Solange Sie keinen Erbschein haben, haben Sie keinen Anspruch darauf, hier irgendetwas in Besitz zu nehmen oder sich hier aufzuhalten."

„Habe ich doch!", zischt Avalonia zurück und entreißt Wiebke das Papier. Mit einer Hand versucht sie, die Klarsichthülle wieder in die Umhängetasche zurückzuschieben.

„Was ist eigentlich mit Ihrer Hand? Warum halten Sie die immer da unter ihrem Überwurf?", fragt Wiebke.

Nun bemerkt auch Fee, dass Avalonia ihren linken Arm napoleongleich unter dem Überwurf ihres Overalls verbirgt.

„Das geht Sie nichts an", zischt die pinke Lady.

„Oh doch! Hier ist mindestens ein Mord geschehen. Und Sie wurden hier am Sonntagnachmittag gesehen. Und am selben Nachmittag wurden hier Blutspuren entdeckt", gibt Wiebke sehr bestimmt zurück.

„Ja, ich war am Sonntagnachmittag hier, um Kräuter in meinem Garten zu schneiden", räumt Avalonia ein.

„Das ist im Moment noch der Garten der Frau Schnabelkuss", erwidert Wiebke.

„Da habe ich mich mit der Kräutersichel geschnitten. Mitten in die Handfläche. Das hat sehr stark geblutet. Ich hatte nichts dabei, was zum Verbinden getaugt hätte. Und hier war ja alles verschlossen. Ich habe noch die Klinke von meinem Lüttje Huus probiert, aber die Tür war ja auch verrammelt", berichtet Avalonia mit vorwurfsvollem Ton und holt ihre verbundene Hand unter dem Überwurf hervor.

„Wie gesagt, das ist nicht Ihr Haus", wiederholt Wiebke streng.

„Also war das Ihr Blut an der Klinke?"

„Ja, so ist es. Weil man mir ja den Zugang zum Lüttjen Huus versperrt hatte, konnte ich mich nicht verbinden", beschwert sich die Verletzte.

Fee nimmt einen seltsamen Ausdruck in Avalonias Augen wahr. Irgendwie scheint die nicht zu verstehen, dass sie noch gar keinen Anspruch auf das Lüttje Huus hat. Und dass ja auch niemand wissen konnte, dass sie ein solches Dokument von Kea erhalten hat.

„Frau Meyer, wir haben wahrscheinlich noch weitere Fragen an Sie. Können wir Sie in Ihrer Wohnung im Deichgrafen auffinden?", fragt Wiebke.

„Nur, wenn ich nicht gerade mit einer meiner Gruppen unterwegs bin", gibt die Heilerin wichtig zurück.

„Das werden wir dann ja feststellen", erwidert Wiebke.

～

„Scheiße", zischt Cornelius und bläst die Backen auf, als er das Telefongespräch beendet hat. Dann starrt er zur Wand und fletscht die Zähne. „Es sei denn, der Huntorp hat das selber gemacht, um seine Mitwirkung an den Morden zu vertuschen", sinniert er vor sich her. „Ja, nee, das ist natürlich auch Quatsch. Das hätte für ihn ja tödlich enden können", korrigiert er sich selbst und dreht sich zu Harmsen um, der seinen Chef bereits erwartungsvoll anschaut. „Bericht von der Nachtschicht. Bisschen spät, dass die den Zusammenhang zu unseren Ermittlungen erkannt haben", brummt Cornelius. „Imko Huntorp ist heute Nacht mit starken Vergiftungserscheinungen ins Krankenhaus gekommen. Die haben ihn gleich weitergeflogen nach Hannover. Seine Frau hat angegeben, dass er gestern Abend einen Präsentkorb vor der Tür gefunden hat. Dankesgeschenk von einem Patienten. Da war Wein drin. Er hat nur mal kurz genippt, dann kam ein Anruf von einem Pferdehalter wegen eines Notfalls. Auf dem Weg zu seinem Wagen ist Huntorp zusammengebrochen. Die forensische Toxikologie hat im Wein Eisenhut gefunden." „Das kann Pistorius auf jeden Fall nicht gewesen sein", folgert Harmsen.

„Ist mir auch klar", gibt sein Chef gereizt zurück. Er war fest davon überzeugt, dass Pistorius die Morde begangen hat. „Dass der nicht mit drinsteckt, ist noch nicht endgültig. Aber länger festhalten können wir ihn nicht. Sagen Sie Dr. Callmeyer Bescheid, dass er seinen Mandanten mitnehmen kann. Und geben Sie Pistorius die Kettensäge mit."

Während Harmsen sich ins Verhörzimmer aufmacht, um den wartenden Rechtsanwalt zu informieren, grübelt Cornelius weiter: Wer ist dieser Mensch, der bereits zwei Morde auf dem Gewissen hat und einen dritten versucht hat? Giftmorde werden vorwiegend von Frauen begangen. Aber Erschlagen mit einem schweren Gerät spricht eher für einen Mann. Jemand, der gewusst hat, wo der Reetklopfer von dem Alsterbeck hängt. Oder der von der Kea de Buur. Ein Ortskundiger. Jemand aus der unmittelbaren Nachbarschaft? Das würde auch den Tatort an sich plausibler machen. Gibt es im räumlichen Umfeld jemanden mit Ambitionen auf den Nachlass der Kea de Buur? Gibt es da noch einen Knochenbrecher in Burhave? Was hat die Kröger ihm da am Telefon erzählt, als er gerade mit dem Rechtsanwalt von Pistorius zugange war? Irgendeine Frau, die Schülerin der de Buur war und nun mit einem Nießbrauchrecht vor der Tür stand? So richtig hingehört hat Cornelius nicht, war er doch überzeugt, dass Pistorius die Taten begangen hat. Die Krömer soll da noch mal hinfahren und sich die Dame näher besehen. Aber erst mal soll sie mit Lübben nach Eckwarden fahren und sich auf dem Hof von Huntorp umsehen. Er greift zum Telefon und drückt auf die Kurzwahltaste der Burhaver Dienststelle.

✺

Fee pustet Luft durch ihre geschlossenen Lippen und schiebt das Tablet von sich weg. Inzwischen ist es hier auf der überdachten Terrasse ganz schön warm geworden. Fast zwei Stunden hat Fee im Internet recherchiert. Zuerst hat sie versucht, herauszufinden, was es mit diesem Nießbrauchrecht auf sich hat. Wenn das wirklich so stimmt, was sie da gelesen hat, kann Avalonia hier auf dem Grundstück und im Lüttjen Huus machen, was sie will, sobald sie den Erbschein hat. Nicht vorzustellen, sich mit der alles zu teilen! An dem Wohnhaus hat sie zwar keinen Anspruch, aber was nützt das schon, wenn sie über alles drumherum das Sagen hat? Wie soll man unter solchen Umständen einen Käufer für das Haus finden? Noch hat Fee sich ja nicht entschieden, was sie mit Keas Haus machen wird. Die Ereignisse haben ihr ja gar keine Zeit gelassen, ernsthaft darüber nachzudenken. Vielleicht ist Vermieten die bessere Option? Aber dann müsste sie einen Kredit wegen der Erbschaftsteuer aufnehmen. Wie lange es wohl dauert, bis sich das amortisieren würde? Mist, eben noch über die Erbschaft gefreut, und nun ist er da, der große Haken an der Sache. Warum hat Kea das nur gemacht? Nach allem, was Fee über ihre entfernte Verwandte gehört hat, war sie doch eine sehr kluge und weitsichtige Frau. Und warum hat sie sich erst so kurz vor ihrem Tod dazu entschieden, Avalonia dieses Nießbrauchrecht zu vermachen? Irgendetwas passt da doch nicht!

Kater Jesper schaut Fee mit zusammengekniffenen Augen an. Er hat sich mitten auf die Sitzfläche des Strandkorbes gelegt und geschlafen, sodass Fee sich mit einem der Terrassenstühle begnügen musste. Jetzt räkelt er sich behaglich. Immerhin hält er sich zum ersten Mal über längere Zeit in Fees Nähe auf. Sonst ist er ja den ganzen Tag irgendwo draußen verschwunden. Auf dem Tablet ist immer noch die letzte Seite geöffnet. Avalonia alias Sandra Meyer lächelt von einem professionellen Foto auf ihrem Facebook-Account. Bei Instagram ist sie auch, wie Fee bei ihren Recherchen festgestellt hat. Alle paar Tage postet sie etwas für ihre Anhängerschaft. Sie schreibt von Erdschwingungen, Weltenergien und neuesten Erkenntnissen in alternativen Heilweisen. Eigentlich schreibt sie ganz interessante Sachen, wie Fee eingestehen muss, aber sie hat die Frau gerade so was von gegessen, dass sie nichts davon wissen will.
Ursprünglich hat Sandra Meyer mal Altenpflege gelernt, wie Fee aus ihrer geposteten Vita weiß. Aber etwas richtig Aufschlussreiches konnte sie über die Heilerin nicht erfahren.

„Hallo?", erschallt plötzlich eine Fee wohlbekannte, hohe Stimme von der Vorderseite des Hauses her. Fee schaut um die Ecke.

Und tatsächlich ist es Elseliese. Sie trägt einen weißen Plastikeimer mit Deckel drauf vor sich her. Elseliese ist heute ungewöhnlich dezent gekleidet, zumindest für ihre Verhältnisse. Zu einer knöchellangen, weißen Hose trägt sie eine kurzärmelige, rote Bluse. Bei Make-up und Frisur ist Elseliese ihrem Stil aber treu geblieben, wie Fee bei näherer Betrachtung feststellt.

„Ich habe heute frischen Fliedersekt aufgesetzt. Den mochtest du doch ganz gerne auf dem Geburtstag von Käthe. Du musst das aber noch zwei, drei Tage ziehen lassen. Nicht kühlen!", weist Elseliese an, als sie den Eimer auf dem Terrassentisch abstellt.

„Was ist da denn alles drin?", fragt Fee und zieht den Deckel des Eimers ab. Im Wasser schwimmen Holunderblüten und Zitronenscheiben. Es duftet herrlich, findet Fee.

„Zucker ist noch drin und Weinsteinsäure. Wenn man es ein paar Tage länger stehen lässt, fängt es ja an zu sprudeln und bildet auch ein klitzekleines bisschen Alkohol. Deshalb heißt es ja auch Fliedersekt. Bei uns heißt der Holunder nämlich Flieder", erläutert Elseliese. „Wir trinken ihn ja immer schon, wenn er erst drei Tage gezogen hat, dann ist das mehr so Limonade."

„Danke", sagt Fee. „Setz dich, ich hole mal eben was zu trinken."

Als Fee ein paar Minuten später mit einem Tablett aus der Küche zurückkommt, hat Elseliese sich so neben den Kater gequetscht, dass diesem nicht ein Zentimeter seines mittigen Platzes genommen wird. Schnurrend lässt er sich von Elseliese am Hals kraulen.

„Gerd ist ja nicht so für Haustiere, sonst hätten wir vielleicht auch eine Katze", meint Elseliese. „Aber Jesper und ich kennen uns ja auch schon lange. Es dauert immer eine Weile, bis er sich von einem Menschen nahe kommen lässt."

„Kluges Tier", antwortet Fee. „Ich bin noch nicht in den Kreis vertrauenswürdiger Menschen aufgenommen worden", fügt sie lächelnd an, während sie kalte Fassbrause und Kekse auf dem Tisch platziert.

Elseliese beugt sich weit über die Tischplatte und raunt:

„Gibt es in den Mordsachen denn schon was Neues? Ich habe heute Morgen gesehen, dass Wiebke von hier weggefahren ist."

„Nicht wirklich. Das heißt, Wiebke darf mir ja auch nichts erzählen", antwortet Fee.

„In der Zeitung stand ja, dass der Bruder auch erschlagen und vergiftet worden ist", berichtet Elseliese.

„Ja, das stimmt wohl. Dass der Bauunternehmer Herwig Pistorius unter Verdacht steht, hat sich ja schon in ganz Butjadingen rumgesprochen", ergänzt Fee.

„Ja, das weiß ich längst", gibt Elseliese ernüchtert zurück, die wohl stark darauf gehofft hatte, mehr von Fee zu erfahren. Dann schaut sie ihre neue Nachbarin musternd an:

„Das ist doch nicht alles. Du siehst irgendwie so bedrückt aus. Hat man etwas rausgefunden, was du mir nicht sagen darfst?"

„Nein, das ist es gar nicht", seufzt Fee. Sie überlegt eine Weile. Soll sie ausgerechnet der geschwätzigen Elseliese von ihrem neuesten Problem erzählen? Vorsichtig tastet sie sich vor:

„Weißt du, was ein Nießbrauchrecht ist?"

„Ja, natürlich. Das wird ja oft angewandt, wenn ein Hof an die jungen Leute überschrieben wird. Dann wird für die Altbauern ein Nießbrauchrecht für den Altenteil mit dem daran hängenden Garten und kleineren Wirtschaftsgebäuden und so eingetragen. Das ist dann ja mehr als nur Wohnrecht. Also, damit die Älteren über ihren Teil noch was zu sagen haben", erläutert Elseliese.

„Wieso?" Sie schaut Fee prüfend an.

Die starrt erst zurück, dann platzt es aus ihr heraus:

„Kea hat Avalonia, das ist die mit den pinken Haaren, ein Nießbrauchrecht für das Lüttje Huus und den Garten vermacht."

„Nie im Leben!", entgegnet Elseliese in aller Bestimmtheit.

„Ich habe es aber mit eigenen Augen gesehen, das Dokument, meine ich."

„Nie im Leben!", wiederholt Elseliese laut.

„Warum nicht? Sie war doch wohl viele Jahre Schülerin von Kea."

„Das wohl", räumt Elseliese ein. „Kea hat ja wohl auch viel von ihr gehalten. ‚Die hat es in sich, und die kann was, aber die müsse noch ihr Geltungsbedürfnis zähmen', hat sie mir mal gesagt. Mir war die nämlich immer schon so suspekt mit ihren pinken Haaren und den schrillen Kleidern."

Fee muss lächeln. Das muss Elseliese gerade sagen.

„Aber dass Kea ihr attestiert hat, dass die was kann, untermauert doch eigentlich, dass sie der Dame ihre Praxis vermacht hat", gibt sie zu bedenken.

„Könnte man denken. Aber ich war dabei, als Kea ihr in aller Entschiedenheit gesagt hat, dass das nicht stattfinden wird", triumphiert Elseliese.

„Wann … wie?", fragt Fee erstaunt. Elseliese erzählt: „Das war Ende Februar. Ich saß mit Kea in ihrer Küche beim Teetrinken. Dann hat es geklingelt und die pinke Dame, also die Avalonia, stand vor der Tür. Kea ist mit ihr rüber ins Wohnzimmer, aber die Türen standen offen. Erst habe ich nicht viel verstanden, aber dann wurde die junge Frau ziemlich laut. Sie müsse in zwei Stunden los, und sie brauche jetzt was schriftlich. In ihrem Alter müsse Kea das endlich regeln, und so was in der Art."

Fee hört mit großen Augen zu.

„Dann wurde Kea auch etwas lauter: Ihr Nachlass sei bereits seit Jahren geregelt, und alles wäre gut entschieden. Sie habe ihr immer gesagt, dass sie ihren eigenen Platz finden müsse. Und sie habe alles gelernt, was Kea ihr beibringen könne, und dass sie nun gehen müsse. Darauf ist die junge Dame wohl ziemlich sauer geworden und hat ganz schrill was von sich gegeben, was ich nicht alles verstehen konnte. Aber so Worte wie ‚Missachtung' und sogar ‚Betrug' sind gefallen. Dann habe ich nur noch gehört, wie die Haustür zugeknallt wurde. Als Kea in die Küche zurückkam, wollte sie über die Angelegenheit überhaupt nichts sagen. Sie hat nur neuen Tee eingeschenkt und einen Krüllkuchen weggeknabbert."

„Und das war bestimmt letzten Februar?", fragt Fee misstrauisch.

„Ja, ganz bestimmt. Es war ein Sonntag, und wir waren ja gerade von einer Ausstellung in Nordenham zurückgekehrt. Und es war noch ein bisschen Zeit, bis Siefke uns zu Hein Schüür …" Augenblicklich bekommt Elseliese einen roten Kopf. „Ich meine, bis Siefke uns abholen wollte, weil wir noch zu einem Geburtstag wollten."

Hein Schüür, das hat Lasse doch neulich auf schon gesagt und ist dann so verlegen geworden. Aber damit kann Fee sich jetzt nicht befassen. Wenn Elseliese recht hat, dass die Auseinandersetzung im Februar war, dann ergibt es doch keinen Sinn, dass Kea am Silvestertag davor einen Nachlass für Avalonia verfasst hat. Oder wollte sie nur nicht, dass die junge Heilerin bereits vor Keas Ableben etwas von ihrem Erbe erfährt? Aber warum hat sie die Verfügung nicht zu den anderen Dokumenten des Testaments gelegt? Kea hatte doch alles so akribisch verfasst und genauestens aufgelistet, wer welchen Gegenstand bekommen soll. Das passt doch alles nicht, resümiert Fee.

Als könne Elseliese ihre Gedanken lesen, sagt sie: „So nachträgliche Testamente werden ja gerne mal gefunden. Meistens von den darin Begünstigten selbst. Ich garantiere dir, das ist eine Fälschung. Kann Wiebke das nicht irgendwie untersuchen lassen?"

„Dazu müsste sie erst einmal das Original haben. Avalonia hat mir nur eine Kopie unter die Nase gehalten und auch wieder mitgenommen."

꩜

„Ich bin eigentlich nur noch hier, um alles zu organisieren, damit ich schnell zu meinem Mann ins Krankenhaus nach Hannover fahren kann. Er liegt auf der Intensivstation und wird beatmet", erklärt Frau Huntorp den beiden Polizisten. Sie sieht übernächtigt aus und wirkt fahrig.

„Sie fahren doch nicht selbst?", fragt Wiebke besorgt nach.

„Nein, nein, mein Nachbar holt mich gleich ab." Frau Huntorp läuft hin und her und packt einige Kleidungstücke in eine kleine Reisetasche, die auf dem Sofa steht.

„Frau Huntorp, ich weiß, dass Sie jetzt andere Sorgen haben. Aber um diesem gefährlichen Täter oder der Täterin auf die Spur zu kommen, müssen Sie uns ein paar Fragen beantworten.

Frau Huntorp hält inne.

„Ich glaube, ich habe jetzt auch alles." Sie schaut die Polizisten an.

Lübben hält sein Notizbuch bereit.

„Frau Huntorp, was genau ist gestern Abend geschehen? Bitte versuchen Sie sich genau zu erinnern", sagt Wiebke ernst.

Frau Huntorp atmet tief durch und scheint sich zu sammeln.

„Also, am Abend stand ein Präsentkorb vor der Haustür. Das kommt schon mal vor, dass Leute was bringen, wenn man mein Mann ihren Tieren geholfen hat. Ich habe den Korb mit reingenommen und auf den Küchentisch gestellt. Mein Mann kam erst spät nach Hause, so gegen 23:00 Uhr. Er hat sich die Karte im Korb kurz angesehen. Dann hat er sich ein Glas geholt und sich von dem Rotwein aus dem Korb eingeschenkt. Wie er das Glas eben ansetzt, klingelt sein Handy. Da ist er drangegangen. Ein Notfall. Er hat dann seine Tasche geschnappt und wollte direkt los. Doch ein paar Minuten später kam er zurück, konnte kaum noch laufen und war schweißgebadet. ‚Gift, bestimmt Eisenhut', hat er gestöhnt. Und: ‚Notruf.' Ich habe sofort die 112 gewählt. Der Rettungswagen kam zum Glück ganz schnell, da konnte mein Mann schon kaum noch atmen. Ich habe denen gesagt, dass mein Mann Eisenhut im Wein vermutet hat. Die Sanitäter wussten ja auch schon, dass es zwei Morde gegeben hat. Die haben den Rettungshubschrauber bestellt. Mein Mann wurde in die Klinik nach Hannover geflogen. Die Flasche haben sie mitgenommen."

„Den restlichen Korb auch?", fragt Wiebke.

„Nein, nur die angebrochene Flasche. Den Korb habe ich in den Abstellraum gestellt und die Tür abgeschlossen, damit nicht noch ein Unglück passiert. Nehmen Sie den bloß mit. Bestimmt sind die anderen Sachen im Korb auch vergiftet."

Frau Huntorp schließt eine kleine Tür gegenüber dem Wohnzimmer auf und holt den Korb hervor.

„Da hat jemand auf Nummer sicher gehen wollen", stellt Wiebke
fest, als sie sich den Inhalt des Korbes ansieht: Neben einer Flasche Weißwein und einer Flasche Rosé stehen auch zwei Flaschen Bier im Korb. Eine luxuriöse Schachtel Pralinen und eine
Dose französischen Salzgebäcks liegen davor. Die Zwischenräu-
me sind mit Obst befüllt: Eine besonders große Birne, Weintrau-
ben, ein tiefroter Apfel und sogar ein paar Erdbeeren. Die Zu-
sammenstellung sollte wohl dafür sorgen, dass der individuelle
Geschmack des Empfängers auf jeden Fall getroffen wird.
„Sagt Ihnen der Inhalt oder der Korb etwas, Herr Lübben? Wissen Sie, wo man so was kauft?", wendet sich Wiebke an den
Dorfpolizisten. Der Angesprochene beugt sich vor und mustert
das Arrangement.
„Solche Körbe hat unser Edeka auch. Im Neubau haben die jetzt
ja viel mehr Waren, auch Ausgefallenes. Ob die nun gerade diese
Artikel führen, müssten wir nachprüfen", meint Lübben. Drau-
ßen hupt ein Auto.
„Ich muss los", sagt Frau Huntorp und greift nach der Reiseta-
sche.
„Wir schauen uns draußen noch mal um. Herr Lübben, nehmen
Sie mal den Korb. Gute Besserung für Ihren Mann, Frau Hun-
torp", sagt Wiebke und folgt der Frau durch die Haustür.

꙳

Fee starrt auf Ihr Smartphone.
„Knochenbrecher Huntorp vergiftet. Lebt. Eisenhut. Pistorius
entlastet", hat Wiebke im Telegrammstil in die Gruppe geschrieben. Ein Schauer läuft Fee über den Rücken. Der Mörder oder die
Mörderin treibt weiter sein oder ihr Unwesen!
Wiebke wird jetzt nicht telefonieren können, sonst hätte sie nicht
so knapp geschrieben. Deshalb schreibt sie ihr in wenigen kurzen Sätzen, was Elseliese über Avalonia erzählt hat.
„Bitte schaue dir das Original des angeblichen Vermächtnisses
an", fügt sie noch an.

Leider kommt nichts von Wiebke zurück. Wahrscheinlich kann sie nicht schreiben. Aber Fee hat das Bedürfnis, sich wenigstens mit einem ihrer Freunde auszutauschen. Lasses Wagen ist noch weg. Aber um diese Zeit ist Heiko meistens von seinen Auslieferungstouren zurück. Kurzentschlossen macht sie sich auf den Weg zur Bäckerei an der Ecke.

Heiko steht gerade an seinem Wagen und schiebt ein paar befüllte Kuchenbleche in die Halterungen hinter der Heckklappe.
„Hi", begrüßt er seine Nachbarin freundlich.
„Hallo! Musst du noch mal los?", fragt Fee.
„Nur noch das eben nach Tossens bringen. Geburtstagsfeier im Ferienhausgebiet. Dann habe ich Feierabend", meint Heiko.
„Willst du mitkommen?"
„Ja, klar", sagt Fee. Ein kleiner Ausflug kommt ihr ganz gelegen, um den Kopf freizukriegen.
„Hast du eigentlich schon was gesehen von unserem Butjadingen?", fragt Heiko, als sie auf der Nienser Straße fahren.
„Außer unserer Ermittlungstour zum Sygge-Hof nicht wirklich", gibt Fee zu.
„Na, dann zeige ich dir mal ein bisschen", kündigt Heiko an.

Hinter Burhave passieren sie Weideflächen, auf denen Kühe, Schafe und manchmal auch ein paar Pferde stehen. Mal links, mal rechts liegen einzelne Höfe an der Straße. In der Ferne kann man immer auch den Deich erkennen.
Kurz nachdem die Nienser Straße zur Langwarder Straße wird, fahren sie in die gleichnamige Ortschaft ein.
„Das ist St. Laurentius, schon fast neunhundert Jahre alt", kommentiert Heiko und zeigt auf die alte Kirche. „Da oben vom Kirchturm aus hat der Gauß die Welt vermessen. Also, einen Teil davon. Weißt schon, Carl Friedrich Gauß. Da gibt es ja auch so einen Spielfilm drüber."
Tatsächlich weiß Fee, von wem Heiko spricht, und staunt.

Im Ort sind die Häuser dicht aneinandergebaut. So manche Front lässt erahnen, dass es hier früher mal kleine Läden gegeben hat, aber viel ist von dem Geschäftsleben nicht übrig geblieben. Am Ortsende zeigt Heiko auf eine Anhöhe: „Das ist der alte Friesenkirchhof. Geschichtsträchtiger Ort. Da liegen ein paar Hundert Friesen begraben, die im sechzehnten Jahrhundert unser Land verteidigt haben. Ist nicht so richtig geglückt."

Wieder geht es vorbei an Wiesen und Feldern. In der kleinen Ortschaft Mürrwarden stehen keine Kühe, sondern Lamas auf der Weide. Im letzten Moment entdeckt Fee sogar ein Cria, ein Kälbchen, zwischen den Alttieren.

Sie kommen in den Ort Ruhwarden. Hier ist schon ein bisschen mehr los. Fee macht eine Seniorenresidenz, ein Hotel mit Restaurant, eine Bäckerei, einen Friseurladen und ein Reitfachgeschäft aus. Dann ist der Ort aber auch schon wieder zu Ende.

Weiter geht es über die dünn besiedelte Landstraße, die inzwischen Düke heißt. Die weite Landschaft ist schon sehr speziell, denkt Fee und lässt ihren Blick zum nahen Deich schweifen. Aber irgendetwas hat dieser Landstrich auch. Oder sind es seine Menschen? Ihre ersten Begegnungen mit den Einheimischen waren ja auch sehr speziell. Aber inzwischen hat sie ja schon einige dieser friesischen „Outlander" und ihre besondere Art des Zusammenhalts kennengelernt.
Dann wird die Bebauung dichter. Sie sind in Tossens angekommen. Heiko biegt in die Nordseeallee ein. Gleich nach dem Supermarkt reiht sich ein Feriendomizil an das nächste. An dem Kreisel mit der viergesichtigen Skulptur in der Mitte lenkt Heiko den Wagen in die Helgolandstraße ein und hält vor einem hohen Appartementhaus. Drei ältere Herrschaften erwarten ihn bereits und nehmen die Kuchenbleche entgegen, die Heiko aus dem Wagen lädt.

„Schöne Feier noch. Die Bleche hole ich morgen wieder ab", ruft er den Kunden hinterher, die die großen Platten zum Hauseingang balancieren.

„Hier in Tossens ist es auch schön. Aber das hören die Burhaver nicht so gerne", meint Heiko, als er wieder auf die Nordseeallee biegt.

Auf der schnurgeraden Hauptstraße von Tossens sieht es richtig nach Promenade aus. Zwischen blauen Straßenlaternen sind junge Bäume angepflanzt. Geschäfte, Hotels und Restaurants säumen die Straße. Sogar eine Konzertmuschel gibt es. Touristen flanieren oder sind mit Tretmobilen unterwegs. Dazwischen auch jede Menge Fahrradfahrer. Es herrscht Urlaubsstimmung. Erst direkt vor dem Deich, hinter dem Campingplatz und Friesenstrand liegen, wie Fee den Schildern entnimmt, endet die Straße.

„Wir fahren am Deich entlang zurück", gibt Heiko bekannt und biegt auf die enge Straße. Hier wird es gleich wieder ruhiger. Die Straße macht eine scharfe Linkskurve, und nun sieht man ganz oben auf dem Deich eine Strandhalle. „Il Giardino" prangt auf dem Schild des italienischen Restaurants .

„Von da aus kann man bis Wilhelmshaven schauen", sagt Heiko. „Da muss ich unbedingt mal hin", begeistert sich Fee, die Pasta über alles liebt. „Muss ja ein toller Ausblick sein."

Dann kommt eine ganze Weile nichts mehr als links der Deich mit den vielen Schafen darauf, rechts Weiden und Äcker und nur selten ein Haus. Hier ist es so, wie man sich die Einsamkeit an der Nordsee vorstellt, denkt Fee und lässt ihren Blick schweifen. Manchmal kommen ihnen Fahrräder oder ein Auto entgegen. Dann biegt Heiko in die nächstgelegene Seitenbucht und lässt die Entgegenkommenden passieren. Die können ja nirgendwohin ausweichen, weil gleich neben der Straße der Deich beginnt. An einer Stelle, an der man eigentlich nichts Besonderes erkennen kann, weist Heiko über den Deich.

„Dahinter ist eine Vogelbeobachtungshütte. Im Oktober sind ja immer die Vogelzugtage. Aber etwas zu sehen gibt es natürlich das ganze Jahr."

Die Straße macht einen Knick, und dann hält Heiko auf einem kleinen Parkplatz an, hinter dem sich ein merkwürdiges Gebilde aus sieben Metallstangen befindet.

„Das ist unser Babylon", verkündet Heiko.

Fee schaut ihren Freund fragend an.

„Das soll den Turmbau zu Babel darstellen. Du weißt schon, den aus der Bibel.

Dann zeigt Heiko auf den Weg, der schräg den Deich hoch verläuft:

„Da geht's in den Langwarder Groden. Da kannst du auf Holzstegen durchs Watt laufen. Heute habe ich leider nicht genug Zeit dafür, und für meinen Geschmack sind ja auch ein bisschen reichlich Leute unterwegs", meint Heiko.

Tatsächlich laufen viele Spaziergänger den Deichweg rauf und runter. Dazwischen schlängeln sich auch einige Radfahrer.

„Aber hier können wir noch eben aussteigen", beschließt der Bäcker und öffnet die Autotür.

Ein paar Minuten später haben Fee und Heiko ihre Köpfe in den Nacken gelegt und starren hoch zu den sieben ungleichen Enden der Stangen, die sich in den blauen Himmel recken. Rund um das metallene Werk sind niedrige, krumme Mauerabschnitte aufgestellt, die aussehen wie klägliche Reste eines Fundaments. Auf den Innenseiten der kleinen Backsteingebilde sind kleine Sitze und Lautsprecher installiert. Heiko setzt sich auf eine Sitzplatte an einem südlich gelegenen Mauerstück.

„Hier hat Kea immer gesessen."

Interessiert setzt sich Fee neben Heiko.

„Sie kam oft hierher, vor allem in den Monaten, wenn nicht so viel los war", erzählt Heiko weiter. „Manchmal habe ich angehalten, wenn ich gerade vorbeikam, und mich einen Moment zu ihr gesetzt. Ich weiß, klingt komisch, aber ich glaube beinahe,

Kea hat ganz bewusst hier sterben wollen", meint Heiko nachdenklich.

Fee schaut ihn überrascht an.

„Kea ist hier gestorben?", fragt sie.

Die ganze Zeit hatte Fee sich nicht recht getraut, einen der Nachbarn und Freunde von Kea zu fragen, wo und wie genau sie gestorben ist.

„Ich kam Karfreitag von Tossens zurück. Es hat schon gedämmert. Da sah ich Siefkes Auto hier stehen. Ich habe angehalten, um nachzusehen, was da los ist, so im Halbdunkeln. Siefke saß hier neben Kea und schaute mich ganz verweint an. Als Kea nicht zum Tee gekommen wäre, hätte sie gleich etwas geahnt, hat Siefke gesagt. Kea saß einfach nur da, als ob sie schlafen würde. Ich wollte sofort den Rettungswagen rufen, aber Siefke hat mit dem Kopf geschüttelt. Kea sei gegangen, hat Siefke gesagt, und ich könnte nun Bestatter Meenen anrufen."

Sprachlos schaut Fee erst Heiko an und sieht sich dann noch einmal genau um. Der Platz hat wirklich etwas Besonderes, vor allem, wenn man sich ihn menschenleer vorstellt.

❦

„Das kann doch wohl nicht wahr sein!", schreit Cornelius. Dabei bleibt seine Oberlippe an den zu groß geratenen Vorderzähnen haften. Der Zahnarzt hatte ihm eigentlich zugesagt, dass er den richtigen Zahnersatz heute abholen könnte, musste ihn heute Morgen aber auf kommende Woche vertrösten. Und nun noch das! Harmsen hat ihm gerade die Meldung überbracht, dass es in Burhave einen weiteren Fall von schwerer Vergiftung gibt.

„Der Inhaber vom Restaurant ‚Comme ça vient' auf dem Gut ‚Haithabu' am Deich in Burhaversiel."

„Wieder Wein?", fragt Cornelius.

„Das wissen wir noch nicht. Das Opfer wurde von seinem Assistenten gefunden. Einschlägige Symptome. Der Mann wurde ins Krankenhaus gebracht, vielleicht auch weitergeflogen. Wir erhalten Nachricht, sobald man mehr weiß."

„Das kann doch alles nicht angehen, dass hier ein Irrer vor unseren Augen einen nach dem Nächsten vergiftet!", brüllt Cornelius. „Ist schon jemand zum Tatort gefahren?"

„Zwei Kollegen von der Streife. Die SpuSi ist auch informiert. Ich warte auf Nachricht", antwortet Harmsen.

„Wo ist Krömer?", will Cornelius wissen.

„Unterwegs zu dieser Heilerin, die sich verdächtig gemacht hat. Mit Lübben."

„Dann müssen wir nach Burhaversiel", bestimmt Cornelius.

❧

Wiebke und Lübben haben auf der altdeutschen Couch im Wohnzimmer der Erdgeschosswohnung im Deichgrafen Platz genommen. Beste Qualität an Eichenmöbeln, stellt Lübben anerkennend fest. Fast so gut wie sein eigenes Mobiliar. Das spricht er natürlich nicht laut aus. Aber er kann nicht umhin, festzustellen, dass die Einrichtung eher dem Geschmack einer älteren Generation entspricht als der einer jungen Frau mit pink gefärbten Haaren. Wiebke hat Avalonia zwei Gläser Wasser holen geschickt, um sich in Ruhe einen ersten Eindruck verschaffen zu können.

„Ganz schön altbacken für die", raunt sie Lübben zu.

Avalonia kommt zurück und stellt die Gläser auf der dunkelgrünen Tischplatte ab.

„Und was wollen Sie jetzt von mir wissen?", fragt sie.

„Ist es richtig, dass Sie seit ein paar Jahren monateweise hier in der Wohnung der Frau von Schley leben?", beginnt Wiebke.

„Das ist jetzt meine Wohnung", gibt die Heilerin etwas überheblich zurück.

„Wie das?", will Wiebke wissen.

„Frau von Schley ist im Februar verstorben und hat mir die Wohnung vererbt."

„Einfach so?", wundert sich Wiebke.

„Ich weiß nicht, was Sie mit ‚einfach so' meinen. Frau von Schley war eine entfernte Verwandte. Die Cousine meiner Großmutter, um genau zu sein. Sie hatte keine Kinder und auch keine näheren Verwandten mehr. Ich habe mich um sie gekümmert. Sie lebte ja bereits seit acht Jahren in einer Seniorenresidenz und wollte in den letzten Jahren auch nicht mehr verreisen. Da hat sie mir angeboten, die Wohnung hier zu nutzen."

„Das kostet hier doch Unterhalt, mit dem hauseigenen Schwimmbad sind die Nebenkosten doch bestimmt recht hoch. Das hat sie Ihnen einfach so geschenkt?", fragt Wiebke.

„Nein, das hat sie mir nicht geschenkt. Ich war offiziell ihre Mieterin. Die Miete war zugegebenermaßen sehr niedrig, aber ich habe sämtliche Nebenkosten getragen. Soll ich Ihnen das zeigen? Die letzte Überweisung an Frau von Schley war ja im Februar."

„Das prüfen wir gegebenenfalls später", entgegnet Wiebke. „Sie wollten mir noch das Original zeigen, in dem Frau de Buur Ihnen das Nießbrauchrecht an dem Lüttjen Huus vermacht hat."

Für einen kurzen Moment presst Sandra Meyer die Lippen aufeinander. Dann geht sie zu dem kleinen Sekretär, schließt eine Schublade auf und holt eine Dokumentenhülle hervor, die sie Wiebke hinhält. Die Kommissarin greift nach dem Papier, wirft einen kurzen Blick darauf und überreicht es dann Lübben.

„Haben Sie hier denn so etwas wie einen Behandlungsraum?", will Wiebke dann von der Heilerin wissen.

„Ich nenne es Empfangszimmer", korrigiert Avalonia. „Ich habe mir das kleinere Schlafzimmer umgestaltet."

„Würden Sie uns das mal zeigen?", fragt Wiebke und steht vom Sofa auf. Lübben springt ebenfalls auf.

„Wenn es sein muss."

Avalonia führt die beiden Polizisten widerwillig zu einer Tür. Das kleine, längliche Zimmer ist schneeweiß gestrichen und mit ebenso weißen Möbeln eingerichtet. Die gegenüberliegende Wand ist komplett mit weißen Schränken und Regalen ausgefüllt. Davor steht eine Behandlungsliege. Vor dem Fenster an einer der schmalen Wände stehen zwei sehr kleine Sessel. Mehr passt in den Raum nicht hinein.

Wiebke gibt Lübben ein Zeichen, und der quetscht sich um die Liege herum zu der hinteren Vitrine des Schrankensembles. Wiebke fängt von der anderen Seite an, die Inhalte des Schrankes zu beäugen. „Was genau suchen Sie denn?", fragt die Heilerin. Wiebke schweigt und besieht sich die Etiketten auf den kleinen, braunen Fläschchen hinter der Tür einer Vitrine. Auf den Etiketten stehen die verschiedensten Bezeichnungen, die Wiebke aber nicht kennt. Außer der einen, auf der ihr Blick jetzt haften bleibt: Aconitum napellus!

„Sie haben hier Blauen Eisenhut!", stellt Wiebke laut fest.

„Und hier auch", meldet sich Lübben zu Wort, der eine kleine Flasche mit rotem Gummisauger hochhält. Beide Polizisten schauen Avalonia fragend an.

„Ja, und?", fragt diese.

„Das ist Gift!", entrüstet sich Lübben und erntet einen strengen Blick von seiner Vorgesetzten.

„In der Verdünnung ist das ein Heilmittel", gibt Avalonia gelassen zurück. „Das eine sind homöopathische Globuli, das andere eine Blütenessenz."

„Das werden wir im Labor untersuchen lassen. Haben Sie noch mehr Gift im Haus?", fragt Wiebke unbeeindruckt.

In dem Gesicht der Heilerin zeigt sich Wut.

„Wieso Gift? Was wollen Sie mir da unterstellen? Ich habe Ihnen das gerade erklärt: Das sind hoch verdünnte Heilmittel!"

„Und was sind das hier für getrocknete Pflanzenteile?", kommt es von Lübben, der aus den unteren Regalen Tüten mit grünem Inhalt hervorkramt. „Da steht gar nichts drauf."

Zu dem wütenden Ausdruck in Avalonias Gesicht mischt sich nun Entsetzen. Sie antwortet nicht.

„Dann müssen wir gegebenenfalls eine richterliche Anordnung für eine Durchsuchung besorgen. Sie folgen uns jetzt mal auf die Dienststelle. Mein Chef wird sich mit Ihnen unterhalten wollen", erklärt Wiebke.

Auf dem Anwesen des Philk stehen bereits mehrere Fahrzeuge, als Cornelius und Harmsen vorfahren. Das stattliche Bauernhaus ist perfekt saniert. Unter dem Halbwalmdach prangt in großen goldenen Buchstaben die Aufschrift „Haithabu" und darunter „Künste aller Art."
„Haithabu? Das liegt doch in Schleswig-Holstein. Was soll das denn hier?", fragt Cornelius. Aber darauf hat Harmsen keine Antwort.

Auf der verglasten Dielentür prangen weitere goldene Buchstaben: „Restaurant Comme ça vient".
Die in weiße Schutzanzüge gehüllten Kollegen von der Kriminaltechnik suchen im Eingangsbereich nach Spuren.
„Hinten bei den privaten Eingängen waren wir schon, nichts zu finden", gibt einer der beiden dem Hauptkommissar einen ersten Sachstandsbericht.
„Gibt es denn keine Zeugen? Was ist mit dem Assistenten des Opfers?", fragt Cornelius.
„Der ist mit in die Klinik gefahren. Hat hier alles offen stehen lassen", antwortet der Mann durch seine weiße Maske hindurch.
„Arbeitet hier denn sonst keiner?", will Cornelius mit Blick auf den gepflegten Garten wissen.
„Die Kollegen von der Streife haben mit einem Nachbarn gesprochen. Gärtner und Reinigungskraft kommen nur unregelmäßig. Wer das genau ist, wusste der Nachbar wohl auch nicht", berichtet der Forensiker.
„Wo sind die Kollegen denn überhaupt?", fragt Cornelius ungeduldig.
„Unfall auf dem Strandparkplatz", antwortet der SpuSi-Mann knapp. Cornelius verdreht die Augen.
„Wir müssen da mal rein. Jaja, ich passe auf", beschwichtigt der Kommissar die Spurensucher und streift sich schwarze Latexhandschuhe über.
Hinter der Eingangstür gelangen die beiden Polizisten in einen recht schlicht gestalteten Gastraum. Holztische und Binsenstühle

sind symmetrisch angeordnet. An den Wänden hängen maritime Kunstwerke, an der rechten hinteren Wand ist ein Tresen eingebaut. In den Regalen stehen jede Menge Weinflaschen. „Alles fein säuberlich sortiert. Sieht nicht so aus, als ob da ein einzelner, fremder Wein dazwischen steht", stellt Harmsen fest. Er öffnet die Kühlfächer unter dem Tresen. „Hier sind ein paar Spirituosen im Anbruch. Sollte man sicherheitshalber checken lassen."

Durch eine Tür geht es zu einem Flur. Links sind Gästetoiletten, rechts die Betriebsküche, in der sich die beiden Kommissare nun umschauen. Es duftet nach frisch Gekochtem. Auf dem Arbeitstisch stehen verschiedene Lebensmittel: Schalen mit geschnippeltem Gemüse und Kräutern, Pilze, ganz unterschiedliche Öle und Salze und jede Menge Gewürze. Dazwischen stapeln sich Tellerchen und Löffel.

Cornelius beäugt den Kühlschrank mit der gläsernen Tür. Darin liegen alle möglichen Fische, Garnelen und anderes Meeresgetier, das garantiert nicht hier aus der Nordsee stammt.

„Ich mag ja am liebsten Scholle pur", lässt der Hauptkommissar Harmsen wissen. Der schaut sich in den stählernen Vorratsschränken um.

Auf dem erkalteten Gasherd stehen zwei Pfannen mit angebratenem Fisch.

„Haben die von der Streife das denn nicht gesehen?", ruft Cornelius plötzlich und zeigt auf die beiden angebrochenen Weinflaschen neben dem Herd. „Da hinten steht ja auch der Korb." Er weist auf einen Hochschrank aus Edelstahl.

Augenblicklich hangelt Harmsen den Korb vom Schrank.

„Nur noch geraspeltes Papier drin, sonst nichts", meldet er seinem Chef.

„Alles sofort ins Labor", befiehlt Cornelius. „Und die beiden da draußen sollen sich schleunigst hier in der Küche umsehen. Am besten, wir geben sofort eine Meldung an die Presse und warnen die Bevölkerung vor Präsentkörben", weist Cornelius weiter an. „Wir müssen dem Täter auf die Spur kommen. Ich lasse mir von dem doch nicht halb Butjadingen vergiften!"

Heiko bremst vor Fees Haus.

„Das Stück von dir zu Hause hätte ich aber laufen können", lacht Fee.

„Kein Ding", meint Heiko.

Fees Telefon piepst.

„Wiebke schreibt, dass sie heute Abend vorbeikommen will. Da gibt es bestimmt Neuigkeiten. Willst du auch kommen?"

„Ich kann leider nicht. Shanty-Chor. Da macht Lasse auch mit. Aber lass mal wissen, was es Neues gibt", antwortet Heiko.

„Ich habe mir überlegt, dass ich Sonntagabend mal den Grill anwerfen könnte. Kea hat da so ein ganz edles Ding, sieht kaum benutzt aus", kündigt Fee an.

Heiko kratzt sich am Kopf.

„Das ist jetzt blöd. Am Sonntagabend kann ich nicht. Hein Schüür ... äh, ich meine eine Einladung. Sonntagabends ist ja meistens irgendwas."

Fee schaut Heiko ungläubig an. Hat Lasse neulich nicht auch schon etwas von Hein Schüür gefaselt, und ist der da nicht auch so komisch geworden? Und Elseliese doch auch.

Aber Fee will ihren Freund nicht durch weiteres Nachfragen in Verlegenheit bringen. Es war nett von Heiko, sich Zeit für sie zu nehmen und ihr etwas von der Gegend zu zeigen.

„Wir haben bestimmt noch ein andermal Gelegenheit", sagt sie deshalb freundlich, als sie aussteigt.

❧

„Ganz schön viel für einen einzigen Tag", schließt Wiebke den detaillierten Bericht über die sich überschlagenden Ereignisse ab. „So viel war ja nicht mal während meiner Praktikumszeit in Hamburg los."

„Kennst du diesen Philk eigentlich näher?", will Fee wissen.

„Nee, überhaupt nicht. Der ist erst hier hergezogen, als ich schon weg war. Das muss über zehn Jahre her sein, dass mir meine

Eltern mal erzählt haben, dass so ein Exzentriker den alten Müllerhof am Deich in Burhaversiel gekauft hat", antwortet Wiebke.
„Ist der denn auch ein Heiler? Die anderen Opfer hatten doch irgendeinen Bezug zu den friesischen Heilerbräuchen", erkundigt sich Fee.
„Das wissen wir noch nicht genau. Könnte aber durchaus sein. Die Kollegen meinten, das Dachgeschoss seines Hauses sei ein Gemisch aus Atelier, Observatorium und Labor. Draußen in seinem Park gibt es auch noch ein paar skurrile Pavillons oder Hütten. Der muss sich wohl mit allem Möglichen befassen."
„Schade, dass Heiko und Lasse heute Abend nicht da sind", meint Fee, „die wissen vielleicht mehr über den Philk."
„Auf jeden Fall wissen wir morgen mehr über diese Avalonia. Die Substanzen, die wir in ihrer Wohnung gefunden haben, werden schnellstmöglich im Labor untersucht. Das Dokument mit dem Vermächtnis haben wir natürlich auch zur Technik gegeben. Ich bin gespannt, was herauskommt. Momentan ist Sandra Meyer unsere neue Hauptverdächtige. Sie hat kein Alibi für die Nacht von Freitag auf Samstag, und sie hat sich hier auf Keas Grundstück gut ausgekannt. Wegen der Reetklopfer, meine ich. Wann genau der Präsentkorb vor die Tür des Eckwarder Knochenbrechers gestellt wurde, wissen wir ja nicht. Jedenfalls hat sie für Donnerstagabend nur lückenhafte Alibis. Wenn wir davon ausgehen, dass für diesen Philk auch ein Korb abgestellt wurde, könnte das irgendwann zwischen gestern Abend und heute Morgen geschehen sein. Und da hat sie auch nur ein Alibi für die Zeit, in der sie hier bei dir war", fasst Wiebke die Ermittlungsergebnisse des Tages zusammen.
„Motiv, Mittel, Gelegenheit", zitiert Fee die kriminalistische Grundformel.

„Echt lecker", bekräftigt Wiebke eine halbe Stunde später, als sie die zweite Portion der vegetarischen Lasagne verputzt hat.
„Danke, ich nehme leicht geröstete, zerhackte Kürbiskerne als Fleischersatz", verrät Fee. Ihre Lasagne mögen alle gerne, und

weil sie die so oft macht, hat sie prophylaktisch immer alles dafür im Haus.

„Der Blattsalat aus Keas Garten schmeckt aber auch mega", findet Wiebke.

„Hast du am Mittwoch in Cuxhaven alles abschließen können?", fragt Fee dann ganz unbedarft. Augenblicklich fällt ein dunkler Schleier über Wiebkes Gesicht. Oh, Mist, das hätte sie nicht einfach so fragen sollen. Schließlich hat doch jeder gemerkt, dass Wiebke seit ihrer Fahrt nach Cuxhaven schlecht drauf ist. Wiebkes Schweigen kann Fee aber auch nicht gut aushalten. Deshalb setzt sie vorsichtig nach:

„Magst du mir erzählen, was am Mittwoch war? Ich merke ja, dass du dich immer noch nicht von dem Tag erholt hast."

Fee schaut Wiebke mitfühlend an. Die presst die Lippen aufeinander und starrt eine Weile verloren ins Leere.

„Es stimmt nicht so ganz, was ich dir am Sonntag erzählt habe. Ich meine, dass Tobias und ich uns auseinandergelebt hätten", beginnt Wiebke zaghaft und wirft einen flüchtigen Blick zu Fee, die sie aufmerksam anschaut.

„Zumindest nicht nur. Tobias und ich waren fast acht Jahre ein Paar. Wir wollten heiraten, ein Haus bauen, alles war geplant. Er wollte das alles aus freien Stücken. Und ich wollte das auch."

Sie nippt an ihrem Wein und fährt fort:

„Wir haben damals zur gleichen Zeit bei der Polizeiinspektion Cuxhaven angefangen. Wir waren uns sympathisch, haben viel zusammen unternommen, und nach ein paar Wochen waren wir ein Paar. Es lief alles gut. Ich habe Tobias sehr geliebt, und er hat mir immer wieder gezeigt, wie sehr auch er mich liebt. Vor zwei Jahren fing er an, davon zu reden, dass, wenn wir das verflixte siebte Jahr überstanden hätten, heiraten und auch ein Haus bauen sollten. Mit über dreißig wäre es ja Zeit, die Familie zu gründen, die wir beide haben wollten. Genau sieben Jahre und einen Tag, nachdem wir zusammen gekommen sind, hat er mir einen Antrag gemacht, und ich habe natürlich ‚Ja' gesagt. Die Hochzeit sollte dieses Jahr im September stattfinden.

Ein paar Straßen von unserer Wohnung entfernt wurde ein Baugrundstück angeboten. Genau das Richtige, also haben wir es gekauft. Wir hatten genug Eigenkapital gespart, die Bank hat mitgespielt, also sollte es im Frühjahr mit dem Bau losgehen."

Unsicher schaut Wiebke ihre Freundin an: „Klingt ein bisschen langweilig, was?"

„Überhaupt nicht", versichert Fee. „Es spricht doch überhaupt nichts gegen einen grundsoliden Weg, wenn beide es so wollen."

Wiebke atmet lange aus, als ob sie die Zustimmung erleichtert hat, und erzählt weiter:

„Dann hatte ich letzten Oktober im Einsatz diesen blöden Unfall. Abgelegener Hof, alles mit NATO-Draht und spitzen Stangen eingefriedet. Ich habe mir den ganzen Unterschenkel aufgerissen. Richtig heftig. Eine Woche war ich im Krankenhaus, dann musste ich wochenlang zu Hause bleiben und ständig das Bein hochlegen. Tobias hat sich toll um mich gekümmert und mir alles Mögliche so um meinen Sessel rum aufgebaut, dass ich leicht drankomme: Mikrowelle, so einen Minikühlschrank, einen Teewagen mit Wasserkocher. Und er hat auch oft von der Arbeit aus angerufen oder Nachrichten geschickt."

Wiebke stockt einen Moment. „Im Leben wäre ich nicht darauf gekommen, dass sich etwas ganz anderes abspielt." Ihre Augen füllen sich mit Tränen.

Erschrocken schiebt Fee ihr ein Päckchen Taschentücher hinüber.

Aber Wiebke fängt sich wieder und berichtet weiter:

„Weihnachtszeit, Hochzeitplanung, Überlegungen zu dem Grundriss von unserem Haus. Wirklich nichts zu merken, dass irgendetwas nicht stimmt.

Silvester waren wir bei Freunden auf einer Party, da konnte ich schon wieder gut laufen. Wir hatten Spaß, freuten uns auf das, was im neuen Jahr kommen würde."

Wieder stockt Wiebke einen Moment und schnäuzt sich.

„Und dann kam der Neujahrstag. Aus heiterem Himmel meinte Tobias, dass er mit mir reden müsse. Und dann hat er mir gebeichtet, dass er sich in eine andere Frau verliebt hat. Ich konnte das gar nicht realisieren, was er da sagte. Und dann habe ich auch noch geglaubt, er wolle mir das nur beichten, also, diese Gefühle für eine andere Frau, aber dass es nichts an unserer Beziehung ändern würde. Aber er meinte, dass wir unsere Pläne nun ändern müssten. Da habe ich immer noch nicht gecheckt, was er mir sagen wollte. Weißt du, wenn so etwas kommt, was völlig konträr zu der erfahrenen Realität steht, dann kriegt das Gehirn das irgendwie nicht verarbeitet. Ich dachte, er meint, wir müssten unsere Pläne irgendwie verschieben, bis er diese Gefühlsverirrung hinter sich hat, oder bis ich ihm das verzeihen kann. Aber er wollte mir mitteilen, dass wir uns trennen müssen, dass aus all unseren gemeinsamen Zukunftsplänen nichts mehr wird. Ich hatte gar kein Gefühl, weil ich das überhaupt nicht begreifen konnte, was er da sagte. Tobias war doch mein allernächster Mensch. Ich habe ihm blind vertraut. Es war doch ein Grundgefühl geworden, dass wir zusammengehören. Und dann sitzt er da wie ein Fremder. Ich konnte überhaupt nichts sagen. Heute glaube ich, ich war in einem richtigen Schockzustand. Dann hat er gemeint, dass er nun gehen werde. Er hatte schon eine gepackte Reisetasche im Abstellraum stehen. Ich habe ihn nur fragen können, wer sie sei, und er hat geantwortet, dass ich sie nicht kennen würde."

Nun fließen doch ein paar der gestauten Tränen Wiebkes Wange hinunter, und sie nimmt sich ein weiteres Taschentuch aus der Verpackung.

„Der ist einfach gegangen nach dieser kurzen Erklärung?", fragt Fee ziemlich entrüstet.

Wiebke nickt und schnäuzt sich erneut die Nase.

„Von da an hat er mir nur noch so sachliche Nachrichten geschickt: Dass er dann und dann noch Sachen holen würde, dass er einen Nachsendeantrag gestellt hätte, aber falls doch noch wichtige Post in unserer Wohnung ankäme, ich ihm Bescheid geben möchte, und nur so was."

„Unglaublich", kommentiert Fee.

„Mitte Januar war meine Verletzung voll ausgeheilt und ich konnte wieder arbeiten. Vor meinem ersten Arbeitstag hat er geschrieben, dass er unsere Dienstpläne so abgesprochen hätte, dass sie nicht zusammenfallen würden. Ich konnte das alles nicht fassen, das war doch nicht der Mann, den ich seit Jahren kannte." Gespannt lauschend schüttelt Fee den Kopf.

„Zur Arbeit wollte ich unbedingt wieder. Die ganze Zeit zu Hause brüten konnte ich nicht mehr aushalten. Inzwischen hatte ich mich auch schon ziemlich gut gefasst. Meine Kollegin Bärbel hat sich mächtig gefreut, dass ich wieder da bin. Wir hatten direkt mehrere Außentermine, da war der erste Tag nicht so schwierig für mich. Es wurde dann ziemlich spät. Bis wir wieder im Kommissariat zurück waren, war es längst dunkel. Und da sah ich am anderen Ende des Parkplatzes Tobias, eng umschlungen mit Patrizia. Patrizia! Das ist … war quasi unsere Vorgesetzte. Ein paar Jahre älter als Tobias und ich, und einen halben Kopf größer als er."

„Und du hast nie vorher etwas davon bemerkt, dass die zwei sich anziehend finden?"

„Nein, das ist es ja gerade. Patrizia und ich waren nicht direkt Freundinnen, aber wir hatten einen netten kollegialen Umgang. Manchmal haben wir sie und ihren Partner im Kino oder im Restaurant getroffen. So groß ist Cuxhaven ja nicht. Nette Smalltalks, Urlaubsanekdoten und so was. Ihr Freund war so ein ganz anderer Typ als Tobias. Fast zwei Meter groß, dunkelhaarig. Eigentlich war er ein Typ wie Patrizia selbst. Sie sieht vom Teint her ja mehr so südländisch aus. Und sie ist ziemlich groß, schwarze Haare, Undercut-Frisur mit so langen Fransen vorne."

„Und was ist mit ihrem Freund geworden?", fragt Fee.

„Das weiß ich nicht, ich weiß nicht einmal, wie der mit Nachnamen hieß, nur Basti, wahrscheinlich Sebastian. Ich glaube, sonst hätte ich ihn damals mal kontaktiert, um das alles zu begreifen."

„Und wie hast du dann reagiert?" fragt Fee leise.

„Gar nicht. Also, ich bin ausgestiegen, wollte zu meinem Wagen und bloß weg. Aber kaum dass ich aus dem Dienstwagen raus war, wurde alles schwarz. Bärbel hat gleich reagiert. Sie hat mich zurück in den Wagen gehievt und mich zu ihrem Hausarzt gefahren. Der hat mir erst mal zwei Spritzen verpasst. Ich glaube, in der einen war Valium oder so was, in der anderen wahrscheinlich was für den Kreislauf. Keine Ahnung. Dr. Winnert hat mich gleich krankgeschrieben. Bärbel ist dann die ganze Nacht bei mir geblieben. Sie hat auf der Arbeit erzählt, dass ich eine heftige allergische Reaktion gehabt hätte, die jetzt erst mal genau abgeklärt werden müsse. Ich bin ihr echt so dankbar! Sie kommt nächste Woche zu Besuch, dann könnt ihr euch mal kennenlernen." Wiebkes Stimme klingt nun etwas lebendiger.

„Gerne", antwortet Fee.

„Um es kurz zu machen: Ich war nie wieder auf der Dienststelle in Cuxhaven. Zumindest nicht zur Arbeit. Nur noch einmal, um mit meinem Chef zu sprechen. Das war ich ihm schuldig, nachdem ich die Versetzung beantragt hatte. Da hatten Tobias und Patrizia Urlaub.

Die freie Stelle in Nordenham kam für mich wie gerufen. Ganz allein in eine völlig fremde Stadt wollte ich nicht. Dann lieber zurück in die alte Heimat. Also habe ich Anfang dieses Monats dort angefangen. Cornelius ist ein bisschen speziell. Aber die meisten anderen Kollegen sind super."

„Und was war am Mittwoch?", kommt Fee auf ihre ursprüngliche Frage zurück.

„Notartermin wegen des Grundstücks, das Tobias und ich gekauft hatten und nun wieder verkauft haben. Zur Bank musste ich auch noch. Und letzte Sachen aus der Wohnung holen. Die muss Ende des Monats übergeben werden."

Plötzlich wird Wiebke laut: „Tobias und ich hatten vereinbart, dass wir uns ganz allein beim Notar treffen. Ganz explizit!", schimpft sie. „Und dann sitzt da Patrizia in seinem Auto und grüßt mich noch scheinheilig an. Was für Arschlöcher, alle beide!"

„Allerdings", bestätigt Fee.

„Als wir auf den Notar gewartet haben, fing Tobias dann auch noch an zu brabbeln, dass das ja absehbar gewesen wäre, dass wir beide ja nicht die Typen wären für Hochzeit und Haus und Kinder. Und dass sich für mich ja nun auch völlig neue Perspektiven öffnen würden. Das war ja schon Gaslighting! Was für ein Bullshit! Und weißt du, was das Schlimmste ist?"

Fee schüttelt den Kopf.

„In mir ist immer noch der Impuls, Tobias anzurufen, also den alten Tobias, meinen Tobias, meinen engsten Vertrauten, um ihm zu erzählen, was mir passiert ist, und mich bei ihm auszuheulen. Aber der ist ja nicht mehr da. Er ist es ja selber, der mir das antut. Aber tief innen ist das immer noch nicht voll angekommen. Wie kann ein Mensch nur so anders werden, alles so relativieren, nur um vor sich selbst zu bestehen?"

Darauf hat Fee keine Antwort. Sie hat zwar auch zwei Trennungen hinter sich, aber die waren viel weniger dramatisch als das, was Wiebke erlebt hat. Genau genommen waren sie gar nicht dramatisch, weil ihre zurückliegenden Beziehungen nie so eng waren. Mit Paul war sie seit dem Ende der Schulzeit zusammen gewesen. Beide hatten während ihrer Ausbildungen noch zu Hause gelebt. Dann war Paul wegen eines Aufbaustudiums nach Heidelberg gezogen. Erst hatten sie sich alle ein, zwei Wochenenden gesehen, dann wurden die Abstände auch mal länger. Schließlich viel länger, und nach knapp zwei Jahren Fernbeziehung hatten sie sich eingestanden, dass die Wege sich getrennt hatten. Da waren sie beide ja auch erst Anfang zwanzig.

Als Fee fünfundzwanzig war, hatte sie David kennengelernt. Seine Eltern hatten einen Schaustellerbetrieb und reisten mit mehreren Karussells im Großraum Berlin, Brandenburg und den angrenzenden Bundesländern von einem Jahrmarkt zum nächsten. Sie waren nie weit weg und hatten sogar ein schickes Haus in Berlin. Aber sie und David hatten sich eben unregelmäßig gesehen. Eine lange Zeit hatten sie beide viel Spaß miteinander. Immerhin vier Jahre hatte ihre Beziehung gehalten. Aber irgendwie hatte wohl doch etwas gefehlt. Fee hatte sich nie entscheiden können, Davids Lebensweise zu teilen, und er hatte sich nie vorstellen können, sesshaft zu werden. Wahrscheinlich hatte es daran gelegen, dass in ihrem Umfeld Hochzeiten gefeiert und Kinder geboren worden waren. Jedenfalls waren sie beide zur gleichen Zeit an den Punkt gekommen, wo sie erkannt hatten, dass ihr gemeinsamer Weg begrenzt war. Das, was Wiebke passiert war, mochte Fee sich gar nicht vorstellen.

„Ich habe mich beim Notar zusammengerissen", greift Wiebke ihre Schilderungen wieder auf, „aber die Käufer hatten im Stau festgesessen und kamen viel zu spät zum Termin. Ich musste die ganze Zeit mit Tobias neben mir da warten. Nur einmal ging er ein paar Minuten raus, damit Patrizia sich nicht langweilt, wie er meinte. Ich war so froh, als der Verkauf besiegelt war und ich endlich da wegkonnte. In unserer ausgeräumten Wohnung war es dann aber auch schlimm. Weißt du, da sieht man noch die Umrisse, wo die gemeinsamen Fotos gehangen haben, den Magneten an der Dunstabzugshaube, mit dem Tobias immer kleine Botschaften für mich befestigt hat … lauter so Dinge, die einen da aus den kalten, nackten Räumen anstarren. Und man begreift immer noch nicht, was passiert ist. Dann hatte ich noch den Termin bei der Bank. Ein paar Unterschriften wegen der Rückabwicklung des Kreditvertrags. Ich dachte, *ich* hätte den Termin. Aber wer kommt vorgefahren? Wieder Tobias mit seiner Patrizia auf dem Beifahrersitz! Und dann ist sie tatsächlich mit in die Bank gestiefelt. Hand in Hand mit Tobias! Ich habe gar nicht mehr mitgekommen, was der Bankmensch mir da erzählt hat. Ich habe nur noch meine Unterschriften dahingekrakelt und bin so schnell wie möglich raus."

„Unfassbar!", kommentiert Fee erneut.

„Ich bin dann noch mal in die Wohnung, weil Bärbel ja abends kommen wollte, um für ihre Tochter noch ein paar kleine Möbel abzuholen, die ich in meiner neuen Wohnung nicht mehr aufstellen kann. Ich hatte mich wieder einigermaßen beruhigt, da kommt jemand zur Tür herein. Aber nicht Bärbel, sondern Tobias und Patrizia! Er hätte ganz vergessen, mir meinen Anteil für die Reise zurückzugeben. Ich wusste erst überhaupt nicht, was er meint. ,Sylt', hat er mir dann auf die Sprünge geholfen. Oh Mann, wir hatten vor einem knappen Jahr zwei Wochen Sylt für Juli gebucht. Rund eintausend Euro für jeden. Da habe ich beinahe die Fassung verloren und fing an zu stammeln, er solle mir das auf mein Konto überweisen. Zum Glück kam Bärbel darauf zu und hatte so viel mitbekommen, dass sie den beiden gesagt hat, sie hätte dringend etwas unter vier Augen mit mir zu reden, und ob sie uns wohl alleine lassen könnten. Beim Rausgehen hat Patrizia noch geflötet, dass sie ins ‚Caprice' fahren und wir ja nachkommen könnten. Wie kann man nur so taktlos sein? So habe ich Patrizia gar nicht gekannt. Sicher, sie war nicht so der Gefühlsmensch, aber wer lässt im Dienst schon seine Gefühle raushängen? Sie war immer korrekt und freundlich. Und das Caprice war doch *unser* Lokal, das von Tobias und mir."

Wiebkes heller Teint hat sich rot verfärbt, und wieder laufen ein paar Zornestränen ihre Wangen herunter.

„Vielleicht hat Tobias Patrizia eine andere Geschichte von eurer Trennung erzählt. Ich meine, wenn er dir gegenüber schon alles so verdreht und runtergespielt hat", überlegt Fee.

„Das hat Bärbel auch gemeint. Sie kennt Patrizia ja auch schon lange und konnte sich nicht vorstellen, dass die sich so verhalten würde, wenn sie wüsste, dass Tobias mich völlig unerwartet verlassen hat."

„Wirklich schlimm", sagt Fee und legt Wiebke eine Hand auf die Schulter.

„Es war ja eigentlich gut für mich, dass sich hier gleich so ein herausfordernder Fall ereignet hat, also, so schlimm, wie es natürlich ist … du verstehst schon?"

Fee nickt. Sie weiß, wie Wiebke es meint.

„Da muss ich mich mit den Ermittlungen befassen und denke vor dem Einschlafen nicht mehr immer nur an Tobias. Aber das am Mittwoch hat mich echt zurückgeworfen", erklärt Wiebke.

„Hat er dir das Geld vom Urlaub zurücküberwiesen?", fragt Fee.

„Ja, es ist auf meinem Konto eingegangen."

„Verprasse es!", weist Fee an. „Kaufe dir bloß kein Ding oder Kleidung davon, das würde dich immer wieder an die Sache erinnern."

Wiebke schaut Fee mit großen Augen an und überlegt einen Moment.

„Du hast recht", sagt sie entschlossen, „und ich habe auch schon eine Idee."

Das erste Mal an diesem Abend zeigt sich ein Lächeln in Wiebkes Gesicht. Ein schelmisches sogar.

TREFFPUNKTE

„Oh nee, Lasse, nicht schon wieder!" Fee zieht sich die Bettdecke über den Kopf. Als Wiebke gestern Abend gegangen war, hat sie noch lange mit Jenny telefoniert, der sie versprochen hatte, sie über die Ereignisse auf dem Laufenden zu halten. Die unerwarteten Wendungen hatten sie beide dazu verleitet, sich in alle möglichen Theorien zu versteigen. Schließlich hat Jenny sogar spekuliert, ob nicht einer der Nachbarn in die Morde verwickelt sein könnte.

„Du weißt doch, die meisten Mörder kommen aus dem direkten Umfeld. Was man ständig vor Augen hat, weckt Begehrlichkeiten", hat sie gemeint.

Aber das ging Fee dann doch zu weit. Keiner der Nachbarn betätigte sich in irgendeiner Form als Heiler, und überhaupt hatten sie den Besitz ihrer verstorbenen Nachbarin Kea mit aller Entschlossenheit verteidigt.

„Avalonia ist ja wohl auch zum direkten Umfeld zu zählen. Immerhin war sie über Jahre andauernd bei Kea", hat Fee entgegengehalten.

„Bis jetzt sind es ja nur Indizien, aber ich denke auch, dass sie es war", hat Jenny schließlich eingesehen und Fee gebeten, ihr unbedingt von den Ermittlungsergebnissen gegen die Pink Lady zu berichten.

Draußen röhrt es weiter. Fee schielt auf den alten Radiowecker: gerade mal sieben Uhr! Lasse, du hast sie doch nicht mehr alle!, denkt sie wütend. Da fällt ihr ein, dass Lasse hier in der Straße doch immer montags mäht. Und heute ist Samstag. Fee lauscht. Irgendwie hört sich der Rasenmäher anders an als der von Lasse. Sie steigt schlaftrunken aus dem Bett und schaut durch das Fenster zur Straße. Weder kann sie vor ihrem eigenen Haus noch bei den Nachbarn gegenüber einen Rasenmäher sehen. Sie schaut aus dem Fenster in der Gaube zu dem Grundstück der Hülsemanns.

Fee war gestern schon aufgefallen, dass das Flatterband weg war. Die Polizei hat den Fundort der Leiche wohl wieder freigegeben. Tatsächlich, da zieht ein alter, blauer Aufsitzmäher seine Runden. Obenauf sitzt ein pummeliger Herr in grüner Latzhose. Na klasse, wochenlang wird der Rasen nicht gemäht, und dann fällt dem das ausgerechnet in aller Herrgottsfrühe an einem Samstag ein.

Fee schlüpft in Jeans und T-Shirt und fasst die wuscheligen Haare am Hinterkopf mit einem Haarkrebs zusammen. Erst mal freundlich, Fee, sagt sie sich selbst vor, als sie die Treppe hinunter läuft, um ein paar Wörtchen mit dem Störenfried zu reden.

An der Straße steht ein alter Kombi mit einem flachen Anhänger dahinter. „Gartenpflege Wilfried Haaken" steht auf dem Auto. Fee klettert über den niedrigen Zaun und wedelt mit den Armen, um von dem rasenmähendem Menschen wahrgenommen zu werden. Der schaut konzentriert auf die vor ihm liegende Rasenfläche. Aber als er in Fees Richtung fährt, bemerkt er sie doch und hält seinen Traktor an.

„Moin", sagt er knapp und schaut Fee aus den kleinen Augen in seinem runden Gesicht an. „Was kann ich für Sie tun?"

Fee kommt gar nicht dazu, eine Antwort zu geben, denn plötzlich erschallt Siefkes aufgebrachte Stimme von der Straße her: „Ich habe dir das schon hundert Mal gesagt, Wilfried, nicht vor acht Uhr, besser nicht vor neun Uhr. Du reißt doch meine Gäste aus dem Schlaf. Die sind schließlich hier, um sich zu erholen! Und überhaupt, wo warst du denn die letzten Wochen? Der Rasen hier ist ja meterhoch gewachsen!"

Nun schaut der dickliche Gärtner etwas erschrocken.

„Ich war in Kur, habe ich dir doch erzählt, Siefke", verteidigt er sich. „Und man kriegt doch keinen Ersatz. Die anderen Gartenpfleger haben in der Saison doch selbst alle Hände voll zu tun. Unser Nachbarsjunge wollte das machen, aber der ist erst fünfzehn. Na ja, so richtig Verlass ist auf den nicht gewesen", erklärt er weiter.

„Und deshalb musst du hier frühmorgens alle aus dem Bett werfen?", schimpft Siefke weiter.

„Ja, muss ich!", erwidert Haaken nachdrücklich. „Sonst komme ich da doch gar nicht mehr vor! Was meinst du wohl, wie viele Gärten ich heute noch schaffen muss? Und die Hülsemanns wollen heute anreisen."

„Ab jetzt nicht vor acht Uhr. Sonst lasse ich das von Amts wegen verfolgen! Kannst froh sein, dass Gerd gerade nicht da ist", schließt Siefke die Angelegenheit ab und widmet sich nun erst Fee.

„Guten Morgen, Fee."

Dann dreht sich Siefke noch einmal zu dem Gartenpfleger hin: „Das ist übrigens die neue Eigentümerin von Keas Haus. Fee Schnabelkuss."

Haaken nickt nur einmal kurz und setzt den Aufsitzmäher wieder in Betrieb.

„Wie wär's mit Frühstück?", fragt Siefke einladend.

Da lässt sich Fee nicht zweimal bitten und folgt ihrer Nachbarin zu deren Haus.

„Das stimmt eigentlich gar nicht, dass er meine Gäste geweckt hat. Die sind nämlich allesamt mit auf Tagestour nach Cuxhaven mit Kutschfahrt nach Neuwerk. Der Bus ist schon um sechs Uhr losgefahren. Meine Gäste sind ja alle Stammgäste und treffen sich schon seit fast zwanzig Jahren immer um die gleiche Zeit bei mir. Drei Wochen am Stück jedes Mal. Dann habe ich zwei Samstage nichts zu tun mit Bettenwechsel. Nur die junge Familie in der Ferienwohnung ist heute da. Aber die kleinen Kinder sind so früh wach, dass die bestimmt nicht vom Rasenmäher geweckt worden sind", raunt Siefke ihrer Nachbarin zu. „Elseliese und Gerd sind auch mit nach Cuxhaven. Elselieses Schwester Marion wohnt da und feiert heute ihren 70. Geburtstag. Das passte ganz gut. Der Busunternehmer holt sie auf dem Rückweg wieder ab. Da kommt er sowieso an der Gaststätte vorbei."

In Siefkes Küche ist der Frühstückstisch noch gedeckt. Siefke stellt ein frisches Gedeck hinzu.

„Lasse war auch schon hier zum Frühstücken. Der hat samstags ja auch immer viel zu tun. In den Ferienparks ist samstags ja Gästewechsel. Das ist dann die einzige Möglichkeit, was in den Gärten zu machen, ohne die Feriengäste zu stören. Ich verstehe ja nicht, dass die, die neu anreisen, alles auf den Samstag legen. Da muss ja alles auf einmal sauber. Wo sollen die ganzen Reinigungskräfte denn herkommen? Ich würde ja freitags Bettenwechsel machen, dann haben die Reinigungsleute ja viel mehr Zeit. Bei uns ist das ja egal, wir putzen die Zimmer ja selber. Aber wenn ich Personal bräuchte …", sinniert Siefke, während sie Fee herrlich duftenden Kaffee einschenkt.

„Marie ist ja auch schon früh los. Die besucht ihre Tochter in Hannover", wechselt Siefke dann das Thema.

„Marie hat eine Tochter?", fragt Fee überrascht. Bis jetzt hat Marie noch gar nichts davon erwähnt.

„Eine Tochter und einen Sohn. Lara und Lukas, Zwillinge. Die sind jetzt fünfundzwanzig. Die sind beide in die Hotellerie gegangen." Stolz schwingt in Siefkes Stimme mit.

„Lukas hat auf einem Kreuzfahrtschiff angeheuert. Der schippert gerade im Mittelmeer rum. Und Lara arbeitet in einem großen Hotel in Hannover."

Siefke setzt sich zu Fee an den Tisch:

„Bediene dich." Siefke schwenkt mir ihrer Hand über den Tisch.

„Ich habe schon gegessen, aber eine Tasse Tee trinke ich noch mit."

Am liebsten würde Fee fragen, wer denn der Vater von Maries Zwillingen ist, aber das könnte natürlich eine ungute Stimmung erzeugen, falls die Geschichte dahinter nicht so erfreulich ist. Also bedient sich Fee erst einmal an dem Brötchenkorb und sagt gar nichts.

Stattdessen fängt Siefke nach einer Weile vorsichtig an:

„Elseliese hat mir das von dieser Sandra Meyer erzählt. Ich kann dir nur sagen: Nie und nimmer hätte Kea so einen Quatsch gemacht. Ich meine, jemandem ihr Anwesen zu vererben und dann jemand anderem ein Nießbrauchrecht einzuräumen. Also, ganz generell, egal wer die Personen wären. Kea war eine kluge Frau, die hat alles zu Ende gedacht. Es ist ja klar, dass es bei so einer Aufteilung Probleme gibt, vor allem für die Erbin. Also dich. Das wäre ja direkt krude."

„Wiebke hat das Dokument mit dem angeblichen Vermächtnis für Avalonia in die Technische Untersuchung der Kripo gegeben. Ich habe ihr zum Vergleich Originalunterschriften von Kea mitgegeben. Aber ob die das so schnell analysieren können?" „Nie

im Leben glaube ich, dass Kea dieser Avalonia so ein Vermächtnis gemacht hat. Nicht einmal dann, wenn die im Labor keine Fälschung feststellen können", meint Siefke energisch. „Hast du die gut gekannt, Avalonia meine ich?", will Fee wissen. Siefke überlegt. „Doch, schon. Sie ist ja seit Jahren in Keas Kursen gewesen und hat auch Einzelstunden bei ihr genommen. In den letzten zwei Jahren war sie auch mal privat da, auf einen Tee oder so. Da bin ich ja manchmal dabei gewesen. Sie war eigentlich immer sehr höflich. Kea hat ja auch viel von ihr gehalten. Sie hat gemeint, Sandra hätte wirklich ein tiefes Verständnis. Nur fehle es ihr noch ein bisschen an echtem Selbstwertgefühl. Sie würde sich manchmal selbst zu wichtig nehmen, also sich aufspielen. Kea hat gemeint, das würde sie noch lernen. Und Kea hat auch Überlegungen angestellt, Sandra ihre Praxis zu vererben, sie zu ihrer Nachfolgerin zu machen, das stimmt wohl. Das hat sie Sandra gegenüber wohl auch mal angedeutet. Das muss so ein Jahr her sein. Und da ist wohl irgendetwas bei Sandra umgekippt. Nach dem, was Kea mir so erzählt hat, würde ich sagen, Sandra hat einen Höhenflug gekriegt. Ihr muss das irgendwie zu Kopf gestiegen sein, dass Kea sie als ihre Nachfolgerin ins Auge gefasst hatte. Vielleicht war es auch ein Test von Kea. Das könnte ich mir gut vorstellen. Jedenfalls hat Sandra gleich jeden wissen lassen, dass es bereits feststehe, dass sie Keas Nachfolgerin wird. Es dauerte natürlich nicht lange, bis das bei Kea wieder ankam. Da war Kea richtig sauer. Das hat sie Sandra natürlich auch gesagt. Aber die ließ nicht ab. Im letzten Winter war sie einige Monate ja gar nicht hier. Aber als sie im Februar wieder da war, hat sie von Kea eine Sicherheit eingefordert. Sie wollte, dass Kea ihr das schriftlich gibt mit der Nachfolge, damit sie ihre Zukunft planen könne. Kea hat ihr zu erklären versucht, dass sie ihre Zukunft ganz alleine gestalten könne und dafür nicht ihre Nachfolge brauche. Aber das hat Sandra nicht gelten lassen.
So ganz spurlos ist die Auseinandersetzung nicht an Kea vorbeigegangen, obwohl sie ja sonst immer sehr gelassen geblieben ist. Sie hatte so viel Potenzial in Sandra gesehen, und nun verhielt

die sich so würdelos, das hat Kea schon ein bisschen mitgenommen."

„Meinst du damit, Kea hat sich erst danach in der Verwandtschaft nach einer Erbin umgesehen und ist dann auf mich gestoßen?", fragt Fee etwas ernüchtert.

„Nein", antwortet Siefke knapp und bestimmt. „Sie hat mir bereits vor Jahren erzählt, dass sie ihr Haus an eine junge Verwandte vererben würde. Eine, die ihr ähnlich wäre und die hier herpasst."

Vor Erstaunen kann Fee gar nichts sagen und schaut Siefke nur an.

„Ich bin keine Heilerin", sagt sie schließlich. „Also, das ist gar nicht meine Welt."

„Kea war nicht nur eine Heilerin", erklärt Siefke. „Sie war eine bodenständige Frau, handfest, praktisch. Hast du den Spruch über dem Eingang des Lüttjen Huus gelesen?"

„Ja, aber ich habe ihn nicht verstanden", gibt Fee zu.

„För nix to groot, för ix to lütt: Für nichts zu groß, für nichts zu klein", übersetzt Siefke.

Sie war sich nie für etwas zu schade. Wenn Arbeit anstand, hat sie zugepackt. Sie war sich aber auch nie für etwas zu klein. Sie hat sich mit den Obersten angelegt, wenn es sein musste. Sie wäre mit der gleichen Selbstverständlichkeit zu Königs zum Tee gegangen, wie sie mit einem Obdachlosen zu Abend gespeist hätte. Du verstehst?"

Fee hängt Siefkes Worten nach und nickt.

„Ich weiß bis heute nicht, wie sie auf mich gekommen ist. Meine Mutter meint, sie hätte mich nur bei meiner Taufe gesehen, und dann war mein Vater mit mir wohl ein paar Tage hier im Urlaub, bevor ich eingeschult wurde. Ich habe ganz schwache Erinnerungen daran, dass ich mit meinem Vater am Strand war. Aber ich erinnere mich nicht an eine Tante Kea oder dieses Haus."

„Kea hat immer viel mehr von den Menschen wahrgenommen als andere. Wahrscheinlich hat sie damals schon gesehen, wer du bist", antwortet Siefke. „Auf ihre Weise hat sie dich gekannt."

„Frau Meyer, das Vermächtnis ist eine Fälschung", konfrontiert Cornelius die Verdächtige vor ihm mit den Ergebnissen aus dem Labor.

„Das ist eine Lüge", entrüstet sich Avalonia.

„Meine Güte", schnaubt Cornelius, „der Kollege aus der Forensik brauchte ja nicht mal die Unterschriften vergleichen. Die Unterschrift auf Ihrem Dokument enthielt noch so viel Feuchtigkeit, dass sie höchstens ein paar Tage alt sein kann. Keinesfalls ist sie ein halbes Jahr alt."

„Und wenn schon", entgegnet die Heilerin trotzig. „Das Papier war in einer Plastikhülle, da trocknet es eben nicht so."

„Quatsch!", widerspricht Cornelius. „Die Hülle ist nicht luftdicht. Und selbst wenn, lässt sich das Alter der Unterschrift und auch des Computerausdrucks anhand anderer Merkmale bestimmen."

Sandra Meyer zuckt nur mit den Schultern und schaut an die Wand.

„Und dann ist da auch noch der offensichtliche Fehler in der Unterschrift selbst. Statt der vier Haken für die zwei U in „Buur" haben Sie fünf Haken geschrieben."

Einen Moment ist Irritation in Avalonias Gesicht zu erkennen. Dann hält sie dagegen:

„Das Vermächtnis ist mir zugeschickt worden. Ich weiß nicht, von wem. Es war kein Absender drauf. Wenn das jemand gefälscht hat, kann ich ja nichts dafür."

„Netter Versuch", antwortet der Kommissar zynisch. „Dumm nur, dass wir den Kugelschreiber, mit dem unterschrieben wurde, in Ihrer Wohnung gefunden haben. Da hat sich der spätabendliche Einsatz der Kollegen doch mal richtig gelohnt."

Sandra Meyer schaut wieder an die Wand, ohne ein weiteres Wort zu sagen.

„Möchten Sie vielleicht von sich aus etwas zu den Morden sagen?", fragt Cornelius ohne Umschweife weiter.

„Ja, das möchte ich", antwortet die Heilerin, und Cornelius und Harmsen machen ein überraschtes Gesicht.

„Ich habe niemanden ermordet! Und das ist alles!"

„Wir haben in Ihrem Giftschrank aber getrocknete Wurzel von Eisenhut gefunden."

„Ja, und der ist mit einem dreifachen Schloss gesichert", entgegnet Sandra Meyer. „Und da sind auch noch viele andere getrocknete Pflanzenteile drin. Teils von giftigen Pflanzen. Aber hoch verdünnt werden daraus Heilmittel. Mit Eisenhut behandelt man zum Beispiel Nervenschmerzen und Entzündungen. Googeln Sie das mal", fordert Avalonia den Kommissar auf.

„Mag sein", entgegnet dieser, „aber die zermahlenen Wurzeln aus Ihrem Giftschrank haben in richtigen Mengen die tödliche Wirkung, die bei den Mordopfern eingetreten ist. Wo ein kleines Döschen ist, kann noch viel mehr gewesen sein, oder noch immer irgendwo versteckt sein."

Wieder schaut die Heilerin an die Wand.

„Das Motiv ist klar: Sie haben sich als rechtmäßige oder ideelle Erbin der Kea de Buur gesehen. Und da die das nicht zu Papier gebracht hatte, haben Sie es eben selbst getan. Weil ja nun schon ein anderes Testament existierte und zur Vollstreckung gekommen war, haben Sie sich damit zufriedengegeben, ein Teilvermächtnis hervorzuzaubern. Und damit Ihnen dabei niemand in die Quere kommt, haben Sie alle, die sonst noch an Kea de Buurs geistigem Nachlass interessiert waren, aus dem Weg geräumt. War es ein Zufall, dass Ihnen die Sygge-Brüder in dieser Nacht beim Haus der Frau de Buur begegnet sind? Oder hatten Sie sich da schon länger auf die Lauer gelegt?"

„Das glauben Sie doch wohl alles selber nicht", entfährt es Avalonia.

„Wir werden weitere Beweise finden, da habe ich gar keinen Zweifel", kündigt Cornelius an. „Und dabei können wir uns Zeit lassen. Die richterliche Anordnung auf Untersuchungshaft wird jeden Moment eintreffen. Sie können die Dinge natürlich auch abkürzen, indem Sie gestehen."

„Vermächtnis ist eine Fälschung, Avalonia in U-Haft", hat Wiebke vor ein paar Minuten knapp an Fee getextet. Fee ist ein riesiger Stein vom Herzen gefallen. Nicht nur, weil endlich die vermeintliche Mörderin gefasst ist, sondern mindestens ebenso sehr, weil die Sache mit dem Nießbrauchrecht an einem erheblichen Teil ihres Erbes vom Tisch ist. Aber leider ist niemand da, mit dem Fee ihr Glück feiern kann. Es ist früher Nachmittag. Lasse wird sicher bis zum Abend mit Gartenarbeiten beschäftigt sein, und Heiko ist auch unterwegs. Siefke will in Nordenham einige Besorgungen machen und auf dem Rückweg eine Bekannte in Blexen besuchen. Sie will es ausnutzen, dass sie sich heute mal nicht um ihre Pensionsgäste kümmern muss. Mit Jenny kann Fee auch nicht telefonieren, die hat ja Dienst.

Fee tritt vor die Haustür und überlegt, was sie mit ihren überschäumenden Gefühlen und diesem herrlich sonnigen Nachmittag anfangen kann. Ihr Blick fällt auf den frisch gemähten Rasen des Nachbargrundstücks. Auf dem Grundstück deutet nichts darauf hin, dass dort ein Toter gelegen hat. Noch scheint in dem Ferienhaus niemand angereist zu sein.
Fee steigt über den kleinen Zaun und läuft zum Apfelbaum. Nein, wirklich rein gar nichts davon zu erkennen, was sich hier vor einer Woche abgespielt hat. Sie starrt auf den Boden, wo der tote Hayo Sygge gelegen hat. Das Gras ist bis zur Narbe hin gekürzt.
Plötzlich erfasst Fees Auge ein ganz kleines Aufblitzen. Sie sieht genauer hin, kann aber nichts entdecken. Das Blätterdach des Baumes wird von dem milden Wind hin und her bewegt und erzeugt ein Wechselspiel von Licht und Schatten.
Da! Da ist es wieder! Fee beugt sich zu der Stelle hinunter und entdeckt eine Münze, die halb in den Boden gedrückt ist. Erde bleibt an dem Geldstück haften, als Fee es hochnimmt. Trotzdem erkennt sie auf den ersten Blick, dass es sich um ausländisches Hartgeld handelt. Hayo und Gero Sygge hatten ja beide geklaute

Münzen bei sich, die Jens Thaden von seinen Bootstouren mitgebracht hatte.

Fee erschreckt. Ein Auto kommt. Das werden die Eigentümer Hülsemann sein, die heute anreisen wollten. Die müssen sie ja nun nicht gleich auf ihrem Grundstück sehen. Also läuft Fee schnell zurück zu ihrem Haus.

Im selben Moment kommt Heikos Wagen in der Einfahrt zum Stehen. „Fee, wir brauchen deine Hilfe!", ruft er beim Aussteigen. „Nur noch Chaos!"

So kennt Fee ihren eher ruhigen Nachbarn Heiko gar nicht. „Was ist los?", fragt sie.

„Mein Feuerwehrkollege Behrend Bünners veranstaltet seit zwei Jahren so lose Treffen der ehemaligen Deichbandmitarbeiter. Die ersten beiden Jahre waren wohl so um die achtzig Leute da, die ehemaligen Kollegen bringen meistens ja ihre Frauen mit. Aber dieses Mal sind viel mehr gekommen. Einige haben auch ihre Enkel dabei. Behrend sollte das nur mit Anmeldung machen, hab ich ihm schon vorher gesagt. Aber das interessiert ja gerade nicht. Auf jeden Fall sind mindestens doppelt so viele Leute da. Kollegen von der Feuerwehr holen schon Klapptische. Behrends Frau Mechthild sucht mit ein paar anderen Frauen schon Geschirr und so was zusammen. Aber da ist von allem ja nicht genug da. Ich will jetzt zusehen, dass ich noch ein paar schnelle Blechkuchen in den Ofen schiebe. Aber irgendwer muss da Ordnung reinbringen. Die laufen ja alle rum wie aufgescheuchte Hühner! Behrend ist völlig durch den Wind. Ich habe ihm gesagt, dass ich dich hole."

„Heiko", versucht Fee ihren aufgewühlten Freund zur Konzentration zu bringen. „Wo?"

„Oh, ja, natürlich … Behrends Haus ist in der Ladestraße. Er hat ein ganz großes Grundstück. Da sind Pavillons aufgebaut. Und da laufen ja auch jede Menge Leute rum. Also, wenn du am Rathaus vorbei…"

„Okay, ich finde das schon", unterbricht ihn Fee.

„Am besten, du nimmst das Fahrrad, da ist ja alles zugeparkt. Überhaupt kein Durchkommen mehr in der Ladestraße", empfiehlt Heiko.

„Alles klar, dann mache ich mich mal gleich auf den Weg. Wie sieht Behrend denn aus?"

„Groß und schlaksig, fast zwei Meter, mit Haarkranz. Er trägt so ein rotes Jackett."

Heiko ist schon wieder in seinen Wagen gestiegen und legt den Rückwärtsgang ein. Fee schnappt sich Keas E-Bike und tritt in die Pedale.

Keine Viertelstunde später biegt sie in die Ladestraße ein, wo links und rechts am Fahrbahnrand dicht an dicht Autos abgestellt sind. Hier hat sich keiner mehr richtig an die Verkehrsregeln gehalten. Schon von Weitem erkennt sie das große Grundstück, auf dem sich viele Menschen tummeln. Als sie näher kommt, erkennt sie Behrend Bünners, der in seiner roten Jacke wild mit den Armen gestikuliert und irgendwelchen Leuten Anweisungen zuruft.

„Hallo, ich bin Fee Schnabelkuss, Veranstaltungsorganisatorin", stellt sie sich Bünners vor. Sie muss ihren Kopf nach hinten legen, um den langen Mann ansehen zu können.

„Gott sei Dank", ächzt dieser. „Hier weiß ja keiner mehr, was er tut. Wir haben doch Kaffee und Kuchen angekündigt", jammert Bünners, dessen Halbglatze offensichtlich schon enorm viel Sonne abbekommen hat. Drei junge Männer schieben einen Hänger mit zusammengeklappten Bierzeltgarnituren durch das Gras.

„Da hinten zu den anderen", ruft Fee ihnen zu. „So weit auseinander stellen, dass man da leicht durchkommt. Und zwei Tische hierher, damit wir den Tresen verlängern können", weist sie weiter an.

Hinter der kleinen, provisorischen Theke steht ein älterer Herr auf ziemlich verlorenem Posten und versucht vergeblich, der langen Schlange an Menschen Herr zu werden.

„Für Kaffee und Kuchen haben wir noch eine Stunde Zeit. Wir müssen erst einmal sehen, dass wir die Leute mit Kaltgetränken versorgen", erläutert Fee Bünners.

„Rudi und Volker sind schon zum Edeka, um Nachschub zu holen. Die Frauen besorgen Geschirr und Gläser", vermeldet der hochgewachsene Veranstalter. „Gut, dann gehen Sie schon mal und helfen am Tresen mit. Sobald die Tische stehen, sollen zwei der Jungs auch an der Theke mithelfen. Ich kümmere mich um die Kaffeetische", sagt Fee an. „Ich kann Ihnen dabei helfen", bietet eine Frau an, die einen Mann im Rollstuhl vor sich her schiebt. „Mein Mann bekommt ja nicht mehr alles mit, aber so manches Gesicht von früher scheint er doch zu erkennen und freut sich dann. Früher war er mal Ingenieur im Planungsbüro vom Deichband."

Fee schaut die Frau betroffen an. Der Mann im Rollstuhl ist höchstens Mitte fünfzig.

Ein anderer Mann kommt hinzu:

„Lass mich Wiard mal in den Schatten schieben", bietet er an, „dann kannst du der jungen Frau zur Hand gehen, Reena."

Tatsächlich erweist sich Reena als fachkundige Hilfe. Ohne dass Fee ihr etwas erklären müsste, deckt sie das herbeigebrachte Geschirr ordentlich auf die Tische und stellt in passenden Abständen Zuckerstreuer und Milchkännchen hinzu. Viel Zeit zum Reden haben die beiden Frauen nicht, aber immerhin erfährt Fee, dass Reena bis zu dem Unfall ihres Mannes in der Gastronomie gearbeitet hat.

„Meine Arbeit hat mir wirklich viel Spaß gemacht", erzählt Reena, „an manchen Tagen vermisse ich sie sehr. Aber als nach dem langen Krankenhausaufenthalt und der Reha klarwurde, dass mein Mann dauerhaft Pflege braucht, habe ich mich dafür entschieden, zu Hause zu bleiben."

Fee überlegt kurz, sich nach dem Unfallhergang zu erkundigen, lässt es dann aber doch. So ein sensibles Thema zwischen Geschirr und dem ganzen Hin- und Herlaufen anzusprechen, findet sie dann doch unpassend. In dem Moment kommen auch schon zwei andere Frauen hinzu und stellen Kaffeekannen auf die Tische.

Drei Stunden später setzt sich Heiko zu Fee an den Tisch. „Da hast du aber mächtig Eindruck gemacht bei den Leuten hier im Dorf", freut er sich.

Fee lächelt. Auch wenn sie genügend Berufserfahrung hat, um unvorhergesehenem Debakel zu begegnen, war es doch eine Herausforderung, den ihr völlig fremden Menschen Anweisungen zu geben. Aber alle hatten wie selbstverständlich einfach getan, was Fee ihnen aufgetragen hatte. Die beiden jungen Männer haben nicht mal eine Miene verzogen, als Fee sie zum Edeka geschickt hat, um Nachschub an Klopapier für den Toilettenwagen zu kaufen. Zwei Frauen waren rüber zum Rathaussaal, um in der dortigen Küche Kaffee und Tee zu kochen. Die kleine Apparatur hier auf dem Platz hatte einfach nicht ausgereicht. Zwei andere Frauen, darunter Reena, hatten den Kuchen, den Heiko auf großen Blechen angeliefert hatte, in Windeseile geschnitten und auf Platten verteilt. Um Punkt drei Uhr stand alles für die über einhundertsechzig Gäste bereit.

Behrend Bünners und seine Frau haben sich schon mehrfach bei Fee bedankt und sie gebeten, sie zu einem Essen bei sich zu Hause einladen zu dürfen. Dagegen hatte Fee rein gar nichts. Aber jetzt sitzt sie erst einmal mit Heiko am Kaffeetisch und macht sich über die Reste seines leckeren Kuchens her.

„Opas Rote-Grütze-Kuchen geht im Sommer immer", kommentiert Heiko. „Heute musste ich für den Teig aber mit Backmischung schummeln und ein paar andere Tricks anwenden, sonst hätte ich es nicht in so kurzer Zeit geschafft", gesteht er schmunzelnd ein. „Mandarinequark wird bei dem Wetter auch gern genommen. Und immer eine Sorte für diejenigen, die kein Obst mögen. Das ist Pflicht. Den Streuselkuchen mache ich immer ganz zum Schluss, der kann notfalls ja warm auf den Tisch gestellt werden. Und wenn gar nichts mehr geht …" Heiko hält inne. „Nee, ein paar Geheimnisse muss ich auch für mich behalten", grient er.

Beschwingt biegt Siefke Steding in den Heringsweg ein. Der Kofferraum ist voll beladen. Ganze sechzehn Garnituren hat sie von der schönen Bettwäsche ergattert, die das Kaufhaus in Nordenham im Sonderangebot hatte. Beste Markenqualität zum Spottpreis! Passende Spannbetttücher hatten die auch. Vorletzten Winter haben Siefke und Marie die acht Doppelzimmer renoviert. Die kräftigen Blautöne waren allmählich out. Sie haben alles in sanften Naturtönen gestrichen und eingerichtet. Die hellen Grau- und Brauntöne haben sie mit einem ganz feinen Hellblau kombiniert, um das maritime Flair zu erhalten. Die neue Bettwäsche passt perfekt dazu. Und dann hatten die in diesem Kaufhaus auch noch diesen wunderbaren, taubenblauen Trenchcoat. Wie gemacht für sie, freute sich Siefke, und hat das schöne Stück gekauft. In einem anderen Bekleidungsgeschäft hat sie dann noch diese sommerliche Kombination aus Leinenhose und langer Bluse entdeckt. Lavendelfarben. Das konnte sie auch nicht hängen lassen. Neue Sommerschuhe hat sie ja sowieso dringend gebraucht, und auch gleich passende gefunden. Das helle Taupe passt ja zu den meisten ihrer Sachen.

Die Teestunde bei ihrer alten Schulkameradin, die sich nach Blexen verheiratet hat, verging wieder im Flug. Wenn man sich nur alle paar Monate mal sieht, hat man sich doch viel zu erzählen. Und Siefke hatte dieses Mal ja ganz besonders viel zu erzählen. Und wie schön Helga den Tisch wieder gedeckt hatte! Siefke, die Tag für Tag die Tische für ihre Gäste herrichtet, genießt es sehr, wenn sie selbst sich mal an einen gedeckten Tisch setzen kann. Helga hatte eine Holunderblütentorte gebacken. Ganz apart im Geschmack. Da hat sich Siefke natürlich gleich das Rezept aufgeschrieben.

Siefke parkt ihren stahlblauen Citroën Berlingo unter dem Carport, steigt aus und holt sich einen von den faltbaren Strandwagen, die für ihre Gäste bereitstehen, um ihre neuen Besitztümer ins Haus zu schaffen. Sie öffnet die Heckklappe des Wagens und will nach den ersten Tüten greifen, als plötzlich etwas von hinten nach ihr greift! Wer ist das? Siefke will sich umdrehen, doch sie wird festgehalten. Was soll das? Im nächsten Moment fliegt ihr etwas vors Gesicht. Was passiert mit ihr? Sie will ihren Kopf bewegen, doch ein starker Druck hindert sie daran. Den Bruchteil einer Sekunde spürt Siefke noch Übelkeit aufsteigen. Dann wird alles schwarz ...

❧

„Ich muss jetzt noch mal los, habe noch Ware zum Ausliefern im Wagen", verabschiedet sich Heiko im Aufstehen. „Viel Spaß noch!"

„Danke, dir auch", antwortet Fee und lädt sich noch ein zweites Stück Kuchen auf den Teller. So viel Arbeit macht hungrig. Gedankenverloren schaufelt sie sich Stücke in den Mund und schaut dabei dem Treiben auf dem Platz zu. Die ersten Gäste haben die Veranstaltung bereits verlassen und mehr und mehr Besucher gehen auf den Ausgang zu. Hie und da stehen noch kleine Grüppchen beieinander und unterhalten sich. Sie sieht Reena, die mit ihrem Mann im Rollstuhl bei zwei anderen Männern steht.

Das Ehepaar Bünners hat mit dem Abräumen angefangen und wird von ein paar jungen Leuten unterstützt, die Fee vorher noch nicht gesehen hat. Vor dem Tresen stehen noch ein paar Gäste mit Getränken in der Hand. Der Platz leert sich zusehends. Fee will noch ihren Kaffee austrinken und sich dann auch auf den Heimweg machen.

Da fällt ihr die Münze ein, die sie sich nur schnell in die Hosentasche gesteckt hat, als sie hierher losgefahren ist. Ob sie die noch bei der Polizei abgeben muss oder direkt zu Jens Thaden bringen soll? Die gestohlenen Münzen sollen ja allesamt keinen Wert haben. Für Jens Thaden sind es aber Erinnerungsstücke an seine vielen Touren entlang der europäischen Küsten. Sie holt die Münze hervor. Die klebrige Erde hat sich in ihrer Hosentasche abgerieben. „Helvetia" steht auf der einen Seite zu lesen. Fee wendet die Münze. Ein Schweizer Franken von 2011. Kann nicht viel wert sein, denkt sie. Aber während es oben denkt, macht sich in ihrem Inneren ein Gefühl breit. Ein ungutes Gefühl. Ein richtig düsteres Gefühl. Aus den Tiefen ihres Unterbewussten will sich etwas ins Bewusstsein schieben, mit einem rabenschwarzen Gefühl voran. Aber was? Auf einmal fügt ihr Gehirn die Bruchteile zusammen: Die Schweiz ist ein Binnenland! Die Münze kann Jens nicht von einer seiner Bootstouren mitgebracht haben. Vor Fees geistigem Auge blitzt ein Bild auf: ein schwarzes Autokennzeichen! Das gibt es nur in Liechtenstein. Und dort gilt auch die Schweizer Währung. Alvira! Fee springt von der Bank auf. Wenn Alvira noch einmal versuchen will, in das Lüttje Huus einzudringen, ist jetzt die beste Gelegenheit dafür. Die ganze Straße ist menschenleer. Sie muss sofort nach Hause!

Mit aller Kraft tritt Fee in die Pedale. Ihre Oberschenkel schmerzen. Fee ist gemütliches Radfahren gewohnt, auch über längere Strecken. Nicht aber solche Sprints. Trotzdem schafft sie es, in knapp zehn Minuten am Heringsweg anzukommen.

Fee hält am Grundstück der Hülsemanns. Obwohl sie heute Mittag ein Auto gehört hatte, ist dort noch niemand. Also läuft Fee über den Rasen und späht durch die Sträucher zu ihrem eigenen Grundstück. Die Tür vom Lüttjen Huus steht einen Spalt offen!

Vorsichtig quetscht sich Fee durch in den kleinen Gang zwischen den Sträuchern und der Hauswand des Lüttjen Huus. Sie atmet schwer. Teils wegen der Anstrengung des Fahrradfahrens, teils vor Aufregung. Sie wartet und horcht. Es dauert eine Weile, dann hört sie eine Stimme. Alviras Stimme! Zu wem spricht die?

Fee wartet ab, ihr Herz hämmert. Erneut ist Alviras Stimme zu hören. Sie klingt zornig. Fee kann nicht verstehen, was sie sagt. Aber wenn Alvira zornig auf jemanden einredet, dann schaut sie vielleicht nicht so genau zum Fenster. Da kommt ja eh kaum Licht durch wegen der vielen Sträucher. Mutig wagt Fee einen kurzen Blick durch die Scheibe. Alvira steht mit dem Rücken zum Fenster. Also kann Fee einen längeren Blick wagen. Da sitzt eine Frau in einem der Sessel! Das ist Siefke! Was hat das zu bedeuten?

Siefke, die sich sonst so gerade hält, wirkt regelrecht zusammengesackt, ihr Kopf hängt leicht zur Seite. Doch sie bewegt sich. Offensichtlich versucht sie, sich aufzurichten. Aber es gelingt ihr nicht, ihr Körper scheint ihr nicht zu gehorchen.

Und was ist das? Siefkes Füße und Hände sind zusammengebunden. Scheiße! Was hat Alvira Siefke angetan? Was will sie von ihr?

Augenblicklich quetscht sich Fee an der Wand zurück, diesmal in Richtung der Tür zum Lüttjen Huus. Durch den offenen Spalt kann sie besser hören, was drinnen gesprochen wird.

„Du wirst mir jetzt sagen, wo der grüne Koffer ist und all die anderen Sachen, die mein Vater mir hinterlassen hat", fordert Alvira eindringlich.

„Er hat dir das nicht hinterlassen, das weißt du genau. Und ich weiß nicht, wo die Sachen sind." Siefkes Stimme klingt merkwürdig. Fast lallend, als habe sie getrunken.

Fees Herz klopft bis zum Hals.

„Natürlich weißt du das", widerspricht Keas Schwester. „Du hattest es doch so dicke mit Kea. Und du weißt ganz genau, dass mir das Erbe meines Vaters zusteht. Nur mir. Ich bin seine letzte lebende Verwandte."

„Und du weißt, dass du das eben nicht bist", sagt Siefke mit deutlicher Anstrengung in der Stimme.

Alvira klingt nun noch zorniger:

„Dass du das erwähnen musst, bringt dich nicht nach vorne."

Dann wechselt ihre Stimmlage ins Drohende:

„Ein letztes Mal, spuck aus, wo die Unterlagen meines Vaters sind, sonst helfe ich nach."

Fee erschaudert. Sie muss etwas unternehmen. Aber sie kann nicht telefonieren, Alvira würde sie hören. Eine Nachricht tippen? Ihre Hände zittern. Dann fällt ihr der Notfall-Button der Snackwatt-App ein. Sie holt ihr Smartphone hervor und drückt auf den gelben Punkt. Inständig hofft Fee, dass einer ihrer Freunde reagieren wird. Hoffentlich ruft nicht einer an. Dann würde Alvira das Klingeln hören.

Zu spät. Schon ertönt die Anrufmelodie. Schlagartig fliegt die Tür des Lüttjen Huus auf, und eine feste Hand ergreift Fees Arm. Aber es ist nicht Alviras Hand. Ein dunkelhaariger Mann in dunklem Anzug schaut Fee grimmig an. Er entreißt ihr das Smartphone, das nach einem weiteren Klingeln verstummt. Ohne ein Wort zerrt der Mann Fee ins Innere des Lüttjen Huus.

„Ach, sieh an, da haben wir ja gleich die Richtigen beieinander", flötet Alvira sarkastisch.

Siefkes Augen schauen erschüttert. Der Mann dreht Fee den rechten Arm auf den Rücken. Ein fieser Schmerz zieht durch ihren Oberarm. Da ist bestimmt etwas gerissen, denkt Fee verzweifelt. Jeder Versuch, sich zu wehren, wird mit einem weiteren blitzartigen Schmerz quittiert. Dann dreht der Mann ihr auch den linken Arm auf den Rücken und hält ihre Handgelenke fest zusammengedrückt. Es tut höllisch weh.

„Nun, dann verraten *Sie* mir eben, wo Sie mein Eigentum versteckt halten", wendet sich Alvira an Fee.

„Ich weiß doch nicht einmal, von was Sie überhaupt sprechen", gibt Fee zurück.

„Sie weiß nichts, wirklich", lallt Siefke.

Alvira schaut kurz von einer Frau zur anderen.

„Es ist sicher sinnvoll, wenn wir eine nach der anderen befragen", eröffnet sie dann und geht in Richtung der Behandlungsliege, auf der eine Tasche steht.

„Frau Erbin kann sich noch ein bisschen ausruhen. Sonst ist es ja auch zu anstrengend für meinen Sohn", verkündet sie in einem Ton, als meine sie es nur gut mit Fee.

Alvira lässt den großen Clipverschluss der schwarzen Tasche aufspringen und holt ein bauschiges Tuch und ein kleines Fläschchen hervor. Panik steigt in Fee auf. Wird Alvira sie jetzt vergiften? Mit Eisenhutextrakt? Wie schlimm wird sich das anfühlen? Und wird man sie retten können, falls Hilfe kommt? Ihre Gedanken überschlagen sich, Fee beginnt am ganzen Körper zu zittern. Sie reist an ihren Armen, will sich aus der festen Umklammerung des Mannes befreien.

„Lasst sie in Ruhe!", versucht Siefke zu rufen. Aber ihre Stimme ist immer noch schwach und lallend. „Wenn jemand etwas weiß, dann ich. Da sind doch diese Geheimfächer unten im Wandschrank."

Siefke versucht, Zeit zu gewinnen, denkt Fee. Aber Alvira lacht nur zynisch.

„Da habe ich doch längst nachgesehen, als du weg … ich meine natürlich, als du dich ausgeruht hast. Die Fächer gab es doch schon zu Zeiten meines Vaters."

Siefke sagt nichts, sondern scheint ihre Gedanken sammeln zu wollen. Ihr Gesicht sieht angestrengt aus.

„Ja, überlege noch einmal richtig, während wir das junge Fräulein hier schlafen legen", sagt Alvira und kommt mit dem Bauschetuch in der einen und dem Fläschchen in der anderen Hand auf Fee zu.

Der Griff um Fees Unterarme wird fester, die Arme werden weiter zusammengezogen. Es schmerzt so sehr, dass Fee aufschreien muss. Panisch starrt sie in Alviras Augen, die wie die einer Wahnsinnigen glitzern.

Fee will nicht sterben! Nicht hier und nicht jetzt! Nicht durch die Hand dieser Verrückten! Noch einmal versucht sie mit aller Kraft ihre Arme loszureißen. Es schmerzt unerträglich. Doch der Griff des Mannes ist zu fest. Sie will nicht sterben!

Auf einmal hört Fee einen dumpfen Schlag. Eine Erschütterung überträgt sich auf ihre Unterarme. Der Griff des Mannes lockert sich. Ein Stöhnen. Dann gleiten die Hände des Mannes von ihren Armen ab, Gewicht fällt von hinten gegen sie.

„Ich bin Pazifist, du Arsch, aber man lässt mich ja nicht", brüllt Lasse.

Fee wendet sich um. Lasse steht mit einem Spaten in der Hand vor dem unten liegenden Mann, der sich die Seite hält, sich krümmt und wieder auf die Beine zu kommen versucht. Instinktiv weicht Fee zur Seite und dann hinter Lasse.

„Das ändert gar nichts", keift Alvira, dreht sich um und tritt hinter den Sessel, auf dem Siefke sitzt. Die versucht sich zu bewegen, aber ihre Muskeln scheinen nicht gehorchen zu wollen. Alvira hält beide Arme über Siefkes Schultern. In der einen Hand immer noch das Tuch, in der anderen das geöffnete Fläschchen.

Lasse hat zu tun, den unten Liegenden im Zaun zu halten, der sich bereits gedreht hat und seine Füße aufzustellen versucht. Mit schnellen Blicken schaut Lasse von einem zur anderen und umgreift den Spaten fester.

Da prescht auf einmal ein langes Etwas durch die Tür, direkt auf Alvira zu. Heiko knallt ihr seinen Brotschieber direkt zwischen die Rippen. Das Fläschchen fliegt durch die Luft, Alvira schreit auf und strauchelt zur Seite. Sie stürzt auf den Boden.

Im selben Moment erklingt das Tatütata eines Polizeiwagens. Kurz darauf sind scharfe Bremsgeräusche zu hören.
„Hände hoch!", brüllt Lübben mit seiner Dienstpistole im Anschlag. Nach einem kurzen Blick auf die Situation zielt er auf Alexander von Niggeberg-Au.
„Nicht bewegen!", warnt Lübben.
Wiebke schiebt sich an Lübben vorbei in Richtung Alvira.
„Das gilt auch für Sie", weist sie Keas Schwester an und hält ihre Dienstpistole auf die unten Liegende.
„Ich bin eine von Niggeberg-Au. Sie haben mir gar nichts zu sagen", schreit Alvira von unten.
„Heiko, nimm mal die Handschellen und lege sie der Dame um", wendet sich Wiebke an den Bäcker.

Lübben wirft Lasse einen auffordernden Blick zu, und dieser versteht sofort, dass er es Heiko gleichtun und dem Mann die Handschellen des Dorfpolizisten anlegen soll.

Als weitere Martinshörner zu hören sind, hocken Alvira und Alexander von Niggeberg-Au mit auf den Rücken fixierten Händen auf dem Boden. Cornelius und Harmsen hasten in das Lüttje Huus, zwei uniformierte Kollegen folgen ihnen.

Lasse löst mit einem breiten Cutter die Fesseln von Siefkes Händen und Füßen. Dann beugt sich der Notarzt zu Siefke hinunter. Heiko hält die zitternde Fee im Arm. Wiebke gibt dem Kriminalhauptkommissar einen kurz zusammengefassten Bericht. „Abführen!", befiehlt Cornelius knapp. Zusammen mit den uniformierten Kollegen hieven Lübben und Harmsen die beiden Adeligen hoch und führen sie zu den Polizeiwagen.

Von draußen nähern sich aufgeregte Stimmen. Der Bus ist aus Cuxhaven zurück, und die Ausflügler drängen sich an den Dienstfahrzeugen in der Einfahrt vorbei. „Bleiben Sie zurück!", hört man Lübbens strenge Stimme. Aber Elseliese ist schon an ihm vorbeigehuscht und drückt sich durch die Tür des Lüttjen Huus. Sie trägt ein wild gemustertes Kleid in allen möglichen Braun- und Orangetönen. Fassungslos starrt Elseliese auf die Szenerie.

„Nicht ins Krankenhaus, auf keinen Fall ins Krankenhaus", lallt Siefke. Ihre Stimme klingt schon etwas kräftiger, aber immer noch sehr angeschlagen. Ein Sanitäter reicht dem Notarzt das Fläschchen, das Alvira aus der Hand gefallen war, und ein weiteres, das er aus der Handtasche der Freifrau geangelt hat. Der Arzt besieht sich die Etiketten.
„Diethylether", liest er vor. „Altmodischer Äther."
Er besieht die zweite Flasche: „Und ein Muskelrelaxans."

„Nicht ins Krankenhaus", wiederholt Siefke mit aller Kraft, die sie aufbringen kann. „Lieber hier und jetzt sterben als ins Krankenhaus."

„Sterben wohl nicht", meint der Arzt. „Dafür sind Ihre Werte zu stabil. Aber es wäre doch vernünftig, Sie eine Nacht zur Beobachtung mitzunehmen."

„Nein", entgegnet Siefke.

„Die Wirkung des Relaxans klingt allmählich ab. Das sollte in drei bis vier Stunden ganz durch sein. Wahrscheinlich wird Ihnen noch eine längere Zeit übel sein von dem Äther. Auf jeden Fall müsste jemand bei Ihnen wachen, die ganze Nacht, sonst kann ich das nicht verantworten", erklärt der Mediziner.

„Das mache ich!", meldet sich Elseliese mit fester Stimme zu Wort, die dabei irgendwie gar nicht so schrill klingt wie gewöhnlich.

„Das machen wir alle, die ganze Nachbarschaft", fügt Heiko entschlossen hinzu.

Siefke scheint erst jetzt mitbekommen zu haben, dass Elseliese anwesend ist. Ihre Blicke wandern zu denen ihrer Nachbarin und heften sich dort fest, als habe sie endlich den Haltepunkt gefunden, den sie so schmerzlich entbehrt. Siefkes Augen füllen sich mit Tränen.

„Ist es wohl möglich, dass alle den Raum einen Augenblick verlassen?", fragt Elseliese, ohne den Blick von Siefke abzuwenden. Das klingt eher wie eine Anweisung als eine Frage.

„Frau Steding muss sich sammeln."

Ohne weitere Fragen zu stellen, verlassen die Anwesenden das Lüttje Huus und schließen die Tür. Draußen wendet sich der Arzt Fee zu. Aber an ihren Armen scheint nur etwas überdehnt zu sein. Der Schmerz lässt bereits nach, und auch das Zittern hört auf.

„Alles in Ordnung mit Siefke?", fragt Gerd Deichkötter besorgt, der Lübben dabei behilflich ist, die hinzuströmenden Menschen von dem Grundstück fernzuhalten. Die Leute reden wild durcheinander und recken die Hälse. Die beiden Fahrzeuge mit den Verhafteten sind bereits abgefahren. Hinter dem niedrigen Zaun zum Nachbargrundstück steht eine ältere Dame mit perfekt ondulierten Haaren. Sie trägt einen schlichten Rock und eine weiße Bluse. Neben ihr steht ein Mann in den Vierzigern. Zu seinen kurzen Hosen trägt er ein kariertes Hemd und einen Pullunder. Mutter und Sohn Hülsemann starren sprachlos zu Fees Grundstück.

Ganze zwanzig Minuten vergehen, ehe sich die Tür vom Lüttjen Huus wieder öffnet und Elselieses üppige Frisur sich durch den Spalt schiebt.
„Heiko, Lasse, helft mir, Siefke nach Hause zu bringen."

HEIN SCHÜÜR

Die Sonne steht bereits hoch am Himmel. Fee reckt sich in ihrem Bett. Zum ersten Mal seit ihrer Ankunft in Burhave fühlt sie sich richtig ausgeschlafen. Der Radiowecker zeigt Viertel nach zwölf. Draußen ist alles ruhig. An einem Sonntag lärmt hier niemand. Die Sonnenstrahlen tanzen auf der Bettdecke. Die Vorhänge hat Fee vor dem Schlafengehen gar nicht mehr zugezogen.

Bis weit nach Mitternacht hat sie mit allen anderen Nachbarn in Siefkes Küche gesessen. Heiko und Lasse hatten Siefke in ihr Schlafzimmer verfrachtet. Elseliese hatte sich zu ihr gesetzt. Wie vom Arzt angeordnet, hatte sie darauf geachtet, dass Siefke viel Wasser trinkt. Für die anderen hatte Heiko gleich Tee aufgesetzt – das Butjenter Allheilmittel.

Gerd Deichkötter hatte die besorgten Pensionsgäste über die Ereignisse unterrichtet, dann alle Türen auf Fees Hof fest verrammelt und Siefkes Einkäufe ins Haus getragen. Mutter und Sohn Hülsemann waren herübergekommen und hatten vorsichtig angefragt, ob sie helfen könnten. Erst jetzt hatten die angereisten Ferienhausbesitzer erfahren, welche Dinge sich in der vergangen Woche auf ihrem Grundstück abgespielt hatten. Völlig sprachlos hatten sie sich dann zu der Nachbarschaft gesetzt, um gemeinsam darauf zu warten, dass Wiebke Neuigkeiten überbringen würde. Weil alle lange nichts gegessen hatten, war Gerd Deichkötter losgefahren und hatte gebratene Schollen mit Kartoffelsalat besorgt.

Immer wieder hatten sie am Tisch darüber spekuliert, wie Alvira die Morde begangen haben konnte, wo sie und ihr Stiefsohn doch Alibis gehabt hatten, denen zufolge sie sich zur Tatzeit in Baden-Baden aufgehalten hatten.

Gegen zweiundzwanzig Uhr war Siefke aufgestanden und hatte nach Tee und einem Stück Brot verlangt. Die Übelkeit hatte sich gelegt, und ihre Muskeln hatten ihre Spannkraft zurückgewonnen.

Es war schon weit nach dreiundzwanzig Uhr, als Wiebke endlich gekommen war. Die hatte sich zunächst hungrig über die Reste von Scholle und Kartoffelsalat hergemacht, während alle gespannt darauf gewartet hatten, was Wiebke zu erzählen hatte.

„Alvira hat bislang jede Aussage verweigert. Sie will warten, bis ihr Rechtsanwalt aus Baden-Baden angereist ist. Aber ihr Stiefsohn Alexander ist schnell eingeknickt und hat gestanden, dass die Alibis inszeniert waren. Alles sei lange im Voraus geplant gewesen. Wenn es der Wahrheit entspricht, was Alexander ausgesagt hat, hat es sich folgendermaßen zugetragen:

Alvira und er waren bereits am Wochenende vor den Morden mit einem Mietwagen an die Nordsee gereist. Sie hatten schon vorab ein Ferienhaus in Bad Bederkesa angemietet, alles unter falschen Namen. Heutzutage ist eine kontaktlose Übergabe ja durchaus üblich, sodass sie mit niemandem persönlich zu tun hatten. Die Hotelzimmer im ‚Kaiserpalast' Bremerhaven hatten sie nur pro forma gebucht, am Montag die Schlüssel in Empfang genommen und sich dann nur zu Tarnungszwecken kurzzeitig dort aufgehalten. Ihre Smartphones hatten die beiden zu Hause in Baden-Baden gelassen. Für unterwegs hatten sie ein anderes Handy dabei, Prepaid.

Am Montag war dann ein Mitarbeiter von Alvira von der Assistentin, Frau Gräfe, mit der hauseigenen Limousine nach Bremerhaven zum Hotel Kaiserpalast geschickt worden, wo die von Niggeberg-Au sich ja erst an diesem Tag einbuchen wollten. Zusammen mit dem Auto hatte der Mitarbeiter einen verschlossenen Koffer zu übergeben, in dem sich die Smartphones von Alvira und Alexander befanden. So konnten die Geräte aufzeichnen, dass die beiden erst am Montag zur Nordsee gereist waren. Der Fahrer wurde dann mit dem Mietwagen zurück nach Baden-Baden geschickt.

Parallel zu den anderen Quartieren hatten sich die von Niggeberg-Aus ein Ferienhaus am Rande des Ferienparks hinter dem Heringsweg gemietet, direkt angrenzend an Keas hinteren Garten. Natürlich auch unter falschem Namen und mit kontaktloser Übergabe. Für alle Fälle hatten sie Perücken und schlichte Tourikleidung getragen und waren mit einem in Bremerhaven angemieteten Kleinwagen vorgefahren. So waren sie niemandem besonders aufgefallen. Vom Ferienhaus aus hatten sie die ganze

Zeit die Vorgänge im Heringsweg beobachtet und schließlich beschlossen, in der Nacht von Freitag auf Samstag in das Lüttje Huus einzudringen.

In der Mordnacht haben sie sich in der Dunkelheit zunächst in Keas hinterem Garten auf die Lauer gelegt, um die Lage zu erkunden. Nachdem in allen umliegenden Häusern die Lichter erloschen waren, wollten sie ins Lüttje Huus einsteigen. Doch dann haben sie von dort Stimmen und Geräusche gehört und sind auf das Nachbargrundstück rüber, also hinten in Lasses Garten. Dort hat sich Alexander mit dem an der Wand hängenden Reetklopfer bewaffnet, und dann sind er und seine Stiefmutter auf die Geräusche zugeschlichen. Sie haben dann auf der anderen Seite des Lüttjen Huus die zwei Gestalten entdeckt, die beide auf einer Leiter gestanden haben, um zum Dachfenster zu gelangen. Seine Stiefmutter hat die beiden als die Söhne des verstorbenen Knochenbrechers Sygge erkannt und Alexander angewiesen, die Einbrecher davon abzuhalten, das ,kostbare Familienerbe' zu stehlen. Da hat er mit dem Reetklopfer auf den unten auf der Leiter Stehenden eingeschlagen, der daraufhin zu Boden gegangen ist. Der andere Einbrecher hat sich mit einem Sprung von der Leiter zu retten versucht. Den hat Alexander im Laufen aber auch mit dem Reetklopfer erwischt, worauf dieser auch zu Boden gegangen ist. Seine Stiefmutter hat dem leicht Verletzten dann etwas in den Mund gestopft. Was das war, weiß er angeblich nicht. Dieser hat sich daraufhin wieder aufgerappelt und ist durch den rückwärtigen Garten geflohen.

,Keine Bange, der kommt nicht mehr weit', hat seine Stiefmutter ihm daraufhin erklärt.

Der erste Niedergestreckte lag am Boden neben der Leiter und hat keine Lebenszeichen mehr von sich gegeben. Alvira hat gemeint, dass die Spuren verwischt werden müssten, und so haben sie den Mann über den Zaun auf das Nachbargrundstück getragen und unter den Apfelbaum gelegt.

,Dann sieht es so aus, als sei er hier vom Baum gefallen', hat seine Mutter gemeint. Sie hat dem Liegenden noch etwas in den

Mund geträufelt und Alexander dann angewiesen, die Leiter zu entfernen. Die hat er dann ganz weit in den Luftraum unter dem Sockel des angemieteten Ferienhauses geschoben. Dann hat Alvira ihn die Stelle, wo die Leiter angelehnt war, auch noch harken lassen, mit der kleinen Harke aus Keas Geräteraum. Die hat er anschließend auch unter das Ferienhaus geschoben.

Seine Mutter hat dann gemeint, dass vielleicht doch jemand in der Nachbarschaft etwas bemerkt haben könnte und es besser wäre, in einer anderen Nacht erneut zu versuchen, in das Lüttje Huus zu kommen.

Am nächsten Tag haben die beiden mitbekommen, dass jemand in Keas Haus eingezogen ist. Ihnen ist dann zu Ohren gekommen, dass es sich dabei um die von Kea eingesetzte Erbin handelt. Alvira hat die Erbin bereits am Sonntag aufsuchen wollen. Aber als sie vorgefahren waren, lief da die Frau mit den pinkfarbenen Haaren beim Lüttjen Huus rum. Alvira wusste, dass das eine Schülerin von Kea gewesen war.

,Die will doch auch nur an die Aufzeichnungen meines Vaters', hat seine Stiefmutter sich furchtbar aufgeregt, und gemeint, dass man etwas gegen die Frau unternehmen muss.

Am Montag haben sie es noch einmal versucht mit dem Besuch bei Fee. Aber da haben sie gesehen, dass der Knochenbrecher aus Huntorp gerade da war. Alvira ist wieder furchtbar wütend geworden.

Später, als der Besuch Alviras bei der Erbin, also Fee, zu nichts geführt hat, hat sie gemeint, dass nun alle wegmüssten, die sich unrechtmäßig das Erbe ihres Vaters zu eigen machen wollten. Ihr ist dann die Idee mit dem vergifteten Wein im Präsentkorb gekommen, den sie Huntorp vor die Tür gestellt haben. Bei Sandra Meyer wollten sie es genauso machen, aber es waren immer Leute beim Deichgrafen rumgelaufen, als sie es versucht haben. Alvira hat ja selbst nicht gewusst, wo der geistige Nachlass ihres Vaters versteckt ist. Sie war sich auch nicht sicher, ob Fee davon wüsste, und hat schließlich gemeint, dass es nur eine Person gibt, die sie zu dem Versteck führen kann, und zwar Siefke.

Heute hat sich dann die günstige Gelegenheit geboten, Siefke zu überrumpeln. Alvira hat Siefke betäubt und ihr anschließend ein Mittel eingeflößt, das sie ‚in Schach halten‘ sollte. Dann haben sie Siefke ihre Schlüssel abgenommen. Wie Alvira vermutet hatte, hatte Siefke immer noch einen Schlüssel von Keas Haus in ihrem Schüsselkasten. Und in Keas Haus haben sie gleich den Schlüssel vom Lüttjen Huus gefunden. Dort hat seine Mutter alles abgesucht, aber nichts gefunden. Weder den grünen Koffer noch sonst irgendwelche Aufzeichnungen ihres Vaters. Währenddessen hat Alexander Siefke in das Lüttje Huus geschleppt. Und dann ist auf einmal Fee aufgetaucht.“

Gerade als Wiebke ihren Bericht beendet hatte, war Marie in die Küche gestürmt und hatte sich auf ihre Mutter geworfen. Siefke hatte nicht gewollt, dass jemand bei Marie anruft, weil sie und ihre Enkelin doch so selten Gelegenheit hatten, sich zu sehen. Die Nachbarn waren sich jedoch einig gewesen, dass Marie unterrichtet werden müsse.

„Sie braucht aber nicht sofort zu kommen“, hatte Siefke noch eingeworfen, als Elseliese bei Marie angerufen hatte. Aber als Marie gehört hatte, was geschehen war, hatte sie sich sofort ins Auto gesetzt.

Als Siefke dann in der Obhut ihrer Tochter war, hatte sich die Küchenrunde verabschiedet und jeder war froh gewesen, endlich ins Bett zu kommen. Wiebke hatte Fee noch angeboten, die Nacht bei ihr zu verbringen. Aber nachdem die wahren Mörder gefasst waren, hatte Fee kein Problem damit, die Nacht allein im Haus zu verbringen. Wenige Minuten später war sie todmüde ins Bett gefallen und gleich eingeschlafen.

Nach einer ausgiebigen Dusche steht Fee mit hochgesteckten Haaren und einem leichten Make-up in ihrem rosafarbenen Maxikleid vor dem Spiegel. Vor ihr liegt noch eine ganze Urlaubswoche, die sie ab jetzt richtig genießen will.

Da klingelt es unten an der Tür. Leichten Schrittes huscht Fee die Treppenstufen hinab. Vielleicht ist es Heiko mit leckeren Brötchen, oder Lasse. Aber als sie die Tür öffnet, steht da Eske. Die lächelt:

„Ich habe schon alles gehört", sagt Eske. „Elseliese Deichkötter hat mich regelrecht vom Fahrrad gezerrt, um mir alles zu erzählen."

Aha, denkt Fee, dann ist Elseliese also wieder die Alte.

„Dann kann ich jetzt weiter mein Kürbisfeld pflegen?", erkundigt sich die Jugendliche.

„Ja klar. Du brauchst nicht mehr zu fragen, kannst kommen, wie du willst", antwortet Fee.

„Hier. Lag vor der Tür", sagt Eske und drückt Fee eine Bäckertüte mit Heikos Logo darauf in die Hand.

Eine Stunde später sitzt Kater Jesper wieder auf dem Strandkorb und putzt sich zufrieden die Pfoten. Offensichtlich hat ihm sein spätes Frühstück geschmeckt. Fee hat alle drei Brötchen aus Heikos Tüte verputzt und leert den Becher Kaffee in ihrer Hand. Wieder ist es ein außergewöhnlich warmer und sonniger Junitag. Sie will sich unbedingt erkundigen, wie es Siefke geht, und macht sich direkt auf zum Haus ihrer Nachbarin.

„Hallo Fee, komm rein", wird sie freudig an der Tür empfangen. Siefke sieht aus, als sei nichts geschehen. Sie trägt eine lavendelfarbene Kombination.

„Dir geht es wieder gut?", erkundigt sich Fee, als sie Siefke in den Wintergarten begleitet.

„Ich habe geschlafen wie ein Stein. Ich habe nicht einmal gemerkt, dass Marie das Frühstück für die Gäste gemacht hat. Das ist das erste Mal seit der Sommergrippe vor fünf Jahren, dass ich morgens nicht selbst das Frühstück gemacht habe", berichtet Siefke, als sich beide in die gemütlichen Sessel plumpsen lassen.

„Wahrscheinlich die Erschöpfung und die restlichen Auswirkungen von den Vergiftungen", überlegt Fee.

„Mir geht es jedenfalls wieder gut, und dir?", will Siefke wissen.

„Mir auch, danke. Aber mir liegt noch eine Frage auf dem Herzen, wenn du erlaubst", antwortet Fee.

„Was denn?", fragt Siefke.

„Ich habe gehört, wie du zu Alvira gesagt hast, dass sie nicht die letzte Verwandte ihres Vaters ist. Das klang jetzt nicht so, als sei ich damit gemeint. Gibt es doch noch andere Nachkommen von Keas Vater?"

Überrascht schaut Siefke ihre Nachbarin an. Dann überlegt sie eine Weile und streicht sich mit ihren Händen über die Oberschenkel.

„Jetzt kann ich es wohl sagen", beginnt sie zögerlich. „Obwohl ich Kea versprochen habe, es niemals jemandem zu erzählen. Aber jetzt ist ja alles anders und vielleicht gut, dass es offenbart wird." Siefkes Stimme klingt sehr ernst: „Alvira ist nicht die Tochter ihres Vaters."

„Ein außereheliches Kind der Mutter?", wirft Fee erstaunt ein.

„Nein, nein. Alvira ist überhaupt nicht das Kind von Keas Eltern. Kea hat mir das erst erzählt, als sie diesen Ärger mit Alvira hatte. Sonst wusste niemand davon."

„Wie ist das gegangen?", fragt Fee.

„Katharina Butt, Keas Mutter, hatte entfernte Verwandte bei Hannover, eine Großcousine. Deren jüngste Tochter war noch minderjährig und schwanger geworden. Und der Vater des Kindes hatte sich aus dem Staub gemacht. Anfang der 1950er Jahre war das noch eine Katastrophe, ledig ein Kind zu bekommen. Man galt als ‚gefallenes Mädchen'. Da bekam man weder Wohnung noch Arbeit. Nur die Erzeuger waren schön raus. Vaterschaftstests gab es ja noch nicht. Da hat sich diese Cousine Keas Mutter anvertraut. Katharina und Ahlrich hätten gerne noch ein Kind gehabt, aber leider hatte das all die Jahre nicht geklappt. Und so haben sie überlegt, dass es für alle das Beste wäre, wenn sie das Kind als ihres annehmen würden. Katharina hat dann vorgegeben, schwanger zu sein. Sie wurde ja schon vierzig –

damals ein hohes Alter, um noch Kinder zu bekommen. Deshalb hat ihr wahrscheinlich auch jeder geglaubt, als sie dann erzählt hat, dass sie nach Hannover in die Frauenklinik müsste, wegen zu erwartender Komplikationen. Tatsächlich hat sie sich bei den Verwandten aufgehalten, die da irgendwo auf dem Land gelebt haben. In Hannover gab es ein Heim für ledige Schwangere. Da hat das junge Mädchen ihr Kind bekommen. Und zwei Monate nach der Geburt ist Katharina mit der kleinen Alvira, die sie angeblich selbst zur Welt gebracht hatte, hierher zurückgekehrt. Auch auf den Papieren waren Katharina und Ahlrich als leibliche Eltern eingetragen, wie Kea mir erzählt hat. Es waren eben die Fünfzigerjahre. Da hat eine Hebamme zu hundert Mark auch nicht nein gesagt. Das klingt heute vielleicht verwerflich. Aber in der Zeit hätte weder die ledige Mutter noch Alvira als uneheliches Kind ein angenehmes Leben gehabt. Bei mir war das ja was anderes. Nach drei Generationen hatten sich die Leute daran gewöhnt, dass eine Steding nicht heiratet."

„Und Alvira selbst wusste davon?", fragt Fee weiter.

„Gemerkt hat sie es wohl nie und andere auch nicht, denn Alvira sah ihrer Mutter Katharina tatsächlich sehr ähnlich. Alvira und Kea haben erst nach dem Tod der Eltern davon erfahren. Katharina ist ja nach Ahlrich gestorben und hatte einen Brief zum Testament gelegt, wo das alles drinstand. Alvira wollte das damals nicht glauben und hat behauptet, Kea habe den Brief aufgesetzt, um ihr das Erbe streitig zu machen. Aber das war natürlich nicht so. Alvira hatte ja das Haus der Eltern geerbt."

„Das muss aber doch ein Schock für Alvira gewesen sein", meint Fee.

„Sicher, bestimmt. Aber Kea gegenüber hat Alvira nur gemeint, dass es dann ja noch die Familie ihrer leiblichen Mutter gäbe, die sie beerben könne. Und dass man das heutzutage ja alles über das Blut nachweisen könne. Alvira hat auch noch nach ihrem leiblichen Vater forschen wollen, weil sie in dessen Familie dann ja schließlich auch erbberechtigt wäre, wie sie gemeint hat."

„Und, hat Alvira ihre leiblichen Eltern gefunden?", fragt Fee gespannt nach.

„Nein. Katharina hatte Namen und zwei Fotos der Mutter beige-
legt, und auch den Namen des mutmaßlichen Vaters. Aber der
war bei Alviras Geburt wohl schon über vierzig gewesen und
inzwischen verstorben. Alviras leibliche Mutter, Brigitte hieß die,
wenn ich mich recht erinnere, war wohl einige Male bei Butts zu
Besuch, als Alvira noch ganz klein war. Tragischerweise ist sie
ganz jung tödlich verunglückt, wohl noch bevor Alvira zur Schule gekommen ist."

„Ich glaube, es ist immer schlimm, wenn Kindern ihre wahre
Herkunft verborgen bleibt", überlegt Fee.

Sie hat mal eine Doku gesehen, in der Adoptivkinder, die bei
ganz liebevollen Eltern aufgewachsen waren, trotz allem immer
gespürt hatten, dass etwas nicht stimmt. Und viele Adoptierte
kamen nicht zur Ruhe, ehe sie nicht ihre leiblichen Eltern getroffen hatten.

„Katharina und Ahlrich haben damals eben alles getan, um ihre
Tochter zu schützen", seufzt Siefke. „Doch nun ist es vielleicht
besser, dass offenbar wird, dass die Mörderin gar nicht Keas
leibliche Schwester war."

༄

Es ist nicht weit zum Burhaver Friedhof. Fee hat beschlossen, zu
Fuß zu gehen. Siefke hat Fee die Lage von Keas Grab genau erklärt:

„Auf der rückwärtigen Seite von der Kirche, ganz außen. In den
Lavendelpflanzen steht ein Strauß Pfingstrosen aus meinem
Garten. Der Stein kommt ja erst im Herbst drauf."

Fee trägt den Korb mit einem bunten Strauß Blumen, einer Flasche Wasser und einer Steckvase, die Siefke ihr gegeben hat, in
der Hand. Nach der Jadestraße durchquert sie die Reihe alter,
dicker Bäume in die Lübbe-Siebet-Straße hinein. Sie passiert das
Gemeindehaus zur Linken und ein großes Gewächshaus zur
Rechten, genau wie Siefke es beschrieben hat. Beim nächsten
Haus beginnt die Schlaufe, mit der die Straße Kirche und Fried-

hof umrundet. Fee biegt nach links ab. Ein Stück weiter betritt sie den Friedhof durch den nordöstlichen Zugang.

Die St. Petri Kirche steht auf einer Warf, viele der abschüssig angelegten Gräber sind mit Randsteinen eingefasst. Sofort erkennt Fee das Doppelgrab, das Siefke ihr beschrieben hat. Der Teppich aus Lavendel steht in voller Blüte, und jede Menge Insekten tummeln sich darin. Am Fußende der Grabstätte steht eine kleine Vogeltränke und rechts daneben der Strauß rosa Pfingstrosen, den Siefke heute Morgen gebracht hat.

Hier liegt sie also begraben: Alkea de Buur. Die Frau, die Fee hierhergeführt hat. Wie gerne hätte Fee diese Frau kennengelernt, oder wenigstens eine winzige Erinnerung an sie. Aber so sehr sie sich auch angestrengt hat, es wollte sich kein einziges Bild an eine Begegnung mit Kea in ihrer frühen Kindheit zusammenfügen.

Fee steckt die Vase mit den bunten Blumen aus ihrem Garten links neben die Vogeltränke. Sie hätte so viele Fragen an Kea. Und sie würde ihr gerne so viel erzählen. Aber das Grab schweigt, und Fee auch.

Ein freundliches „Moin" reißt Fee aus ihren Gedanken. Eine ältere Dame an einem Rollator geht vorbei.

„Moin", grüßt Fee zurück und schaut der Dame einen Moment hinterher. Dann wendet sie ihren Blick hoch zum Kirchturm, der sich in den strahlend blauen Himmel erstreckt und einen langen Schatten nach Norden wirft, als wolle er den Weg zum Meer weisen.

Wenn sie schon mal hier ist, kann sie die imposante Kirche ja auch mal umrunden, denkt Fee und folgt der alten Dame. Auf den Grabsteinen, die sie passiert, stehen norddeutsch klingende Namen wie Schipper, Gerdes oder Diekmann. Manchmal sind in Anführungszeichen Rufnamen daruntergeschrieben: Friedrich Möller, „Krusen Fied", steht auf einer Platte.

An der Südseite gelangt Fee zu dem Hauptzugang des Kirchhofs und sieht die Dame ihren Rollator hinter dem gusseisernen Tor in Richtung Parkplatz schieben. Der breite Weg zum westlich gelegenen Portal der Kirche wird von sehr alten Grabkellern mit dicken Steinplatten darauf gesäumt, die im Nachmittagsschatten der großen Bäume fast ein bisschen gruselig anmuten. Alte Butjenter Familiennamen stehen auf den Gedenksteinen. Auch gegenüber dem Haupteingang der Kirche stehen solche Grabkeller. Im vollen Sonnenlicht wirken die aber nicht mehr ganz so gruselig.

Fee überlegt, ob sie einen Blick in die Kirche werfen soll. Aber als sie die Klinke der großen Holztür drückt, stellt sie fest, dass abgeschlossen ist. Also setzt sie ihren Weg zurück zur Ostseite der Kirche fort, der wieder zu dem hinteren Zugang des Friedhofs führt. Im Vorbeigehen lässt Fee ihren Blick noch einmal über die Inschriften auf den Grabsteinen schweifen. Die meisten Todesdaten liegen weit zurück, die neueren Gräber sind wohl immer zum Rand des Friedhofs hin angelegt worden.

Als Fees Blick über einen großen Granitstein schweift, bleibt sie plötzlich wie angewurzelt stehen. Die Inschrift ist schon ziemlich verwittert, aber immer noch lesbar: Heinrich Westerbur, 1909–1995, „Hein Schüür", steht da. Das ist doch der Name, der ihren Nachbarn ein paar Mal rausgerutscht ist, wenn sie gefragt hat, wo sie denn Sonntag alle gewesen sind. Und jedes Mal haben sie dann so verlegen getan und irgendwie von dem Thema abzulenken versucht. Was hat das zu bedeuten? Treffen die sich etwa hier auf dem Friedhof? Hier an diesem Grab?

Nach all dem, was Fee in der vergangenen Woche erlebt hat, schlagen ihre Gedanken jetzt Purzelbäume. Ist das irgendein Kult? Oder gar so was wie Geisterbeschwörung? Schließlich glauben die hier ja auch an Knochenbrecher! Vielleicht steckt in all den Einheimischen ja mehr abstruses Brauchtum, als sie es sich nach außen hin anmerken lassen. Hatte nicht sogar Lasse etwas von „Hein Schüür" gemurmelt, als sie ihn gefragt hatte, wo sie letzten Sonntagabend alle waren? Fees Bauch verkrampft

sich. Sollte sie ihre Nachbarn und neuen Freunde so falsch einge-
schätzt haben? Jenny als passionierte Krankenschwester – und
durch und durch pragmatisch veranlagt – hatte ja auch gemeint,
dass dieser Glaube an die Knochenbrecher längst nicht mehr
zeitgemäß wäre und die Leute, von denen Fee ihr erzählt hatte,
doch wohl sehr speziell wären.

Fee seufzt. Und dabei hatte sie sich gerade dazu entschlossen,
das Haus erst einmal zu behalten und im September wiederzu-
kommen. Sie muss der Sache unbedingt auf den Grund gehen!
Sie schaut hoch zu der Uhr am Kirchturm. Am vergangenen
Sonntag waren alle um 17:00 Uhr verschwunden. Bis dahin ist es
nicht mehr lange hin. Am besten, sie bleibt gleich hier und sucht
sich einen gut versteckten Platz, von wo aus sie das Grab gut
sehen kann. Am letzten Sonntag waren die Nachbarn ja alle mit
dem Auto los. Also werden sie wohl auf dem Parkplatz vor dem
Haupteingang parken. Sie sollte sich am östlichen Teil des Friedhofs verstecken, wo niemand an ihr vorbeilaufen wird. Aber nur
nicht zu dicht an Keas Grab. Vielleicht wird eine der Nachbarinnen dort vorbeischauen. Fee sieht sich um. Soll sie sich hinter
einen der größeren Grabsteine hocken? Das könnte für andere
Besucher etwas befremdlich wirken. Und allzu viel Sichtschutz
bietet so ein Grabstein auch nicht. Am besten, sie positioniert
sich auf der Straße. Wenn sie die Nachbarn kommen sieht, kann
sie sich hinter der Hecke, die den Friedhof eingrenzt, verstecken.
Und stand da nicht eine Bank an der Straße zum hinteren Eingang hin? Fee macht sich auf den Weg, von wo sie gekommen
ist, und hält noch einmal an Keas Grab.
„Kea, was treiben deine Leute hier?"
Aber das Grab schweigt wieder. Nur das Summen einer Hummel dröhnt nahe an Fees Ohr vorbei.

☙

„Das ist nur für Einheimische!", protestiert Elseliese und wiederholt noch einmal bekräftigend: „NUR für Einheimische! Da-

für hat Hein das damals doch extra gemacht, damit wir im Sommer überhaupt noch mal irgendwo zusammenkommen können, wenn die Touris alle Kneipen und Restaurants überfüllen."

„Du hättest ja auch vermieten können, als die Kinder aus dem Haus waren", wirft Siefke ein, „dann wüsstest du das Geld, das die Touristen nach Butjadingen bringen, auch mehr wertzuschätzen und würdest nicht immer ‚Touris' sagen."

Siefke stellt eine frische Kanne Tee auf ihren großen Küchentisch, an dem sich die Nachbarn versammelt haben.

„Das wollte Gerd damals ja nicht", antwortet Elseliese nun kleinlaut. „Mit Omas alter Schlafkammer hätten wir oben drei schöne Zimmer gehabt. Die Möbel waren ja noch gut, und ein Bad war ja auch schon da. Ich hatte mir das auch schon ausgerechnet, was das einbringen könnte. Das schöne Geld. Aber Gerd wollte partout keine fremden Leute im Haus. Eine ganze Woche haben wir gestritten, wo wir uns doch sonst nie streiten." Trotzig zupft Elseliese die Spitzen des ausladenden Kragens ihrer quietschgelben Bluse zurecht.

Das mit dem *nie streiten* weiß Siefke anders, behält es in diesem Moment aber für sich.

„In der einen Woche, die Fee hier ist, hat sie aber schon mehr mitgemacht als manch Einheimischer in seinem ganzen Leben", gibt Marie zu bedenken. „Und sie will ja im September wiederkommen, weil sie noch nicht entschieden hat, was sie mit dem Haus machen will."

„Also mich habt ihr damals ganz schön lange zappeln lassen und ein ganzes Jahr abgewartet, ob ich wirklich bleibe", erinnert sich nun Lasse.

„Ich hätte dich ja schon früher mitnehmen wollen", entschuldigt sich Heiko bei seinem Freund, „aber die anderen kamen immer mit ihren *Bedenken*." Heiko schaut vorwurfsvoll zu Elseliese.

„Der ganze Damenclub hat nicht daran geglaubt, dass so ein junger Bengel aus Hamburg wirklich bleibt", protestiert diese. Lasse grinst frech.

„Ja, Elseliese, und schon bald hat Gertrud Wümker angerufen, weil ihr Küchenschrank von der Wand gefallen war. Und dann konnte sie es gar nicht erwarten, die Erste zu sein, die mich einweiht."

Elseliese verzieht ihren Mund.

„Auf jeden Fall müssen wir den Kodex einhalten", meint Heiko.

„Kodex, so'n Quatsch!", erwidert Siefke. „Wir lassen nur jeden Neuen sein oder ihr Ehrenwort geben, nichts an einen Nicht-Einheimischen zu verraten", sagt sie betont sachlich. Und fügt dann grienend hinzu: „Und bringen zur Erwähnung, dass wir ihn widrigenfalls irgendwo im Moor versenken, wo ihn ‚jümmers nümmers' wiederfinden wird."

Alle müssen lachen.

„Also, nehmen wir Fee nun mit?", fragt Marie in die Runde.

„Wenn drei zustimmen, ist es beschlossen", zitiert Heiko die allgemein bekannten Regeln und hebt dabei die Hand.

Auch Siefke, Lasse und Marie heben die Hand und schauen erwartungsvoll auf Elseliese.

„Denke an den Schal", raunt Siefke ihrer Nachbarin zu.

„Jaja, ist ja schon gut. Darüber wollen wir nicht reden", entgegnet Elseliese eilig und streckt ihren gelb gewandeten Arm weit nach oben.

„Fee ist gar nicht zu Hause", berichtet Heiko ein paar Minuten später, als er mit Lasse vom Haus gegenüber zu den anderen zurückkehrt.

„Sie wollte an Keas Grab, ich habe ihr den Weg erklärt", antwortet Siefke, „aber das ist schon eine ganze Weile her."

„Vielleicht ist sie noch dort, wir können auf dem Weg ja am Friedhof halten", schlägt Heiko vor.

᪣

Fee sitzt nun schon über eine Stunde auf der Bank an der Lübbe-Siebet-Straße. Immer wieder hat sie über die Hecke zum Friedhof gelinst. Vor über einer halben Stunde war ein Paar aufgetaucht. Der Mann, der aussah wie ein Altrocker, war an der Ecke der Kirche stehen geblieben. Die Frau mit rotbraunen Haaren hat Fotos von einigen Gräbern gemacht, auch von dem Grab von Hein Schüür. Kurz darauf sind die beiden wieder gegangen. Was hat das zu bedeuten? Gehören die auch zu den Geisterbeschwörern? Seitdem ist auf dem Friedhof und der Straße drumherum alles ruhig. Nicht einmal in den angrenzenden Häusern rührt sich etwas. Fee schaut auf ihr Smartphone, das sie sicherheitshalber auf lautlos gestellt hat. Nicht dass es ausgerechnet dann klingelt, wenn ihre Nachbarn hier auftauchen. Es ist weder eine Nachricht von irgendwem eingegangen noch hat jemand sie angerufen. Die Sonne brennt ganz schön, und Fee hat einen riesigen Durst. Ihr Mund ist schon ganz trocken, und ein wenig schummrig fühlt sie sich auch. Leider hat sie nichts zu trinken dabei.

Fee schaut noch einmal über die Hecke und überlegt, ihre Aktion abzubrechen, als sie plötzlich doch noch Gestalten hinter der Kirche auftauchen sieht. Das sind Heiko und Lasse! Erschrocken zieht Fee ihren Kopf ein und versucht, durch das Grün der Hecke etwas zu erkennen. Hinter ihren beiden Freunden tauchen drei weitere Personen auf. Fee zieht die Zweige der Hecke etwas auseinander, um besser sehen zu können: eine kleine Frau in einem grellgelben Oberteil – das kann nur Elseliese sein. Dahinter erkennt sie Marie und Siefke.

Jetzt wird es spannend! Fees Herz beginnt schneller zu schlagen. Die drei Frauen bleiben im Schatten des Kirchturms stehen, und Heiko und Lasse gehen zügigen Schrittes in Richtung des Grabs von Hein Schüür. Dabei schauen sie sich nach allen Seiten um. Wollen die nicht gesehen werden bei dem, was sie nun vorhaben? Aber was ist das? Wieso halten Heiko und Lasse nicht bei dem Grab an, sondern laufen achtlos daran vorbei? Erst ein Stück weiter bleiben die Jungs stehen und schauen noch einmal in alle Richtungen.

Aha, denkt Fee. Sie wollen sich ganz sicher sein, dass niemand zusieht. Dann beobachtet sie, wie Heiko sein Smartphone zückt und jemanden anzurufen scheint. Sagen die etwa noch weiteren Leuten Bescheid? Offensichtlich erreicht Heiko die angerufene Person nicht, denn schon bald steckt er das Handy wieder ein. Er ruft den wartenden Damen etwas zu. Der Wind trägt die Worte in die entgegengesetzte Richtung, sodass Fee nichts verstehen kann. Sie beobachtet, wie sich die drei Frauen wieder in Richtung des Ausgangs bewegen. Sollen die etwas holen? Brauchen die Equipment für ihre Rituale?

Fees Herz klopft inzwischen bis zum Hals und ihr wird noch schummriger im Kopf. Mist, dass sie nichts zu trinken dabeihat bei dem Wetter! Sie sieht noch, dass Lasse und Heiko sich auch in Richtung Ausgang umwenden, dann lässt sie sich hinter der Hecke auf den Boden plumpsen. Wahrscheinlich kriegt ihr schönes rosa Kleid nun Grasflecke, die so schlecht rausgehen. Sie hätte ihre leere Flasche am Wasserhahn auf dem Friedhof auffüllen sollen, als noch Zeit dazu war. Den hatte sie doch gesehen, als sie die Kirche umrundet hat. Jetzt sitzt sie hier mit zusammengesacktem Kreislauf und ist auf sich selber sauer. Die tiefen Atemzüge, die sie tut, verändern leider auch nichts an ihrer Schwäche. Also überlegt sie, hier erst einmal ein paar Minuten ruhig sitzen zu bleiben, bis der Puls wieder runtergekommen ist. Vielleicht sind ihre Nachbarn ja weggefahren, und sie kann es wagen, sich vorsichtig zur Wasserstelle zu bewegen. Wenn sie etwas getrunken hat, wird es ihr bestimmt besser gehen. Und dann nur schnellstmöglich nach Hause!

Als Fee ihren Plan gerade zu Ende geschmiedet hat, ertönt plötzlich eine bekannte Stimme neben ihr:
„Fee! Geht es dir gut?"
Fee schaut hoch. Lasses Gesicht sieht aufrichtig besorgt aus. Er kniet sich zu ihr hinunter.
„Wir haben dich gesucht. Wir wollten dich abholen zu Hein Schüür. Du bist ja kalkweiß im Gesicht."

Lasse richtet sich wieder auf und ruft über den Friedhof: „Heiko, ich habe Fee gefunden. Hier hinter der Hecke. Hol mal schnell was zu trinken aus dem Auto." Dann kniet sich Lasse wieder zu Fee hinunter.

„Zum Grab von Hein Schüür?", fragt Fee und schaut Lasse misstrauisch an. „Was veranstaltet ihr denn an dem Grab?"

„Hä?", fragt Lasse völlig irritiert. „Wieso Grab von Hein Schüür? Das kenne ich ja nicht einmal."

„Aber das ist doch da hinten, und ihr seid doch sonntags immer alle verschwunden. Und ich habe gesehen, wie ihr vorhin alle hier auf den Friedhof marschiert seid. Was sind das für Rituale, die an dem Grab stattfinden?" Fees Blick bleibt argwöhnisch.

Lasse schaut Fee entgeistert an.

„Oje, ich verstehe zwar nicht genau, was du meinst, aber ich befürchte, die letzten Tage haben deinen Nerven doch mehr zugesetzt als gedacht. Ich bin es, Fee, Lasse, dein Nachbar. Der Lasse, der dich gestern gerettet hat. Und ich will mit dir an keinem Grab tanzen, sondern dich mitnehmen zu der Scheune vom alten Hein."

„Was redet Fee da?", fragt Heiko atemlos, der Fee nun eine geöffnete Flasche Mineralwasser reicht. „Langsam trinken", weist Heiko immer noch keuchend an. Als Feuerwehrmann und ausgebildeter Ersthelfer weiß er schließlich, wie man mit Dehydration bei Hitze umzugehen hat.

„Sie hat wohl das Grab von Hein Schüür entdeckt, und weil wir alle so geheimnisvoll getan haben, hat sie sich wohl irgendwas Skurriles zusammengereimt", erklärt Lasse und kann sich ein leichtes Grinsen nicht verkneifen.

„Totenanbetung oder so was?", fragt Heiko völlig entgeistert.

„Du trinkst jetzt mal erst schön die Flasche leer, damit wieder genug Blut in deinen Kopf kommt und du deine Gedanken wieder auf die Reihe kriegst." Heiko ist richtig sauer, dass jemand so etwas von ihm denken kann.

Fee schaut von einem zum anderen. Lasse grinst immer noch, und Heiko hat vor Empörung einen ganz roten Kopf gekriegt. Nein, wie Geisterbeschwörer sehen die beiden handfesten Kerle

wirklich nicht aus. Beschämt senkt Fee den Blick und nimmt
dann noch einmal einen kräftigen Schluck aus der Flasche.

❧

Eine gute Stunde später sitzen alle drei in Lasses altem Kombi
und biegen von der Butjadinger Straße in eine Seitenstraße ab.
Heiko und Lasse waren mit Fee erst einmal zu ihrem Haus gefahren, wo sie genau überwacht haben, dass Fee etwas isst. Dann
haben sie ihr Zeit gelassen, sich frisch zu machen und umzuzie-
hen. Fee hat sich für die weiße Jeans und die seidene, türkisfar-
bene Tunika entschieden. Schließlich haben Heiko und Lasse
sich auch herausgeputzt. Ihr rosa Kleid ist tatsächlich voller grüner Grasflecken. Aber da wusste Heiko Rat und hat die Stellen
gleich mit Gallseife eingeweicht. Schließlich kennt er das vom
Klootschießen und auch vom Fußball.

Bevor sie aufgebrochen sind, hat Heiko Fee in wichtigem Ton
erklärt, dass sie ehrenhalber in den Kreis der Einheimischen aufgenommen wird und sie schwören lassen, das Geheimnis von
Hein Schüür „nümmers nich" an einen Nicht-Einheimischen zu
verraten. Das mit dem „widrigenfalls im Moor versenkt werden"
hat Heiko vorsichtshalber weggelassen. Nachdem Fee sich gerade von der kruden Idee mit dem Grab erholt hatte, könnte sie so
eine Ankündigung womöglich in den falschen Hals bekommen.

Nachdem sie noch zweimal abgebogen sind, fährt der Kombi auf
einer schmalen, holprigen Straße auf eine von Bäumen eingefass-
te Hofstelle zu. Der ganze Vorplatz steht voller Autos und Fahrräder, sodass Lasse den Wagen in eine letzte Lücke quetschen
muss. Vor ihnen liegt ein altes, reetgedecktes Bauernhaus und
daneben ein riesengroßes Stallgebäude.
„Bitte schön. Hein Schüür", erklärt Heiko in feierlichem Ton.
„Zu Hochdeutsch: Hein Scheune. Also eigentlich ist … war es
Heinrichs Scheune." Heiko betont das S am Ende des Namens.
„Aus ihm selber wurde Hein Schüür. Und das hat sich bis heute

gehalten. Angefangen hat Hein wohl direkt nach dem Krieg damit, die Nachbarn in seiner Küche zu bewirten. Mit Selbstgebranntem und Bier. Und weil das so beliebt wurde, hat er das Ganze in seine Scheune verlagert. Erst nur in einer kleinen Ecke. Mit einem selbst gebauten Tresen und ein paar alten Tischen. Für die umliegenden Bauern, die sonst ja kaum irgendwo hinkamen. Als in den 1970er und 80er Jahren die Ferienparks in Burhave und Fedderwardersiel gebaut wurden und immer mehr Touristen kamen, und natürlich alle Kneipen und Restaurants in Beschlag genommen haben, hat Hein in den Sommermonaten immer mehr Zulauf von den Einheimischen bekommen und seine Scheune immer weiter ausgebaut. Vieh hatte er da schon lange nicht mehr. Er war der Hoferbe, aber wohl so gar nicht zum Bauern geboren. Geheiratet hat er auch nie. Und da hat er im Alter beschlossen, den Hof mit der Scheune an seine Gäste zu vererben. Die haben damals eigens einen Verein gegründet, damit sie das gemeinschaftlich erben und weiter betreiben können."

„Ihr Butjenter seid echt ein verrücktes Volk", stellt Fee amüsiert fest.
„Meine Worte", bestätigt Lasse.
„Du bist doch mittlerweile auch einer", entgegnet Heiko.
„Auch meine Worte", antwortet Lasse. „Und der Jung-Butjenter braucht jetzt mal ein ordentlich gezapftes Bier!"
Mit diesen Worten setzt sich Lasse Richtung Eingang in Bewegung, und die anderen beiden folgen ihm. An der großen Holztür lässt Lasse allerdings Fee den Vortritt.
„Über die Schwelle trage ich dich aber nun nicht", lacht er.

Als Fee die Tür öffnet, staunt sie nicht schlecht. Von innen sieht die Scheune wie eine richtige, alte Gaststätte aus. Eine sehr große Gaststätte. Der winkelige Tresen aus massivem Eichenholz ist mindestens zehn Meter lang, überall im Raum sind Nischen mit eingebauten Sitzbänken und massiven Tischen. In einer dieser Nischen ganz am Ende entdeckt sie eine kleine Tanzfläche mit einem alten Musikpult.

„Das hat Hein damals alles aus der alten Disco ausgebaut, bevor die abgerissen wurde", erläutert Heiko. „Und hinter der großen Schiebetür gibt es noch einen Saal, falls es mal was zu feiern gibt", ergänzt er.

An einem großen Tisch sieht Fee Elselieses gelbe Bluse herausleuchten. Elseliese, Marie und Siefke beugen sich weit über die Tischplatte zu einer weiteren Frau. Das ist Wiebke! Ja klar, denkt Fee, Wiebke war schon immer Einheimische und ist es jetzt wieder.

Als Fee auf die Damenrunde zukommt, hört sie Wiebke klagen: „Ich habe einen Mordshunger. Den ganzen Tag haben wir die Locations inspiziert. Erst das Ferienhaus in Bad Bederkesa, dann das Hotelzimmer in Bremerhaven und zum Schluss das Ferienhaus hinter dem Tatort. Und danach die langen Verhöre ..."

„Gerd und Jens haben hinter dem Haus ja schon den Grill angeworfen und Beifang im Räucherofen. In einer halben Stunde gibt es was zu essen", unterbricht Elseliese sie. „Aber nun lass doch mal die Einzelheiten hören, die ihr rausbekommen habt."

Auch die anderen Frauen schauen die Kommissarin gespannt an.

In diesem Moment bemerkt Wiebke die Angekommene und springt erfreut auf.

„Hallo Fee! Ich habe schon gehört, dass man dich aufgenommen hat. Schön, dich zu sehen. Setz dich", fordert Wiebke auf, und Fee nimmt neben ihr auf der halbrunden Bank Platz.

Lasse und Heiko kommen mit einem Tablett voll frisch gezapftem Bier vom Tresen zurück, verteilen die Gläser auf dem Tisch und nehmen auf zwei freien Stühlen Platz.

„Also, Wiebke, was habt ihr Neues herausbekommen?", drängt Elseliese erneut.

„Wisst ihr wohl, dass ich euch darüber eigentlich gar nichts sagen darf?", erwidert Wiebke.

Das betretene Schweigen in der Runde hält nur ganz kurz an, als Siefke meint:

„Schließlich sind wir alle Betroffene, da haben wir wohl einen berechtigten Anspruch, etwas zu erfahren."

„Jaja", antwortet Wiebke in gesenktem Ton, und wieder stecken alle die Köpfe zusammen. „In dem Ferienhaus in Bad Bederkesa hatten Alvira und Alexander wohl ihr Hauptquartier eingerichtet. Wir haben Mengen an verschiedenster Garderobe und Accessoires gefunden. Auch Perücken und falsche Bärte. Es sah aus wie in einer Theaterrequisite. Damit konnten die beiden sowohl als glamouröses Paar als auch als einfache Touristen in Jogginanzügen auftreten. Im Hotelzimmer in Bremerhaven lag kaum etwas. Nur ein fast leerer Rollkoffer und ein paar Badartikel. Wohl als Tarnung, damit es dem Reinigungspersonal nicht auffällt, dass die beiden dort gar nicht übernachten. Die Nächte haben sie nämlich hauptsächlich im Ferienhaus in Burhave verbracht, und von dort aus die Lage an Keas Haus erspäht. Da lag auch eine ganze Menge Zeugs drin."

Wiebke nimmt ihr Bierglas, prostet den anderen zu und stürzt die Hälfte des Bieres auf einmal hinunter. Auch die anderen setzen ihre Gläser an.

„Und was sagt Alvira nun zu ihren Taten?", fragt Siefke.

„Nichts", seufzt Wiebke. „Sie verweigert immer noch jede Aussage. Ihr Anwalt wird wohl erst morgen eintreffen. Dann sehen wir weiter."

Die Zuhörerschaft macht enttäuschte Gesichter.

„Aber der Stiefsohn ist sehr redselig", fährt Wiebke fort. „Er erhofft sich durch seine Aussagen wohl Strafmilderung." „Wieso hat er es denn so dicke mit seiner Stiefmutter?", will Fee wissen.

„Das haben wir ihn auch gefragt. Es ist so, dass Alexander ein außereheliches Kind des verstorbenen Albert von Niggeberg-Au ist. Aus einer längeren Affäre mit einer früheren Sekretärin. Alexander Keller hieß er eigentlich. Der Freiherr hatte zwar Alimente für ihn gezahlt und ihm auch eine Ausbildung in einem befreundeten Unternehmen möglich gemacht, aber in die eigene Firma hatte von Niggeberg-Au Alexander nicht aufnehmen wollen. Das war einzig den beiden ehelichen Kindern vorbehalten. Auch seinen Namen hatte der alte Freiherr dem unehelichen Spross verweigert. Als Albert von Niggeberg-Au verstorben war, haben seine beiden ehelichen Kinder fast alles geerbt. Die Firmen, die Immobilien. Alvira war ja seine zweite Ehefrau. Sie hat im Vergleich nur sehr wenig bekommen: das Anwesen in Baden-Baden, eine kleine Villa in Liechtenstein und eine Summe Geld, deren genaue Höhe wir noch ermitteln müssen. Damit war Alvira wohl überhaupt nicht zufrieden. Es laufen wohl seit Jahren mehrere Klagen gegen die Haupterben. Auch Alexander hat nicht viel abbekommen. Nur eine Eigentumswohnung und eine verhältnismäßig kleine Summe Geldes."

„Wie geht das denn?", wirft Marie ein. „Nichteheliche Kinder sind erbschaftsmäßig den ehelichen doch längst gleichgestellt."

„Keine Ahnung", antwortet Wiebke. „Da geht es ja auch um geschäftliches Erbe, das in verschiedenen Ländern angesiedelt ist. Vielleicht hat Albert von Niggeberg-Au auch schon vor seinem Tod was an seine beiden Kinder überschrieben. Jedenfalls fühlten sich sowohl Alvira als auch Alexander um ihren Anteil betrogen und haben sich zusammengetan. Alvira hat Alexander adoptiert, damit er überhaupt erst einmal den Namen seines Vaters tragen kann."

„Adoptiert? Einen erwachsenen Mann?", fragt Elseliese.

„Klar, Erwachsenenadoptionen sind gar nicht so selten", weiß Marie. „Das wird meistens gemacht, um eine Geschäftsnachfolge zu regeln. Und dann gibt es ja noch die bekannten Fälle, in denen Adelige ihre Titel gegen Geld per Adoption weitergeben."

„Und was wollten Alvira und Alexander mit der Adoption bewirken?", fragt Heiko.

„Nun, Alexander hat ausgesagt, dass es ihm wichtiger war als alles andere, den guten Namen seines Vaters zu tragen. Der Name allein öffnet in der Finanzwelt schon viele Türen. Alvira, die wohl einiges mehr an Geld geerbt hat, hat Alexander die Rechtsanwälte finanziert, die seinen millionenfachen Anspruch erstreiten sollen. Immerhin hoffte er auf ein Viertel des Vermögens seines Vaters, also den gesetzlichen Pflichtteilanspruch eines Kindes. Es gibt eine Vereinbarung, nach der Alvira die Hälfte des erstrittenen Vermögens bekommen sollte."

„Haben die denn da reale Chancen?", fragt Lasse.

„Ja, tatsächlich hat Alexander in erster Instanz bereits eine große Summe zugesprochen bekommen. Aber die Haupterben klagen wiederum dagegen. Das kann sich noch Jahre hinziehen, ehe eine endgültige richterliche Entscheidung getroffen ist", erläutert Wiebke.

„Aber warum hat Alexander Alvira bei den Morden geholfen?", stellt Fee nun die alles entscheidende Frage.

„Nach Alexanders Aussagen war nie ein Mord geplant. Da seine Stiefmutter ihm zu dem ideellen Wert des Namens seines Vaters verholfen hatte, hatte sie sich erbeten, dass er ihr dabei hilft, an das Erbe ihrer Herkunftsfamilie zu gelangen. Alexander sagte, seit dem Tod von Kea habe Alvira von nichts anderem mehr gesprochen. Alvira habe immer wieder betont, dass ihr Vater ein geistiges Vermächtnis hinterlassen habe, das es so auf der Welt nicht noch einmal geben würde. Ein ganz außergewöhnliches Heilwissen, besondere Formeln für Arzneien und so etwas. Und dann lag ihr noch sehr an einer Kette mit einem Anhänger in Form eines Butts. Das alles würde nach dem Tod ihrer Schwester einzig ihr zustehen, habe Alvira gemeint, und Alexander dazu verpflichtet, ihr dabei zu helfen, diese Dinge an sich zu bringen, ehe jemand anderes sich die Kostbarkeiten zu eigen machen würde."

„Keas Kette!", ruft Siefke empört. „Die hätte Alvira den Hals verbrannt!"

Nach einem weiteren Schluck Bier fährt Wiebke fort: „Alexander behauptet, dass nur geplant war, in das Lüttje Huus einzudringen und nach dem grünen Koffer zu suchen, in dem Alviras Vater seine Aufzeichnungen verwahrt hat. Als sie dann die Sygge-Brüder bei deren Einbruchversuch überrascht haben, seien die Dinge aus dem Ruder gelaufen und er habe im Affekt nur getan, was seine Stiefmutter verlangt hat. Er habe hinterher gar nicht fassen können, was passiert sei, und wollte sofort zurück nach Baden-Baden. Aber Alvira habe ihn unter Druck gesetzt und damit erpresst, die Geldmittel für die weiteren Prozesse zu streichen und die Schuld an den Tötungen einzig ihm zuzuschieben. Außerdem habe sie an sein Verständnis appelliert, dass er doch wohl genau wisse, wie es sich anfühlt, um das rechtmäßige Erbe betrogen worden zu sein. Also habe er sie bei den weiteren Anschlägen unterstützt."

Die Zuhörenden schweigen.

„Unbegreiflich", fasst Siefke die allgemeine Stimmung zusammen.

„Angelika Gräfe, die Assistentin von Alvira, steckt übrigens auch mit drin", fügt Wiebke an, bevor sie den letzten Schluck Bier aus ihrem Glas nimmt. „Das ist die Verlobte von Alexander. Mindestens war sie so weit eingeweiht, dass sie die fingierte Anreise mit organisiert hat. Was sie wirklich wusste, ermitteln die Kollegen aus Baden-Baden gerade."

„Ich glaube, ich hole noch eine Runde Bier", meint Lasse und macht sich auf zum Tresen.

„Wie geht es eigentlich den anderen beiden Giftopfern?", fragt Fee unvermittelt. Es ist ihr ein bisschen unangenehm, dass sie sich nicht früher nach den Geschädigten erkundigt hat. Aber nach alledem, was sie selbst erlebt hat, auch wiederum verzeihlich, beruhigt sie sich. „Werden Huntorp und der Philk durchkommen?"

„Huntorp wird noch eine Weile in Hannover behandelt werden. Aber er wird sich wieder erholen, meinen die Ärzte. Und beim Philk war es gar kein Eisenhut im Wein, sondern das Petermännchen, mit dem er rumexperimentiert hat. Das Sekret des Fisches ist an sich ja schon giftig, aber er hat wohl extremer darauf reagiert, als es gewöhnlich der Fall ist. Vergleichbar mit einer allergischen Reaktion oder so. Aber er wird wohl in den nächsten Tagen nach Hause kommen", antwortet Wiebke.

„Ich habe ihn Mittwoch ja noch gewarnt wegen des Petermännchens", eifert sich Elseliese. „Aber wenn der Philk von einer neuen Crééé-aaa-tion besessen ist, hört er ja nichts mehr."

Elseliese spricht das französische Wort weit gedehnt aus und verdreht dabei ihre grün belidschatteten Augen.

„Und was passiert nun eigentlich mit dieser pinken Dame?", kommt es Siefke in den Sinn.

„Oh ja", antwortet Wiebke. „Die mussten wir nach der Festnahme und dem Geständnis von Alexander natürlich aus der Untersuchungshaft entlassen. Zwar erwartet sie noch ein Verfahren wegen Urkundenfälschung, aber deswegen bleibt man nicht in U-Haft."

Plötzlich setzt von der Tanzfläche her Musik ein. Die dicke Discokugel setzt sich in Gang und wirft bunte Lichtpunkte durch den Raum. Am Musikpult steht ein Mann mit langen, dunklen Haaren, einem Schnäuzer und einer dunklen Pilotenbrille. „Das ist Riccardo", raunt Heiko Fee zu, der ihren Blicken gefolgt ist. „Eigentlich heißt der Richard Blankemeyer. Aber als DJ und Musiker eben Riccardo."
Die Musik wird etwas lauter. „Dancing Queen" von ABBA klingt durch den Raum. Lasse stellt ein Tablett mit frischem Bier auf dem Tisch ab. Doch noch ehe er die Gläser verteilen kann, kommen aus verschiedenen Richtungen zwei Frauen auf ihn zugeschossen. Die eine mit tiefschwarzen Locken, die andere mit Sommersprossen und rotem Haar. Die beiden Damen schauen sich kurz irritiert an, dann lachen sie und haken sich links und rechts bei Lasse ein.
„Diesmal entwischst du uns nicht wieder", lacht die Dunkelhaarige.
„Ich will aber nicht tanzen", entgegnet Lasse und wirft seinem Freund einen genervten Blick zu.
Aber Heiko zuckt nur mit den Schultern und schaut dem Trio hinterher. Dann bemerkt er Fees irritierten Blick und kommentiert:
„Der Jung-Butjenter hat einen Schlag bei Frauen."
Mit einem komischen Gefühl im Bauch schaut Fee zu, wie sich Lasse mit den beiden ungleichen Damen auf der Tanzfläche amüsiert und tänzerisch durchaus kein schlechtes Bild abgibt.

Der Tanzboden füllt sich nach und nach mit weiteren fröhlichen Menschen. Da sieht Fee einen gut gekleideten Herrn auf ihren Tisch zukommen. Das ist Klausjürgen Poppinga. Er grüßt freundlich in die Runde und wendet sich dann mit einem form-vollendeten Diener Siefke zu.

„Darf ich bitten?"

„Na ja, bei ABBA sage ich nicht nein", stimmt Siefke zu und ergreift Klausjürgens Hand.

Elseliese verzieht den Mund.

„Gerd tanzt ja nicht so gerne. Und außerdem grillt der ja heute", murrt sie und schaut erwartungsvoll zu Heiko.

„Ich tanze nicht, das weißt du doch", beeilt sich Heiko zu sagen.

Beleidigt wendet Elseliese den Blick ab.

„Also ich gehe jetzt erst mal was essen", verkündet Wiebke.

„Da komme ich mit", meint Heiko und folgt ihr.

Elseliese schaut mit aufgestütztem Kopf in Richtung Tanzfläche.

„Du brauchst doch keinen Mann zum Tanzen", verkündet Fee, ergreift kurz entschlossen den Arm ihrer zierlichen Nachbarin und zieht sie in Richtung der Musik. Die weiß scheinbar gar nicht, wie ihr geschieht, und lässt sich widerstandslos mitziehen. Die ersten Takte von „Night Fever" von den Bee Gees setzen ein, und die bunten Lichtkacheln der Tanzfläche beginnen im Rhythmus zu blinken.

Es scheint, als würde Elseliese in ihre eigene Zeit eintauchen. Erstaunlich lebendig bewegen sich die grünen Plateausandalen über den Tanzboden. Ihre Hüften schwingen und die Arme mit den violett lackierten Nägeln an beiden Enden bewegen sich fließend im Takt.

Ja, denkt Fee, ihr Butjenter seid wirklich ein verrücktes Volk!

DIE HAUPTPERSONEN

Fee Schnabelkuss: Die frischgebackene Erbin von Keas Haus ist Veranstaltungsorganisatorin und Hobby-Ermittlerin.
Heiko Eeken: Der besonnene und bodenständige Bäcker lässt sich nur ungern in die Ermittlungen hineinziehen.
Lasse Alsterbeck: Der zugezogene Hamburger betätigt sich als Allround-Handwerker. Er ist Pazifist, aber man lässt ihn ja nicht.
Siefke Steding: Die resolute Matriarchin führt eine Pension und lässt sich von niemandem etwas vorschreiben.
Elseliese Deichkötter: Die stets luftig frisierte Nachbarin ist gerne über alles informiert und trägt genauso gerne Nachrichten weiter.
Marie Steding: Siefkes Tochter fügt sich den Familientraditionen. Sie arbeitet in der Gemeindeverwaltung.

Wiebke Krömer: Die clevere Kriminaloberkommissarin ist nach vielen Jahren in ihre alte Heimat zurückgekehrt.

Onke Lübben: Der traditionsverbundene Dorfpolizist sieht sich als direkter Nachfahre des ersten Häuptlings Butjadingens.

Edzard Cornelius: Der knorrige Hauptkommissar aus Nordenham hat gerade Pech mit seinem Zahnersatz.

Und schließlich:
Kea de Buur: Der Nachlass der verstorbenen Heilerin hat die ganze Geschichte in Gang gesetzt.

EPILOG

„Alles falsch! Da steht es doch!" Elseliese klopft mit ihrem violett lackierten Fingernagel nachdrücklich auf die aufgeschlagene Seite des Dudens vor sich:
„Auch Gedanken werden in Anführungszeichen gesetzt. Wie ich es gesagt habe!", triumphiert sie.
„Ja, im Duden steht das so", antwortet Siefke beschwichtigend.
„Aber da können die Leser ja nicht gleich erkennen, ob die Person spricht oder denkt. Deshalb macht man es nicht mehr so."
„Und die falschen Kommas habe ich auch genau gesehen", ereifert sich Elseliese weiter. „So was geht doch nicht!"
„Mit den Kommas macht man es auch nicht mehr immer so, wie es mal vorgeschrieben war. Die Leser sollen ja einen richtigen Eindruck von der Betonung bekommen. Aber im Allgemeinen stimmt es doch mit dem Duden überein", erklärt Siefke und ar-

gumentiert weiter: „Noch ein viertes Mal Korrekturlesen? Da wäre das Buch in diesem Jahr aber nicht mehr in den Druck gegangen! Und es gibt doch noch so viel Neues zu erzählen hier aus Butenland."

Dagegen kann Elseliese nichts vorbringen. Ihrer Meinung nach sollten Neuigkeiten schnellstmöglich erzählt werden.